La trahison de Finn

Troublée par son patron

Une découverte inattendue

KIRA SINCLAIR

La trahison de Finn

Traduction française de
JULIA LOPEZ-ORTEGA

PASSIONS

HARLEQUIN

Collection : PASSIONS

Titre original :
THE DEVIL'S BARGAIN

HARPERCOLLINS FRANCE
83-85, boulevard Vincent-Auriol, 75646 PARIS CEDEX 13
Service Lectrices — Tél. : 01 45 82 47 47 - www.harlequin.fr
ISBN 978-2-2804-5561-9 — ISSN 1950-2761

Composé et édité par HarperCollins France.
Imprimé en novembre 2021 par CPI Black Print (Barcelone)
en utilisant 100% d'électricité renouvelable.
Dépôt légal : décembre 2021.

MIXTE
Papier issu de sources responsables
FSC® C159065

Pour limiter l'empreinte environnementale de ses livres, HarperCollins France s'engage à n'utiliser que du papier fabriqué à partir de bois provenant de forêts gérées durablement et de manière responsable.

- 1 -

Trois années. Cela faisait trois années qu'elle évitait Finn DeLuca avec succès, mais cette trêve semblait devoir arriver à son terme.

Genevieve Reilly fixait attentivement son avocat en attendant qu'il se mette à rire ou lui annonce qu'il s'agissait d'un poisson d'avril... Ou au moins qu'il la pince afin qu'elle se réveille.

— Notez bien que le juge a reconnu la validité de nos arguments et qu'il ne pourra voir Noah qu'en journée. Hors de question, pour le moment du moins, qu'il l'emmène dormir chez lui.

C'était là le point positif de ce jugement. Genevieve était atterrée.

— Mais comment est-ce possible ? Vous m'aviez assuré qu'il n'obtiendrait jamais le moindre droit de visite. Il a été condamné, c'est un délinquant tout juste sorti de prison, tout de même !

— Je comprends votre colère, dit Lance en plaçant une main sur la sienne. Je vous avais bien dit qu'un droit de garde était peu probable, mais il semble que M. DeLuca dispose non seulement d'une grande influence personnelle, mais aussi d'amis très haut placés. Anderson Stone a accepté de témoigner en sa faveur.

— Un autre délinquant !

— Riche à millions et qui bénéficie d'une véritable

campagne dans les médias pour le dépeindre comme un héros qui aurait sauvé la femme de sa vie des mains d'un violeur, avant d'être injustement envoyé en prison.

— Comme par hasard… Mais cela n'a rien à voir avec Finn. Finn n'est pas un héros, lui, c'est un diable.

Genevieve se pressa l'arête du nez, alors qu'une douleur commençait à poindre juste entre ses deux yeux. Elle aurait voulu regretter le jour où elle avait croisé le chemin de Finn DeLuca, si cela n'impliquait pas de regretter d'avoir conçu son fils. Certes aujourd'hui elle devrait se battre pour élever Noah seule, jour après jour, mais il méritait qu'on lutte ainsi pour lui.

— Diable ou pas, il reste le père de Noah et soyons clairs sur un point : il a assez d'argent pour continuer à s'opposer à nous sur le terrain judiciaire aussi longtemps qu'il en aura envie.

Cela avait au moins un avantage, pourtant, car aussi longtemps qu'ils s'affrontaient par avocats interposés, elle n'avait pas à le rencontrer. Mais d'un autre côté, elle n'avait pas les revenus illimités qui lui permettraient de faire face aux frais de justice…

Elle pouvait toujours faire appel de la décision du juge, mais elle savait qu'en attendant la décision Finn disposerait d'un droit de visite. Donc, elle devrait le croiser. Elle le redoutait, tout en ne pouvant retenir un curieux frisson d'anticipation.

Elle s'efforçait d'oublier les nombreux rêves brûlants dont elle se réveillait pantelante. Des rêves où Finn et elle s'aimaient. Elle ne voulait plus que cela se produise. Elle ne le laisserait pas faire.

Tout comme elle refusait d'admettre qu'elle avait envie de revoir Finn DeLuca.

Ses derniers souvenirs de lui étaient pourtant traumatisants. Elle revoyait les gyrophares bleus et rouges se reflétant sur les murs de la propriété de son grand-père. Le regard impassible de Finn lorsque l'officier avait posé la main sur le sommet de son crâne avant de le guider pour s'asseoir à l'arrière de la voiture de police.

Elle avait refusé d'assister au procès. À quoi bon ? Et heureusement, le procureur n'avait pas eu besoin de son témoignage. Inutile, alors que Finn avait été arrêté avec un diamant d'une valeur estimée à 15 millions de dollars en poche.

Son diamant.

Ou plus précisément celui de sa famille. Risquer la célèbre Étoile de Reilly à cause de sa rencontre avec un diable charismatique et beau parleur lui avait valu de se voir déshériter… Elle qui avait été menacée depuis son plus jeune âge de ce déshonneur afin de l'obliger à rester dans le rang, elle qui, depuis toujours, avait lutté pour rester digne de cet héritage familial…

Elle avait perdu ses parents alors qu'elle n'était qu'une enfant et dès lors son grand-père avait été sa seule famille. Il l'avait toujours terrorisée, mais elle n'avait personne d'autre vers qui se tourner. Elle avait grandi en faisant son possible pour trouver grâce à ses yeux. Craignant à la fois sa présence et son mépris. Et craignant aussi de le perdre.

Qui aurait dit que quelques mois après l'arrestation de Finn ce serait elle qui partirait ?

La vie était ironique…

L'idée de revoir Finn lui nouait la gorge de façon indescriptible. Il était bel homme, charismatique, enthousiaste et… dangereux. Il était la tentation personnifiée, et malgré tout, Genevieve n'arrivait pas à le haïr totalement. Même si elle avait toutes les raisons de le faire.

— L'avocat de M. DeLuca vous fait part du souhait

de son client que vous décidiez du lieu qui vous convient le mieux pour la visite. Il veut que vous vous sentiez le plus à l'aise possible.

Quelle délicate attention… Cela ne ressemblait pas au Finn qu'elle connaissait, cet homme égoïste et intéressé, qui ne se montrait généreux qu'aux fins de charmer. Et il était doué, justement parce qu'il se moquait bien de ce que les gens pouvaient ressentir. Elle avait la certitude que son confort était bien le cadet de ses soucis à l'heure actuelle.

Finn DeLuca voulait obtenir quelque chose, au-delà même de la visite à son fils. Elle n'avait pas encore défini ce dont il s'agissait, c'était là le problème.

Au moins avait-elle la certitude qu'il n'essayait plus de se servir d'elle pour accéder à la joaillerie familiale Reilly. Il devait être au courant de l'évolution de sa situation, à en croire son chèque qu'elle avait déchiré en mille morceaux sur sa table de chevet. Il savait forcément que son grand-père ne la soutenait plus. C'était certainement ce qui avait motivé l'envoi de ce chèque.

Comme s'il imaginait pouvoir se frayer un chemin dans sa vie grâce à son argent. Sa vie ou celle de Noah… Elle n'avait pas besoin de son argent et même si cela avait été le cas, elle l'aurait refusé. Noah n'irait peut-être pas dans une pension prestigieuse plus tard, mais elle était en capacité d'élever son fils sans avoir à accepter l'argent sale de Finn.

— Genevieve ?

Bon sang, voilà que ce contre quoi elle s'était battue bec et ongles depuis des mois était en train de se réaliser. Elle avait décrété que cela n'arriverait pas et le résultat était qu'elle n'était pas préparée.

— Qu'il vienne chez moi samedi matin à 10 heures. Nous nous organiserons ensuite. Mais je refuse qu'il emmène mon fils où que ce soit sans moi, et ce tant que je n'ai pas la certitude qu'il est capable de prendre soin de Noah sans risque.

— Je suis assez confiant que M. DeLuca acceptera toutes vos conditions.

Si seulement il pouvait entendre son vœu et disparaître de sa vie pour de bon.

Finn DeLuca fixait le dossier posé devant lui, les pieds reposant sur son bureau, à côté du cadre de son fils. La photo avait été prise dans un parc, sur une balançoire pour bébés.

Il ressemblait trait pour trait à son frère cadet lorsqu'il avait cet âge. Les yeux bleus de Noah pétillaient d'une joie pure, alors que le vent semblait soulever ses boucles blondes. Ses joues potelées étaient rougies et il arborait un large sourire.

Ce n'était pas la première fois que Finn observait cette photographie, ni la première fois qu'il se surprenait à la fixer ainsi alors que son esprit se perdait dans les méandres d'émotions qu'il n'avait pas l'habitude d'analyser.

Il n'était pas du genre à se préoccuper de grand-chose d'autre que de lui-même.

Pourtant, depuis qu'il avait vu une photo de son fils, la première prise à la maternité, il s'était su perdu.

Ce n'était peut-être pas tout à fait exact. Il avait ressenti quelque chose d'assez proche lorsqu'il avait posé les yeux sur la mère de Noah, la première fois, aussi. Genevieve le troublait d'une façon totalement inédite qu'il ne parvenait pas à appréhender.

Son regard se posa alors sur celle qui poussait le garçonnet sur la photo. Ses bras étaient tendus pour réceptionner la balançoire qui allait redescendre vers elle afin de pousser une nouvelle fois. Ses cheveux cuivrés étaient noués sur le sommet de sa tête, mais les quelques mèches échappées de ce chignon de fortune semblaient flotter autour de son visage.

Il aimait ses cheveux longs. Elle les détachait parfois, mais c'était rare. Il pouvait compter sur les doigts d'une main le nombre de fois où il les avait vus ainsi, toujours à sa demande.

Il se rappela lorsqu'il passait les doigts dans leur matière soyeuse, les étalant sur l'oreiller. Et l'expression douce, presque floue, dans son regard vert lorsqu'il effleurait sa peau nue de sa bague d'émeraude.

Il fallait qu'il garde le contrôle. Il ne pouvait se laisser troubler ainsi à la simple pensée de Genevieve allongée dans son lit. Et si elle découvrait ce qu'elle lui inspirait, elle ne ferait que se hâter d'ériger des murs plus hauts encore tout autour de son fils et elle.

Et il avait besoin de son accord pour parvenir à connaître son fils.

Il saisit le cadre et le retourna sous ses dossiers.

— Merci pour tout. Qu'est-ce que je te dois ?

De l'autre côté du bureau, Anderson Stone fronça les sourcils, visiblement contrarié par sa question.

— Rien. Tu sais bien que je ferais n'importe quoi pour toi. Je suis heureux que tu aies enfin l'occasion de le rencontrer, ces six mois ont été longs.

C'était vrai, mais il commençait à voir le bout du tunnel. Il avait beau être d'un tempérament impatient, Finn n'avait jamais douté des bienfaits de la patience et des travaux souterrains.

C'était d'ailleurs ce qu'il aimait tant lorsqu'il organisait des braquages : l'anticipation.

Suivie par la poussée d'adrénaline une fois qu'il avait mené son projet à bien.

En se passant le doigt sur les lèvres, Finn lança un regard désapprobateur à son ami.

— Tu sais, le but d'une affaire, c'est de rapporter de l'argent.

— Oui, je suis au courant, répliqua Stone.

— Je n'en suis pas certain, sinon tu me demanderais paiement pour tes services.

— Ah, c'est ainsi que ça fonctionne ? Rappelle-moi, qui de nous deux a un Master de commerce ?

— Les diplômes ne font pas tout !

— Je ne crois pas que quiconque ait eu à se plaindre de notre gestion du business.

Il n'avait pas à se plaindre en effet. Finn était vraiment redevable envers Stone et bien sûr Gray, le troisième associé dans leur affaire.

Qui aurait imaginé qu'ils s'associeraient, d'ailleurs ? Stone Surveillance lui avait d'abord semblé un projet incongru, mais avec le temps et en y pensant mieux… ils avaient tous deux cette fibre de redresseurs de torts qui les guidait.

Sans doute parce qu'ils avaient connu l'injustice.

Finn, lui, n'avait jamais ressenti spontanément le besoin d'aider son prochain. Pour lui, les gens avaient bien ce qu'ils méritaient. S'ils étaient stupides, alors ils méritaient qu'on tire profit de leur bêtise. Et cela leur permettait d'apprendre. À ses yeux, chaque fois qu'il parvenait à dérober un bien, il rendait en même temps un service : en soulignant les défauts de leurs systèmes de sécurité, il leur permettait de corriger les problèmes et de prévenir d'autres pertes.

C'était le goût du challenge qui le guidait. Plus le

système de sécurité était annoncé performant, et plus il l'intéressait d'en découvrir la faille.

— Tu sais bien que nous ne te ferons pas payer, Finn. Et de toute façon, si tu veux t'associer à Stone Surveillance, ce sera en tant que partenaire à part entière.

— Non, c'est gentil mais j'ai déjà un travail.

Stone ricana.

— Ce n'est pas vraiment un travail… Quand est-ce que tu as mis un pied à DeLuca Industries la dernière fois, franchement ?

Finn leva les yeux au plafond en réfléchissant à sa question.

— Cela doit faire quelque chose comme sept ans, à six mois près, répondit-il avec un sourire triste. Mais visiblement, ils n'ont pas besoin de moi. La clé d'une gestion profitable consiste à embaucher du personnel compétent pour travailler à ta place…

Stone haussa les épaules. C'était là une discussion qu'ils avaient déjà eu de nombreuses fois au fil des ans. Il ne pouvait comprendre le point de vue de Finn parce qu'il venait d'une grande famille, très unie dans la gestion de leur entreprise familiale, justement. Finn, de son côté, avait très tôt décidé qu'il ne voulait rien avoir à voir avec l'entreprise DeLuca et ne ressentait pas la moindre once de culpabilité à laisser la gestion de son héritage entre d'autres mains.

L'argent et la réussite lui avaient offert cette liberté de gérer ses affaires comme il l'entendait à présent.

— Voler n'est pas tout à fait un métier, par ailleurs.

Finn sourit de toutes ses dents.

— Je n'ai rien volé du tout, monsieur l'agent. En tous les cas rien depuis que je suis sorti.

— Je te connais Finn DeLuca, tu vas vite tourner en

rond. Tout ce que je te demande, c'est de ne pas faire n'importe quoi, n'importe comment. Je peux t'assurer que nous trouverons une façon de faire fructifier tes talents de façon profitable pour nous tous, tout en évitant de te renvoyer moisir en prison !

Finn s'enfonça dans son siège et le fit basculer sur les pieds arrière en plaçant les mains derrière son crâne. Il aimait cette sensation de déséquilibre, à la limite du point de bascule.

Il avait le goût des précipices, des limites. Il aimait marcher au bord des ravins. Le risque d'être arrêté lui procurait un frisson indescriptible. Et sans cela…

— Stone, je suis assez malin pour ne pas retourner en prison. Je te l'ai déjà dit, c'est à cause d'elle si je suis tombé…, dit-il en hochant la tête vers la pile de dossiers entre eux. Et je ne laisserai plus jamais cela se reproduire.

Stone eut un petit rire sceptique.

— Je me suis tiré d'affaire des dizaines de fois sans encombre avant elle, insista Finn.

— Oui, oui…

— Là, je me suis laissé prendre. J'ai décidé de revenir sur les lieux, c'est moi qui me suis fait arrêter tout seul.

Genevieve l'avait distrait, lui avait fait perdre une partie de sa vigilance et il avait commis un faux pas. Il était parfaitement décidé à éviter que cela ne se reproduise. Aujourd'hui, il avait besoin de gagner la confiance de Genevieve afin de pouvoir accéder à son fils. Rien d'autre.

Stone haussa un sourcil, mais décida visiblement de ne pas insister. Cela valait sans doute mieux.

— Elle commence à se faire un nom comme indépendante dans la création de bijoux, mais ses finances restent précaires. Le peu d'argent qu'elle a pu obtenir de sa famille a été réinvesti. Les métaux, les pierres, sont des matières premières coûteuses.

Il savait tout cela mieux que personne, étant donné qu'il avait passé en revue les finances de Genevieve à la loupe. Ce qu'il ignorait en revanche, c'était ce que Stone voulait lui dire par là.

— Et alors ?

— Elle dépense en ce moment de l'argent qu'elle n'a pas pour payer un avocat pour t'affronter…

C'était très précisément ce que Finn avait imaginé. Il n'était pas à l'aise avec l'idée de la mettre dans cette situation, mais il y remédierait très vite.

— J'ai essayé de lui donner de l'argent, elle n'a pas encaissé le chèque… Mais ne t'inquiète pas, tout est sous contrôle.

Il n'avait pas été surpris qu'elle refuse son chèque, mais il prévoyait d'insister jusqu'au moment où elle ne pourrait plus refuser.

Stone lui adressa un regard suspicieux.

— J'espère que tu sais ce que tu fais…

Il ne le savait pas tout à fait, mais le saurait très bientôt. Il jouait serré et pouvait perdre à tout instant, il le savait, mais Finn avait l'habitude de déposer toute sa mise sur le tapis.

Genevieve faisait les cent pas dans son séjour, les talons de ses chaussures claquaient sur le parquet qu'elle avait poncé de ses mains. Les mains coincées sous ses bras croisés elle ne parvenait pas à s'empêcher de regarder à chaque instant entre les lames des persiennes la petite rue en face de sa maison. Elle attendait.

Au bout du couloir, elle percevait la voix joyeuse et aiguë de Maddie qui lisait un livre à Noah. Elle ne savait pas comment elle aurait survécu aux trois dernières années sans le soutien sans faille de sa meilleure amie. Elle avait été à ses côtés à chaque étape, et jusqu'en salle d'accouchement lors de la naissance de Noah.

Maddie avait aussi assisté à la première irruption de Finn dans la vie de Genevieve. Il y avait eu quelque chose qui, dès leur première rencontre, avait attiré Genevieve vers lui. C'était à un gala de charité organisé par son grand-père.

Évidemment, Finn était charismatique et très bel homme. Toutes les femmes présentes semblaient l'avoir noté. Mais pour elle, c'était plus que cela. Elle avait senti comme un danger qui émanait derrière une façade lisse et apprêtée. Et malgré elle, elle avait été attirée par cette aspérité pressentie. Pour quelqu'un qui avait été élevé de façon stricte et surprotégée, cette tentation lui était soudain apparue dangereusement irrésistible.

L'attirance avait été réciproque, semblait-il, puisqu'il l'avait invitée à danser, saisissant sa main sans attendre sa réponse. La chaleur de ses paumes sur le bas de son dos avait été comme une caresse brûlante. Dès cette première rencontre, elle l'avait désiré ardemment.

Et hélas, malgré tout ce qui s'était passé, elle craignait que ce ne soit pas tout à fait fini.

Genevieve jeta un coup d'œil à sa montre et sentit son estomac se nouer. Dans cinq minutes.

Ce qu'elle ne parvenait pas à saisir était pourquoi Finn s'était tant battu pour voir Noah. L'homme qu'elle avait connu avait pourtant fait son possible pour se dégager de toute responsabilité ou engagement familial. Elle ne croyait pas à la thèse d'un soudain désir spontané de filiation.

Et son inquiétude principale était bien sûr l'impact de tout cela sur Noah. Elle redoutait qu'il s'attache à un père qui serait amené à disparaître. Ou à le décevoir. L'un comme l'autre étant des plus probables.

Une portière de voiture claqua. Elle regarda sa montre. Il était dix heures pile. La sonnerie de sa porte d'entrée retentit. Elle tenta de calmer sa fébrilité en inspirant profondément et se dirigea vers l'entrée.

Elle eut le souffle coupé aussitôt qu'elle le vit.

Il était là, fidèle à son souvenir, ce qui n'était pas une bonne nouvelle… Il portait des bottes de motard en cuir noir, sa silhouette musclée semblait occuper tout le cadre de sa porte ouverte, lui bloquant la vue sur sa voiture, probablement garée dans le virage derrière lui. Elle ne put s'empêcher de se demander s'il conduisait toujours sa clinquante Maserati dans laquelle il aimait parcourir la ville à vive allure, provoquant presque la police dans l'espoir d'une course-poursuite.

Il était totalement incontrôlable, car il n'avait peur de rien. Si différent d'elle, ce qui expliquait sûrement qu'il lui ait plu : Finn DeLuca était une force de la nature. Une sorte de tempête, imprévisible et se moquant bien de ce qu'il emportait sur son passage.

Ses cheveux étaient noirs d'encre et aussi peu disciplinés qu'il l'était lui-même. Ses joues étaient mal rasées, donnant l'impression qu'il avait autre chose à faire que de perdre du temps devant son miroir.

Mais ce furent ses yeux qui la saisirent. Comme à chaque fois. Si sombres qu'ils semblaient noirs. Pourtant, elle était suffisamment près pour y déceler une nuance brune de café serré.

C'était son regard qui lui avait fait cet effet. Comme s'il la regardait vraiment. Tout entière. Comme s'il voyait derrière la façade et tout particulièrement tout ce qu'elle s'efforçait de dissimuler depuis toujours, au point d'en oublier la présence elle-même.

Il était le diable qui s'était posé sur son épaule et l'avait tentée jusqu'au péché. Avec lui, elle se sentait puissante, intelligente et belle. Il l'avait convaincue qu'elle pouvait aussi être intrépide.

Finn DeLuca avait ce pouvoir surnaturel de donner l'impression de connaître vos moindres secrets et de vous assurer que vous n'aviez pas besoin de lui cacher quoi que ce soit. Elle n'avait rien pu lui dissimuler parce qu'il avait fait des recherches exhaustives sur elle et sa famille avant de se servir de chaque information contre elle. Pour qu'elle s'attache. Pour qu'elle l'aime.

Pour qu'elle lui fasse confiance.

Tout cela afin qu'elle finisse par lui permettre de voler le Star de Reilly. Sans réfléchir à ce qu'elle risquait.

— Tes voisins vont se poser des questions si je reste toute la journée devant ta porte, Genni !

— Ne m'appelle pas ainsi, répliqua-t-elle sans réfléchir.

Elle s'était automatiquement reculée d'un pas, très exactement comme il l'avait prévu, sûrement.

Il s'arrêta à sa hauteur en entrant. L'espace d'un instant, elle se demanda s'il allait la toucher. Elle se raidit, ne sachant comment réagir. Mais il lui adressa simplement un sourire complice. Ce sourire qui la laissait avec des jambes en coton. Quelles que soient les intentions malveillantes qu'il cachait derrière ce sourire, elle se retrouvait comme mise à nu, tremblante et totalement vulnérable face au désir qu'il savait faire surgir malgré elle.

Non, ce n'était pas possible. Plus maintenant.

Refermant la porte, elle s'écarta de lui et s'arrêta au milieu de son séjour, croisant les bras pour essayer de se rassurer.

— Je ne sais pas ce que tu espères obtenir ici, Finn, mais quoi que ce soit, tu ne l'auras pas.

— La seule chose que je veux, c'est voir mon fils. Tu es vraiment très belle, Jenni.

Elle fit « non » de la tête.

— Nous savons l'un comme l'autre que ce n'est pas ton mode opératoire, alors épargne-moi le bla-bla. Je ne sais pas encore quel est ton plan, mais je finirais bien par le découvrir. Et au cas où tu l'ignorerais, je n'ai plus accès à la fortune, la propriété, ni les bijoux Reilly.

— Oui, je le sais parfaitement. Pourquoi crois-tu que je t'ai envoyé un chèque ?

— Je peux t'en rendre les morceaux que j'ai déchirés. Mais soyons clairs, la flatterie ne te mènera nulle part. Nous savons l'un comme l'autre que tu peux dire des mots doux sur commande, économise ta salive.

Quelque chose se figea sur le visage de Finn. Sa bouche s'amincit jusqu'à former un trait fin, lui donnant une expression qu'elle ne lui avait jamais vue. Mais c'était certainement parce qu'elle n'avait vu que ce qu'il voulait bien lui montrer jusque-là.

— Je pensais ce que j'ai dit. Et pour que ce soit clair, j'ai toujours pensé tout ce que je t'ai dit. J'ai fait beaucoup de choses répréhensibles, mais je ne t'ai jamais menti.

Genevieve éclata de rire et le son cristallin emplit étrangement la pièce.

— C'est certain, sauf quand tu m'as dit que je pouvais te faire confiance et que tu m'as promis de ne jamais me faire souffrir.

Il fit un pas dans sa direction et elle leva les mains aussitôt.

— Je suis désolé, Genevieve.

Il était tentant de le croire… Elle croyait presque

entendre de la sincérité dans ses mots et elle avait envie de se raccrocher à l'idée qu'il était peut-être réellement désolé, au fond.

S'il était désolé d'une chose, c'est d'avoir été pris.

— Cela n'a plus d'importance. Je ne te déteste même pas, alors que tu le mériterais. Mais tu m'as donné Noah et même si ce n'était pas ce que j'avais espéré, tu m'as permis de découvrir que je pouvais avoir une vie à laquelle je n'osais même pas croire. Tu m'as donné la confiance de me battre pour moi et pour mon fils. Mais cela ne veut pas dire que je vais te pardonner pour autant, ou oublier la façon dont tu t'es servi de moi.

C'est elle qui se planta devant lui, à quelques centimètres, le regard levé vers lui.

— Je te promets une chose, en revanche : je ne te laisserai jamais faire du mal à mon fils. Alors j'espère pour toi que tu me dis la vérité, parce que je ne suis plus la jeune femme naïve que tu pouvais manipuler il y a trois ans.

- 2 -

Elle n'était plus la jeune femme innocente qu'il avait rencontrée. À l'époque, il avait dû lutter contre la tentation de la protéger. Il en voulait à son grand-père pour la façon qu'il avait eue de se comporter avec elle. Elle était devenue si effacée… Les années passées à s'entendre répéter qu'elle n'était bonne à rien, à se voir rappeler tout ce qu'elle ne faisait pas comme elle aurait dû avaient eu l'effet escompté.

Et pourtant Finn avait immédiatement eu la conviction qu'elle avait une vraie flamme en elle qui ne demandait qu'à être alimentée pour s'épanouir et croître.

Il ne s'était pas trompé.

Son regard farouche lui avait fouetté les sangs. Il avait eu envie de la saisir, la serrer contre lui et consommer cette passion. Dévorer ses lèvres douces et roses.

Et recevoir une gifle en retour…

Ou risquer de perdre la chance qu'il avait de rencontrer son fils.

Cette idée lui noua l'estomac. Comment allait-il pouvoir interagir avec un enfant de son âge qui ne le connaissait pas le moins du monde ?

Ses parents étaient loin d'être des références, pour lui… Trop occupés par leurs propres vies pour se rappeler qu'ils avaient des fils la plupart du temps. Ils étaient un peu comme le Père Noël ou le lapin de Pâques, débarquant dans leur vie une ou deux fois par an pour les couvrir de cadeaux dont ils n'avaient pas besoin.

Mais même s'ils n'étaient pas présents, ils s'étaient toujours assurés qu'ils ne manquent de rien, matériellement du moins…

Il ne voulait pas être ce genre de père. Il n'avait pas franchement idée de comment on s'occupait d'un bébé, mais il allait faire de son mieux.

Genevieve le fixait et il se rendit compte qu'il était silencieux depuis de longues secondes.

— Je ne te demande pas de me pardonner, Genevieve. Mais je regrette ce qui s'est passé. Et même si tu ne me crois pas…

— … Pour la simple et bonne raison que tu ne m'as jamais donné le moindre motif de te faire confiance !

Finn hocha la tête, elle n'avait pas tort, mais il irait jusqu'au bout.

— Je n'ai pas volé l'Étoile de Reilly, cette nuit-là.

— Tu as juste été arrêté en possession du diamant, alors qu'une copie avait été laissée en remplacement…

— Genni, j'avais déjà ce diamant depuis trois jours à ce moment-là. J'étais venu le remettre à sa place. Le plan avait été initialement de le prendre et de disparaître avec lui, mais je n'ai pas pu m'enfuir. Pour la première fois de ma vie, quelque chose – quelqu'un, plutôt – était plus important pour moi que ma réussite.

Elle leva les yeux vers lui. Il reconnut le mélange des émotions dans son expression. Comme il aimait la façon qu'elle avait d'essayer de masquer ce qu'elle ressentait !

Elle était sans doute l'une des personnes les plus droites et honnêtes qu'il connaisse. Et lorsqu'on connaissait l'univers dans lequel elle avait grandi, c'était presque surprenant. N'importe qui d'autre aurait pu finir blasé, ou arrogant, mais pas elle. Elle était au contraire une véritable bouffée d'air frais.

C'était lui qui était revenu de tout.

Elle était tout ce que Finn avait toujours espéré être lui-même et qu'il n'était pas.

Au bout de quelques secondes, elle passa doucement le bout de sa langue sur ses lèvres, l'air troublé.

— Qu'est-ce que tu es en train de me dire ?

— Que j'étais venu remettre le diamant, volé trois jours plus tôt, à sa place.

Voler l'Étoile avait été facile, son plan s'était déroulé sans accroc.

C'était ensuite que sa conscience l'avait rattrapé… Et aussi l'impossibilité de quitter Genevieve.

Il n'avait pas planifié le retour de la pierre. Qui aurait pu imaginer qu'il y aurait besoin d'un plan pour rendre un diamant dérobé avec succès à son propriétaire qui ignorait même avoir été volé ?

— Qu'est-ce que cela change, dans le fond, dit Genevieve. Tu l'avais bien volé.

— Oui, mais je ne pouvais pas le garder. Tu étais plus importante à mes yeux.

— Si cela avait vraiment été le cas, tu ne l'aurais pas volé du tout.

— Si tu me connaissais un tant soit peu, tu saurais que c'est plus compliqué que cela.

Elle se pinça les lèvres.

— Tu as raison, je n'ai pas la moindre idée de qui tu es. Mais à qui la faute, à ton avis ? J'ai passé des semaines à penser que j'avais rencontré un homme merveilleux dont j'étais tombée amoureuse avant de découvrir que tout reposait sur des mensonges.

— Non, pas tout.

— C'est ce que tu dis, mais mon problème est que je ne peux aucunement démêler le vrai du faux et que même si c'était possible, je n'ai plus le loisir de m'y employer. Le passé est derrière nous, Finn. Je te laisse entrer dans la vie de mon fils car la justice a déclaré que je n'avais pas d'autre choix. Mais je suis certaine que c'est là un de tes stratagèmes pour m'atteindre et que d'ici quelques mois ton intérêt soudain pour cet enfant se sera évanoui à nouveau.

Finn ne put s'empêcher d'avancer d'un pas. Il se planta devant Genevieve, assez près pour que la jeune femme qu'il avait connue prenne peur. Sauf que ce ne fut pas le cas. Elle ne bougea pas d'un centimètre et redressa le menton, soutenant son regard.

Il ressentit un mélange de fierté et d'amusement. Il inclina la tête et approcha ses lèvres suffisamment près des siennes pour en ressentir la chaleur. Puis il murmura :

— Tu ne devrais pas trop compter là-dessus. Je ne vais nulle part, Genni.

Elle ne put lui dissimuler le frisson qui parcourut son corps. Dans un soupir, elle recula, battant finalement en retraite.

La tête penchée, il l'observa.

— Si nous en avons fini, j'aimerais bien voir Noah, maintenant.

Elle lui jeta un regard de profond mépris, comme si elle essayait de se convaincre qu'il n'était rien à ses yeux, mais sans y parvenir, de toute évidence…

Finn attendit simplement, sachant pertinemment que son impassibilité la mortifierait. Il aimait jouer ainsi, non sans une certaine perversité, avec ses nerfs. Il aimait voir la colère faire briller ses yeux et rougir ses joues.

— Il est à côté, je vais le chercher.

Elle tourna les talons, pensant sans doute qu'il resterait

derrière elle à l'attendre. Cela aurait été la façon polie de se comporter. Mais il n'avait jamais vraiment fait grand cas de la politesse.

Il lui emboîta donc le pas.

— Je viens avec toi.

Genevieve s'arrêta dans le couloir sombre. Elle ne se retourna pas, mais au bout de quelques secondes, se remit à marcher. Il en profita pour détailler sa silhouette de dos, ses jambes et ses fesses délicieusement mises en valeur dans son jean moulant.

Mais il devait garder ses distances, il le savait.

Ils passèrent devant deux chambres. L'une avait été aménagée en bureau, visiblement. Ou plutôt en atelier, car il entrevit son matériel et les casiers dans lesquels elle rangeait les pierres et minerais qu'elle utilisait pour ses créations.

La chambre suivante était sans doute une chambre d'amis. Genevieve s'arrêta alors devant une troisième porte.

Elle lui bloquait la vue, mais cela lui était indifférent. Il en savait assez en détaillant son expression. L'amour total s'écrivait dans ses yeux.

Jamais sa propre mère ne l'avait regardé ainsi. Jamais personne ne l'avait regardé ainsi.

Ce n'était peut-être pas tout à fait exact, à vrai dire.

Genevieve avait déjà eu ces yeux-là pour lui. Mais ce n'était très clairement plus le cas à l'heure actuelle.

Elle n'était pas prête. Ni pour Finn, ni pour ce qui s'annonçait.

Et puis comment était-il possible qu'elle réagisse ainsi à sa présence ? Après tout ce qu'il lui avait fait…

Sa trahison avait été une blessure profonde. Elle qui avait tant de mal à accorder sa confiance et son affection s'était finalement laissé porter, pour tomber dans le filet des mensonges de Finn DeLuca. Elle avait eu tellement envie de le croire lorsqu'il lui disait qu'il la trouvait belle. Elle avait plongé lorsqu'il avait parlé de son talent, de son intelligence.

Elle qui avait grandi sous le regard constamment désapprobateur de son grand-père, toujours prompt à souligner ses manquements et ses incapacités supposées… Elle avait sans doute une telle soif de reconnaissance qu'il n'avait pas eu besoin de faire beaucoup d'efforts pour gagner sa confiance. Et puis Finn lui avait donné bien plus qu'un avant-goût de ce dont elle avait toujours rêvé.

Elle avait été tellement naïve…

Il fallait dire qu'avant Finn elle ignorait tout de ce qui lui manquait. Elle n'avait pas même envisagé qu'elle pût mériter mieux que les constantes critiques et le harcèlement moral auquel son grand-père s'était livré sur elle pendant toutes ces années.

Aujourd'hui, elle était plus avisée et plus forte.

C'était pour cela qu'elle se demandait ce qui clochait chez elle pour que son corps réagisse ainsi à la présence de Finn. Il avait suffi qu'il passe le pas de la porte pour que son cœur s'emballe et que son souffle se fasse court. Ses paumes moites n'étaient pas une illusion, pas plus que le désir lancinant qu'elle ressentait jusqu'au creux de ses reins.

Pourtant, sous ses airs de beau gosse, elle savait que son sourire n'était qu'une façade et que chaque mot franchissant ses lèvres était suspect.

Mais il fallait croire que son corps était aussi stupide que sa mémoire était courte. Elle espérait seulement que son cœur soit plus solide aujourd'hui.

Et puis, quoi qu'il en soit, l'enjeu véritable de cette visite n'avait rien à voir avec elle ou Finn, mais bien avec leur fils, Noah.

Elle inspira profondément avant de relever les yeux vers lui.

— Je vais te présenter ton fils, annonça-t-elle en s'écartant du seuil.

Genevieve regarda attentivement son petit garçon blond, assis sur les genoux de Maddie, guettant sa réaction au moment où son regard tomberait sur son père.

Elle se retourna alors et ressentit un pincement douloureux dans la poitrine en notant l'évident ravissement sur le visage de Finn. Elle avait l'impression d'une émotion profonde et authentique. Si elle n'avait pas connu le personnage, elle aurait dit qu'il était profondément bouleversé.

— Il ressemble à mon frère.

— Il te ressemble, répliqua Genevieve.

Mis à part la couleur de ses yeux et de ses cheveux, son fils était le portrait craché de son père.

Finn hocha la tête et elle se demanda s'il pouvait percevoir la ressemblance. Lorsque son fils était tout bébé, c'était moins net, mais au fil des mois, il était devenu difficile d'en faire abstraction. De son côté, elle avait transmis son nez retroussé et sa bouche pleine au petit Noah. Mais tout le reste, jusqu'à son tempérament joueur et malicieux, il le tenait de Finn.

Elle était heureuse de cela, d'ailleurs, car si elle n'avait jamais vraiment connu l'insouciance de l'enfance et ses jeux joyeux, elle se réjouissait que Noah puisse en profiter.

L'enfant redressa finalement la tête, sentant probablement leur présence et leurs regards. Ses yeux s'illuminèrent, comme à chaque fois qu'il retrouvait sa mère. S'avançant dans la pièce, Genevieve prit Noah dans les bras.

— Merci, Maddie.

— Avec plaisir, répondit-elle en jetant un regard noir en direction de Finn avant de se diriger vers la sortie.

Quelques secondes plus tard, la porte d'entrée se referma, laissant Noah, Finn et Genevieve seuls.

Genevieve ressentit un instant de panique et eut la tentation de rappeler Maddie. Il lui fallait un soutien. N'importe quelle présence plutôt que cela.

Noah fit diversion en lui tapotant le visage et l'obligeant à le regarder.

— Mama !

Elle l'ajusta sur sa hanche d'un mouvement souple avant de se rapprocher de Finn.

— Noah, voilà ton papa. Finn, je te présente Noah.

Noah pencha la tête, une moue enfantine se dessina sur ses lèvres, tandis qu'il semblait considérer le nouveau venu. Genevieve retint son souffle.

Spontanément, Noah tendit aussitôt les bras vers Finn qui réagit sans retard en prenant le garçonnet dans ses bras, sans qu'ils se quittent un instant du regard. Un large sourire se dessina sur le visage de Finn.

Noah pointa alors un livre du doigt avec insistance. Ravi d'avoir une mission, Finn ramassa le petit ouvrage cartonné et prit place dans le fauteuil à bascule. Il installa son fils sur ses genoux, naturellement, et se prépara à lui lire une histoire comme il avait déjà fait ça des milliers de fois.

Genevieve les observa quelques secondes avant de s'éloigner doucement.

Elle ne pouvait rester plus longtemps, c'était trop douloureux.

Et elle s'en voulait de souffrir ainsi.

Repérer des lieux était une sorte de seconde nature chez Finn. Il n'avait pas même besoin d'y penser pour noter toutes les failles des systèmes de sécurité lorsqu'il passait la porte d'une nouvelle bijouterie à la mode du centre-ville de Charleston. Il était particulièrement à l'aise dans ces lieux tendance, qui réunissaient une clientèle fortunée sous des dehors bohèmes.

Il n'aimait pas cette hypocrisie qui consistait à se placer du côté de l'art, alors que le réel moteur de leurs affaires restait l'argent.

Leur agent de sécurité était repérable au premier coup d'œil alors qu'il avait pour mission de se fondre parmi la clientèle… Son costume bon marché tape-à-l'œil se notait de façon évidente, et ne dissimulait qu'à peine son arme dès qu'il se déplaçait.

Leur système était tout sauf à la hauteur. Les caméras étaient trop évidentes, placées face à la porte et aux comptoirs, ainsi qu'à l'entrée du couloir qui menait à l'arrière-boutique. Leur technologie avait au moins dix ans de retard, les angles morts étaient multiples et la qualité d'enregistrement rendrait les bandes difficilement exploitables.

Enfonçant les mains dans ses poches, Finn déambula un moment dans la boutique plutôt fréquentée. Il s'attarda sur les présentoirs tout en mémorisant les déplacements du personnel.

C'était presque trop facile.

Braquer cette bijouterie serait un jeu d'enfant. En moins de deux heures, il pensait être capable de définir un plan d'action impeccable. Et même sans rien planifier, il avait l'impression qu'il serait capable de ressortir avec quelques pierres en poche sans encombre.

Mais ce n'était pas la raison de sa présence ici.

Et puis il ne comptait pas se mouiller dans quoi que

ce soit… Pour le moment du moins. Un seul faux pas et les visites à Noah seraient annulées aussitôt.

— Monsieur, puis-je vous renseigner ?

Finn jeta un coup d'œil rapide à sa montre Piaget avant de lever les yeux vers la vendeuse qui s'intéressait enfin à lui. Huit minutes et trente secondes. Pas terrible…

— Oui, j'aurais aimé voir certaines de vos pièces placées au coffre.

Il avait capté son attention. Elle avait remarqué sa montre et deviné qu'elle avait affaire à un connaisseur ou du moins un amateur fortuné. La perspective d'une commission sur une grosse vente fit briller ses yeux.

— Bien entendu, quelle collection a attiré votre attention ? Nous avons quelques pièces très rares de Maximillian Broussard, le designer de la maison Harry Winston.

— Non, je connais son travail, mais ce sont de trop grosses pièces. Ce n'est pas ce que je recherche.

— Vous cherchez quelque chose de plus fin, si je comprends bien ? Une gamme plus délicate ?

— Voilà, précisément.

— Je crois que j'ai ce qu'il vous faut, si vous voulez bien m'accompagner…

Elle le guida jusqu'à une pièce isolée, sorte de showroom privé, installé derrière un épais rideau de velours pourpre.

Finn haussa un sourcil en découvrant le salon feutré, aux lignes élégantes. Trois sièges étaient placés autour d'une table, les lumières étaient chaudes et précises, orientées pour faire étinceler chaque facette d'une pierre taillée.

Il prit place sur le siège qu'elle lui indiqua.

— Nous disposons de plusieurs pièces uniques. J'ai par exemple les bijoux d'une jeune créatrice de talent qui commence à se faire un nom grâce à un travail totalement époustouflant de mise en valeur des pierres. Quel genre de pièce recherchez-vous ?

— Je cherche un cadeau pour une femme qui est très importante à mes yeux.

— Je vois, un collier, un bracelet ? Peut-être des boucles d'oreilles ou une parure ?

Il pouvait percevoir l'espoir dans la bouche de la jeune Denise, d'après le prénom indiqué par l'étiquette sur sa poitrine.

— Tout est possible selon ce que je trouverai. Peut-être pouvez-vous commencer par me montrer ce que vous avez et nous verrons à partir de là ?

Enchantée, Denise hocha la tête.

— Absolument. Est-ce que je peux vous offrir quelque chose à boire pendant que je vais vous chercher nos créations ? Un vin fin, un bourbon ?

— Un bourbon, avec plaisir, répondit-il.

Il n'avait pas la moindre envie de boire un bourbon, mais accepter un verre mettait toujours vos interlocuteurs plus à l'aise.

Dès que Denise eut quitté la pièce, il se leva et l'arpenta. Il aurait facilement pu se rendre dans l'arrière-boutique pour craquer leur coffre et filer à l'anglaise avant même qu'elle ne revienne…

Il ressentait déjà les picotements de l'adrénaline… mais le jeu n'en valait pas la chandelle.

Denise revint et plaça divers écrins devant lui. Finn était capable de reconnaître les pièces de Genevieve entre mille.

Ses bijoux lui ressemblaient tant. Fins et élégants. Délicats et émouvants. Avec une vraie force qui émanait pourtant du travail du métal et de la mise en scène de la pierre.

Pas de diamants, ce qui n'était pas une surprise. C'était trop attendu.

Et puis Genevieve aimait la couleur. Il reconnut les rouges profonds des rubis du Siam, et puis des saphirs, des opales, tous plus beaux les uns que les autres. Ce furent pourtant les émeraudes qui retinrent son attention. Peut-être parce que leur couleur lui rappelait les yeux verts de Genevieve. Ses yeux vert vif cerclés d'un anneau vert Empire.

Prenant en main l'écrin aux émeraudes, Finn passa en revue les différentes pièces. Le collier était magnifique, constitué d'une émeraude en forme de goutte, à la teinte stupéfiante. Il brûlait de demander une loupe, mais craignait de dévoiler trop vite son expertise.

Il y avait un bracelet et des boucles assorties, avec des pierres de plus petite taille, superbes mais moins époustouflantes. Le collier était vraiment la pièce de choix. Il pouvait déjà l'imaginer se nichant au creux de la gorge de Genevieve.

— Je vais les prendre, déclara-t-il en se redressant sur son siège.

— Merveilleux ! Cette jeune femme a beaucoup de chance…

Finn se retint de rire, en imaginant la réaction de Genevieve lorsqu'elle saurait qui avait acheté sa création.

Il y avait diverses façons de lui faire parvenir l'argent qu'elle refusait…

- 3 -

— Vous avez vendu la parure d'émeraudes ?

Genevieve sentit un nœud se former dans sa gorge. Elle avait pourtant de quoi se réjouir. Cette seule vente assurait les mois à venir pour Nathan et elle. Mais elle savait que cette pièce n'était pas n'importe laquelle. Dès qu'elle avait trouvé l'émeraude de son collier, elle s'était sentie comme un lien intime avec cette pierre.

Ce n'était pas la première fois et, avec un peu de chance, ce ne serait pas la dernière. Elle ressentait souvent une connexion particulière avec certaines des pierres qu'elle montait en bijoux. Il fallait dire qu'elle passait de longues heures à les observer avant de déterminer la façon de les mettre en valeur au mieux.

Mais cette émeraude était à part.

Évidemment, elle ne pouvait pas garder pour elle une pierre, même si elle lui tapait dans l'œil. Elle avait investi près de cinquante mille dollars sur celle-ci. C'était le problème de son activité… Elle travaillait avec des matériaux coûteux.

Cela faisait plusieurs semaines qu'elle n'avait pas vendu quoi que ce soit, aussi cette vente inattendue tombait à point. C'était ce qu'elle devait garder en tête. Peut-être qu'elle pourrait emmener Noah en vacances prochainement, pour son anniversaire.

— Genevieve ?

Elle avait presque oublié la présence d'Eric au téléphone. Le patron de la bijouterie l'avait appelée aussitôt que la vente avait été conclue.

— Oui, pardon, je réfléchissais. Quelle merveilleuse nouvelle ! Est-ce que vous pouvez m'en dire un peu plus sur les acheteurs ?

Elle aimait pouvoir se représenter ceux qui achetaient ses créations, cela lui permettait de clôturer mentalement un processus, en imaginant le plaisir ou la surprise d'une femme recevant sa parure des mains de son mari. Elle aimait connaître l'histoire qui allait avec chaque acquisition. S'agissait-il d'un anniversaire de mariage, de la naissance d'un enfant ou d'une autre célébration ?

Cette idée la remplissait de fierté. Se savoir à l'origine d'un moment inoubliable de la vie des gens était son bonheur.

— Je n'en sais pas long, c'est Denise qui a fait la vente. Il s'agissait d'un homme qui venait sans idée précise et qui a arrêté son choix aussitôt que ses yeux se sont posés sur vos émeraudes.

C'était déjà quelque chose. Peut-être que la personne qui les avait achetées avait aussi ressenti cette connexion si particulière qu'elle avait éprouvée en les voyant elle aussi ? Cette idée lui faisait du bien.

— Vous m'enverrez ses coordonnées ?

Elle avait pris l'habitude d'envoyer un message de remerciement personnalisé à chacun de ses acheteurs et était toujours heureuse de recevoir des nouvelles en retour. C'était l'avantage de conserver une activité presque artisanale.

Elle savait que si son projet de partenariat avec la grande chaîne de bijouteries Mitchell Brothers se déployait, elle n'aurait peut-être plus le loisir de contacter chaque acheteur individuellement, mais pour le moment, rien ne l'en empêchait.

D'ici quelques semaines, elle aurait peut-être des créations exposées dans près de cinquante boutiques réparties dans douze états du sud du pays.

— Bien sûr, je vous envoie tout cela par e-mail et le paiement vous sera transféré cette semaine.

Genevieve remercia Eric et se rendit dans son atelier. Noah était avec Nicole, la jeune étudiante qu'elle avait embauchée pour le garder pendant qu'elle travaillait. Elle avait encore deux heures devant elle.

Elle regarda les pierres réparties sur sa table de travail. Elles étaient si belles. Il y avait une alexandrite, une pierre semi-précieuse assez rare, appréciée pour ses teintes changeantes selon la lumière. Depuis une semaine, elle cherchait à déterminer comment les monter afin d'en sublimer la beauté naturelle.

La plus grosse des pierres faisait un peu plus d'un carat. Il semblait logique d'en faire un collier et d'utiliser les deux plus modestes pour des boucles d'oreilles, avant de répartir les plus petites sur un bracelet, peut-être.

C'était logique, mais ce n'était pas ce que son instinct lui soufflait. Le problème était qu'elle n'arrivait pas à savoir exactement comment travailler ces pierres.

Elle passa les doigts dessus, ressentant leur surface fraîche et leur douceur sous ses doigts. Elle éprouvait leurs angles aigus, elle contemplait leur brillance, encore prisonnière sous la surface.

Les prenant dans le creux de sa paume, elle espéra que l'inspiration la frapperait.

Mais rien ne vint.

Elle avait investi beaucoup d'argent dans ces pierres et il fallait maintenant qu'elle puisse les revendre. Cette fois-ci, pourtant, elle se sentait incapable de trouver l'agencement le plus adapté, comme si toute inspiration s'était échappée d'elle.

Le bip d'un e-mail arrivé sur son téléphone la tira de ses pensées.

Parfait, elle avait besoin d'une distraction.

Genevieve déverrouilla son portable et ouvrit l'e-mail envoyé par Eric.

Le son qui sortit de sa gorge ressemblait à un grognement.

Elle allait le tuer…

Finn était dévêtu lorsque le portier sonna pour l'avertir qu'une femme l'attendait en bas. La seule femme qui connaissait son adresse était Piper, la fiancée de Stone. Il ne voyait pas pourquoi elle lui rendrait visite, et encore moins sans prévenir.

Un demi-sourire lui monta alors aux lèvres.

C'était donc Genevieve.

Il ressentit une fois encore le picotement familier de la montée d'adrénaline. Il ignorait ce qui pouvait la pousser jusque chez lui à 7 heures du soir, mais il supposait que ce n'était sans doute pas une envie soudaine de se jeter dans ses bras.

Il enfila un pantalon de jogging et traversa son loft torse nu. Arrivé devant la porte, il l'ouvrit en grand et regagna son séjour.

Elle le trouverait bien toute seule.

Il ne lui fallut pas longtemps. Il entendit le bruit de ses pas sur le parquet. Elle portait des talons. Il aimait quand elle en portait, cela dessinait incroyablement ses jambes. Le simple bruit de ses pas mettait déjà son imagination en marche et c'était délicieux.

— Combien de fois faudra-t-il que je te répète que je ne veux pas de ton argent ?

Finn prit son temps pour se tourner vers elle, et laissa son regard descendre tranquillement le long de son corps. Ce n'était peut-être pas tout à fait intentionnel, à vrai dire. Il avait du mal à ne pas la dévorer des yeux.

Elle était encore plus belle en colère.

Ses yeux verts semblaient lancer des éclairs et ses joues étaient deux drapeaux rouges. Elle gardait ses poings serrés alors que tout son corps semblait penché vers l'avant, bien qu'elle garde trois bons mètres de distance.

— Il me semble que tu as été très claire à ce sujet, en effet, répondit-il.

— Et pourtant cela ne t'a pas empêché !

— Empêché de ? demanda-t-il, décidé à jouer les imbéciles plutôt que d'avouer quoi que ce soit trop facilement. De quoi est-ce que tu parles ?

— Ne joue pas les idiots, nous savons l'un et l'autre que tu as toujours cinq coups d'avance sur tout le monde autour de toi.

— Merci, répondit-il sans être certain que ce soit un compliment.

— Je veux que tu rendes les bijoux. Et je ne veux pas de ton argent, Noah et moi n'en avons pas besoin, débrouille-toi avec ta culpabilité.

Il était de très bonne humeur jusque-là, mais cela retomba aussitôt. Il avança vers elle rapidement, la faisant reculer de quelques pas qui manquèrent de la faire tomber à la renverse contre le mur de brique derrière elle.

Elle était coincée, mais il continuait d'avancer, jusqu'à poser ses deux paumes de part et d'autre de la tête de Genevieve qui n'eut d'autre choix que de se plaquer contre la paroi de briques. De ses jambes, il effleura les siennes. Il nota alors combien son souffle s'était fait saccadé.

— Qu'une chose soit bien claire, Genevieve, la culpabilité n'a rien à voir avec quoi que ce soit que je fais. Tu élèves mon fils et il n'y a pas de raison que vous fassiez sans mon argent.

— Je suis parfaitement capable de m'occuper seule de mon fils, Finn.

— Je le sais, j'ai vérifié tes déclarations d'impôts de ces trois dernières années et j'ai un rapport financier précis de tes affaires. Je sais très exactement combien tu as, combien tu investis, et ce que tu projettes. Je sais aussi depuis que je t'ai vue à l'œuvre que tu es une créatrice brillante et que tu vas réussir.

Genevieve se pinça les lèvres entre colère et incrédulité face à ses révélations, mais il ne lui laissa pas le temps de dire quoi que ce soit.

— Cependant, je veux que tu ne t'inquiètes de rien, je fais ce que je veux de mon argent, et sache que j'en ai assez pour faire vivre un pays du tiers-monde.

— Dans ce cas, je t'en conjure, fais-le !

— C'est déjà le cas.

Elle hocha la tête, un peu surprise et dubitative.

— En ce qui concerne mon achat, comme tu refusais mon aide, j'ai agi de façon indirecte et parfaitement légale. Tu n'as rien à me reprocher.

— Je refuse que tu achètes ces pièces.

— Genevieve, murmura-t-il, la voix légèrement heurtée. Tu sais bien que je les ai déjà, ces émeraudes. Je les ai achetées, pas volées.

— Mais tu peux les rendre, ils te les rachèteront, j'ai vu cela avec eux.

— C’est hors de question, elles m’appartiennent. Je refuse de les revendre.

— Mais que vas-tu en faire ?

— Cela ne te regarde pas.

Elle serra les dents.

— Alors tu ne me laisses pas le choix, je vais devoir refuser le chèque d’Eric.

Finn se pencha encore un peu plus sur elle, elle essaya de se libérer, mais c’était impossible et chacun de ses mouvements lui faisait frôler son corps.

Il sentait le désir s’allumer en lui. Le besoin irrépressible de la toucher, la goûter…

— Ne fais pas cela.

— Sinon quoi ? lança-t-elle, une lueur de défi dans le regard.

La bouche de Genevieve était si proche de la sienne qu’il avait l’impression d’en sentir la chaleur. Ses lèvres étaient tellement attirantes.

Une tentation à laquelle Finn ne pouvait résister. Il effleura sa joue soyeuse du bout du doigt. Cela faisait si longtemps qu’il ne l’avait pas touchée ailleurs que dans ses rêves…

Et cet effleurement était loin d’être suffisant, alors que les souvenirs de Genevieve affluaient dans sa mémoire de façon bien trop vivace tout à coup.

Il la serra encore davantage et prit ses lèvres. Incapable de résister plus longtemps.

À l’instant où ses lèvres touchèrent les siennes, c’en était fini de lui. L’envie et le désir le consumaient déjà. Le vide qu’il portait en lui depuis trop longtemps se remit à le faire souffrir. Ce vide qu’elle seule avait été capable de combler autrefois.

Une à une, ses bonnes résolutions lui firent l’effet de se

consumer alors que leurs lèvres se touchaient. Et lorsqu'elle entrouvrit les siennes, il poussa un soupir de soulagement. Il sentit ses mains agripper ses épaules, sans l'attirer à elle, mais sans le repousser non plus.

Il reçut tout ce qu'elle était prête à lui donner, savourant ce baiser inespéré.

Puis il s'écarta et, reposant son front sur le sien, resta ainsi quelques instants, comme figé, cherchant à retrouver son calme et ses esprits. Son souffle était court.

Il recula finalement d'un pas, pour laisser un peu d'espace entre eux. Juste assez pour être capable de la regarder dans les yeux.

— Je ne veux rien te prendre, Genevieve. Je te le promets. Laisse-moi te donner ce dont tu as besoin pour élever Nathan, je t'en prie.

Bon sang, elle était vraiment totalement stupide !

Stupide d'avoir envie de le croire alors qu'elle savait pertinemment qu'elle ne devait plus lui faire confiance. Elle savait bien qu'il était capable de la pire des trahisons même après lui avoir promis monts et merveilles, les yeux dans les yeux.

Et d'un autre côté, sur certains points, il n'avait pas complètement tort.

Elle avait besoin de l'argent de la vente de ses bijoux. Elle avait repéré des opales noires qui seraient parfaites pour un tour de cou, mais n'avait pas le capital nécessaire pour investir à l'heure actuelle.

Elle devait aussi reconnaître que l'idée que Finn offrirait certainement ses émeraudes à une autre femme l'avait traversée et que, réflexion faite, c'était peut-être l'origine de sa réaction épidermique.

Alors que cela ne la regardait pas le moins du monde

et qu'il pouvait bien offrir ce qu'il voulait à qui il voulait, à la fin.

Et puis sa commission resterait en tous les cas bien en deçà du chèque qu'il lui avait envoyé quelques mois plus tôt et qu'elle s'était refusé à encaisser.

Après tout, c'était un véritable échange commercial, cette fois.

— Bien, fit-elle finalement. Garde les émeraudes, je vais toucher ma commission si tu t'engages à ne plus acheter d'autres pièces.

Finn haussa les épaules.

— Je peux m'engager à ne plus acheter tes créations dans le simple but de te faire parvenir de l'argent, qu'est-ce que tu en dis ?

— Eh bien, je ne vois pas trop pourquoi tu dis cela, mais très bien. Avec cette commission, je vais pouvoir investir dans des opales noires que j'ai repérées.

— Hum, des opales noires, murmura-t-il.

Genevieve partagea son frisson d'excitation.

— Oh oui, elles sont sublimes. Leur couleur est incroyable et elles seront parfaites pour un tour de cou que j'ai en tête et pour lequel je n'avais pas trouvé les pierres idéales. Celles-ci proviennent de la même roche, elles ont des reflets violine et bleu…

Elle ne s'était pas rendu compte que la passion avait pris le dessus, jusqu'à ce qu'elle remarque le regard de Finn. Elle s'interrompit aussitôt.

— Pardon, j'imagine que cela ne t'intéresse pas plus que cela…

— Non, j'aime voir cette flamme dans ton regard quand tu parles de tes pierres. Ta passion est quelque chose que j'ai toujours adoré chez toi.

Que pouvait-elle faire de cela…

Bien sûr, elle regrettait de ne plus avoir quelqu'un avec qui partager son enthousiasme. C'était sans doute ce qui lui manquait le plus de Reilly où elle était entourée de gens qui comprenaient sa passion pour les bijoux et les pierres précieuses.

C'était quelque chose qu'elle avait partagé avec Finn autrefois. Ces quelques semaines où il avait fait partie de sa vie, elle avait eu un confident…

Mais de son côté à lui, hélas, c'était uniquement pour obtenir les informations nécessaires pour mettre en œuvre son plan malhonnête.

— Peu importe, en tous les cas j'espère que la personne à qui tu offriras ces émeraudes saura les apprécier à leur juste valeur. Ces pierres ont une place toute particulière dans mon cœur.

— Moi aussi j'espère que mon présent sera apprécié, répondit-il sur un ton mystérieux.

— Il y a peu de risque du contraire, c'est une belle pièce, lança-t-elle le cœur serré. Bien, ceci dit, je ferais mieux d'y aller.

Comme elle se dirigeait vers la sortie, elle se demanda soudain où était passée toute sa colère. Consumée dans ce baiser, elle aussi ?

Ce baiser stupide qu'elle devrait chasser de sa mémoire au plus vite.

Finn la regardait s'éloigner, elle pouvait sentir son regard et cela avait le pouvoir de la mettre mal à l'aise. Il avait ce don de la troubler par sa simple présence. Comme s'il parvenait à voir ce qu'elle cachait en elle.

— Rappelle-moi si tu veux pour fixer un autre rendez-vous pour voir Noah cette semaine, dit-elle depuis le seuil de la porte.

— Avec plaisir, répondit-il alors que son large sourire illuminait à nouveau son visage.

Quelques jours plus tôt, elle s'était inquiétée de la capacité de Finn à se comporter en père, mais après l'avoir vu avec son fils la veille, ses craintes s'étaient aussitôt envolées. Finn était parfaitement à l'aise avec Noah et réciproquement. Peut-être parce qu'à bien des égards il se comportait toujours comme un enfant, lui aussi ?

Pourtant cette pensée n'apaisait pas toutes ses inquiétudes. Dans le fond, cela lui en rajoutait peut-être même quelques-unes !

Une fois la porte refermée derrière elle, Genevieve s'y adossa, comme incapable de marcher. Ses genoux lui semblaient tout à coup en guimauve.

Elle n'était pas certaine d'être capable de se retrouver dans la même pièce que Finn DeLuca de nouveau sans avoir follement envie de lui.

- 4 -

Vingt-quatre heures s'étaient écoulées et Finn ne parvenait toujours pas à se sortir leur baiser de la tête. Les choses étaient assez claires pour lui, il fallait dire, car dès l'instant où il avait posé les yeux sur Genevieve, il l'avait désirée follement.

Cela avait d'ailleurs causé sa perte une première fois, il y avait trois ans de cela.

Il avait d'abord eu l'impression d'être fasciné par elle, un peu comme il l'avait été par une toile de Rembrandt découverte par hasard à l'adolescence ou un sublime rubis qui faisait la taille de son poing alors qu'il avait une vingtaine d'années. Il avait d'ailleurs fini par acquérir l'un et l'autre.

Il avait toujours été attiré par la beauté et il y avait quelque chose de totalement fascinant et différent chez Genevieve.

Il avait d'abord essayé de se convaincre qu'elle cachait son jeu pour le tester. Il était impossible qu'il en soit autrement : personne, issu d'une famille telle que la sienne, ne pouvait être aussi confiant et naïf de prime abord. Mais il avait pourtant rapidement découvert que Genevieve était ainsi.

Du moins avant.

Il avait anéanti cela, et il se détestait d'avoir éteint une part de son innocence. Il avait peut-être rendu le fameux diamant, mais il y avait des choses que l'on ne pouvait restituer une fois qu'on les avait volées.

Et puis, il l'avait vue avec leur fils. Il avait vu l'amour réciproque entre ces deux-là et cette image était gravée dans son esprit.

Lackland avait fait son possible pour garder sa petite-fille sous sa coupe, en l'isolant du reste du monde. Elle avait eu des précepteurs pour éviter l'école, avait grandi entourée d'adultes à la solde de Lackland, qui avait toujours exigé qu'elle lui obéisse au doigt et à l'œil, sans jamais poser la moindre question. Elle était devenue une de ses employées en quelque sorte.

Et Finn ne pouvait accepter cela. Ce n'était pas la première fois qu'il croisait ce genre de tempérament tout-puissant, et il ne s'était jamais vraiment senti une âme de justicier jusque-là, pourtant.

Jusqu'à Genevieve.

Il avait immédiatement ressenti une grande force en elle, profondément refoulée. Elle était comme un diamant brut, qui attendait la patience et l'œil d'un joaillier pour s'exprimer et briller de mille feux.

Et il avait espéré être celui-là…

Cela n'avait pas été le cas.

Pas tout à fait, du moins. La façon qu'elle avait eue de débarquer chez lui, la veille, un orage dans le regard et prête à en découdre avec lui…

La Genevieve qu'il avait rencontrée trois ans plus tôt n'était pas capable de ce genre de coup d'éclat.

Ce souvenir éveilla à nouveau son désir, qui n'était jamais bien loin depuis qu'il l'avait embrassée. Il avait eu un tel besoin de la toucher. De saisir sa bouche pour capturer son énergie et la faire sienne.

Il fallait pourtant qu'il se libère de ce besoin. Il ne

pouvait risquer de tout perdre, maintenant. Il avait déjà trop risqué à cause d'elle. Son attirance était dangereuse, elle lui faisait perdre sa vigilance.

La seule chose qui comptait était qu'il allait revoir Noah. C'était un nouveau pas dans la bonne direction, même s'il en fallait davantage. Il voulait faire découvrir le monde à son fils.

Finn devrait y aller doucement avec Genevieve. La convaincre qu'il n'était pas l'homme qui l'avait séduite par intérêt quelques années plus tôt. C'était vraiment le cas, mais les apparences jouaient contre lui.

Il voulait devenir un autre homme. Pour son fils. Pour la famille qu'il avait crue perdue à tout jamais, après la mort de Sawyer.

Son téléphone vibra sur la table devant lui. Il décrocha aussitôt.

— Stone.

— J'ai les équipements que tu m'as demandés, mais je veux être certain que tu ne prévois rien d'illicite. Non, remarque, je retire ce que j'ai dit, je crois que je préfère ne rien savoir et rester dans le déni.

Finn éclata de rire.

— Je ne fais rien d'illégal.

Il marchait pourtant sur une corde raide. Genevieve ne serait sans doute pas d'accord avec son projet d'installation de caméras de surveillance dans son appartement et son atelier. Pour sa défense, elle ne savait pas à quel point elle était vulnérable.

Tandis qu'il savait parfaitement où se trouvaient les points faibles et les angles morts de son système de protection. Il prévoyait simplement de refermer quelques brèches en attendant qu'elle lui donne un accès plus complet à son domicile.

Qu'elle le veuille ou non, il protégerait Genevieve et Noah.

— Bien sûr, marmonna Stone, sceptique. Avec ça tu as assez de caméras et de micros pour rendre le Metropolitan Museum jaloux ! Finn, rassure-moi, dis-moi au moins que tu ne vas pas faire quelque chose d'idiot !

— Je prévois simplement de placer un système de sécurité externe chez Genevieve. Le sien laisse vraiment trop à désirer.

Le silence qui suivit manifestait plus que clairement la désapprobation de Stone. Son ami connaissait leur histoire mieux que personne.

Il semblait évident que Stone pensait qu'il allait s'attirer des ennuis, et il avait peut-être raison, mais Finn le ferait tout de même.

— Ne me dis pas qu'elle ne saura pas que chacun de ses faits et gestes sera enregistré ? Tu es au courant qu'il existe un concept de vie privée ?

— Hum…

— Bon sang, Finn ! s'exclama Stone. Tu veux retourner en prison, c'est ça ?

— Non, fais-moi confiance. Tout ce que je te demande c'est si tu peux charger ton équipe d'une installation discrète ?

Il n'avait aucune intention de se faire prendre, cette fois-ci.

— Si tu es sûr que c'est ce que tu veux faire… Oui, soupira Stone.

C'était parfait.

Genevieve contempla les pierres qui étincelaient sur sa table de travail. Elles étaient magnifiques et elle ressentait à leur vue un mélange de joie et d'excitation farouche. Elle sentait son sang battre dans ses veines, un peu comme lorsqu'elle s'approchait de Finn et qu'elle pouvait percevoir son odeur boisée et épicée.

Mais mieux valait ne pas commencer à penser à lui, maintenant. Elle venait de passer les derniers jours à essayer de bannir leur dernière entrevue de sa mémoire. Et leur baiser…

Elle était vraiment ridicule, décidément ! Et si faible en sa présence.

Elle avait beau savoir exactement de quoi il était capable… Elle le désirait.

Et puis, même à distance, il interférait avec sa vie ! Elle était venue pour terminer sa dernière création, mais n'arrivait même pas à se mettre au travail.

Elle avait passé des heures à fixer ses pierres, à les caresser alors que son esprit se rejouait la scène du baiser pour la centième fois.

Elle jeta un coup d'œil à son téléphone pour vérifier l'heure. Il était temps de rentrer, minuit approchait et elle devait libérer Nicole.

Frustrée de ces heures de travail perdues, Genevieve rangea les pierres dans son coffre.

Nick, son unique employé en charge de la sécurité, avait été intraitable sur la qualité du coffre-fort. Elle s'était laissé convaincre, en raison du prix de ses pierres et de l'investissement que cela représentait.

Pourtant, même si ces pierres étaient précieuses aussi à ses yeux, elle considérait qu'elles n'étaient que cela, des pierres. De très belles pierres, mais moins importantes que le rire de son fils.

Une fois la porte de son atelier refermée, elle se dirigea vers le parking. Un frisson inattendu la saisit, comme un serpent glacial qui remonterait le long de sa colonne.

Elle avait la chair de poule tout à coup et s'immobilisa, le cœur battant.

Elle n'aurait su dire ce qui provoquait cette réaction épidermique.

Elle balaya le parking du regard, il était désert et tout semblait calme et immobile. Des ombres se mouvaient de-ci de-là, mais il s'agissait des branches dans la brise, rien de plus.

C'était son imagination, voilà tout. Une petite attaque de paranoïa. Elle sortit ses clés, ouvrit la portière de sa voiture et verrouilla aussitôt une fois à l'intérieur.

Son cœur continuait pourtant à tambouriner dans sa poitrine. Genevieve fit démarrer sa voiture et prit le chemin de sa maison, elle avait besoin de se reposer, voilà ce qui lui arrivait.

Il faudrait qu'elle observe à nouveau son alexandrite le lendemain. De jour, cette fois. Un changement de lumière lui donnerait peut-être l'inspiration qui lui avait fait défaut ce soir.

Finn fixait l'écran de son ordinateur. Son loft était plongé dans l'obscurité et la seule lueur provenait de son écran. Il avait allongé ses jambes, les pieds reposant sur sa table basse, un verre de vin rouge à la main.

En le voyant ainsi, n'importe qui aurait imaginé qu'il était parfaitement détendu, occupé à visionner un film.

En fait, il essayait désespérément de garder le contrôle sur le maelström d'émotion qui faisait rage en lui.

Il brûlait de sauter dans sa voiture pour débarquer chez Genevieve. Comment pouvait-elle travailler aussi tard, seule dans son atelier isolé ?

Et d'après ce qu'il comprenait, ce genre d'horaires

nocturnes n'était pas exceptionnel. Avait-elle seulement activé son alarme ?

Il avait évidemment mené son enquête pour savoir qui s'occupait de sa sécurité. Et même s'il n'avait rien contre lui personnellement, ce Nick ne faisait pas son travail correctement.

De toute façon, il n'aimait pas la façon dont il regardait Genevieve, déjà à l'époque de Reilly. Il avait l'impression que ce n'était pas simplement la loyauté qui animait sa démarche.

Il se demanda s'il ne devrait pas demander à Stone de mettre un tracker sur sa voiture pour pouvoir surveiller ses trajets. Serait-ce une nouvelle atteinte à son intimité ? Ce moment sans la moindre information entre son atelier et sa maison le stressait au plus haut point…

Genevieve se gara finalement dans son allée, à côté de la voiture de la baby-sitter. Elle entra quelques instants et réapparut sur les écrans lorsqu'elle raccompagna la jeune femme à la porte.

Elle serra Nicole contre elle et attendit que cette dernière ait démarré pour refermer la porte.

Finn suivit sa progression dans l'appartement d'après les lumières. Il sut qu'elle restait quelques secondes à la porte de Noah, car elle tarda à éteindre le couloir. Il n'avait même pas besoin de savoir cela pour le deviner, il avait vu quel genre de mère elle était.

Il fallut quinze minutes de plus avant que toutes les lumières soient éteintes. Il n'avait plus qu'à faire de même et gagner son lit, mais il était bien trop tendu pour cela à cet instant.

Non seulement était-il encore stressé à l'idée que Genevieve était potentiellement en danger, mais en prime, il n'avait qu'une envie : être avec elle. Se glisser auprès d'elle dans son lit. La toucher encore, mais surtout se lover contre elle et l'abriter de son corps. S'endormir en l'entendant respirer paisiblement, alors que sa peau réchauffait la sienne.

Elle lui faisait désirer des choses qu'il n'aurait plus jamais.

Il s'apprêtait à refermer son ordinateur portable lorsque quelque chose attira soudain son attention. Il s'approcha de l'écran.

Juste là. Un mouvement. Une ombre.

Son cœur se mit à battre plus vite, plus fort. Il reconnaissait ce frisson.

Il se passait quelque chose.

Quelque chose d'anormal.

Il zooma et resta figé sur l'image.

Une silhouette se dirigeait vers la porte de derrière de son atelier.

Avant qu'il n'ait le temps de retenir son souffle, l'homme avait ouvert la porte.

Il sauta sur ses pieds, son téléphone à la main. Le premier appel qu'il passa fut à la police. Le second, à Stone.

Et le troisième, à Genevieve.

Genevieve tourna dans son lit pendant une vingtaine de minutes, incapable de mettre son esprit au repos. Finalement, son corps commença à se détendre mais au moment où elle allait sombrer dans le sommeil, son téléphone se mit à vibrer sur sa table de chevet.

Le bruit la fit sursauter. Il fallut quelques secondes à son esprit embrumé pour comprendre ce qui était en train de se passer, puis elle décrocha aussitôt, craignant que les sonneries ne réveillent Noah. Les démarcheurs n'appelaient pas encore en pleine nuit, elle songea que c'était sans doute une erreur.

— Allô ?

— Genevieve ?

Elle se redressa aussitôt dans son lit.

— Finn !

— Oui, écoute, je…

— Bon sang, mais qu'est-ce qui te prend à m'appeler en pleine nuit !

— Genevieve, répéta-t-il, une certaine urgence dans sa voix. Quelqu'un s'est introduit dans ton atelier. J'ai déjà prévenu la police et un ami, mais tu devras sans doute t'y rendre.

Elle cligna des yeux dans la pénombre.

— Quoi ?

Ce fut tout ce que son cerveau embrumé parvint à lui faire articuler.

— Je suis navré de devoir t'annoncer cela, reprit-il, sa voix soudain plus douce.

Est-ce qu'il pouvait s'agir d'une coïncidence ? Une intrusion dans son atelier alors que Finn venait de refaire surface dans sa vie ?

Elle pouvait presque entendre la voix de son grand-père, alors qu'elle ne l'avait plus revu depuis trois ans. Elle avait à peu près coupé les ponts avec toutes ses connaissances, d'ailleurs, et elle était furieuse que dans les moments d'urgence sa voix lui revienne à l'esprit et vienne influencer son raisonnement.

Mais bon sang, il n'avait pourtant pas toujours forcément tort.

— Finn, est-ce que tu as quelque chose à voir avec cela ? demanda-t-elle.

— Pardon ? Non enfin, Genevieve ! Pourquoi est-ce que je ferai cela ?

Comment ne pas penser à lui, qui avait fracturé le propre

coffre de son grand-père, et probablement des centaines d'autres. Mais pourquoi la préviendrait-il, en revanche, s'il était à l'origine du casse…

— La police est en route, ajouta-t-il. Je vais essayer d'oublier ce que tu viens de dire.

Pour une raison ou une autre, cette annonce ne l'apaisa pas le moins du monde. Il devait être vraiment inquiet pour appeler la police. Finn DeLuca ne communiquait pas avec les autorités par plaisir.

— Je serai là-bas dans dix minutes, lança-t-elle avant de raccrocher.

Elle sauta de son lit, s'habilla en vitesse et se dirigea vers la chambre de Noah qu'elle prit délicatement de son lit, encore enroulé dans sa couverture avant de sortir pour l'attacher dans son siège auto. Il ne sembla même pas s'en rendre compte et se rendormit paisiblement après quelques gémissements.

Les rues étaient désertes à cette heure avancée et elle fonça vers son atelier. Elle dut cependant s'arrêter à quelques feux rouges sur le chemin, qui lui laissèrent le loisir de ruminer.

Son partenariat était fichu si elle perdait les pierres ! Toutes ses pièces étaient réunies dans le même coffre… C'était probablement une erreur de les laisser toutes ensemble, mais comme c'était son seul coffre, elle n'avait guère d'autre choix.

Au coin de la rue, elle découvrit trois voitures de police garées en travers des allées menant à son atelier. Les gyrophares bleus et rouges éclairaient les façades alentour. Les lumières tournantes lui firent tourner la tête.

Pourquoi prit-elle la peine de se garer dans son emplacement habituel, impossible de le savoir… L'habitude, sans doute.

Genevieve s'apprêtait à sortir lorsqu'une silhouette émergea devant elle. Elle faillit hurler avant de reconnaître Finn.

Il lui tendit le bras, pour l'aider à sortir de sa voiture.

Elle ressentit la chaleur de sa main sous son coude.

Elle n'allait pas pouvoir faire face.

— Je n'ai pas besoin de toi, Finn. S'il te plaît, laisse-moi gérer avec la police.

Sans attendre sa réponse, elle ouvrit la portière arrière et détacha le harnais de Noah, espérant qu'il ne se réveillerait pas.

Elle sentit à nouveau la présence de Finn juste derrière elle.

Avant qu'elle n'ait le temps de lui dire quoi que ce soit, il posait les mains sur les siennes, l'empêchant de saisir son fils.

Puis ses grandes mains entourèrent les siennes et l'attirèrent en arrière.

Il n'aurait jamais dû faire cela. Se placer entre elle et son fils était inacceptable.

— Mais qu'est-ce que tu fais à la fin ? lança-t-elle, furieuse. Laisse-nous tranquilles, enfin, ce n'est vraiment pas le moment.

— Non.

— Pardon ?

— Je ne te laisserai pas le réveiller maintenant. Noah devrait être dans son lit en train de dormir à cette heure.

— Ah vraiment ? Eh bien plus vite tu libéreras mon chemin, plus vite je pourrai parler à la police et savoir ce qui s'est passé avant de rentrer à la maison remettre Noah dans son lit.

— Pourquoi n'as-tu pas rappelé Nicole ?

Sérieusement, il allait lui tenir ce genre de discours, maintenant ?

— Parce qu'il est une heure du matin !

— Ou Maddie, alors.

— Cela ne change rien. Je n'appelle personne au beau milieu de la nuit. Je peux parfaitement gérer ce genre de chose, même si je ne souhaite pas perturber son sommeil, mais je suis maman solo, et les ennuis sont légion… Je dois pouvoir affronter les obstacles avec Noah. C'est d'ailleurs ce que je fais sans encombre depuis sa naissance, donc merci de ta sollicitude, mais je te le répète, nous n'avons pas besoin de toi ici.

— Et pourtant je suis là. Je ne juge en rien tes décisions en tant que mère, Genevieve, car tu fais un super boulot, et je n'ai pas besoin d'un dossier pour me le prouver. Je n'ai jamais douté que tu serais une bonne mère. Là, tu dois aller parler avec la police, je ne peux pas faire cela à ta place, mais ce que je peux faire, c'est ramener notre fils à la maison et le remettre au lit. Il n'a rien à faire ici.

Genevieve le fixa quelques instants, la gorge nouée. Elle savait qu'elle devait lutter contre cet accès d'émotion qui menaçait de lui faire perdre pied.

Était-elle folle d'envisager de lui confier Noah ?

Probablement… Finn DeLuca était un égoïste séducteur, prêt à tout pour arriver à ses fins. Pourtant, elle ne craignait pas un seul instant qu'il puisse faire du mal à leur fils ou qu'il le lui prenne.

Il s'était battu longtemps pour avoir le droit de voir Noah. Il n'allait pas risquer de tout gâcher avec un faux pas de dernière minute.

— Tu ne sauras pas comment faire, et puis si jamais il se réveille…

— Je devrais pouvoir me débrouiller avec un siège

auto et retrouver le chemin jusqu'à sa chambre. S'il se réveille, je lui lirai un livre. Tu penses qu'il risque d'avoir envie d'organiser une petite fête ?

Elle rit à cette idée : la fatigue, le stress et l'image de Noah en train de se déhancher sur de la musique techno suffirent à lui faire lâcher un peu les vannes.

Elle se tourna vers son bébé qui dormait toujours à poings fermés, malgré les flashs de lumière bleus et rouges qui balayaient la voiture.

Elle n'avait pas envie qu'il reste ici, c'était bien le seul point sur lequel elle avait une certitude.

— C'est d'accord, finit-elle par articuler sans bien savoir d'où venait cette décision. La clé dorée est celle du garage, tu peux rentrer la voiture, ce sera plus simple.

Elle lui tendit son trousseau, qu'il saisit en retenant ses doigts au vol. Il fouilla dans sa poche et lui tendit une clé en retour. Elle la serra, et sentit qu'elle était encore chaude d'avoir été dans sa poche au contact de son corps.

— Ma voiture est garée derrière. Je t'envoie un message dès que nous sommes rentrés et que j'ai remis Noah dans son lit.

Genevieve acquiesça en reculant d'un pas.

— Merci.

Elle observa, incrédule, Finn qui se mettait au volant de sa petite voiture, repliant les épaules pour passer la portière avant de reculer son siège. Elle fixa ensuite les phares qui s'éloignaient, jusqu'à les perdre de vue.

Ce n'est que lorsqu'un officier lui adressa la parole qu'elle se rappela pourquoi elle était là à cette heure avancée.

— Vous êtes bien Genevieve Reilly, la propriétaire des lieux ? Je vais avoir besoin de vous poser quelques questions, madame, si vous êtes prête. Voulez-vous me suivre à l'intérieur ?

- 5 -

Il ne fallut pas très longtemps à Genevieve pour comprendre que rien n'avait été dérobé. La personne qui avait fracturé la porte n'avait pas pu accéder à son coffre-fort. Sans doute grâce à Finn qui avait rameuté la cavalerie à temps.

Elle se retrouvait dans la posture étrange de lui en vouloir tout en se sentant redevable. Mais avec Finn, elle avait pris l'habitude des sentiments contrastés.

Une fenêtre avait été brisée et de minuscules éclats de verre faisaient étinceler le reflet des plafonniers. On aurait dit que les pierres précieuses que le voleur avait prévu de dérober tapissaient le sol.

Sa table de travail avait été renversée et sa bobine de fil de cuivre s'était déroulée au sol. Des papiers avaient été dispersés, comme si quelqu'un avait essayé de former une pile avant de tout jeter en l'air. Pêle-mêle, gisaient factures et croquis, contrats et devis…

Et dans ce capharnaüm indescriptible trônait son coffre-fort, intact…

Le reste était finalement secondaire, le désordre se rangeait.

— Je suis vraiment désolé, dit Nick qui venait de la rejoindre.

— Tu n'y es pour rien…

Il soupira.

— Mon boulot consiste à t'éviter ce genre de désagrément. C'est une vraie chance que quelqu'un soit passé par là pour prévenir les forces de l'ordre à temps.

Certes.

Il faudrait d'ailleurs qu'elle ait rapidement une petite conversation avec son bon samaritain pour déterminer comment il se faisait qu'il surveille son atelier au beau milieu de la nuit…

Et d'ailleurs, comment avait-il eu connaissance des prénoms des baby-sitters, ou du fait que Nicole avait gardé Noah ce soir-là ?

Peut-être était-il piqué au vif d'avoir été devancé sur son propre terrain ? La seule raison qu'elle voyait à la surveillance de son atelier était qu'il envisage de le braquer lui-même…

Inutile de faire état de ses doutes à Nick pour le moment, en tous les cas.

— Je suis soulagée que rien n'ait été volé. J'ai quelques jours de tri devant moi, mais je n'y aurai pas laissé trop de plumes.

— De mon côté, je vais passer en revue les vidéos de surveillance et essayer de trouver des indices pour faire avancer l'enquête. Je dois avant tout comprendre pourquoi l'alarme de la fenêtre n'a pas fonctionné. Nous aurions dû recevoir une alerte au premier coup porté.

— Oui. Je te laisse te pencher sur la question, Nick, dit-elle en sentant la fatigue l'envahir.

Elle venait de passer une heure à répondre aux questions des agents et la perspective de tout ce qu'elle aurait à faire les jours prochains l'épuisait d'avance.

— Si tu peux patienter encore un moment, je vais fixer un panneau à la place de la fenêtre et ensuite je te raccompagne chez toi.

— Merci, mais j'ai une voiture pour rentrer. En revanche je veux bien que tu t'occupes de la fenêtre, je ne me sens pas l'énergie d'attendre beaucoup plus. J'avais déjà travaillé tard et je venais seulement de m'endormir lorsque j'ai reçu l'appel.

— Nicole est revenue à cette heure de la nuit ? demanda Nick.

— Non, dit-elle en baissant les yeux.

Nick la connaissait depuis longtemps, il connaissait l'histoire de sa rencontre avec Finn et le bouleversement de sa vie qui s'en était suivi. Il n'allait pas approuver sa réponse…

— Avec qui se trouve Noah ?

— Son père.

Nick ouvrit de grands yeux choqués, avant que la colère ne vienne colorer ses joues.

— Quoi ? Mais qu'est-ce que c'est que cette histoire, Genevieve ?

— Une longue histoire, justement. Je t'expliquerai ça plus tard… Disons simplement qu'il était au bon endroit au bon moment.

— Évidemment, c'est sa stratégie depuis toujours, répliqua Nick, furieux. Inutile de chercher qui a braqué ton atelier, tu as ta réponse…

— J'y ai pensé figure-toi, mais cela n'a aucun sens, car c'est lui qui m'a prévenue. Et lui aussi qui a acheté mes émeraudes suite à mon refus d'encaisser ses chèques. Pourquoi me faire parvenir de l'argent avant d'essayer de me voler ?

Nick remua la tête d'un air désabusé.

— Tu es tellement crédule… Qui te dit que son but était de te voler ? Laisse-moi deviner, c'est lui qui a appelé la police, n'est-ce pas ?

— Oui, mais que veux-tu dire ?

— Que jouer les chevaliers blancs pourrait être une technique pour racheter ta confiance, par exemple.

Nick n'avait pas tort. Finn était tout à fait capable d'échafauder ce genre de scénario pour arriver à ses fins. Sans compter qu'il avait reconnu son désir de racheter sa confiance pour pouvoir être présent plus régulièrement auprès de Noah.

— Je ne suis pas naïve, Nick. Cela fait trois ans que je ne le suis plus, disons.

Et c'était à Finn qu'elle devait d'avoir vu ses illusions s'écrouler à jamais. Dès qu'elle l'avait rencontré, il l'avait poussée dans ses retranchements, poussée à remettre en question la vie que son grand-père avait construite tout autour d'elle. Il lui avait fait réaliser combien elle était enfermée dans une tour d'ivoire d'où on l'empêchait de développer son propre regard, sa propre vie.

Elle lui devait au moins ça : il lui avait permis de prendre conscience des barreaux invisibles que son grand-père avait élevés autour d'elle. Il lui avait transmis la force de s'élever contre cette injustice et de quitter sa prison dorée.

Hélas, cela n'effaçait pas les aspects plus sombres de Finn.

— Je sais bien qu'il est capable de tout et je ne compte pas le laisser interférer avec mes choix de vie, crois-moi. Je reste vigilante.

Nick la fixait avec une telle intensité qu'elle se sentait mal à l'aise. Elle espérait ne pas se tromper. Elle laissa échapper un soupir.

Il avança d'un pas et la serra dans ses bras. Elle éprouva du réconfort à ce geste. Son vieil ami s'était toujours montré d'un soutien sans faille. Il était comme un frère à ses yeux, aujourd'hui.

— Tu devrais rentrer chez toi te reposer un peu, suggéra-t-il.

Elle lui adressa un regard reconnaissant et acquiesça. Elle était éreintée et n'avait pas d'autre envie que de gagner son lit au plus vite.

En s'asseyant au volant de la luxueuse voiture de Finn, cependant, elle éprouva une sorte de regain d'énergie. Elle en aurait sans doute besoin, car elle se préparait à une discussion qui promettait d'être particulièrement houleuse.

Finn se tenait dans le séjour de Genevieve. Son appartement était… pratique. C'était sans doute le terme le plus juste pour le décrire. Seules quelques touches personnelles venaient réchauffer les lieux en y déposant la note artistique qui était la sienne.

Les tableaux sur les murs n'avaient rien des œuvres prestigieuses qu'il avait connues dans la demeure de son grand-père, mais étaient tous de bon goût. Des œuvres abstraites la plupart du temps, aux couleurs apaisantes.

Le canapé était très confortable, couvert de coussins et de plaids, et bien différent du sofa en cuir design de son grand-père. La fonctionnalité présidait désormais aux choix domestiques de Genevieve.

Il avait profité de l'occasion pour visiter les lieux. Sa cuisine était ordonnée et impeccablement nettoyée. Les placards aussi étaient rangés au cordeau, même si sa penderie était loin de contenir autant de pièces que son ancien dressing.

Il n'avait pu s'empêcher d'ouvrir les tiroirs et d'effleurer du bout des doigts la soie de ses dessous… Quel homme cela faisait-il de lui ? Au moins n'avait-il rien volé.

Il avait cherché quelque chose à faire qui lui permette

de se sentir utile. Une tâche pour la soulager, sachant qu'elle aurait beaucoup de choses à régler ces prochains jours.

Mais il n'avait rien trouvé, pas même un panier de linge sale à mettre à la machine à laver.

Il aurait pu s'en douter, en fait. Genevieve avait toujours été perfectionniste. Il l'avait observée lorsqu'elle travaillait : c'était toujours avec une grande intensité et beaucoup de concentration. De la passion, aussi.

Noah avait à peine bougé lorsqu'il l'avait détaché de son siège et recouché. Il avait observé ses petits poings fermés qui s'étaient crispés quelques instants au contact du drap frais, le temps de retrouver une position confortable, avant de sombrer à nouveau dans un profond sommeil.

Que pouvait-il faire, maintenant ? Il se retrouvait désemparé.

Et il détestait cela.

Il l'imaginait ici, venant s'étendre un moment sur son canapé pour se détendre au terme d'une longue journée. Un verre de vin posé sur la table basse. Ou alors pieds nus, dans sa cuisine, un sourire sur ses lèvres alors qu'elle se penchait au-dessus d'une casserole aux arômes gourmands. Il pouvait sentir son parfum autour de lui, partout, et cette pensée suffisait à le troubler.

Ces instants lui semblaient tellement intimes. C'était un peu comme s'il envahissait son espace intime, alors qu'elle occupait son esprit en retour.

Il s'installa dans son canapé, saisit la télécommande et alluma la télévision en quête d'un bon vieux western pour se changer les idées.

Il avait déjà sombré dans le sommeil lorsqu'elle était rentrée un moment plus tard.

Genevieve se sentait épuisée. Presque plus que lors des premières semaines après la naissance de Noah.

Et pourtant, ces quelques mois avaient été terriblement éprouvants.

Ce soir, pourtant, elle se sentait non seulement fatiguée, physiquement, mais émotionnellement lessivée.

Elle ne s'était pas attendue à tomber sur Finn en train de ronfler dans son canapé, serrant contre lui le babyphone relié à la chambre de Noah.

Ses traits semblaient détendus. Elle n'avait jamais vraiment connu cette expression sur son visage depuis son retour.

Avant, pourtant, il semblait perpétuellement détendu, comme si rien au monde ne le préoccupait vraiment. Un éternel dilettante.

Qu'est-ce qui avait pu le changer ainsi ? Était-ce la prison ? Ou Noah ?

Et après tout, avait-elle besoin de le savoir ?

Elle retira ses chaussures qu'elle plaça près de la porte et revint vers Finn pour essayer de prendre le moniteur qu'elle avait l'habitude de garder près de son lit.

Elle décida de le laisser dormir sur le canapé. Il était vraiment trop tard pour le renvoyer chez lui, d'autant plus qu'elle lui devait une fière chandelle.

Rien ne se passa comme prévu, cependant. À l'instant où elle attrapait le moniteur, il lui saisit le poignet et l'attira contre lui.

Genevieve poussa un cri avant de se retrouver blottie contre son corps, tandis qu'il l'enlaçait. Elle releva la tête et le fixa, retenant son souffle.

Il cligna des yeux, comme au ralenti, avant de l'aider à se redresser. Et de la même façon qu'elle s'était retrouvée allongée sur lui, elle se retrouva debout face à lui.

— Pardon, Genni, tu m'as surpris, est-ce que tout va bien ? demanda-t-il.

— Oui, ça va, pardon de t'avoir fait peur.

Il sourit dans un souffle.

— Tout s'est bien passé avec la police ? Ils savent qui est entré dans ton atelier ?

— Je n'ai pas vraiment le courage de te raconter maintenant, je meurs d'envie d'aller me coucher. Noah sera debout de bonne heure demain, j'en suis certaine.

Finn fronça les sourcils.

— Je vais revenir demain matin de bonne heure pour t'aider avec Noah. Tu as besoin de te reposer.

Oh oui, elle avait besoin de repos, mais voir Finn débarquer au petit matin chez elle ne lui semblait pas idéal. Et elle n'avait pas besoin qu'on « l'aide avec Noah ».

— Tu m'as déjà suffisamment aidée, ce n'est pas nécessaire.

— Bien sûr que si, déclara-t-il en se levant pour se diriger vers la sortie.

— Attends ! lança-t-elle avant même de savoir ce qu'elle allait dire. Si tu as déjà décidé de revenir demain, il est peut-être plus simple que tu dormes dans la chambre d'amis ? C'est bien le moins que je puisse faire pour te remercier.

Il haussa les épaules.

Finn se sentait fatigué, mais n'arrivait pas à trouver le sommeil en se sachant si proche de Genevieve.

Il avait eu besoin de tout son self-control pour ne pas prolonger leur étreinte sur le canapé, tout à l'heure. Il avait l'impression qu'il pouvait encore sentir les courbes de son corps contre lui en fermant les yeux.

C'est après quelques courtes heures de sommeil interrompu qu'il avait finalement émergé…

Il s'était extrait de son lit pour sauter dans son jean et était sorti de la chambre torse nu, ne prenant pas même la peine de remettre son polo. Peut-être espérait-il secrètement croiser Genevieve…

Il fut surpris du silence qui régnait dans l'appartement. Les jeunes enfants ne passaient-ils pas le plus clair de leur temps à pleurer ou crier ?

Il jeta un coup d'œil dans la chambre de Noah, mais son petit lit était vide. Il en allait de même pour le séjour et le bureau.

Personne non plus dans la cuisine, même si une cafetière et une tasse semblaient avoir été préparées pour lui.

Il fronça les sourcils. Est-ce que Genevieve était sortie ? Il appuya sur le bouton d'allumage de la cafetière.

C'est en ouvrant le frigo en quête de lait, qu'il la retrouva. Elle était sortie dans la petite cour. Il la voyait par la fenêtre, assise sur une balançoire, une tasse à la main, le regard dans le vide.

Il eut le cœur serré en voyant son expression pensive et troublée. Il lui avait déjà vu cette nuance dans le regard, généralement lorsqu'elle se disputait avec son grand-père… Lackland avait le don d'éteindre toutes les lueurs d'espoir et d'ambition de son regard.

Mais son grand-père ne faisait plus partie de sa vie, maintenant, pourtant. Finn ressentit l'envie profonde de chasser cette mélancolie des yeux de Genevieve.

Il sortit la rejoindre. Il faisait frais avec une légère humidité saline dans l'air. La cour était agréable, prévue pour Noah, visiblement, avec un bac à sable, un portique et un toboggan.

Genevieve ne bougea pas lorsqu'il avança à sa rencontre, alors qu'il savait qu'elle l'avait entendu arriver. Il eut l'impression de voir ses épaules se crisper, comme lorsqu'elle se préparait pour une discussion tendue.

C'était pourtant la dernière des choses dont il avait envie aujourd'hui.

Il vint s'asseoir sur la deuxième balançoire et étendit les jambes.

— Où est Noah ?

— Où est ton polo ?

Il sourit.

— J'ai demandé le premier !

— Mon amie Maddie est passée le chercher il y a cinq minutes. Je ne m'en souvenais pas, mais c'était prévu ainsi et j'ai préféré ne pas bouleverser nos plans.

Finn se sentit déçu. Il avait hâte de retrouver son petit bonhomme.

— Pourquoi ?

— C'est notre routine habituelle, c'est important pour Noah, dit-elle en tournant finalement les yeux vers lui. Et puis j'ai pensé que nous avions un certain nombre de choses à nous dire tous les deux… J'ai eu Nick au téléphone, il doit livrer les bandes des caméras de surveillance à la police ce matin.

— Parfait. Je vais leur faire passer les miennes aussi, ajouta-t-il.

Quelque chose s'alluma aussitôt dans le regard de Genevieve.

— Comment se fait-il que tu aies des vidéos de mon atelier, au juste ? Comment as-tu su qu'on était en train de me braquer avant même que Nick soit averti ?

Finn prit une gorgée de café et inspira profondément.

— Tu pensais vraiment que j'allais laisser mon fils sans protection ?

Elle fit « non » de la tête, l'air confus et contrarié.

— Et contre quoi prévois-tu de le protéger ? Tu es sans doute la personne la moins recommandable de toutes nos fréquentations à ce jour.

Elle savait taper là où ça faisait mal.

— Ce qui s'est passé la nuit dernière prouve le contraire. Et puis Noah n'est pas n'importe qui. Je suis peut-être peu recommandable, comme tu le dis, mais je suis aussi très riche et lorsqu'il y a de l'argent quelque part, il y a toujours beaucoup de gens pour chercher à s'en emparer.

— Oui, j'imagine que tu le sais mieux que personne, n'est-ce pas ?

Cette fois-ci encore, il encaissa le coup. Elle avait raison, après tout.

— Exactement. J'ai toujours su tirer profit des points faibles des gens et ma philosophie reste que si l'on n'est pas capable de protéger ses biens, on ne les mérite pas.

— Noah et moi ne sommes pas tes biens, j'espère que c'est très clair.

— C'est vrai, mais vous êtes ce qui compte le plus à mes yeux à l'heure actuelle et je ne laisserai personne vous nuire dans l'espoir de m'atteindre. Je n'ai jamais eu peur de me faire des ennemis. J'en avais déjà un certain nombre avant d'aller en prison, et je m'en suis fait quelques autres là-bas.

Elle se rembrunit.

— Tu es en train de suggérer que nous sommes en danger ? Est-ce que tu peux être plus précis ?

— Non, ce n'est pas ce que je voulais dire, j'ai simplement noté des failles à ton système de sécurité et j'ai décidé de les colmater. Il semblerait que je n'aie pas eu complètement tort, non ?

Finn nota la crispation de la mâchoire de Genevieve.

— Tu aurais pu m'en parler d'abord.

Il haussa les épaules, peu enclin à s'excuser d'avoir fait le nécessaire.

— Vu tout ce que j'ai dû mettre en œuvre pour que tu acceptes quelques milliers de dollars de ma part, disons que je ne m'attendais pas vraiment à ce que tu accueilles mes suggestions avec enthousiasme. Je ne t'ai pas caché que j'avais mené mon enquête sur ta vie, Genevieve…

- 6 -

La dernière chose dont elle avait besoin était qu'il devine l'émoi qui l'habitait lorsqu'il était près d'elle. Le pire était qu'il la mettait hors d'elle…

— Et parce que tu savais que je n'aurais pas approuvé ton idée, tu décrètes que tu vas te passer de mon consentement ? Ce n'est pas ainsi que les relations adultes fonctionnent.

— Ah, parce que nous sommes dans une relation adulte ? Dans ce cas, j'ai une réclamation, parce que je ne profite pas vraiment des avantages relationnels des adultes !

Comment faisait-il pour la faire rougir tout en l'irritant au plus haut point ?

— Tu sais toujours très précisément comment me faire sortir de mes gonds, n'est-ce pas ?

— Eh bien j'espère, oui.

— Tu es vraiment incorrigible. Et je suis furieuse contre toi.

Finn haussa les épaules.

— Tu peux bien m'en vouloir… Je ne vais pas regretter de vous avoir protégés, Noah et toi.

Genevieve leva les yeux au ciel et inspira profondément. Cela ne l'aidait pas vraiment…

— Tu t'apprêtais à me parler d'un nouveau système de surveillance ? demanda-t-elle finalement.

— Oui, j'ai besoin de ton autorisation pour améliorer les systèmes à l'intérieur de ton atelier.

Genevieve soupira. Elle savait qu'il n'en ferait qu'à sa tête, quoi qu'elle lui dise. Mais elle reconnaissait aussi qu'il venait probablement de lui éviter le pire cette nuit…

— Il faut que tu saches que j'ai confié les bandes-vidéo à mes équipes de sécurité, en plus de la police. Je sais que les autorités feront de leur mieux, mais je ne suis pas certain qu'elles se démènent beaucoup pour arrêter un voleur qui n'a rien volé.

— Et qui sont tes équipiers ? demanda-t-elle.

— Stone et Gray.

— Anderson Stone et Gray Lockwood ?

Il acquiesça. Elle avait lu leurs noms récemment dans la presse. Anderson Stone avait été incarcéré pour tentative d'homicide et Gray Lockwood était mis en examen de façon régulière pour des histoires de détournement de fonds.

— Ils ont toute ma confiance. Ils viennent d'ouvrir une entreprise de sécurité, dont tu es la seule cliente à l'heure actuelle. Ils sont assez riches pour choisir leurs clients.

— Je suis leur seule cliente ? répéta-t-elle, surprise.

— Pour le moment, ils se concentrent sur leurs démêlés judiciaires et leur seul contrat est celui que je leur ai confié pour veiller à ta sécurité et celle de Noah.

Finn se leva de la balançoire et fit quelques pas pour aller s'adosser à son porche. Elle ne parvenait pas à le quitter des yeux, se rappelant à chacun de ses mouvements tout ce qu'ils avaient partagé. Elle regardait ses mains et imaginait déjà leurs caresses… Ses yeux lui rappelaient comment d'un seul regard il parvenait à la faire se sentir attendue, désirée. Sensuelle.

Lorsqu'elle était avec Finn, elle se sentait différente, sans doute parce qu'il la regardait différemment…

Il avait su la convaincre qu'elle méritait mieux que la vie rétrécie qu'elle menait, mieux que la désapprobation et les critiques permanentes de son grand-père. Qu'elle était intelligente et talentueuse. Finn avait été le premier à le lui dire de toute sa vie.

Le premier aussi à lui montrer qu'elle était forte, alors qu'elle s'était toujours crue fragile.

— Je ne comprends toujours pas pourquoi tu fais ça…, dit-elle dans un soupir.

— Parce que Noah et toi vous comptez à mes yeux. Comment faut-il que je te le dise ?

Elle eut l'impression qu'une bouffée d'air emplissait soudain ses poumons. Elle avait envie de détourner le regard, de retrouver son aplomb naturel pour regagner le contrôle qu'elle avait appris à garder en toutes circonstances. Mais il ne la laissait pas faire. Il avait ce regard magnétique, tentateur…

— Je sais que je t'ai blessée, Genni et je sais que je ne pourrais pas effacer cela, mais je veux que tu saches que moi aussi, j'ai souffert.

— Parce que j'étais la première femme à te résister, j'imagine que c'était un vrai choc…

Elle vit une étrange lueur traverser fugacement son regard. Trop vite pour qu'elle puisse l'analyser, mais elle sentit aussitôt qu'elle était en difficulté.

En deux enjambées, Finn était auprès d'elle. Il se pencha vers elle et la fit se lever de la balançoire, les mains sur sa taille. Sans s'en rendre compte, elle était déjà contre son corps, plaquée du bassin aux épaules.

Déjà, son corps la trahissait, réagissant à sa présence.

Plaçant sa bouche tout contre son oreille, Finn se mit à lui parler d'une voix grave :

— Bébé, tu es vraiment sûre que tu peux toujours me résister ?

Elle voulait lui répondre, mais elle sentait que les

mots lui échappaient. Il avait raison, dans le fond. Elle ressentait les vagues palpitantes qui parcouraient son corps à son contact.

Elle redressa la tête pour chercher son regard, déchirée entre ce qu'elle devrait faire et ce qu'elle avait envie de faire... Comme l'attraper par le col et l'embrasser à pleine bouche.

Elle avait passé tellement de temps terrorisée à l'idée de faire quoi que ce soit en dehors des clous. Elle avait grandi sans jamais transgresser ni prendre le moindre risque.

Jusqu'à Finn.

Il lui avait appris à avoir confiance en elle, et pour cela elle lui serait à jamais reconnaissante, malgré tout ce qui s'était passé entre eux par la suite.

Mais à quoi lui avait servi cette leçon si elle recommençait à l'ignorer dès qu'elle ressentait la moindre appréhension ?

Et tout en Finn lui faisait peur. Rien n'était jamais simple ni évident avec lui.

Son grand-père lui avait ordonné de ne plus s'approcher de Finn, et pour la première fois de sa vie elle avait désobéi. Il n'y avait qu'à voir comment ça s'était terminé...

Les quelques semaines vécues ensemble avaient été un tourbillon étourdissant. Elle s'était sentie unique, puissante, belle, talentueuse... Elle avait couru un risque... Et il l'avait trahie de la pire des façons.

Après tout ce qu'elle avait traversé ces dernières années, elle n'aspirait qu'à mener une vie calme et sereine avec son fils. Plus de drames. Plus d'aventures étourdissantes avec des hommes dangereux.

Et c'est ce qu'elle avait réussi à créer ces dernières années.

Évidemment, c'était routinier et peu surprenant, mais elle s'était répété que c'était ce dont elle avait besoin, plutôt que les émois excitants que Finn lui avait fait découvrir.

Mais au fond, elle savait que c'était un pieux mensonge.

Parce qu'elle était comme une droguée en manque.

En manque de lui.

Il avait su éveiller quelque chose qu'elle ne pouvait ignorer plus longtemps.

Quelle était la bonne voie, au fond ? Et qui en décidait ?

Elle plaça les mains sur le visage de Finn et le guida jusqu'à ce qu'il trouve sa bouche.

Elle n'avait aucune idée de comment tout cela allait finir, maintenant.

Finn serra les poings et les plaqua contre son corps pour résister à la tentation de l'étreindre follement.

Pourtant Dieu savait qu'il en mourait d'envie. Il avait envie d'elle et le fait qu'elle soit à l'origine de ce baiser lui faisait un effet fou.

Il avait pourtant la curiosité de ce qu'elle comptait faire ensuite. Jusqu'où était-elle prête à aller ?

Elle plaça les mains sur son torse, l'effleurant à peine du bout des doigts. Comment était-il possible qu'un contact aussi subtil éveille en lui un tel émoi ?

Elle s'avança jusqu'à plaquer son corps contre le sien. Il sentait ses formes sensuelles contre lui et brûlait déjà de les imaginer dénudées et offertes à son regard et à ses caresses. Elle inclina alors la tête et lui offrit sa bouche entrouverte, passant langoureusement la langue sur ses lèvres en soupirant de désir.

Il ne s'imaginait pas lui refuser quoi que ce soit, à cet instant.

Il s'abandonna donc à leur baiser, tout en essayant de ne pas prendre d'initiative. Il savait qu'à l'instant où il se mettrait en mouvement, il perdrait tout espoir de contrôle… Il la désirait trop.

Il observa la façon dont elle fermait les paupières, goûta à son soupir de plaisir contre ses lèvres. C'était si bon. Elle lui faisait penser à une œuvre d'art, vivante et vibrante. Il aurait pu l'admirer pendant des heures sans s'ennuyer une seule seconde, ce qui était un exploit pour lui qui se lassait de tout et de tout le monde en moins de temps qu'il n'en fallait pour le dire.

Mais avec Genevieve, ce n'était jamais le cas.

Il nota un léger froncement de ses sourcils, juste avant qu'elle n'ouvre les yeux à nouveau. Elle recula d'un pas, brisant le contact entre leurs corps. Ses grands yeux vert pâle le fixaient, légèrement troublés.

— Qu'est-ce que tu attends de moi, Finn DeLuca ? demanda-t-elle.

Tout ! Voilà ce qui résonna dans son esprit, mais il eut la présence d'esprit de ne pas le formuler à haute voix.

— Là, tout de suite ? Que tu m'embrasses encore. J'aimerais que tu me laisses te prendre dans mes bras et te ramener à l'intérieur où nous ferions l'amour jusqu'à l'épuisement.

Elle le fixait, le souffle court, les pupilles dilatées. Il jubilait de voir ainsi les preuves de son désir pour lui.

— Au-delà de ça, et pour être sérieux deux minutes, je voudrais par-dessus tout regagner ta confiance.

Et aussitôt, il nota comment le trouble et le désir disparaissaient de son regard.

Comme ça.

Genevieve recula encore et se passa la main dans les cheveux.

— Tu aurais pu t'en tenir à ta première version, c'était plus simple…

Sa réponse le surprit.

— C'est plus profond que cela entre nous, nous avons

eu un enfant tous les deux et je veux faire partie de sa vie, qu'est-ce que tu crois ?

— C'est ce que tu dis, maintenant, oui.

Finn décida de ne pas relever la nuance de cynisme dans sa réponse.

— Même si j'ai très envie de toi à cet instant, et à peu près systématiquement lorsque je suis près de toi, j'aspire à plus que du sexe. Aussi époustouflant soit-il.

Genevieve rejoignit la balançoire et s'y assit de nouveau. Pour la première fois depuis qu'il avait lu la déception et la blessure dans son regard lorsque l'agent lui avait passé les menottes, il se demanda s'il avait la moindre chance de réparer ce qui s'était cassé entre eux.

— Je t'ai toujours dit la vérité et je ne te la cacherai jamais, je te le promets.

— Oui, comme lorsque tu m'as mise sous surveillance sans me prévenir…

Il croisa les bras.

— Tu ne m'as jamais posé la question.

— Je n'ai jamais imaginé que c'était nécessaire ! s'exclama-t-elle.

— Alors tu ne me connais pas encore assez…

— Je n'ai jamais dit autre chose, murmura-t-elle, pensive.

— Alors remédions à cela ! Passons du temps ensemble et je te dirai tout ce que tu as besoin de savoir.

Il comptait pourtant garder pour lui un certain nombre de détails qu'elle n'avait nul besoin de connaître… Il n'était pas forcément fier de tout ce qu'il avait fait dans la vie, loin de là.

— Est-ce que nous pouvons dîner ensemble ce soir ? demanda-t-il.

Elle entrouvrit les lèvres et il sentit qu'elle s'apprêtait à protester, mais elle ne dit rien et sembla réfléchir quelques secondes avant de hocher la tête.

— Bien, c'est d'accord.

— Parfait, je t'enverrai chercher vers 7 heures, dit-il aussitôt avant qu'elle ne change d'avis. D'ici là, tu auras sans doute un appel de Stone et Gray pour ton nouveau système de sécurité.

Il regagna la cuisine où il posa sa tasse sur la table avant de reprendre ses clés de voiture.

Genevieve arriva derrière lui et lui saisit le bras.

— Attends, qu'est-ce que tu as dit ?

— Je veux profiter de ma présence pour améliorer ton système global de sécurité, ici et à ton atelier. Je t'ai dit que j'avais besoin d'un accès complet à tes installations.

— Mais moi je n'ai jamais accepté de te confier cet accès complet !

— Tu n'as jamais dit le contraire non plus. Allons, Genevieve, tu sais que je suis la personne la plus indiquée pour pointer les failles d'un système de sécurité. Laisse-moi corriger le tien.

Il pouvait voir son hésitation. Il regrettait tant d'avoir laissé le doute s'immiscer dans son esprit à cause de son comportement, mais le passé ne pouvait s'effacer.

Tout ce qu'il pouvait espérer, c'était réparer l'avenir.

Que voulait-il ?

Genevieve cherchait à percer à jour son secret, mais ne parvenait pas à trouver quelque chose qui fasse sens.

Elle savait bien que Finn aurait pu la voler comme il le voulait depuis le départ. Il n'en avait pas après son coffre ou ses pierres, ni même ceux de son grand-père. Il avait déjà obtenu un droit de visite pour Noah et elle se montrait plus qu'arrangeante à cet égard.

En quoi est-ce qu'une surveillance améliorée lui bénéficierait donc ?

Elle ne parvenait pourtant pas à exclure qu'il ait un autre motif que leur sécurité. Il ne faisait jamais rien gratuitement, il ne lui restait qu'à le percer à jour.

Et cela la terrifiait.

Mais comment le contredire en attendant ?

Sans doute ne connaissait-elle guère Finn DeLuca lorsqu'il était entré dans sa vie, mais depuis, elle avait tout mis en œuvre pour mieux cerner le père de son fils.

Avec l'aide de Nick, elle avait mieux compris qui il était. Finn avait commis son premier faux pas en se faisant pincer avec l'Étoile de Reilly. Car il n'en était pas à son coup d'essai, il avait une sacrée réputation dans le milieu et de nombreuses rumeurs évoquaient les nombreux cœurs brisés qui avaient croisé son chemin, lui permettant de s'infiltrer où bon lui semblait au gré de ses rencontres féminines.

De son côté, Finn ne semblait pas le moins du monde tracassé par les rumeurs qui couraient sur son compte.

Ce n'était peut-être pas étranger à l'attrait qu'il avait aux yeux de Genevieve.

Il était si différent. Elle enviait son détachement…

Aujourd'hui, elle l'observait et se demandait en quelle mesure la prison l'avait changé.

Le Finn qu'elle croyait connaître n'aurait pas hésité à coucher avec elle. Elle n'avait eu aucun doute sur son désir pour elle lorsqu'elle l'avait embrassé tout à l'heure, mais il était resté étonnamment passif.

Pour le moment, cependant, elle devait s'occuper de cette histoire de sécurité.

— Tu peux donner les coordonnées de Nick à tes contacts, si tu veux.

Finn détourna le regard.

— Non, je préfère qu'ils travaillent directement avec toi. Je ne fais pas confiance à Nick.

— Mais pourquoi ? Je le connais depuis des années, bien avant toi. Il m'a toujours été fidèle et c'est un bon ami, un des rares sur qui je puisse m'appuyer.

— Tu veux dire que tu n'as rien noté ?

— À quel sujet ?

— Il est amoureux de toi.

Genevieve souffla.

— Pas du tout, c'est comme un frère pour moi !

— Pour toi, peut-être, mais ce n'est pas son cas, crois-moi, précisa-t-il.

— Tu te trompes, en tous les cas, il n'a jamais rien tenté dans ce sens.

— Simplement parce qu'il redoute ta réaction. Crois-moi, cet homme est fou de toi et profite de son rôle de protecteur. Il ne sera certainement pas favorable à l'intervention de tiers dans sa chasse gardée. Et tout particulièrement si je suis un de ces tiers. Il va tenter de s'interposer, c'est certain.

Finn avança et posa la main sur la joue de Genevieve, comme pour l'attirer vers lui.

— Il ne fera pas cela. Il saura voir les avantages de votre système.

Il se pencha alors et posa les lèvres sur la bouche de Genevieve. Leur baiser fut furtif, mais d'une grande intensité, la laissant brûlante de désir.

— Tu es toujours aussi naïve, murmura-t-il contre ses lèvres. Mais c'est sans doute ce que je préfère chez toi…

Il la relâcha alors et elle recula d'un pas.

Elle était perdue, entre son désir et la colère qu'il suscitait en elle. Il avait toujours le don de tourner les critiques en compliments, jusqu'à ce qu'elle ne sache plus où elle en était.

— Stone et Gray te contacteront directement, dit-il d'un ton qui ne tolérait aucune contestation.

— Je verrai bien, mais dans tous les cas, je risque d'être bien occupée ces prochains jours.

— Ne t'inquiète pas, ils sont efficaces et le dérangement sera minime.

Quelque chose lui faisait penser que Finn et elle n'avaient pas exactement la même vision du dérangement…

- 7 -

— J'ai besoin de toi, annonça Finn sans détour en faisant irruption dans le bureau de Stone.

Il savait d'ores et déjà que son ami allait accepter, mais il restait à déterminer s'il le ferait gracieusement, car c'était un véritable homme d'affaires. Et un bon.

Et puis c'était ainsi qu'ils fonctionnaient, même entre amis. Rien n'était gratuit.

Finn se laissa tomber dans le fauteuil en face du grand bureau en acajou.

Stone sembla l'étudier quelques instants, ne laissant rien transparaître sur son visage. Personne n'était capable de déterminer ce qui occupait son brillant esprit lorsqu'il arborait ce genre de poker face. Pas même ses plus proches amis.

Pourtant, en matière de brio, Finn n'était pas en reste. Il avait reçu le genre d'éducation que peuvent offrir de gros moyens financiers et avait acquis le reste de ses compétences à l'école de la vie. Il était un fin psychologue et savait anticiper à son propre avantage les desseins d'autrui.

Au terme de quelques longues secondes, un large sourire fleurit sur le visage de Stone.

— Cela tombe très bien, car j'ai moi aussi besoin de ton aide !

— J'aurais dû m'en douter. Dis-moi un peu ce qu'il va m'en coûter ?

— Cher, très cher…

Au moins, son ami était-il honnête. C'était une qualité qu'il appréciait par-dessus tout. Il avait une confiance absolue en cet homme et ce n'était pourtant pas quelque chose d'habituel chez lui.

Il n'y avait que trois personnes qui avaient sa confiance. Stone, Gray et Genevieve.

— Non, soupira-t-il.

— Oh si !

— C'est du chantage.

— Non, c'est une négociation et tu es aussi doué que moi en la matière. Tu savais très bien que j'allais te demander une contrepartie en poussant cette porte.

C'était vrai, mais cela n'interdisait pas d'objecter.

— Tu exagères, tu vas encore essayer de m'extorquer…

— Non, de marchander, précisa Stone, amusé.

— … Une participation à tes affaires. Je n'en veux pas. Je n'ai rien à en tirer !

Stone plaça ses paumes derrière son crâne, se renversant sur son siège, l'air satisfait.

— Dans ce cas, il me reste à te prouver que j'ai quelque chose qui pourrait bien piquer ta curiosité, répliqua Stone en ouvrant un tiroir de son bureau pour en tirer un dossier qu'il fit glisser jusqu'à Finn.

— Tu avais prévu ton coup, je vois.

— Oui, disons que j'étais raisonnablement optimiste sur mes chances de te proposer ce deal.

Finn ouvrit le dossier et le passa rapidement en revue. Un accord de partenariat en bonne et due forme qui le rendait membre de Stone Surveillance à hauteur de 33 %.

Il jouerait le jeu, évidemment, même s'il n'avait pas besoin d'un contrat formel pour soutenir son ami, mais Stone y tenait…

Et puis ce n'était pas comme si Finn avait besoin des dividendes de Stone Surveillance, non plus. Car il était certain que leur entreprise fructifierait rapidement.

Sans prendre la peine de lire le contrat en détail, Finn saisit un stylo et signa la dernière page avant de refermer le dossier et de le faire glisser jusqu'à Stone.

— Te voilà content ?

— Très ! répondit Stone.

C'était déjà ça.

Maintenant, c'était son tour.

— J'ai besoin que tu envoies une équipe chez Genevieve. Son système de surveillance laisse à désirer et elle est d'accord pour que vous interveniez. J'ai aussi besoin que vous analysiez les images enregistrées la nuit dernière. Je veux identifier au plus vite le type qui s'est introduit dans son atelier.

Stone pressa un bouton sur son téléphone et Finn entendit un bip dans la salle voisine. Un instant plus tard, une femme autour de la quarantaine entra dans le bureau. Elle était belle, avec un sourire rassurant et un tailleur strict.

— Oui, monsieur Stone ?

Il lui tendit le dossier.

— Je vous prie de bien vouloir faire une copie de ces documents pour M. DeLuca.

— Je me moque de la paperasse, Stone, tu sais bien que ce n'est pas nécessaire, lança Finn qui commençait à perdre patience.

— Je le sais bien, mais de ton côté tu sais que moi, je ne m'en moque pas.

La femme dans le bureau fit mine de ne pas même entendre leur échange et sortit sans un mot.

— Nous sommes déjà en train de nous occuper de son atelier, cela devrait être terminé d'ici la fin d'après-midi, précisa Stone en jetant machinalement un coup d'œil à sa montre. Nous irons prendre soin de son appartement personnel demain et Gray devrait avoir un rapport d'analyse des bandes demain matin, même s'il m'a déjà prévenu qu'elles étaient difficiles à exploiter.

— Bien, je te remercie, dit Finn.

— De rien, je sais à quel point elle compte pour toi.

— Je veux protéger mon fils, c'est la raison pour laquelle sa sécurité m'importe.

Stone ne répondit rien, haussant simplement un sourcil dubitatif.

Pour la première fois depuis l'instant où il avait vu apparaître la silhouette du braqueur sur son écran la nuit dernière, il avait l'impression que l'étau qui serrait sa poitrine se desserrait un peu.

— Nous nous occupons de tout, Finn.

Cela faisait longtemps qu'il n'y avait eu personne pour lui dire qu'on était là pour lui. Depuis Sawyer.

— Maintenant laisse-moi te dire en quoi tu peux nous venir en aide de ton côté.

Genevieve fit un effort pour se concentrer sur les pierres qu'elle avait étalées sur son plan de travail et qu'elle déplaçait de façon aléatoire.

Elle avait la sensation d'une démangeaison permanente dans les mains. C'était sans doute en partie lié à la frustration de ne pas parvenir à agencer sa nouvelle création. Les délais de plus en plus serrés faisaient monter la pression et chaque idée qu'elle trouvait la laissait insatisfaite. Quelque chose n'allait pas.

Hélas, elle n'avait pas beaucoup mieux pour le moment, aussi devait-elle continuer à préparer des montures, des fermetures, travailler l'or ou le platine, polir les pierres.

Tout cela prenait énormément de temps, alors même qu'elle ne parvenait pas à trancher pour un design final. Et le temps perdu ne se retrouvait jamais…

À cela s'ajoutait la frustration liée à la présence de Finn. Si elle avait imaginé qu'il serait là à nouveau pour accueillir les équipes de surveillance… Elle aurait dû prendre ce prétexte pour s'en aller travailler ailleurs.

Mais le temps lui était compté, encore une fois.

Alors qu'elle travaillait au microscope, une pièce lui échappa. Ses mains d'habitude si fiables lorsqu'elle s'occupait des parties minutieuses, s'étaient soudain mises à trembler. Elle vérifia la pierre et nota qu'une rayure était venue en marquer la surface.

— Bon sang ! lança-t-elle en repoussant son microscope avant d'avoir un geste qu'elle risquait de regretter.

Elle recula sa chaise vivement, et sentit qu'elle butait contre quelque chose.

Ou plutôt quelqu'un.

Finn plaça les mains sur ses épaules.

— Doucement… Qu'est-ce qui ne va pas ?

Ce qui n'allait pas ? Tout ! Elle baissa les yeux et nota combien ses mains tremblaient sur ses genoux. Elle se dégagea doucement de ses mains et se leva. À cet instant, elle ne voulait pas qu'il la touche.

Ou bien, elle avait un peu trop envie qu'il la touche, plutôt. Elle ne savait plus vraiment.

— Qu'est-ce qui ne va pas ? répéta-t-elle comme si elle cherchait à s'éclaircir les idées.

Elle avait envie de lui hurler dessus, lui crier qu'il était le problème. Lui et ses amis qui avaient envahi son espace depuis deux jours. Non seulement ils l'interrompaient dans son travail, mais ils avaient aussi mis Nick à l'écart et rendu toute sa vie un peu plus compliquée.

Mais ce n'était pas tout à fait juste non plus. La rayure qu'elle venait de faire sur sa pierre allait lui coûter à elle seule plusieurs heures de travail supplémentaires et il n'y était pas pour grand-chose, même si sa présence était sans doute à l'origine de sa nervosité. Elle avait l'impression de pouvoir sentir le moment précis où il entrait chez elle à la réponse de son corps. Le désir.

Qu'il aille au diable !

Elle passa la langue sur ses lèvres sèches et décida de botter en touche.

— Ce n'est rien, un problème de design…

— Fais-moi voir.

— Non.

Il fronça les sourcils et resta là, la main tendue. Quelques secondes s'écoulèrent et elle finit par lui tendre la pierre dans un soupir irrité.

Il l'observa à l'œil nu, de très près, les lèvres pincées tandis qu'il la faisait tourner, puis il referma la main autour, et la reposa délicatement sur la table.

— La rayure mise à part, c'est du bon travail.

Genevieve acquiesça. Elle le savait. Mais il n'avait pas terminé.

— Pourtant, cela manque de cœur.

— Je sais.

— Pourquoi est-ce que tu continues à travailler sur celle-ci, dans ce cas ?

— Je n'ai pas le choix. Il faut absolument que je termine cette pièce et je n'aurais pas le temps si je ne m'occupe pas de cette pierre.

Tendant les bras, Finn l'enlaça et l'attira contre lui. La chaleur de son corps était si tentante, en particulier lorsqu'il la serrait ainsi spontanément. Elle appuya la tête contre son torse et il reposa le menton sur sa tête. Ainsi, l'espace de quelques instants, ils respirèrent de concert.

Et pour la première fois depuis des semaines, une sensation de calme l'envahit.

Inspirant profondément, Genevieve retint son souffle quelques instants avant d'expirer lentement.

Finn s'écarta et la guida vers un de ses tabourets de travail. Elle se hissa dessus.

— Montre-moi ce que tu as dessiné.

Genevieve haussa les épaules.

— Je n'ai rien.

— Vraiment ? Et pourquoi ?

Il avait raison. Elle commençait généralement par un croquis qu'elle numérisait ensuite afin d'y reporter les mesures au millimètre près.

Mais cette fois, aucun de ses croquis n'avait remporté son adhésion, aussi avait-elle décidé de se lancer directement dans le travail manuel en espérant débloquer son inspiration au contact des pierres.

Ce qui n'était absolument pas le cas.

Finn assistait à la lutte intérieure à laquelle se livrait Genevieve. Entre déception, désespoir et anxiété, elle ne parvenait pas à trouver la voie de l'apaisement et cela se lisait sur son visage. Son premier réflexe fut de se demander comment il pouvait régler son problème.

— Je ne suis satisfaite d'aucun de mes croquis, mais je ne peux plus attendre l'inspiration, sinon je ne serai jamais prête à temps.

— Montre-moi ce que tu as.

— Ce n'est pas ton problème…

En effet, mais il ne pouvait la laisser ainsi, furieuse et

impuissante alors qu'il avait l'impression qu'il pouvait peut-être débloquer quelque chose.

— Allez, montre-moi.

Elle finit par ouvrir son coffre. Finn ne détourna pas le regard lorsqu'elle tapa son code, surtout parce qu'il n'avait pas franchement besoin de le connaître pour être capable d'ouvrir ce dernier s'il lui en prenait l'envie. Elle en sortit un écrin en velours qu'elle serra contre elle avant de venir le lui présenter.

Il ne savait pas à quoi il s'était attendu, mais la couleur pourpre intense des alexandrites le surprit. À la lumière artificielle, il arrivait qu'on les prenne pour des rubis, mais lui savait à quoi il avait affaire.

Saisissant la plus grosse des pierres qui devait faire au moins trois carats et valoir près de trente mille dollars, il traversa la pièce. La pierre était fraîche contre sa peau. Il ne pouvait s'empêcher de balancer la main, comme pour la soupeser.

À la lumière naturelle, il découvrit des reflets intenses et surprenants. Un turquoise profond lui coupa le souffle.

— Superbe, murmura-t-il.

L'alexandrite n'était pas aussi chère que le diamant, mais elle était plus rare. En particulier pour une aussi belle pièce que celle-là.

Concentré sur la pierre, il pouvait pourtant sentir la présence de Genevieve tout près de lui. Son léger parfum floral semblait tourner autour de lui pour l'envoûter. L'envie d'elle était toujours juste là, prête à enfler et prendre le pas sur tout le reste.

— Les autres pierres ont la même profondeur de couleur ? demanda-t-il.

— Oui.

— Ces pierres sont magnifiques. Captivantes. Comment se fait-il que tu ne leur trouves pas de design adapté ?

— Je ne sais pas pourquoi c'est si dur…

Finn referma le poing sur la pierre, sentant comment elle absorbait sa chaleur corporelle pour se fondre à sa main, de la même façon qu'elle absorbait la lumière pour la refléter.

Il croisa le regard de Genevieve. Elle le regardait avec intensité et trouble. Il sentit sa poitrine se serrer, et les battements de son cœur, mêlés au sursaut de désir, se changèrent en un étau douloureux.

— Je suis certain que nous allons finir par trouver, assura-t-il en caressant tendrement sa joue du dos de la main.

Genevieve ferma fugacement les paupières et il eut l'impression qu'elle venait au contact de ses doigts, imperceptiblement.

— Cela fait deux mois que j'ai ces pierres et que j'attends l'inspiration, murmura-t-elle.

— Mais je n'étais pas là, répondit-il.

Genevieve soupira et leva les yeux au ciel.

— J'avais oublié la démesure de ton ego !

Il afficha un large sourire et regagna son plan de travail où elle le rejoignit. Il replaça la pierre sur le velours noir avant d'étudier les autres pierres.

Une fois l'ensemble de sa collection répartie devant eux, il se tourna vers Genevieve.

— Alors, une seule pièce ou plusieurs ?

— J'aurais dit une parure avec un collier, des boucles d'oreilles et un bracelet.

— Oui, c'est logique.

Elle avait assez de pierres de tailles variées pour une

parure. Mais pourtant, cela lui semblait presque un peu trop attendu. Pas de prise de risque.

Il savait qu'elle était capable de plus d'audace.

De bien des façons, elle ressemblait à ses pierres. Polie et lisse en surface, elle brûlait pourtant d'un véritable feu intérieur.

— Pourquoi partir sur le choix le moins audacieux ? demanda-t-il.

— Parce que j'ai des impératifs, des commandes et des délais à tenir… Je dois faire des choix judicieux.

Il n'aimait pas son discours. Genevieve avait une vie de choix judicieux derrière elle, et il savait que c'était une façon de se condamner à une existence morne et sans fantaisie. Mieux que personne, il savait qu'une vie réussie ne rimait pas avec sécurité, sagesse et longévité.

Sawyer avait été son ange gardien, celui prêt à le préserver contre ses propres démons… Et il ne savait que trop comment ça s'était terminé.

— J'ai l'impression qu'à vouloir jouer la carte de la sécurité, tu joues contre toi-même. Ces pierres sont trop extraordinaires pour se retrouver sagement ordonnées en une parure classique. Il faut les intégrer dans quelque chose hors du commun, une couronne !

— Je travaille pour une chaîne commerciale, je ne crois pas qu'ils auront des couronnes à me commander…

— Peut-être peux-tu mettre ces pierres à part et les garder pour te créer une pièce magistrale que tu garderais pour représenter ton image de marque ? Une sorte d'emblème que tu exposerais pour ta première ?

— Je vois ce que tu veux dire, mais j'ai investi tellement dans ces alexandrites…

— Et si je te proposais de me porter acquéreur de cette pièce ?

Elle fronça les sourcils et il sentit son irritation, mais il la laissa glisser sur lui.

— Tu m'as promis de ne plus m'acheter de pièces ! lui rappela-t-elle.

Finn effleura sa joue à nouveau. Sa peau était douce et tiède, un contraste avec la fraîcheur des pierres. Il lui fit tourner le regard vers lui.

Ses pupilles étaient dilatées et elle entrouvrit les lèvres, se penchant vers lui comme pour l'embrasser.

Mais il fixa son pâle regard vert.

— Je veux que tu comprennes que je ne ferai plus rien que tu ne veux pas. Je veux simplement prendre soin de Noah et toi.

— Je n'ai pas besoin qu'on prenne soin de moi !

— Je le sais, mais cela ne m'empêche pas d'avoir envie de le faire. Et puis ces pierres sont sublimes et les acheter serait un investissement parfait quoi qu'il en soit. Je crois en ton travail, tu sais ?

— J'ai l'impression que tu es bien le seul à croire en moi en ce moment.

- 8 -

Comment faisait-il pour abolir aussi facilement toute velléité de résistance ?

Ses doigts sur sa peau lui donnaient la chair de poule. Genevieve leva les yeux vers lui et s'immergea dans son regard brun.

— Genevieve, je ne doute pas une seconde que tu sois capable d'accomplir tout ce que tu décides, mais si tu as besoin que quelqu'un ait la confiance en toi qui te manque, tu sais que tu peux compter sur moi.

Il savait avoir l'air si sincère qu'il lui fallut un vrai effort conscient pour s'interdire de plonger tête la première à ses belles paroles.

— Si tu n'avais pas à t'inquiéter des questions de marketing, que ferais-tu ?

Elle tourna les yeux vers les pierres et son imagination se mit en mouvement. Pourtant, chacune des idées qui germaient se heurtait à des réticences.

— Ne te censure pas, dis-moi !

— J'imagine un collier plus imposant au cœur d'un filigrane d'or et de platine. Avec des petits diamants pour souligner les motifs. Les métaux viendraient contraster les couleurs profondes et chaudes des pierres.

— Dessine-le.

— Personne n'achète un collier comme ça. Même chez Reilly, ce genre de pièces était réalisé uniquement sur commande, le coût des matériaux est trop élevé pour se lancer sans un acheteur.

— Tu as un acheteur, dessine-le.

Que devait-elle faire ? Il lui offrait une chance de faire exactement le genre de création dont elle rêvait. Pour être honnête, elle avait imaginé cette création dès qu'elle avait posé les yeux sur ces pierres et si rien d'autre ne trouvait grâce à ses yeux, c'était sans doute parce qu'elle ne parvenait pas à se défaire de cette première inspiration.

Elle s'était promis qu'elle n'accepterait plus rien de Finn DeLuca, mais elle devait prendre une décision maintenant pour ces pierres.

— Très bien, c'est d'accord, je m'en occupe aujourd'hui et tu auras un dessin demain.

— Tu n'as pas besoin de mon accord pour valider ta création, Genni.

Il fallait pourtant qu'elle réalise cette commande comme n'importe quelle autre.

— Peut-être, mais je demande toujours leur accord aux acheteurs.

Lorsqu'il acquiesça, elle s'avança tout contre lui, saisit son visage entre les mains et se hissa sur la pointe des pieds, tandis qu'il se penchait vers elle. Leurs corps semblaient toujours s'accorder si naturellement…

Elle trouva sa bouche et ils s'embrassèrent, délicatement, presque hésitants. C'était elle qui faisait le premier pas et elle ne savait pas vraiment comment elle serait accueillie.

Car depuis leur dernier baiser, Finn n'avait plus eu le moindre geste vers elle. Elle s'était sentie frustrée et sans doute un peu blessée. Elle s'attendait donc à ce qu'il batte en retraite et lui explique qu'il ne souhaitait pas brouiller les lignes entre eux.

Pourtant elle posa les mains sur son corps et les laissa

glisser jusqu'à son bassin. Elle savourait son contact, elle avait envie de plus. Des souvenirs de leurs étreintes l'assaillaient. Leurs nuits torrides, brûlantes. La façon qu'il avait de la faire se sentir forte et belle. Vivante. L'expression sur son visage lorsqu'il regardait son corps.

Elle avait tellement envie de ça encore.

Personne dans sa vie ne lui avait fait ressentir cela, jamais. C'était peut-être stupide, mais elle avait envie de profiter de chaque instant tant qu'il était à sa portée.

Elle aurait bien le temps de faire face aux complications ensuite ; pour l'heure, elle avait envie de lui.

Elle saisit le bas de sa chemise et la sortit de son pantalon pour accéder à sa peau nue et l'entendit soupirer lorsque ses doigts se posèrent sur lui.

Elle apprécia de savoir qu'elle n'était pas la seule à perdre pied.

Pourtant, elle ne s'était pas attendue à se retrouver soudainement soulevée de terre. Elle poussa un cri de surprise en s'agrippant aux épaules de Finn avant de se retrouver assise sur sa table de travail.

Il s'insinua entre ses jambes doucement, une main à la base de sa nuque la maintenait et l'attirait jusqu'à lui pour un baiser.

Elle n'eut pas le temps de reprendre son souffle que son baiser se faisait dévorant. Elle s'abandonna avec délice à son étreinte, s'offrant à lui sans un mot.

Elle se sentait enfin vivante.

Finn retira sa chemise et se tint devant elle à demi nu. Elle posa les mains sur son torse. Elle avait l'impression de le redécouvrir, car elle devinait qu'il avait profité du temps de son incarcération pour s'entraîner. Il y avait certains muscles qu'elle était certaine de ne pas connaître.

Elle parcourut sa poitrine, laissant le bout de ses doigts

effleurer les creux et les reliefs. Lorsqu'elle s'attarda sur ses pectoraux, effleurant ses tétons du bout des doigts, elle savoura le soupir qu'il laissa échapper. C'était si bon d'explorer ainsi son corps.

Elle approcha ses lèvres et les posa sur sa peau pour la goûter. C'était chaud et il avait un goût presque épicé, légèrement salé.

— Hum, tu as bon goût, murmura-t-elle.

Il resserra son étreinte et elle leva les yeux vers lui. Son corps était immobile, mais elle pouvait sentir la tension entre eux.

— C'est le moment de me dire si tu ne veux pas aller plus loin, souffla-t-il.

— Ne t'arrête pas ! répondit-elle spontanément.

— Tu es sûre ?

Il lui rendait le pouvoir. La décision.

Ce qui advenait entre eux était dès lors un vrai choix. Son choix à elle.

Elle fit « oui » de la tête.

Il saisit le col de son chemisier et en écarta les pans, faisant sauter au passage deux boutons qui tombèrent avec un petit bruit mat. Il ne s'excusa pas et fit glisser le fin tissu sur ses épaules jusqu'à ce qu'il tombe sur la table comme une petite flaque frémissante.

Genevieve n'eut pas le temps de s'en émouvoir car Finn était déjà en train de dégrafer son soutien-gorge, qu'il fit glisser le long de son bras avant de le laisser tomber au sol.

Elle sentit la fraîcheur de l'air sur sa peau dénudée. Les pointes de ses seins se tendirent encore davantage lorsque le regard de Finn s'attarda sur sa poitrine. Un frisson parcourut sa colonne comme une décharge électrique qui se logea dans ses reins.

Elle pouvait en retour lire le désir sur son visage. Un désir qui faisait écho au sien.

Elle saisit le bouton de son pantalon et le défit, avant de lutter avec sa fermeture. Finn vint l'aider et son pantalon glissa jusqu'au sol. Elle le regarda en extraire ses pieds.

Lorsqu'il retira son boxer, son membre tendu affichait la vigueur de son désir pour elle et elle eut envie de s'en emparer pour l'embrasser et le goûter à son tour, mais il la retint lorsqu'elle s'inclina.

Il défit la fermeture de son jean en la poussant légèrement en arrière. Une fois en appui sur ses coudes, il fit glisser son pantalon et sa culotte, la laissant totalement nue et offerte face à lui.

Désirante.

Il se pencha sur elle et posa les lèvres sur le creux entre son cou et son épaule. Il suivit cette ligne, déposant des baisers ardents.

Genevieve ferma les yeux pour s'immerger dans le plaisir intense.

Sa bouche descendit ensuite le long de ses clavicules, s'attardant au creux de son cou puis vers ses seins. Il les parcourut, sans toucher à ses tétons qui pourtant semblaient réclamer ses caresses à cor et à cri.

Elle résista à la tentation de l'implorer, mais finit par perdre la bataille, tant l'envie lui coupait le souffle. Elle se cambra, offrant les pointes de ses seins à ses lèvres pour qu'il ne puisse plus les éviter.

Elle laissa échapper un cri lorsqu'il finit par s'exécuter. Ses lèvres se refermant autour de son téton hypersensible avant qu'il ne l'aspire délicatement lui procurèrent une sensation de plaisir fulgurant.

Il passa alors à l'autre sein, l'effleurant d'abord du bout de la langue puis des dents avant d'en englober le mamelon rosé. Il fit durer le plaisir jusqu'à ce qu'elle renverse la tête dans un gémissement sourd.

Mais il ne s'arrêta pas là. Sa bouche entreprit de descendre le long de son torse. D'une main entre ses seins, il la maintint allongée.

Les sensations provoquées par sa langue étaient incroyables. C'était comme si sa peau avait été trop longtemps privée de tout contact et recevait enfin les caresses tant attendues. Il s'attarda sur ses hanches, et le haut de son aine, dans ce petit creux si sensible qu'elle sursauta lorsqu'il l'effleura.

C'est alors qu'il s'agenouilla, saisissant ses genoux pour les écarter. Elle se sentit gênée, tout à coup, de savoir son sexe ainsi offert à sa vue et ses caresses, et même si ce n'était pas la première fois, cela faisait suffisamment longtemps pour que ce soit intimidant.

Et puis, depuis leurs derniers rapports, elle avait mis au monde leur enfant. Son corps avait changé d'une façon qu'elle n'avait pas encore complètement envisagée, d'ailleurs.

— Détends-toi, murmura-t-il dans un souffle qui lui caressa l'entrejambe.

« Facile à dire », songea-t-elle avant de rendre les armes aussitôt que sa bouche se posa sur elle.

Elle sentait la pointe de sa langue entre ses cuisses, se glissant entre ses lèvres avec gourmandise avant de remonter doucement jusqu'à son clitoris sur lequel il s'attarda avec application.

De ses doigts, il caressa et ouvrit son sexe pour obtenir un meilleur accès et lui offrir la jouissance que lui seul était capable de lui procurer. Genevieve se cambra et gémit. Finn soupira et les vibrations de son souffle à cet endroit la laissèrent sans voix.

— Offre-moi ton plaisir, Genni. Laisse-moi te regarder jouir.

Son corps était tout prêt à lui faire ce don. La dernière digue s'effondra et elle sentit palpiter en elle la vague de la jouissance. Elle avait perdu toute notion de tout ce qui n'était pas sa bouche ou ses doigts qui accompagnaient son orgasme et le faisaient durer de façon experte.

Il lui fallut quelques secondes pour reprendre conscience du monde qui l'entourait et rouvrir les yeux.

Finn était là, au-dessus d'elle, et la fixait, un sourire satisfait au coin des lèvres.

Son regard suffit à provoquer un nouveau spasme au creux de ses cuisses.

— Pourquoi arborer un air aussi satisfait alors que c'est moi qui viens d'avoir un orgasme interplanétaire ? demanda-t-elle d'une voix rendue rauque par le plaisir.

— Interplanétaire ?

— Ne joue pas les innocents, tu étais aux premières loges. Tu sais très bien de quel genre d'orgasme je parle.

— Peut-être, mais j'aime te l'entendre dire et puis je n'en ai pas encore fini avec toi, tu sais ?

Elle frémit de plaisir. Elle pouvait deviner l'envie dans son regard et c'était la seule chose qui lui importait. Elle aussi en voulait encore, malgré la jouissance qui venait de l'emporter.

Finn ne parvenait pas à la quitter des yeux. Elle était si belle, les joues rougies par ses caresses et les cheveux en bataille. Il aimait le fait de pouvoir visualiser son plaisir ainsi sur son corps ou sur son visage.

Il ne pouvait s'empêcher de comparer la femme qu'elle était devenue à celle qu'il avait connue trois ans auparavant. La première fois qu'ils avaient fait l'amour ensemble, elle était timide et hésitante et il la retrouvait confiante et assurée jusque dans sa plus intime féminité.

Il la regarda s'étirer et se redresser, les seins dressés vers lui et son regard planté dans le sien.

— Tu n'en as pas fini avec moi, c'est ça ? demanda-t-elle avec malice.

— Tu veux parier ?

— Je ne parie pas, je veux des certitudes.

— Alors sens-toi parfaitement libre de me faire part de toutes tes certitudes, répliqua-t-il, amusé.

Il recula d'un pas et profita de la vue. Le velours noir de sa table de travail semblait un écrin pour souligner le corps laiteux de Genevieve. Sa peau semblait resplendir sous les lueurs dorées des spots qui l'éclairaient. Ses cheveux aux reflets cuivrés étincelaient.

Elle eut un petit sourire et lui adressa un regard espiègle, les paupières mi-closes. Ce regard lui envoya une décharge électrique directement dans les reins.

Elle se passa alors la langue sur les lèvres, doucement, bien trop doucement, tout en écartant lentement les cuisses. Il ne pouvait la quitter des yeux. Ne pouvait quitter du regard son sexe qui s'ouvrait devant lui et dans lequel il rêvait de glisser le sien. Un rêve qu'il avait fait tant de fois au cours des trois dernières années. Il la voyait, désirante, offerte, humide encore du plaisir qu'il lui avait offert. Il devinait déjà la sensation inouïe de sentir son corps chaud et humide accueillir son sexe tendu par un désir infini et l'aspirer en lui.

S'appuyant sur un coude, elle passa une main sur son corps, se caressant doucement les seins, descendant vers ses hanches avant de se glisser entre ses cuisses.

C'était terriblement excitant de la voir se caresser tout en le fixant ainsi.

Elle finit par renverser la tête en arrière, mais sans le quitter des yeux. Elle voulait qu'il la regarde.

Elle effleura ses lèvres enflées, passant les doigts entre les replis luisants de son sexe jusqu'à trouver le point précis de son plaisir. Elle poussa un soupir et s'attarda à cet endroit, passant et repassant son pouce sur le petit renflement hypersensible, tout en balançant son bassin en cadence.

Finn ne sut pas à quel moment précisément il avait saisi de sa main son propre sexe pour tenter d'assouvir un peu l'envie tyrannique qui l'habitait. Mais les caresses rythmées de sa paume étaient à la fois plaisir et torture.

Il n'en avait pas assez.

Et pourtant, il n'en voulait pas plus, sans Genevieve.

Elle gémit à l'instant où elle inséra ses doigts en elle, fermant les paupières.

Il n'y tenait plus.

Il se plaça entre ses jambes, écartant sa main, tandis qu'elle l'attirait contre elle.

— Oh oui Finn, viens, murmura-t-elle.

Le son de son prénom dans sa bouche, son ton implorant, l'excitèrent encore davantage. Il ferait tout ce qu'elle lui demandait. Il se sentait soudain prêt à tout pour elle. Prêt à devenir un homme meilleur.

L'homme qu'elle méritait.

Il savait cependant que ce qu'elle lui faisait ressentir était dangereux. Elle le rendait vulnérable.

Comment pouvait-elle le rendre meilleur et plus fragile à la fois ?

C'était pourtant ainsi. Genevieve était complexe et sa réaction l'était tout autant.

Lorsqu'elle planta les ongles dans sa peau, elle le fit redescendre sur terre immédiatement.

Il plaça les mains de part et d'autre de son corps et l'embrassa langoureusement.

Son sexe placé juste à l'entrée du sien aurait pu s'introduire en elle aussitôt, et il ne rêvait d'ailleurs que de cela, mais il attendit encore.

— Est-ce que tu prends quelque chose ?

— Pardon ?

— Une contraception… J'adorerais vivre une grossesse avec toi, cette fois, mais je ne crois pas que le timing soit idéal.

— Oh ! fit-elle en clignant des yeux. Oui, bien sûr, je prends la pilule.

Ouf.

— De mon côté, pas d'inquiétude, tous mes tests sont négatifs.

Elle cligna à nouveau des yeux, tandis qu'il avançait les lèvres vers un de ses seins et en saisissait le téton délicatement. Ce faisant, il attrapa son bassin fermement, s'alignant totalement avec elle.

Genevieve plaça les mains sur ses épaules.

— Attends, attends, dit-elle alors.

Il s'immobilisa, l'envie de se glisser en elle était féroce, mais il résista, se reculant légèrement alors qu'elle le retenait contre elle en l'entourant de ses jambes.

— Tu ne m'as pas demandé si moi j'avais fait des tests…

C'était ça qui l'inquiétait ?

Il sentait son sexe humide et palpitant tout contre le sien, elle le maintenait là, contre elle et c'était tellement irrésistible… Alors il cessa de résister et attira son bassin contre lui tout en donnant un coup de reins.

Il se glissa en elle comme si sa place avait toujours été là, poussant un soupir de soulagement intense.

Genevieve gémit au même instant et ils restèrent ainsi immobiles à savourer la sensation prodigieuse.

— Finn, bon sang ! murmura-t-elle.

Il rouvrit les yeux et posa les mains sur ses joues.

— Regarde-moi, dit-il. Je n'ai pas besoin de te le demander parce que je sais déjà. Je sais comment tu vis depuis que je suis parti. Genevieve, Noah et toi vous comptez plus que tout. Et ce depuis l'instant où j'ai posé les yeux sur toi.

— C'est peut-être un peu trop, alors, répondit-elle.

— Non, pas encore assez.

Mais ils auraient cette discussion plus tard. Pour le moment, il voulait juste la sentir tout autour de lui.

Au ralenti d'abord, il commença à aller et venir en elle, savourant chaque sensation avec délectation.

Genevieve soupira et il la sentit onduler du bassin en même temps que lui, tout en s'agrippant à ses épaules.

Cela faisait bien longtemps qu'il n'avait pas eu de relation sexuelle. Depuis la dernière fois qu'ils en avaient eu ensemble, lui qui n'aurait pu passer plus de trois jours sans une femme dans son lit avant Genevieve.

— Je ne suis pas certain d'être très endurant, prévint-il.

Mais elle semblait déjà dans une autre dimension : se redressant soudain, agrippée à son cou, elle mordit son épaule en gémissant de plaisir. Les vagues de son orgasme eurent raison de lui et il s'abandonna à son tour, fermant les yeux pour accueillir un feu d'artifice parti du bas de sa colonne vertébrale et qui, au terme de vagues chaudes et intenses, le laissa pantelant.

Il avait l'impression que ses genoux ne le soutenaient plus et s'affala sur les avant-bras. Si elle ne l'avait pas maintenu avec ses jambes autour de son bassin, il avait l'impression qu'il serait tombé de toute sa hauteur.

Au lieu de cela, il était allongé sur elle, leurs souffles haletants semblaient synchronisés, il sentait la chaleur de sa respiration dans le creux de son cou.

Lorsqu'elle y déposa un baiser, il la sentit trembler.

Il réunit ses forces et se redressa, l'attirant contre lui, avant de s'asseoir dans le fauteuil, l'entraînant avec lui pour la garder blottie contre son corps.

Au bout de quelques secondes, Genevieve s'étira. Elle se redressa et lui lança un regard malicieux, un petit sourire aux lèvres.

— Alors, maintenant, tu en as fini avec moi ?

— Tu plaisantes, ce n'était qu'un début !

- 9 -

Genevieve se réveilla seule dans son lit. Elle sut que Finn était parti avant même d'ouvrir les yeux. Une crainte diffuse se logea au creux de son ventre, mais elle fit un effort pour ne pas la laisser s'installer. Elle toucha les draps qui étaient encore tièdes à sa place.

Il fallait qu'elle soit très claire sur ce qu'elle faisait, elle refusait de vivre à nouveau dans l'incertitude. Ce ne serait pas juste pour elle, pour Noah, ni même pour Finn.

Elle se frotta les yeux. Deux jours s'étaient écoulés depuis leurs ébats dans l'atelier et, depuis, Finn était resté chez elle. C'était assez fou, enchanteur, mais aussi un peu étouffant.

Elle n'avait pas vraiment réussi à prendre du recul sur tout cela. Il était peut-être temps de le renvoyer chez lui quelques jours, le temps d'y voir plus clair.

Elle saisit son téléphone pour regarder l'heure, les yeux encore embrumés de sommeil. Cela changea aussitôt qu'elle vit les chiffres affichés sur l'écran.

9 h 18.

Elle sauta hors de son lit, le cœur battant. Pas d'enfant debout à 9 h 18, il y avait un problème.

La chambre vide n'apaisa en rien son stress. Elle passa par la cuisine, vide, elle aussi. Le sentiment d'inquiétude qui lui avait noué l'estomac au réveil se changeait en un véritable cyclone d'angoisse, jusqu'à ce que son regard s'arrête sur un petit papier placé en évidence au milieu de la table.

Elle s'en empara et le lut en vitesse. Elle en terminait à peine la lecture lorsqu'elle entendit la porte automatique du garage.

Elle fonça. Maintenant qu'elle savait de quoi il retournait grâce au message de Finn, elle avait surtout besoin de serrer son petit Noah dans ses bras.

Finn avait à peine coupé le contact qu'elle ouvrait la portière, accueillie par le large sourire de Noah, dont le visage était barbouillé de chocolat.

— Ocola, maman ! lança le bambin réjoui en brandissant un reste de donut.

Ses mains tremblaient tandis qu'elle défaisait le harnais du siège auto, mais elle avait besoin de sentir son fils contre elle. Elle déposa un baiser sur son front et se plongea dans son odeur.

Finn les rejoignit, lui aussi l'air réjoui et se pencha pour embrasser Genevieve. Il avait à peine effleuré ses lèvres, qu'il fronça les sourcils et recula la tête.

— Qu'est-ce qui ne va pas ? demanda-t-il.

Elle était incapable de lui cacher son trouble, alors que ses mains et ses lèvres tremblaient encore.

— Je me suis réveillée et vous étiez tous les deux partis, dit-elle. Noah est toute ma vie et je ne sais pas ce que je ferais si tu me le prenais.

Finn recula d'un pas, comme s'il venait de recevoir un coup de poing en plein visage.

— Mais je ne serai jamais capable de te le prendre. Jamais, et encore moins de cette façon !

— Je sais, dit-elle.

À cet instant, elle sentit que c'était la vérité. Elle savait que Finn était un escroc, mais qu'il avait un véritable sens de l'honneur. Elle ferma les yeux en prenant conscience de ce qu'elle venait de lui dire.

— Je suis désolée, Finn, dit-elle d'une petite voix en tendant la main vers lui. Tu n'as vraiment pas mérité cette réaction.

— Non, en effet, répondit-il, l'air peiné. Je la comprends, cependant.

Elle avait du mal à croire que c'était le cas, et cela ne rendait pas ses propos moins regrettables. Elle voyait dans son regard qu'elle l'avait blessé.

C'était cependant quelque chose de nouveau. Finn DeLuca ne laissait jamais personne compter assez pour risquer d'être blessé. En tout cas, autrefois. Lorsqu'elle espérait encore avoir une véritable place dans sa vie, et qu'il la lui avait refusée.

Elle avait besoin de comprendre ce qui s'était passé. C'était la première fois qu'elle arrivait à dépasser sa propre blessure pour s'intéresser aux causes du comportement de Finn.

Qu'est-ce qui avait fait de cet homme un solitaire aussi séduisant qu'individualiste et opportuniste ?

Elle avait besoin de comprendre, maintenant, quoi que cela signifie pour leur relation.

La nuit était bien installée. Finn, Genevieve et Noah avaient passé la journée ensemble. Après un début de journée un peu chaotique, la journée s'était finalement révélée absolument délicieuse.

Et avec Genevieve allongée nue en travers du lit, les cheveux étalés sur l'oreiller, un sourire épanoui sur le visage, c'était loin d'être fini.

Elle se redressa et le fixa un instant dans la pénombre.

— Dis-moi quelque chose que je ne sais pas.

C'était tout à fait typique de Genevieve, ce genre de question.

— Cela nous laisse pas mal de champ, dit-il. Même si je ne sais pas tout ce que tu sais.

Elle lui lança un petit coup de pied dans le genou.

— Tu vois très bien ce que je veux dire…

— Non, vraiment pas !

— Dis-moi quelque chose sur toi que j'ignore. Tu ne m'as jamais rien raconté, même si tu as souvent répété que tu n'avais pas de secrets. C'est faux : tu n'as que cela, des secrets. Je sais que tu es riche, mais j'ignore d'où te vient cette fortune. Je connais ton goût pour l'art et les bijoux, mais je ne sais pas comment il est né. As-tu seulement une famille ?

Une ombre teinta son regard, et elle s'enroula entre les draps, comme si la liste de tout ce qu'elle ignorait à son sujet la rendait vulnérable.

Mais il ne voulait pas qu'elle se cache devant lui. Il saisit les draps et les souleva d'un geste vif qui les envoya voler au sol.

— Arrête ! s'exclama-t-elle en se redressant pour les rattraper.

Finn la saisit par la taille et l'attira contre lui. Elle essaya vaguement de se dégager avant de s'abandonner entre ses bras, blottie contre lui qui s'emboîtait parfaitement avec son corps derrière elle.

— J'ai un patrimoine familial. Mon arrière-arrière-grand-père possédait une plantation. Il faisait pousser du coton et du tabac. Mon grand-père a voulu sortir de cette exploitation esclavagiste en abandonnant l'agriculture. Il a profité des réseaux familiaux pour lancer une affaire d'import-export, sous la forme d'une grosse affaire de logistique. Transport, expédition par bateaux, trains de marchandises, camions… Jusqu'à devenir un véritable conglomérat évalué à plusieurs milliards de dollars.

Genevieve se retourna et caressa son torse du bout des doigts. Ses caresses étaient apaisantes et légèrement excitantes à la fois.

— Mon père a voué sa vie à l'entreprise familiale. Il travaillait à l'expansion des marchés, était perpétuellement en voyages d'affaires, parti pour des mois à chaque fois qu'une succursale s'ouvrait quelque part en Europe ou en Asie. Ma mère l'accompagnait le plus souvent.

Finn reconnut la tonalité amère de sa voix et s'en voulut. Après autant d'années, il aurait dû se libérer de cette colère… Ce n'était visiblement pas le cas.

— Ils étaient assez rarement là, et quand c'était le cas, de toute façon, ils étaient au travail. C'était toute leur vie, résuma-t-il.

— C'est sans doute pour cela que tu n'as pas repris l'entreprise familiale ?

— Oui, absolument. Je n'ai pas appris grand-chose de mes parents, si ce n'est que la vie est une question d'équilibre. Sawyer et moi avons décidé très tôt que nous ne laisserions pas l'entreprise familiale, ni aucun autre travail, nous bouffer la vie comme cela a été le cas pour mes parents.

— Sawyer ?

Il serra les mâchoires.

— Mon frère.

— Ton frère ? J'aimerais faire sa connaissance, où est-ce qu'il vit ?

— Il est mort.

Genevieve se redressa pour chercher son regard, mais Finn la maintint contre lui.

— Comment ça ?

Évidemment, elle allait demander… Il devait déjà ravaler la rage qui l'envahissait chaque fois qu'il pensait à son frère cadet. Même si la colère ne laissait la place qu'à de la culpabilité, lorsqu'il en venait à bout. Une culpabilité dont il n'avait jamais pu se défaire.

— J'étais plutôt casse-cou quand j'étais jeune… Vers 17 ans, je m'étais pris de passion pour les courses automobiles que je pratiquais de façon illégale.

— Oui, ce serait moins drôle si c'était légal.

— Sans doute… J'imagine que cela faisait partie du frisson.

— Et quel est le rapport avec Sawyer ?

— Sawyer était un peu mon ange gardien, quand j'étais le démon qui murmurait à son oreille. Il était travailleur et sérieux, prévoyait de reprendre les rênes de l'entreprise plus tard… Évidemment, mes parents fondaient de grands espoirs en lui.

— Et cela te peinait ?

— Non, pas du tout, répondit-il en réprimant un rire narquois. Je me sentais mal pour Sawyer, même s'il n'avait pas les mêmes ambitions que moi. Je trouvais ça triste pour lui. Mais nous étions très proches malgré nos différences. L'absence de nos parents nous avait certainement rapprochés…

— Oui, cela se comprend.

— Pourtant, il nous arrivait souvent de nous disputer. Trop souvent.

— Ce n'est pas franchement surprenant pour deux frères de cet âge.

— Peut-être, mais au fil du temps, ça s'est accentué. Sawyer désapprouvait la plupart de mes choix, il passait son temps à me dire que j'allais finir par me tuer.

Quelle ironie de songer que c'était lui qui allait accomplir cette terrible prophétie.

Pris dans ses propres souvenirs et dans sa détresse, Finn ne s'était pas même rendu compte qu'il avait cessé de parler tout à coup.

— Que s'est-il passé ? demanda Genevieve d'une voix douce.

— Une nuit, il m'a suivi. Il m'en voulait de participer à cette course clandestine car il se disait que la police avait été informée. Il voulait m'arrêter, m'empêcher de concourir. Nous nous sommes disputés violemment, mais je suis quand même monté dans la voiture.

Bon sang, jamais il n'oublierait la colère pure sur le visage de Sawyer qu'il avait vu dans le rétroviseur lorsqu'il avait mis le contact.

— Je n'ai pas vu l'accident, j'en ai simplement entendu parler ensuite. Les flics étaient bien venus juste après le départ et il y a eu un mouvement de panique. Sawyer a été fauché, on m'a dit qu'il était mort sur le coup.

Finn se tut, sa voix semblait s'être totalement éteinte dans sa gorge.

— Cela ne suffit pas à apaiser son absence, n'est-ce pas ?

— Comme tu le dis. Il n'aurait pas dû être là cette nuit. C'était ma faute.

Elle essaya à nouveau de se redresser, passant outre la résistance de Finn.

— Tu sais bien que c'est plus compliqué que cela, non ? Chacun est responsable de ses choix.

— Possible, fit-il dans un haussement d'épaules. Mais c'est moi qui aurais dû y passer.

— Ce n'est pas ainsi que les choses fonctionnent. J'ai perdu mes parents alors que j'étais si jeune que je n'ai même pas de souvenirs d'eux.

— Moi j'aimerais parfois ne plus avoir de souvenirs. J'aï dû aller identifier le corps de mon frère. J'avais 19 ans. Mes parents ont dû déléguer l'organisation des funérailles à leurs assistants le temps qu'ils rentrent de Hong Kong.

— À ce point… Et moi qui me plaignais de mon tyrannique grand-père…

— Ils ne sont plus là, non plus, maintenant. Morts tous les deux ensemble dans un crash d'avion en Thaïlande neuf mois plus tard.

Genevieve baissa les yeux en retenant son souffle.

— Oh ! ce n'était pas vraiment une perte, tu sais…

Elle avait les larmes aux yeux. Finn la fixa, contemplant la tristesse qui l'envahissait. De la peine pour lui. De la compassion. Il avait l'impression que c'était la première fois que quelqu'un pleurait pour lui.

— Je suis vraiment navrée, murmura-t-elle.

— Tu n'y es pour rien.

— Non, mais cela ne m'empêche pas de ressentir de la compassion pour ce que tu as vécu. Merci.

— De quoi ?

— D'avoir partagé cela avec moi.

Genevieve s'allongea contre lui et le serra fort. Elle le tenait contre elle, et c'était comme si une partie de sa peine s'apaisait ainsi.

Comme si elle parvenait enfin à lui transmettre la paix dont il ignorait qu'il avait si désespérément besoin.

Finn fixa l'imposante façade du musée de l'autre côté de la rue. Cette église, reconvertie en hôpital durant la guerre civile, hébergeait aujourd'hui une des plus importantes collections privées de manuscrits historiques.

Bien des gens auraient été surpris d'apprendre que Finn se passionnait pour les archives, mais à ses yeux, ces vieux papiers étaient des recueils de l'histoire et de la mémoire de l'humanité, avec ses erreurs et ses triomphes.

Et puis ces documents historiques n'étaient pas dénués de valeur marchande.

Mais par-dessus tout, il y avait là un exemplaire d'un ouvrage cher à son cœur, la version théâtrale des *Aventures de Tom Sawyer* par Mark Twain.

Depuis l'extérieur, c'était déjà un jeu d'enfant de repérer les défaillances du système de sécurité. Il n'aurait pas eu grand-peine à subtiliser l'ouvrage. Une seule chose le retenait : il adhérait aux valeurs qui avaient présidé à la fondation de ce musée.

Et puis il ne considérait pas d'un bon œil l'idée de dépouiller une organisation à but non lucratif, alors que s'attaquer à un riche particulier qui avait décidé de garder une merveille pour lui seul derrière les murs de sa propriété privée était une tout autre affaire.

Il se sentait sur des charbons ardents depuis qu'il avait parlé avec Genevieve de la disparition de Sawyer. Organiser un cambriolage avait été une efficace diversion face à la douleur et la culpabilité qui l'avaient assailli au moment de la mort de son frère, c'était ainsi qu'il avait repris goût à la vie de longs mois après.

Alors imaginer un plan fictif, auquel il ne comptait pas recourir, pour entrer par effraction dans ce musée était simplement une façon d'essayer de se rappeler qui il était.

Quelqu'un qui ne saurait avoir une vraie place au sein de la famille que Genevieve avait commencé à fonder.

Et puis dans tous les cas, il commençait déjà, au bout de deux semaines à peine, à suffoquer sous le joug de la vie domestique. Ignorer ses besoins, sa nature, pour se prétendre quelqu'un qu'il n'était pas était non seulement épuisant, mais voué à un échec certain.

Il était un hors-la-loi dans l'âme. Et cela le rendait dangereux pour son entourage, quoi qu'il fasse.

Il n'était pas cet homme bien dont Genevieve avait besoin auprès d'elle. Alors même qu'il ressentait l'envie folle de s'y conformer, lorsqu'il était avec elle. Mais dans le fond, il lui semblait qu'il serait bien incapable de vivre ainsi.

- 10 -

Finn fit volte-face et regagna sa voiture, sentant comme à chaque fois un frémissement d'excitation alors qu'il s'installait dans le siège en cuir souple. Il connecta son téléphone au Bluetooth et lança un appel avant de mettre le contact.

Il quittait le parking en faisant ronfler son moteur sous les regards hostiles des passants, lorsqu'une voix répondit :

— Finn, dit Stone au bout du fil.

— Je t'appelle parce que je sens que je suis sur le point de faire quelque chose de stupide…

Voilà ce qui ressemblait le plus à un appel au secours, venant de lui.

— Où es-tu ? J'arrive tout de suite.

C'était pour cela que Stone était un de ses plus proches amis. Il n'hésitait jamais et ne questionnait pas plus.

— Inutile, c'est moi qui arrive.

Dix minutes plus tard, il passait sous l'enseigne « Stone Surveillance », puis gagnait rapidement le bureau de ce dernier.

Stone ne s'embarrassa pas de questions, il se leva pour servir deux verres de scotch et en tendit un à Finn.

— Raconte-moi.

Il fixa le liquide ambré quelques secondes avant de l'avaler d'un trait. La liqueur lui brûla la gorge, mais la sensation était appréciable.

— Je n'y arrive pas.

— À quoi ?

— Me ranger, dit-il en déposant son verre sur le bureau. Cela ne fait que quelques semaines et déjà j'étouffe dans cette vie de famille avec Genevieve. Nous savons tous les deux que je ne suis pas un gentil garçon, je n'ai jamais prétendu en être un. Mais là, je sens que je vais finir par faire une grosse bêtise…

Stone croisa les bras en s'adossant à son bureau.

— D'après ce que tu m'as dit, Genevieve est une femme sensée et intelligente.

— Oui.

— Quelque chose me dit qu'elle sait très bien quel genre d'homme tu es et qu'elle ne s'attend pas particulièrement à te voir devenir quelqu'un d'autre, non ?

— Pour quelqu'un d'intelligent, tu dis vraiment des choses stupides, répliqua Finn.

— C'est drôle, Piper me dit la même chose, mais je pense que vous avez tous les deux tort. Est-ce que tu as seulement parlé à Genevieve ?

— Bien sûr que non, après ce qu'on a vécu, je pense que la dernière chose qu'elle ait besoin d'entendre, c'est le fait que je doute.

— Moi j'ai plutôt l'impression qu'elle pourrait te soutenir, au contraire.

— Pff, tu ne connais vraiment rien aux femmes.

— Et si j'avais une solution qui te permettait d'avoir ton shoot d'adrénaline tout en restant dans le cadre de la loi, qu'en dirais-tu ?

Finn ne voyait guère comment quelque chose qui restait dans le cadre de la loi pourrait lui offrir le même frisson qu'un braquage.

— Tu parles…

— Non, je suis sérieux. Écoute-moi, plutôt. J'ai un client qui pourrait bien avoir besoin de toi.

— Il recrute un voleur professionnel ? lança Finn, narquois.

— Oui.

Stone était le symbole de la droiture aux yeux de Finn. Il avait certes passé dix ans en prison, mais il était difficile de le considérer comme un criminel, puisqu'il avait vengé sa fiancée en tuant son violeur. Il n'était pas le genre à tremper dans des combines, ou à accepter un client qui lui demande de le faire. Finn l'interrogea du regard.

— Mon client s'est fait voler une pièce très rare dans son bureau et nous sommes chargés d'essayer de la retrouver, expliqua-t-il.

— Tu sais que ce n'est pas moi qui vais pouvoir vous aider…

— Je le sais.

— À quoi est-ce que je pourrai servir, dans ce cas ? demanda-t-il, impatient.

— Il veut aussi que nous nous chargions d'assurer la sécurité du reste de sa collection.

— Tu voudrais que j'aille déterminer les points faibles de son système ?

— Oui, mais je veux aussi que tu fasses un peu plus qu'observer. Je voudrais que tu le braques et que tu ramènes tout ce que tu pourras.

Finn inclina la tête en fixant son ami.

— Pourquoi ça ?

— Il veut qu'on lui prouve de quoi nous sommes capables et ce gars a les moyens d'investir.

— Je me moque de ses moyens, je n'ai pas besoin d'argent, et toi non plus.

Stone haussa les épaules.

— Certes, mais Stone Surveillance aura besoin des fonds et de la publicité.

— Vraiment ?

— Il faut du bouche-à-oreille pour se construire une clientèle dans ce domaine. Tu sais que nous avons de la chance, même si nous avons traversé des épreuves, nous avons les moyens d'assurer l'avenir. Tout le monde n'a pas cette possibilité.

— Je comprends, mais ce n'est pas le cas de ton client, semble-t-il. Il a les moyens de faire appel à n'importe qui, non ?

— Oui, mais c'est un ami de ma famille.

— Ah, je comprends mieux le lien, alors. Dans tous les cas, tu auras réponse à toutes mes objections, n'est-ce pas ?

— Disons que tu pourrais voir ça comme ta contribution à l'entreprise…

— Je vois. Je n'ai pas le choix !

Stone sourit.

— Est-ce que tu veux connaître les spécificités de son système ou pas ?

Finn soupira, mais l'invita à poursuivre d'un geste de la main.

— Qu'est-ce qu'il a à protéger, déjà ?

— Une des plus importantes collections d'art privé dans le sud du pays. Plusieurs toiles de Rembrandt, Degas, Pollock, van Gogh et Basquiat. C'est aussi un archéologue amateur qui collectionne des pièces d'artisanat antique. Ses collections sont régulièrement prêtées à des musées du monde entier.

— Eh bien, dit Finn…

— C'est un collectionneur qui aime l'idée d'être un passeur entre les âges et les cultures.

— Sauf qu'il ne prend pas les précautions nécessaires pour protéger tout ce patrimoine.

— C'est là qu'on intervient. Il sait qu'il doit faire quelque chose et est prêt à investir. Sers-toi de ton expertise et fais-nous part de ce qu'il faut mettre en œuvre.

Finn avait l'impression que quelque chose clochait dans l'argumentation de Stone.

— Tu le connais depuis longtemps ?

— Oui. Il nous laisse un accès total à ses installations autant de temps que besoin et je l'ai prévenu de nos méthodes, disons, peu conventionnelles.

— Dans ce cas où est l'adrénaline ?

Un demi-sourire se dessina sur les lèvres de Stone.

— Il ne saura pas ce que tu prévois. D'ailleurs, si jamais tu te fais arrêter, il n'est pas impossible que tu retournes derrière les barreaux le temps que je parvienne à te faire libérer.

— C'est mon officier de probation qui ne va pas aimer cette idée.

— Alors ne te fais pas prendre.

À cet instant, Finn ressentit le fameux frisson qu'il espérait.

— Oh ! mais je n'ai aucune intention de me laisser attraper, mon cher !

Genevieve lâcha le microscope qu'elle employait pour monter son collier avec les alexandrites. Les filigranes en platine et la brillance du diamant étaient des parfaits contrepoints aux couleurs riches et profondes des pierres. Depuis qu'elle avait parlé avec Finn, ses idées s'étaient affirmées.

L'inspiration était un phénomène étonnant et assez mystérieux.

C'était aussi un puissant moteur. Elle venait de passer plus d'heures dans son atelier en une semaine qu'elle ne l'avait fait le mois précédent tout entier. Lorsqu'elle n'était pas en train de travailler, elle passait autant de temps que possible auprès de Finn et Noah.

C'était évidemment très prenant. Il n'y avait pas assez d'heures dans une journée et en prime elle se sentait coupable. La seule chose qui maintenait sa culpabilité à distance maintenant était l'idée que, d'ici quelques semaines, elle aurait terminé et pourrait passer plus de temps auprès de son fils.

Elle frotta ses yeux et tâcha de reprendre son montage.

— Tu travailles trop.

Elle sursauta alors que son fauteuil roulait vers l'arrière.

— Tu m'as fait peur ! lança-t-elle à Nick.

— Pardon, je voulais juste te dire que j'allais rentrer et te suggérer de faire de même. Tu es penchée sur ce microscope depuis des heures, dit-il en plaçant les mains sur le haut de sa nuque. Tu vas finir avec un sacré torticolis.

Genevieve soupira lorsqu'il massa ses cervicales endolories. Il n'y avait pas à dire, un massage pouvait accomplir des miracles.

Cependant, au bout de quelques secondes, une fois la douleur estompée, un léger malaise l'envahit. Les paroles de Finn lui revinrent à l'esprit. Quelle bêtise ! Nick était juste un ami. Il lui avait déjà massé les épaules, sans que rien d'autre ne se passe.

Cela ne voulait rien dire.

Elle se leva pourtant et sourit.

— Merci Nick, je n'avais pas réalisé à quel point j'étais crispée !

— Avec plaisir. Est-ce que tu veux y aller aussi ? Je peux fermer, dans ce cas.

Genevieve hésita. Elle était tentée de l'écouter et de rentrer aussitôt retrouver Noah, lui donner son dîner et son bain avant d'aller se blottir avec Finn sur le canapé pour regarder un programme quelconque.

Et d'un autre côté, il y avait une partie d'elle qui hésitait. Les choses n'étaient pas si simples et limpides qu'il y paraissait. Qu'est-ce qu'elle fabriquait avec Finn, pour commencer ?

N'importe qui dirait qu'ils avaient une relation, qu'ils formaient une famille, mais elle-même n'en était pas sûre. Pas sûre de ce qu'ils vivaient, ni de ce qu'elle attendait de cette relation.

Pourrait-elle seulement lui faire confiance à nouveau ? Ou se faire confiance à elle-même ?

Bien sûr, il avait parfois une influence positive sur elle, il avait été le premier à croire en elle et l'avait guidée pour apprendre à s'affirmer…

Mais la vérité était qu'elle ne faisait plus confiance à ses propres jugements quand il était à proximité.

Et puis maintenant, elle n'était plus toute seule à devoir envisager les conséquences de sa relation à Finn… Sa décision serait forcément lourde de sens…

— Non, vas-y, je fermerai, répondit-elle.

Elle savait qu'elle avait besoin de cette distance, parce qu'au terme de ces quelques semaines elle sentait que ses défenses s'effritaient les unes après les autres.

Nick s'en fut et Genevieve se remit au travail de son délicat filigrane. C'était un travail minutieux qui nécessitait toute son attention. Elle n'aurait pas su dire combien de temps elle avait passé lorsqu'un bruit inconnu attira son attention.

Elle tendit l'oreille et il ne lui fallut pas longtemps pour percevoir un grattement léger vers la porte de derrière.

Son cœur s'arrêta un instant et elle se leva, saisissant son téléphone.

Instinctivement, elle appela Finn.

Elle ne s'était pas attendue à entendre la sonnerie de son téléphone retentir en écho depuis la porte arrière juste avant qu'elle ne s'ouvre. Si elle n'avait entendu la sonnerie, elle aurait sans doute poussé un cri.

— Mais qu'est-ce que tu fais ? s'exclama-t-elle en le voyant entrer avec une montagne de sacs et de boîtes en carton dans les bras.

Il lui sourit, amusé.

— J'ai les bras chargés de cadeaux, lança-t-il.

— Je vois ça, mais pourquoi ?

— C'est une surprise.

— Je ne suis pas franchement amatrice de surprises, tu sais ?

Ce n'était pas complètement exact. De fait, elle n'aimait pas trop les surprises de Finn. Elles avaient rarement été bonnes.

— Tu apprécieras celle-ci, j'espère.

Il referma la porte du pied et déposa tous ses paquets sur la table.

C'est alors qu'elle se rendit compte qu'il portait un smoking.

— Eh bien, quelle élégance !

— Content qu'il te plaise.

Il savait très exactement à quel point il était séduisant et aimait en jouer. C'était à la fois charmant et très énervant.

— Un peu trop habillé pour une soirée télé, tu ne crois pas ? demanda-t-elle.

— Certainement, mais heureusement que ce n'est pas ce qui nous attend.

— Ah bon ? Je ne sais pas quels sont tes plans pour

ce soir, mais moi je compte bien rentrer et je crois que la baby-sitter sera contente de faire de même.

— J'ai tout organisé pour Maddie et Noah. Elle va dormir avec lui et tout le monde est ravi.

Genevieve ne savait pas exactement comment elle se sentait à cette idée. Partagée, sans doute, comme souvent avec Finn.

— D'accord, articula-t-elle lentement en attendant la suite des informations. Et en quel honneur ?

— J'ai un gala de charité ce soir et je voudrais que tu m'y accompagnes.

— Un gala ? répéta-t-elle, préoccupée. Mais ces manifestations durent une éternité, pourquoi me prévenir au dernier moment ?

— J'ai reçu l'invitation hier, mais je ne pensais pas y aller.

— Qu'est-ce qui a changé ?

Il haussa les épaules.

— Un ami m'a demandé d'y aller, dit-il en déballant un des sacs. Et avant que tu me dises que tu n'as rien à te mettre… Je veux que tu saches que je me suis occupé de tout !

Il sortit une époustouflante robe en dentelle de couleur vert émeraude. Genevieve ne put se retenir de passer la main sur le tissu incroyablement fin et délicat.

Elle n'avait jamais aimé assister aux galas du temps de son grand-père, mais elle devait reconnaître qu'elle avait toujours savouré le plaisir de porter des tenues de soirée.

Finn saisit la robe pour la lui présenter entièrement déballée. C'était un dos nu avec un bustier incroyablement décolleté qu'elle n'aurait certainement pas osé porter trois ans plus tôt. Mais sous le regard de Finn, elle se sentait toujours incroyablement sexy et féminine. Il avait ce don avec elle.

Genevieve se tourna vers le reste des sacs.

— J'espère que tu as aussi pensé aux sous-vêtements adaptés !

— Qu'est-ce qui te fait penser que j'ai la moindre envie de te faire porter quoi que ce soit en dessous de cette robe, ma belle ? lança-t-il dans un sourire.

Elle baissa les yeux, non par gêne, mais pour ne pas lui laisser deviner que sa plaisanterie avait sur elle un effet immédiat.

Il plaça la robe devant elle, et se recula pour la regarder avant de la lui tendre.

— Tu devrais l'essayer.

Genevieve se retrouva dans la minuscule salle de bains de son atelier en train de se dévêtir pour essayer sa robe de gala. Ce n'est qu'une fois dévêtue qu'elle constata qu'il ne lui avait effectivement pas prévu de dessous.

- 11 -

Finn attendait avec impatience le moment où Genevieve sortirait. Elle allait être époustouflante dans cette robe. S'il y avait bien une chose pour laquelle il avait un œil infaillible, c'était la beauté.

Genevieve Reilly était aussi belle à l'intérieur qu'extérieurement.

Il patienta en déballant le reste de ses achats. Il avait bien acheté des sous-vêtements, mais l'idée qu'elle libère la femme fatale en elle en participant à cette soirée de gala nue sous sa robe était terriblement attrayante.

Il avait aussi acheté des escarpins, du maquillage et des produits de coiffage. Il sortit ensuite un coffret qu'il remisa pour lui garder la surprise jusqu'au bout. Il s'agissait de la parure d'émeraudes qu'il avait achetée.

Il était impatient de voir les pierres magnifiques sur sa peau de porcelaine. Il avait choisi la robe en fonction de leur couleur et se disait que ce serait une occasion parfaite pour présenter les créations de Genevieve.

La porte s'ouvrit et elle apparut. Il avait beau l'avoir imaginée, ce fut un véritable choc esthétique… et sensuel !

— Tu es sublime, murmura-t-il.

Le sourire qu'elle lui adressa le frappa en plein cœur. Il aurait voulu être celui qui ferait naître ce genre d'expression sur son visage tous les jours du reste de sa vie.

Et il n'avait pas la moindre idée de ce qu'il devait faire de cette révélation.

— Il y a tout ce dont tu devrais avoir besoin ici, dit-il en lui indiquant la table couverte de ses achats.

Alors qu'elle s'avançait dans la pièce, il détailla la façon dont le tissu soulignait ses formes avantageusement. Il savait qu'une fine couche de tulle beige doublait l'intérieur de la robe, mais il avait l'impression que la dentelle laissait découvrir sa peau nue en filigrane et c'était éblouissant.

Elle le frôla en passant devant lui, et il nota son regard malicieux en coin. Elle avait bel et bien libéré la femme fatale comme il l'avait espéré.

Rien ne lui faisait plus plaisir que de la voir s'écarter du si droit chemin dans lequel elle avait été élevée. Il était ravi d'encourager chacun de ses pas de côté vers un peu plus de fantaisie.

L'enlaçant au passage, il l'attira contre son corps, plaquant son bassin contre le sien avant de lui murmurer à l'oreille :

— Il y a bien des sous-vêtements sur la table, mais seras-tu assez aventureuse pour les laisser ici ce soir ?

Elle fit « non » de la tête et saisit la lingerie qu'il avait choisie assortie à la robe, en soie et dentelle de couleur vert émeraude.

Elle déplia le string et se tourna vers lui. Il s'attendit à se faire tancer pour un choix un peu trop osé, mais au lieu de ça, elle saisit la pochette de son smoking et la remplaça par le minuscule slip qu'elle avait visiblement décidé de ne pas porter.

Cette femme était décidément stupéfiante.

— Tu veux me tuer, c'est ça ?

— Oh non, ce serait vraiment gâché, j'ai d'autres projets avec toi plus tard !

Il brûlait de relever sa robe et de la prendre aussitôt, là, dans son atelier, mais dans ce cas, autant dire au revoir au gala.

La soirée avait lieu chez Dennis Hunt, le fameux client de Stone et c'était une occasion parfaite pour faire un tour des lieux.

S'y rendre avec Genevieve était simplement la cerise sur le gâteau.

— Je rêverai de te montrer qu'à force de jouer avec le feu, on se brûle, mais je crains de n'avoir pas le temps. Notre voiture arrive dans 20 minutes.

Genevieve prit les accessoires de maquillage et lui adressa un sourire enjôleur avant de retourner se préparer dans la salle de bains.

Finn se plaça dans l'encadrement de la porte qu'elle avait laissée ouverte et la regarda appliquer quelques rapides coups de pinceau pour souligner son regard. Elle se coiffa aussi rapidement, relevant ses cheveux en un chignon qui lui donnait une touche de sophistication.

Elle revint ensuite essayer les escarpins, des nu-pieds aux talons de 10 centimètres qui lui faisaient des jambes et une démarche de déesse.

Finn prit le coffret à bijoux qu'il avait mis de côté. Le moment était venu de lui présenter sa surprise finale. Il avait tout à coup le cœur qui battait à tout rompre et ne parvenait pas à se rappeler la dernière fois qu'il s'était senti aussi nerveux.

Il ouvrit le dessus de l'écrin et le lui présenta.

— J'avais l'espoir que tu porterais cela.

Ses yeux s'arrêtèrent sur ses bijoux et il lut fierté et émotion dans son regard.

Pourtant, elle ne fit pas un mouvement.

Finn posa l'écrin et prit le collier. Il était frais dans ses mains, comme s'il attendait le contact de la peau de Genevieve pour se réchauffer. Il avança jusqu'à elle, attendant qu'elle se retourne pour le lui passer. Les pierres en forme de larmes se nichèrent à la perfection au creux de son cou.

Il effleura sa peau douce et la sentit frémir lorsqu'il fixa le fermoir.

Il attendit alors qu'elle se retourne vers lui.

Il ne fut pas déçu par ce qu'il découvrit. Mais il ne dit rien. Pas encore.

Il prit les boucles d'oreilles et les lui tendit une à une. Puis vint le tour du bracelet.

Ce n'est qu'à cet instant qu'il se recula d'un pas pour la voir tout entière.

— Tu es toujours belle, mais là… Tu rayonnes. Ces pierres sur ta peau…

Genevieve avait les yeux qui brillaient. L'espace d'un instant, il se demanda si elle n'allait pas se mettre à pleurer, mais finalement un sourire radieux s'installa sur ses lèvres alors qu'elle venait se blottir contre lui, ses deux paumes à plat contre son torse.

— C'est toi qui me fais sentir belle, Finn. Toujours, dit-elle en l'embrassant tendrement. Merci.

Il ne savait pas si elle le remerciait pour ses présents ou pour autre chose, mais cela importait peu, après tout.

Il était sur le point d'envoyer au diable cette soirée de gala, lorsque son téléphone lui rappela l'arrivée de leur voiture.

Il l'invita à sortir et saisit la porte en soupirant :

— Après toi.

Genevieve était familière de ce genre de monde, mais cela faisait quelques années qu'elle n'y avait plus remis les pieds.

L'imposante demeure de brique avec son immense parc aux chênes centenaires ne l'impressionnait pas. Cela lui rappelait un peu *Autant en emporte le vent.*

Des employés en livrée leur ouvrirent les portes qui donnaient sur un double escalier monumental qui permettait d'accéder à la salle de bal. Tout le monde était en grande tenue, les femmes arboraient les plus belles robes et les plus beaux bijoux…

Elle songea pourtant que tout cela ne lui avait vraiment pas manqué. À l'époque, elle accompagnait son grand-père et devait se montrer une cavalière humble et agréable. Silencieuse et obéissante.

Elle en détestait chaque instant, ces soirées se révélant mortellement ennuyeuses en prime.

Mais ce soir, elle sentait que ce serait très différent.

Lorsqu'elle se pencha, elle sentit le tissu de sa robe effleurer son entrejambe dénudée et un frisson de plaisir la parcourut. Finn profita de la situation, laissant sa main glisser le long de son dos pour lui pincer prestement les fesses.

Elle lui envoya un coup de coude dans les côtes et un regard désapprobateur, mais il lui répondit par un tel sourire, qu'elle sut qu'il ne lui servirait à rien de protester.

Il lui prit la main et la guida vers la piste de danse, ignorant les convives qui avançaient à leur rencontre.

Genevieve avait acquis la conviction que ce qui attirait les gens vers Finn était justement son absence totale d'intérêt à leur égard. Il se moquait par-dessus tout de ce que les gens pouvaient penser de lui, tant qu'ils ne faisaient pas partie de ses proches.

Cette attitude lui venait avec une expression de confiance totale qui se révélait très attractive pour la plupart des gens. Elle avait déjà noté cela à plusieurs reprises. Tout le monde était attiré par Finn, et cela se confirmait ce soir.

Il fallait aussi dire qu'il avait une réputation suffisamment sulfureuse pour attiser les rumeurs et les conversations. Les gens aimaient parler de lui dans son dos, tout en espérant pouvoir se targuer de le connaître.

Finn, quant à lui, se moquait totalement de tout cela.

Il garda une main ferme autour de la taille de Genevieve durant la demi-heure qui suivit, s'assurant qu'elle restait à côté de lui. Il parla avec quelques personnes, des conversations banales où il prenait soin de la présenter pour lui permettre de participer plus facilement.

Il clamait sans le formuler qu'elle était la personne la plus importante à ses yeux dans cette pièce.

Ils finirent rapidement par être entourés d'un certain nombre de femmes, en particulier, qui tentaient de se rapprocher de Genevieve. Elle les connaissait de vue pour la plupart, de l'époque de Reilly.

Elle avait besoin d'une pause. Elle faillit demander les toilettes pour s'échapper quelques minutes, lorsqu'elle nota un changement d'intonation dans la voix de Finn. L'indifférence s'en était envolée.

Elle se rapprocha et observa le couple avec qui il avait engagé la conversation.

Ce qui la frappa immédiatement fut combien il semblait détendu. Ce n'est qu'à ce moment qu'elle identifia la tension qui devait l'habiter auparavant. Tout à coup, il était comme un poisson dans l'eau.

Elle avait déjà vu Finn interagir avec différentes personnes et elle avait noté combien il était toujours en contrôle de lui-même, de la situation ou de ses interlocuteurs. Pour cela, il lui fallait toujours une pointe de vigilance. Mais avec ce couple, curieusement, ce n'était pas le cas. Sa curiosité était piquée.

Elle les détailla donc. L'homme était grand, très séduisant, habillé très élégamment. Il avait des traits qui suggéraient une lignée aristocratique, peut-être, et il dégageait une forte personnalité, avec une touche d'originalité. Sans le sourire que l'on devinait dans son regard, il aurait pu être assez intimidant.

La femme qui l'accompagnait était sublime. Elle portait une robe de couturier, plutôt sobre, mais qui mettait en valeur sa fine silhouette. Elle avait une véritable élégance naturelle.

Par-dessus tout, on notait qu'ils étaient très unis et profondément heureux ensemble et cela les rendait moins impressionnants qu'ils auraient pu l'être séparément.

Elle s'apprêtait à se présenter, mais Finn l'enlaça et prit les devants.

— Genevieve, laisse-moi te présenter Stone et Piper, deux de mes plus proches amis.

Finn avait très peu de vrais amis, aussi n'eut-elle pas de mal à identifier Stone.

Anderson Stone et Piper Blackburn avaient défrayé la chronique quelques mois plus tôt. Genevieve n'avait pas connaissance de tous les détails, mais c'était déjà suffisant.

— Enchantée de vous rencontrer, dit-elle en leur tendant la main.

Stone saisit la main tendue, mais Piper avança à sa rencontre et la serra dans ses bras, un large sourire aux lèvres.

— Enchantée, j'étais impatiente de faire votre connaissance. J'espère que nous aurons l'occasion de dîner ensemble bientôt !

— Ce serait avec plaisir, répondit Genevieve sous le charme.

— Et comment va le petit Noah ? reprit Piper en l'entraînant quelques pas à l'écart. Finn nous en parle tout le temps, il est tellement fier de lui.

Genevieve fut surprise de découvrir que la jeune femme en connaissait autant sur elle et son fils.

— Ah vraiment ?

— Je trouve ça formidable de votre part, de lui laisser une chance de jouer son rôle en tant que père. Je suis psychologue et je vois souvent des petits patients qui souffrent de l'absence d'un père, ou des conflits entre leurs parents. Cela en dit long sur la mère que vous êtes !

— Eh bien merci, je n'en attendais pas tant, dit Genevieve, toujours sur la réserve.

— Pardon, Stone me dit toujours que je ne devrais pas laisser sortir la psychologue qui est en moi lorsque je suis en société !

— Merci. Je n'ai aucun mérite à avoir laissé Finn s'impliquer. Lorsque je les ai vus ensemble tous les deux la première fois, c'était une telle évidence…

Comment aurait-elle pu s'y opposer ? Quoi qu'il se passe entre eux, elle savait que Finn aimait leur fils et ferait n'importe quoi pour le protéger.

— En tous les cas, je suis vraiment heureuse d'enfin vous rencontrer ! lança Piper pour clore le sujet. Et donc vous êtes créatrice de bijoux, c'est ça ? Ne me dites pas que c'est vous qui avez fait ce collier incroyable ?

— Si, c'est bien moi.

— Il est sublime !

— Merci. C'est Finn qui l'a acheté pour me faire la surprise.

En disant cela, elle le chercha du regard, mais Stone et lui s'étaient éloignés et elle finit par les localiser au bout de la salle, en grande conversation.

Stone semblait crispé, et il se pencha vers Finn pour ponctuer son discours en lui pointant un index vindicatif dans l'épaule.

— De quoi est-ce qu'ils parlent tous les deux ? demanda-t-elle à Piper.

— Qui sait… Ce sont les meilleurs des amis, mais Finn prend un malin plaisir à titiller Stone. Je suis sûre que c'est une sorte de jeu pour lui.

Genevieve ne parvenait pas à les quitter des yeux. Il y avait quelque chose dans leur échange qui la mettait mal à l'aise. Finn semblait détaché, mais elle savait que ce n'était pas vraiment le cas.

— Si Gray avait été là, il joue généralement les négociateurs entre eux…

— Gray ?

— Oui, le troisième membre de leur trio de repris de justice ! Vous saviez qu'ils s'étaient rencontrés en prison ?

Genevieve fit « oui » de la tête.

— Gray a été condamné pour avoir détourné 40 millions, mais Stone me dit qu'il a été piégé… Tout le monde prétend être innocent en prison, sauf Stone et Finn. Gray, lui, a toujours maintenu qu'il était innocent, en revanche.

- 12 -

— Tu l'as amenée ici alors que tu comptes les braquer ? lança Stone, l'air stupéfait.

— Non, je l'ai invitée à m'accompagner à ce gala de charité que je suis heureux de soutenir.

— Tu parles…

Finn haussa les épaules.

— C'est toi qui m'as proposé cette affaire, laisse-moi la gérer à mon gré.

— Oh je n'ai aucun doute sur tes capacités de faire le job, mais permets-moi de questionner la présence de Genevieve ce soir !

— Vraiment ? Mais elle est l'alibi parfait pour ce genre d'affaire !

— Jusqu'à ce qu'elle comprenne que tu t'es servie d'elle… Elle ne te le pardonnera pas.

— Elle ne le saura jamais !

— C'est ça. Les femmes finissent toujours par apprendre la vérité…

Finn sentit que c'était du vécu de la part de Stone, mais il ne lui demanda pas à quoi il faisait allusion.

Il n'était pas toujours un très bon ami.

— Je suis prêt à courir le risque.

Il retrouva Genevieve avec plaisir, bien décidé à passer un bon moment avant de profiter de la foule pour s'échapper quelques minutes et voir ce qu'il pouvait détourner discrètement.

Les deux couples réunis discutèrent quelques instants. Piper avait invité Genevieve à déjeuner la semaine suivante et les deux femmes semblaient se réjouir de cette perspective.

— Tu danses ? murmura Finn à l'oreille de Genevieve.

Elle se tourna vers lui et hocha la tête lentement. Finn lui prit la main et la guida vers la piste avant de l'enlacer.

Ils s'accordèrent facilement, suivant le rythme avec fluidité. Finn savourait le contact du corps de Genevieve contre le sien. Furtif et léger, par contraste avec le toucher plus rugueux de la dentelle sous sa paume au niveau de la hanche de Genevieve.

Il ferma les yeux quelques instants, s'absorbant dans ces sensations délicieuses.

— Il faudra que je parle à Hunt de sa liste d'invités, il n'a pas dû se rendre compte qu'il avait laissé un serpent se faufiler dans son jardin.

Il sentit sous ses mains comment Genevieve se figeait au son de cette voix. Elle ne pouvait voir l'homme qui se tenait derrière elle, mais sa voix suffisait.

Finn l'attira plus près en un geste protecteur.

— Grand-père ! lança Genevieve d'une voix froide et claire.

— Ma petite-fille, répliqua Lackland avec dédain. Je vois que tu n'as pas beaucoup progressé en trois ans. J'ai du mal à comprendre que tu laisses cet homme t'approcher à nouveau après ce qu'il a fait la dernière fois que tu l'as accueilli dans ton lit !

Finn le fusilla du regard, mais Lackland ne cilla pas et s'avança vers lui, le menton redressé en un geste de défi.

C'est Genevieve qui calma le jeu en serrant le bras de Finn.

— Il n'en vaut pas la peine.

Finn la regarda. Elle était pâle et ses mâchoires serrées disaient sa colère.

— Sans doute pas, mais toi, si. Je ne le laisserai pas t'insulter.

— Pas la moindre insulte dans mes propos, DeLuca. Vous avez séduit une femme innocente pour accéder à sa fortune familiale. Vous nous avez volés avant d'abandonner ma petite-fille enceinte.

— Ce que vous soulignez sont mes fautes, pas les siennes, Lackland.

— Elle vous a laissé les commettre. Je l'ai élevée autrement, elle aurait dû être capable de réagir plus intelligemment.

— Vous l'avez élevée en servante obéissante, ce qu'elle a cessé d'être. C'est un être humain, elle a des sentiments et des besoins.

— … Que vous n'avez eu aucun scrupule à exploiter !

Si Lackland ne sortait pas de son champ de vision immédiatement, Finn allait faire un malheur.

— Faites attention à ce que vous dites. Encore un mot sur Genevieve et vous le regretterez.

— La seule chose que je regrette est que vous n'ayez pas passé plus de temps derrière les barreaux. Enfin, j'imagine que vous y retournerez très bientôt, on ne change pas…

Finn serra le poing et Genevieve s'accrocha à son bras.

— Ignore-le, Finn, il fait son possible pour te provoquer.

Il savait au fond de lui qu'elle avait raison, mais cela ne changeait rien. Il faudrait bien que quelqu'un remette ce grossier personnage à sa place et Finn brûlait d'être celui-là depuis bien longtemps. N'importe où d'autre, il n'aurait pas hésité une seconde.

Mais il ne devait pas oublier qu'il avait encore une mission à accomplir.

Il saisit le visage de Genevieve et planta son regard dans le sien.

— Noah et toi n'avez pas besoin de cet homme dans votre vie. Il est toxique et n'a plus rien à vous offrir. Toi, en revanche, tu es l'une des plus merveilleuses, talentueuses et belles personnes que je connaisse. Je ne sais pas comment tu as pu fleurir alors que cet homme mettait toute son énergie à éteindre tes talents, mais je suis heureux que tu y sois parvenue.

Genevieve ouvrit la bouche sans qu'un son n'en sorte. Mais il n'attendait pas de réponse ; ce qu'il espérait, c'était que ses mots viennent effacer ceux de son grand-père.

Il l'entraîna ensuite un peu plus loin, traversant la piste avant de s'engager dans le couloir. Chaque salle bruissait des conversations des groupes d'invités. La salle de jeu, puis une salle de dessin. Il continua, en quête d'un peu d'intimité pour parler à Genevieve.

Plus loin dans le couloir, la musique de la salle de bal commençait à s'estomper. Les lumières étaient plus tamisées. Un salon d'hiver à droite, puis une pièce avec un imposant bureau et un canapé en cuir. Il se dit qu'il devrait revenir un peu plus tard, car c'était la pièce idéale pour cacher un coffre.

Il finit par trouver une petite pièce plus intime. Une grande baie vitrée donnait sur le parc du domaine et les trois autres cloisons étaient couvertes d'étagères de livres. Il n'y avait personne. Parfait.

Il referma la porte derrière eux.

— Je ne sais pas si nous avons le droit d'être ici…

— C'est important.

Il la prit dans ses bras et elle lui sembla si petite tout

à coup. Elle hésita un instant, puis se laissa aller à son étreinte.

Sa confiance était un tel cadeau. Plus jamais il ne voulait la risquer.

Il déposa un baiser au creux de son cou, puis un deuxième, avant de suivre la ligne de sa peau jusqu'à ce point si sensible au creux de son oreille.

Le frémissement de tout son corps à cet instant lui fit l'effet d'un électrochoc et le désir qui l'avait envahi en la voyant sortir revêtue de sa robe le saisit à nouveau.

Il sentit les doigts de Genevieve se crisper sur son bassin. Elle renversa la tête en arrière, lui offrant un accès total à son cou.

Il n'était pas le genre d'homme à laisser une telle invitation sans réponse.

Il l'attira un peu plus loin dans la pièce jusqu'à ce qu'un rayon de lune caresse sa peau claire.

Finn se laissa tomber à genoux devant elle, levant les yeux vers son visage, sur lequel il lisait un espoir en attente.

Lentement, il saisit le bas de sa robe et le fit remonter le long de ses jambes, dévoilant tour à tour ses chevilles, ses mollets et ses cuisses.

Il la poussa vers la table derrière elle.

— J'ai envie de faire ça depuis que tu as enfilé cette robe, dit-il en la faisant basculer en arrière.

Il pouvait enfin se délecter de son sexe offert, humide de désir. Avec bonheur, il fit monter en elle le plaisir avec sa langue, ses lèvres, sa bouche tout entière prête à tout pour provoquer de nouveaux gémissements.

Elle se cambrait ou ondulait en rythme, comme en transe sous ses caresses. Finn parvenait à faire monter le plaisir et s'arrêtait juste avant, puis revenait doucement. Il aimait la façon dont ses mains s'agrippaient à ses cheveux ou ses épaules, essayant de le retenir ou de l'attirer plus fort.

— Finn, gémit-elle. Je t'en prie…

Il ne pouvait rien lui refuser.

Il glissa un doigt en elle, doucement, concentrant ses caresses avec le plat de sa langue sur son clitoris, puis glissa un deuxième doigt qui trouva aussitôt le point sensible qui la fit jouir dans un cri étouffé.

Son corps se crispa d'abord avant de palpiter sous ses doigts. Lorsqu'elle s'abandonna finalement, il se redressa et défit sa braguette, libérant enfin son sexe. Il allait mourir s'il ne pouvait la sentir autour de lui, chaude et humide, prête à l'accueillir. Il voulait s'enfouir en elle, au plus profond.

Il l'allongea sur la table, en relevant encore le bas de sa robe. Elle sursauta au contact frais, mais ne protesta pas et tendit la main pour saisir son membre si tendu que désir et douleur semblaient se confondre.

Sa paume était chaude et elle se mit à le caresser de haut en bas.

— Je ne vais pas durer très longtemps si tu continues, souffla-t-il.

— Qui te parle de durer ? dit-elle en l'attirant entre ses cuisses.

Finn se mordit les lèvres pour ne pas pousser un véritable râle de plaisir en entrant enfin en elle. Il aurait pu rester ainsi des heures, sans bouger, si l'envie n'était pas si urgente de la prendre encore et encore.

Et Genevieve aussi avait d'autres projets pour lui, visiblement.

Elle le prit par les hanches et donna le *la*, le guidant selon son rythme. Il ferma les yeux.

— Que c'est bon, soupira-t-il avant d'agripper la table de part et d'autre.

Il s'aida de cet appui pour reprendre la main, ses coups de reins se firent plus puissants, au point que le bureau se mit à cogner contre le mur à chaque mouvement.

— On va nous entendre !

— Tant pis, que tout le monde sache !

Genevieve le regarda, son regard luisait dans la pénombre de la pièce. Elle finit par renverser la tête et Finn se pencha sur son cou, l'embrassant jusqu'à sentir les pulsations rapides de son sang dans ses artères. Il aspira fort.

Elle se cambra et son cri résonna dans la pièce. Il sentait son sexe palpiter et se contracter autour de lui alors qu'un nouvel orgasme l'emportait.

Il n'en fallait pas plus pour qu'il bascule à son tour dans la jouissance. L'explosion de plaisir qu'il ressentit pulsait en lui et tout disparut. Tout sauf elle.

Il avait toujours le souffle court quelques minutes plus tard, lorsqu'il rouvrit les yeux. Genevieve était étendue sur le bureau, les cheveux en bataille et les joues rouges.

— Tu as la tête de quelqu'un qui vient de faire l'amour.

Elle sourit.

— Ah oui ? Va comprendre !

Finn lui prit les mains pour l'aider à se redresser.

— Je te l'ai déjà dit : je me moque de ce qu'on peut penser de nous. Je me moque que l'on puisse deviner que nous venons juste de faire l'amour. Mais je sais que c'est important pour toi. Attends-moi là un instant, je vais aller chercher quelque chose pour nous rafraîchir.

Se rhabillant en vitesse, il sortit dans le couloir. Il n'alla pas très loin, et entra dans le bureau. Il n'avait pas besoin de longtemps pour faire une petite reconnaissance.

Elle n'en saurait jamais rien.

Genevieve n'aurait pas su dire combien de temps elle était restée dans la bibliothèque. Sans doute à peine plus de cinq minutes, mais elles lui semblèrent durer une éternité.

Elle chercha du regard un miroir qui lui permettrait de se recoiffer, mais n'en trouva pas. Si quelqu'un entrait maintenant…

Quelques minutes supplémentaires lui provoquèrent une tension entre les omoplates. Et si quelqu'un avait intercepté Finn dans le couloir ?

L'anxiété montait et elle ne pouvait plus attendre. Il y avait forcément une salle de bains quelque part.

Elle gagna le couloir et commença son exploration, jetant un œil dans chaque pièce. L'une des portes était tirée, elle s'apprêtait à l'ignorer, lorsqu'elle entendit un bruit qui retint son attention. Elle poussa la porte qui s'ouvrit doucement sur un vaste bureau.

C'était une grande pièce, avec de nombreux meubles, en particulier un bureau massif, avec des motifs sculptés. Elle n'avait pas besoin de le toucher pour en ressentir la texture qui lui rappelait les feuilles de tabacs des plantations du sud.

Pas de fenêtre ici, pour éclairer la pénombre.

Elle n'avait rien à faire là.

Elle aurait pu battre en retraite aussitôt, mais un mouvement arrêta son regard. Il lui fallut quelques secondes pour voir la silhouette d'un homme dans l'obscurité. À cet instant elle se figea, glacée.

Ce n'était pas la peur.

Elle n'avait pas besoin de plus de lumière pour reconnaître Finn. Elle connaissait par cœur sa façon furtive de se mouvoir.

Elle l'observa en train de passer la main le long du cadre d'un tableau au mur. Ensuite, il passa à un autre, n'ayant visiblement pas trouvé ce qu'il cherchait. Soudain, il souffla et elle sut qu'il tenait l'objet de sa convoitise. Il écarta le tableau et révéla un coffre encastré dans le mur.

Il sortit aussitôt de sa veste une pochette d'outils. Comment n'avait-elle pas remarqué cela ?

Il l'avait amenée ici pour lui servir d'alibi.

Aller s'enfermer avec elle dans la bibliothèque était sans doute un de ses habituels subterfuges de diversion…

Il s'était servi d'elle une fois encore et elle n'avait rien vu venir !

Le tapis épais étouffait le bruit de ses pas, mais quelque chose dut trahir sa présence car il fit soudain volte-face et la fixa malgré l'obscurité.

— Genevieve. Ce n'est pas ce que tu crois !

— Ah bon ? Tu veux dire que tu ne t'es pas servie de moi pour braquer le coffre de Hunt ?

— Non.

— Tu te moques de moi.

— Bien sûr, je suis ici pour le voler, je ne vais pas le nier, mais ce n'est pas pour cela que tu es là.

Elle avait l'impression que son cœur allait exploser.

— Je n'étais pas là pour te couvrir, mais comme complice, alors ? Je ne sais pas ce que je préfère. Ainsi notre fils perdrait ses deux parents d'un coup si tu te fais surprendre ?

— Personne n'ira en prison.

— Non, parce que tu vas remettre tout ça en place et que nous allons quitter cette pièce immédiatement.

Finn baissa la tête.

— Je ne peux pas faire ça.

— Mais si, tu peux. Si tu veux faire partie de ma vie, tu peux.

Il soupira profondément.

— Je suis en mission. Je travaille pour Stone.

— Tu pourrais bien travailler pour la reine d'Angleterre, cela ne changerait rien à mes yeux !

— Ce n'est pas la reine d'Angleterre qui a commandité ce vol. C'est Hunt lui-même, le propriétaire des lieux.

Genevieve resta sans voix un instant.

— Pardon ?

— Hunt a fait appel à Stone Surveillance, dont je suis un des associés, pour évaluer son système de sécurité. C'est ce que je suis en train de faire à ma façon. Ils ont signé un accord qui m'autorise à dérober ce que je parviendrais à trouver.

— Mais dans ce cas, pourquoi ne pas m'en avoir parlé lorsque tu as accepté le contrat ? Je ne savais même pas que tu étais associé à Stone Surveillance.

— Cela ne fait que quelques jours. Je ne voulais pas spécialement faire cela.

— Et qu'est-ce qui a changé la donne ?

— Toi.

— Pardon ? demanda Genevieve pour la deuxième fois en quelques minutes.

— J'ai fait appel à eux pour ton atelier et Stone a demandé que je m'engage en retour.

— Tu as signé pour me protéger ?

— Vous protéger Noah et toi, oui.

Comment pouvait-elle passer de l'envie de l'étrangler à celle de lui sauter au cou en quelques secondes ?

Il se passa la main dans les cheveux et elle sentit qu'il avait encore des révélations à lui faire.

— Au départ, je n'avais aucune intention de travailler pour eux, mais il faut que je t'avoue que ces dernières semaines auprès de vous m'ont aussi mis à rude épreuve. J'ai du mal avec la vie quotidienne, la normalité. J'avais besoin d'un frisson, d'un peu de challenge et Stone m'a proposé cette mission.

Elle le regardait et elle avait l'impression de mieux comprendre son fonctionnement. Il avait besoin de cela. Besoin de se sentir vivant en relevant des défis complètement fous. Ce n'était pas le vol qui l'intéressait, c'était le frisson.

Qu'allait-elle bien pouvoir faire de cela ?

Elle était perdue. Elle le croyait, pourtant, mais elle ne savait pas ce qu'elle devait faire. Elle redoutait de se montrer trop crédule, une nouvelle fois.

Avant de changer d'avis, elle inspira.

— Dépêche-toi, alors, j'ai envie de rentrer, j'ai besoin de me rafraîchir.

- 13 -

Il avait l'impression de ne pas avoir vu passer les derniers jours. Genevieve travaillait jour et nuit pour terminer sa collection et Finn avait donc choisi de rester chez elle pour lui libérer du temps tout en profitant de Noah autant que possible. Il aimait jouer avec lui, mais le moment qu'il préférait était celui où Genevieve franchissait le pas de la porte, le soir.

Il avait terminé sa mission chez Hunt, rendu son rapport ainsi que les pièces qu'il avait sorties du coffre. Stone et Gray étaient en train de mettre en place les systèmes de sécurité qu'il avait recommandés.

Il avait finalement réussi à convaincre Genevieve qu'elle méritait une petite pause d'une soirée et avait insisté pour qu'elle termine un peu plus tôt. Il était repassé chez lui chercher des affaires en sortant d'un rendez-vous chez Stone.

Une fois chez lui, il s'était demandé s'il pourrait convaincre Genevieve d'emménager avec lui un de ces jours prochains. Elle avait un appartement agréable, mais il était vraiment petit par rapport au sien.

Il était sur le chemin du retour lorsqu'une alarme se déclencha sur son téléphone. Il s'arrêta sur le bas-côté et jura en prenant connaissance de son contenu.

Il ouvrit l'application vidéo et vit aussitôt une silhouette à l'extérieur de l'atelier de Genevieve.

Stone avait dû être alerté en même temps que lui, mais il l'appela tout de même.

— Oui, j'ai vu, répondit son ami sans s'embarrasser de formules de politesse.

— Je suis tout près, dit Finn en faisant demi-tour. Je peux y être en trois minutes.

— J'appelle des renforts de mon côté, ajouta Stone d'une voix grave.

Finn jeta son téléphone sur le siège passager et appuya sur l'accélérateur.

Quelques minutes plus tard, il se garait devant l'atelier. Il courut vers la porte de derrière et jura à voix basse en la découvrant ouverte.

Ce n'était pas possible, pas maintenant, alors que Genevieve travaillait si dur !

Il ne voulait pas pour autant avertir l'intrus de sa présence, aussi se faufila-t-il en silence dans l'entrée. Tout était noir d'encre, il attendit quelques secondes que ses yeux s'habituent à la pénombre.

Difficile de rester ainsi immobile dans ces circonstances, alors même qu'il entendait des bruits métalliques en provenance de la salle de travail de Genevieve.

La rage l'envahit. Il avança de quelques pas, s'attendant à trouver le voleur en train de sortir les bijoux du coffre de Genevieve.

La porte du coffre était bien ouverte et tout en avait été sorti, mais il distinguait encore des parures et des pierres tout autour du coffre.

Peut-être avait-il été repéré par le voleur ?

Il nota que certaines parures avaient été cassées, des pierres avaient roulé au sol. Tout le travail de Genevieve… Cela le rendait fou. Il avança jusqu'au coffre et ramassa ce qu'il pouvait, réunissant les pièces dans ses poches.

À cet instant, le son des sirènes résonna. Stone avait dû appeler la police. Où pouvait bien se trouver le voleur ? Personne dans le bureau, ni dans l'atelier, et dans le séjour, il trouva la porte grande ouverte.

Quelques agents avançaient vers l'entrée, alors qu'il sortait précipitamment. Ce type ne pouvait pas être bien loin !

Aussitôt, des spots l'aveuglèrent.

— Au sol ! hurla une voix dans un mégaphone. Couchez-vous immédiatement !

Finn plissa les yeux et entrevit les canons d'armes pointés vers lui.

— Couchez-vous par terre ! répéta la voix.

Il n'avait pas le choix et devait s'exécuter le temps de pouvoir expliquer ce qui se passait. Il leva les mains en l'air et s'agenouilla au sol.

— Laissez-moi vous expliquer !

Un policier s'avança, son arme pointée vers lui.

— Vous aurez tout le temps nécessaire pour vous expliquer, dit-il en lui saisissant les poignets pour lui passer les menottes.

— Le voleur est en train de s'enfuir ! Je travaille pour Stone Surveillance, nous avons reçu une alerte intrusion et j'étais à proximité, je suis arrivé le premier sur les lieux pendant que le PC sécurité vous alertait. Lorsque je suis entré, le voleur était encore là, mais il m'a échappé, il a filé juste avant que vous n'arriviez par cette même porte d'où je suis sorti.

Le métal froid sur sa peau lui rappela qu'il s'était juré de ne plus jamais ressentir de sa vie le contact des menottes autour de ses poignets.

— Nous n'avons vu personne d'autre que vous sortir de cette maison.

Finn ne comprenait pas comment le voleur avait pu disparaître aussi rapidement.

Le policier l'aida à se relever.

— Je vais vous fouiller, est-ce que vous avez des choses à déclarer ? Des armes, des seringues ou objets coupants ? demanda l'agent.

— Non ! J'ai ramassé des bijoux qui étaient au sol devant le coffre. Ils sont dans ma poche.

L'officier lui adressa un regard sceptique.

— Des bijoux, tiens donc.

— Écoutez, je ne pouvais pas les laisser ainsi éparpillés au sol, il fallait que je les ramasse.

— Bien sûr, vous les avez pris pour les sécuriser.

La colère et la frustration de ne pas être entendu l'envahirent.

— Appelez Anderson Stone, il vous confirmera tout ce que je vous dis.

— Vous voulez parler de cet homme qu'on a condamné pour homicide ?

— Il a tué le violeur de sa fiancée, lança Finn la mâchoire serrée.

— C'est toujours un homicide, grommela l'agent. En attendant, on va vous emmener au poste pour vous poser quelques questions.

Il pouvait tirer un trait sur ses projets de soirée romantique avec Genevieve…

Alors qu'on l'emmenait, il la vit soudain, debout sur le trottoir, qui le regardait se faire embarquer une fois encore.

Elle avait l'air dévasté.

Comment était-il possible que l'histoire se répète encore ?

Genevieve vit l'officier sortir ses bijoux des poches

de Finn et les placer sous scellés. C'était Nick qui l'avait prévenue d'une alerte à son atelier.

Le temps de préparer Noah, elle avait désespérément tenté de joindre Finn, mais il n'avait pas répondu.

Elle comprenait mieux pourquoi, maintenant…

Elle repensait à leurs échanges des dernières semaines, les moments partagés. Ses doutes, aussi.

La douleur et l'espoir se mêlaient en elle. Ce n'était pas possible. Elle ne pouvait croire qu'il était capable de cela. Il fallait qu'il y ait une explication.

Comme chez Hunt.

Malheureusement, l'évidence de ce à quoi elle assistait était difficile à réfuter.

Elle avait tellement envie de lui faire confiance. Envie de croire, comme pour le vol du Star, que ce n'était pas aussi simple que ce qu'on pouvait penser.

Même s'il était irréfutable qu'il avait bien volé le Star… Il avait reconnu qu'il l'avait gardé plusieurs jours avant de le restituer.

Dans tous les cas, elle ne faisait plus confiance à son propre jugement lorsqu'il s'agissait de Finn DeLuca. S'accrochait-elle à cet espoir simplement parce qu'elle avait envie d'y croire ?

Elle vit l'agent faire entrer Finn tête la première à l'arrière de la voiture et ressentit une profonde nausée.

— Genevieve, je suis désolé, dit Nick en la prenant dans ses bras.

Il était arrivé par-derrière et elle ne l'avait pas entendu. Elle se blottit contre lui pour ne plus voir Finn en train de se faire embarquer.

— J'ai vu les images, tu sais, dit-il en lui frottant le dos dans un geste de réconfort. Je l'ai vu ouvrir ton coffre et prendre toutes tes créations…

— Tu as vu les vidéos ? C'était lui ?

— Sans le moindre doute possible. Je vais donner les enregistrements à la police, même si je suppose que ce ne sera pas nécessaire, ils l'ont pris la main dans le sac. Ou plutôt, les bijoux dans la poche.

La sensation de nausée redoubla.

— Moi, j'ai besoin de le voir.

Il le fallait. De ses yeux.

Elle se libéra de son étreinte et se dirigea vers la porte d'entrée. Un agent la retint à l'entrée, le temps qu'elle décline son identité.

À l'intérieur, c'était comme assister à un cauchemar éveillé. Son coffre ouvert, des bijoux visibles, sortis des écrins, des pièces cassées, des fermoirs arrachés.

Elle ravala ses larmes, pourtant. Pleurer ne servirait à rien. Elle devait évaluer les dégâts et essayer de sauver ce qui pouvait l'être.

Ses outils avaient été jetés au sol, sa table renversée. En se frayant un passage dans le désordre, elle découvrit tous les tiroirs ouverts et retournés. C'était un désastre.

Tout à coup, elle s'arrêta, puis s'accroupit et pressa ses paumes sur ses orbites.

Elle sentit une main sur son dos. Nick. Elle savait qu'il essayait de la soutenir, mais à cet instant la dernière chose dont elle avait envie était d'être touchée.

De crainte de le blesser, pourtant, elle ne dit rien.

— Tout est foutu…, murmura-t-elle.

Elle avait la tête qui tournait. Elle ne pourrait remplir les termes de son contrat avec Mitchell Brothers… Elle n'avait rien à leur présenter.

— Je suis ruinée, reprit-elle. Qu'est-ce que je vais faire ? Comment est-ce que je vais m'occuper de Noah ?

— Tout ça à cause de Finn ! ajouta Nick.

— Pourquoi est-ce qu'il a fait ça ? Il n'a pas besoin de l'argent, ni même du frisson, bon sang ! Je ne comprends pas, ça n'a aucun sens !

— Qui peut savoir comment il raisonne ? Il n'a jamais eu besoin d'argent, ce n'est pas ce qui le pousse à passer à l'acte. Je pense qu'il est malade, c'est une compulsion.

Était-ce possible que ce soit ça ? Il semblait avoir trouvé un compromis avec Stone Surveillance. Est-ce que cela n'avait pas suffi ?

Et pourquoi détruire le fruit de son travail ? Elle aurait peut-être pu comprendre qu'il les vole, mais les briser ainsi, c'était insensé.

Qu'avait-il à gagner, alors qu'en prime il avait déjà acheté trois de ses articles ?

À moins qu'il lui manque des pièces du puzzle pour comprendre ?

Nick s'accroupit à côté d'elle, les deux mains sur ses épaules.

— Je sais que tu ne vas pas aimer ce que je vais dire, mais il est peut-être temps que tu appelles ton grand-père ? Il pourra t'aider.

Le souvenir des mots blessants de Lackland au gala lui revint. Lorsqu'elle était partie pour vivre enfin sa vie, seule, elle s'était promis de ne jamais revenir. Non seulement méritait-elle mieux que cette vie morne, mais elle pensait aussi et surtout à son fils qu'elle devait protéger des ondes négatives de son grand-père.

Malheureusement, son fils avait aussi besoin de manger et d'avoir un toit sur sa tête…

Elle s'était encore une fois montrée si naïve. Elle n'aurait peut-être pas le choix. Prendre soin de son fils restait sa priorité absolue. Même si elle devait pour cela implorer l'aide de son grand-père qui jubilerait de la voir revenir la queue basse après que Finn aurait gâché sa vie.

Encore une fois.

Genevieve avait passé des heures à évaluer ses pertes et à déposer auprès des agents. Maintenant, elle était dans sa cuisine, le regard rivé à son téléphone.

Après avoir visionné l'enregistrement de Nick, il était difficile de garder espoir…

Même si elle ne voyait pas son visage, il était facile de reconnaître les vêtements de Finn, les mêmes qu'il portait lorsqu'il avait été arrêté avec ses créations plein les poches.

Elle avait deux appels à passer maintenant, dont un qu'elle redoutait tout particulièrement. Mitchell Brothers et son grand-père.

S'il y avait une chose que Lackland lui avait apprise, c'était de se débarrasser d'abord de ce qu'on craignait le plus.

Elle saisit son téléphone et passa ses contacts en revue, s'arrêtant sur ce numéro qu'elle avait espéré ne plus jamais avoir à composer de nouveau.

— Genevieve.

Le simple son de sa voix lui noua l'estomac.

— Bonjour.

— Je me suis laissé dire que tu avais connu quelque mésaventure à nouveau ?

Évidemment qu'il était déjà au courant. Son grand-père s'arrangeait toujours pour avoir un coup d'avance sur tout le monde…

— Oui.

— Quel dommage pour ta future collection…

Il n'essayait même pas de masquer le ton de jubilation triomphante. Genevieve aurait tant voulu lui rétorquer que tout était sous contrôle, qu'elle avait la situation en main, mais ce n'était pas le cas. Et elle savait qu'il valait mieux faire simple et le laisser triompher et prétendre qu'il avait raison.

Car tout ce qu'elle espérait, c'était écourter.

— Je suppose que si tu me rappelles, c'est pour me demander de l'aide ?

Genevieve serra les dents. Il fallait pourtant lui répondre.

— Oui.

— Je me demande, ma petite chérie, si tu te rappelles ce que je t'ai dit lorsque tu es partie, enceinte et disgraciée, il y a trois ans de cela ?

Évidemment qu'elle se rappelait ses mots. Il était revanchard et amer et lui avait prédit qu'elle allait mordre la poussière car elle était stupide, incompétente et incapable.

Mais inutile de le lui dire, il se ferait un plaisir infini à le lui rappeler.

— Je t'ai prédit que tu allais à la ruine, que tu finirais par échouer et revenir en rampant vers moi.

— Oui, grand-père.

— Et voilà où nous en sommes.

Genevieve ferma les yeux en attendant qu'il annonce ses contreparties, car elle ne doutait pas qu'il y en aurait.

— Si je me rappelle bien, je t'avais assuré que je ne lèverai pas le petit doigt pour toi à ce moment-là ?

Elle s'en souvenait parfaitement, mais avait la certitude qu'il sauterait sur l'occasion de la tenir sous sa coupe.

Il n'aimait rien tant que de contrôler les gens.

— Mais comme trois années se sont écoulées, je pense que je peux faire une exception et accepter ton retour, mais à quelques conditions.

Elle l'aurait parié.

— Tout d'abord, je ne veux pas entendre parler du fils de ce voleur. Ce n'est pas mon arrière-petit-fils.

Elle se redressa d'un bond. Que voulait-il dire ?

— Tu pourras revenir à la condition expresse qu'il soit envoyé en pension. Ta priorité, ce sera Reilly. Tu pourras reprendre tes créations pour notre maison.

Impossible.

Inimaginable pour Genevieve d'envoyer son fils en pension.

— Il n'a pas même trois ans…

— Je le sais. Je suis certain que je pourrais trouver une école qui prend les enfants dès cet âge. Dans tous les cas, mieux vaut pour lui ce genre d'environnement.

Elle avait envie de hurler. Envie de pleurer. De maudire son grand-père et Finn qui l'avaient mise dans cette position.

Lackland n'attendit pas même sa réponse.

— Voilà mes conditions, c'est à prendre ou à laisser, dit-il avant de raccrocher.

La tonalité de son téléphone résonna longuement dans les oreilles de Genevieve, faisant écho à sa colère et à son désespoir.

- 14 -

Genevieve serra Noah bien fort dans ses bras, au point que le bambin finit par la repousser en se tortillant, visiblement impatient de retrouver ses cubes par terre.

Il ignorait tout de ce qui se passait autour de lui, dans l'innocence merveilleuse de la petite enfance.

Elle le déposa au sol et le regarda filer sans un regard. Si elle devait revenir chez son grand-père, et la question se posait vraiment, elle trouverait une façon de négocier sa condition.

Il le fallait.

Heureusement, elle n'avait pas à prendre sa décision dans l'immédiat. Mitchell acceptait d'attendre quelques jours pour faire le point.

Pour le moment, c'était sur Noah qu'elle voulait se concentrer, même si la simple idée de cuisiner lui retournait encore l'estomac.

Elle alluma pourtant le four et sortit du congélateur un sachet de nuggets de poulet, le plat préféré de Noah.

Elle essayait de se réfugier dans ces moments normaux et domestiques de sa vie de mère, mais la vérité était que ce n'était plus le cas. Quelqu'un lui manquait.

Elle enfournait son plat au moment où on frappa fortement à sa porte.

Elle inspira. Elle ne se sentait pas d'humeur à parler avec quiconque, et encore moins des amis compatissants.

Elle envisagea un instant de ne pas répondre, malgré l'impolitesse du geste. Mais elle devait garder son énergie pour Noah.

Cependant, lorsque les coups réguliers se changèrent en un insistant tambourinement, elle préféra aller directement dire aux importuns d'aller voir ailleurs si elle y était.

— Nous devons vous parler ! annonça Anderson Stone sans attendre sa réponse.

Il était avec un autre homme et ils entrèrent aussitôt, refermant derrière eux. Il n'était pas difficile de deviner qu'il devait s'agir du troisième mousquetaire, en la personne de Gray Lockwood.

— Faites comme chez vous, lança-t-elle, sarcastique, lorsqu'elle sortit de l'effet de surprise.

Stone sourit à sa remarque.

— Je vois que sous des dehors aimables vous êtes capable de mordre !

— Je ne sais pas ce que vous voulez, mais je ne suis vraiment pas d'humeur.

— Pourtant, vous ne le regretterez pas, lança Gray. Il faut que vous voyiez cela.

Gray semblait plus calme et plus diplomate que Finn ou Stone. Il avait un air un peu suranné, comme tout droit sorti d'un film en noir et blanc sur les années 1920. Genevieve avait du mal à croire que ces deux hommes et Finn avaient pu se retrouver en prison ensemble, alors qu'il émanait une telle autorité, une telle confiance d'eux.

— Qu'est-ce que je dois voir ?

Gray s'avança vers la table pour y poser un ordinateur portable qu'il ouvrit et alluma. En quelques clics, il lançait une vidéo, puis se recula pour laisser place à Genevieve.

Fronçant les sourcils, elle fixa l'écran. Il lui fallut

quelques instants pour se repérer dans ce qu'elle était en train de visionner.

L'enregistrement avait été effectué de nuit, mais les images étaient nettes. On distinguait cependant très bien ce qui se passait.

Il s'agissait de Nick, en compagnie de Lackland, les deux hommes plongés dans une grande discussion.

Elle n'avait pas besoin d'entendre ce qu'ils se disaient pour saisir que son grand-père était furieux. Nick ne paraissait pas beaucoup plus enthousiaste, d'ailleurs, mais semblait rendre des comptes au vieil homme.

Ce que Genevieve ne comprenait pas, c'était ce que Gray et Stone voulaient lui faire comprendre. Elle avait besoin de plus d'informations. Elle tourna le regard vers les deux hommes.

— De quoi s'agit-il, quand est-ce que cela a été enregistré ?

Son minuteur l'avertit dans la cuisine et Noah accourut.

— Je dois éteindre mon four et le faire manger, dit-elle en se dirigeant vers la cuisine avant d'être retenue par Stone.

— Je m'en occupe, dit-il. Écoutez ce que Gray a à vous expliquer.

Elle vit Stone se pencher vers Noah avec un large sourire et lui proposer de monter sur ses épaules. Le bambin accepta de bonne grâce et poussa un petit cri lorsqu'il fut soulevé de terre.

— Ton papa m'a demandé de prendre soin de toi pendant son absence, alors allons voir ce que tu vas pouvoir manger !

Genevieve se retourna vers Gray, un peu perplexe. Il fit quelques recherches sur son ordinateur avant de lui présenter une nouvelle vidéo, sans plus d'explications que la fois précédente.

Cette fois-ci, on distinguait deux écrans et deux enregistrements pris à son atelier. L'un d'eux était centré sur son coffre, l'autre était pris depuis la porte arrière et offrait une vue du couloir d'accès.

— Finn nous avait demandé de placer deux caméras supplémentaires dont Nick et vous ignorerez l'existence.

— Pourquoi ? demanda-t-elle, troublée.

Finn avait-il mis Stone et Gray dans le coup ? Auquel cas, pourquoi seraient-ils venus lui montrer les images ?

Rien de tout cela ne collait.

Elle observa les images, alors que toutes ces questions continuaient à se bousculer dans sa tête.

Elle remarqua soudain une silhouette qui s'avançait dans le couloir depuis la porte de derrière. Rapidement, son regard passa à la deuxième image pour surveiller son coffre.

La mince silhouette s'arrêta devant le coffre et les portes s'en ouvrirent rapidement.

— C'était rapide !

Gray acquiesça.

— Comme si la personne disposait du code…

Elle avait donné à Finn des accès à de nombreuses choses, mais pas le code de son coffre. Sauf qu'il était arrivé qu'elle le tape en sa présence. Il était assez observateur pour l'avoir noté.

Elle s'attendait à voir la silhouette prendre les bijoux, mais ce ne fut pas le cas. L'homme sortit une pince et commença à détruire ses créations de façon systématique.

Depuis le départ, cela la turlupinait. Pourquoi détruire ces pièces alors qu'il y avait des pierres de valeur qu'il serait facile de récupérer et revendre. Pourquoi perdre du temps en découpant ses créations pendant le vol ?

Finn devait avoir ses raisons.

Soudain, le voleur saisit une poignée de pierres plus petites et les jeta au sol et sur sa table, comme s'il s'était agi de miettes de pain jetées à des oiseaux.

Ensuite, sans prendre la moindre pierre, la silhouette gagna le couloir et s'immobilisa.

Il était frustrant de noter que, malgré la qualité de l'image, on ne parvenait jamais à distinguer le visage du voleur.

— Qu'est-ce qu'il attend ? demanda finalement Genevieve.

— Vous allez voir.

À cet instant, la silhouette repartit rapidement vers l'atelier qu'il traversa en renversant la table et tirant au passage plusieurs tiroirs avant de filer vers la salle.

Une autre personne venait d'entrer dans le couloir. Genevieve retint son souffle. C'était Finn. Il ne cherchait pas le moins du monde à se cacher des caméras et il traversa le couloir pour entrer dans l'atelier.

Elle le vit qui passait en revue le désastre. Il se pencha pour ramasser les bijoux au sol et les fourrer dans ses poches, puis il emprunta le même chemin que l'autre personne.

Gray coupa l'enregistrement, mais Genevieve resta figée sur l'écran.

Et s'ils avaient modifié les bandes, ou utilisé d'autres images ? Ils en étaient capables.

Pourquoi l'auraient-ils fait ? Pour faire libérer Finn ?

Il n'y avait pas grand-chose à comprendre de tout cela. Et surtout, pourquoi détruire ses créations ?

Qui avait quoi que ce soit à gagner dans cette affaire ?

Elle se tourna lentement vers Gray.

— Est-ce que vous pouvez m'expliquer ce que je viens de voir ?

— Finn ne vous a pas cambriolée.

— Mais alors qui ? Et quel rapport avec la première vidéo ?

— Finn nous avait demandé de mettre Nick sous surveillance. Il avait déjà un œil sur Lackland depuis sa sortie de prison. Nous avons découvert ces dernières semaines que les deux hommes se voyaient, mais il est possible et même probable qu'ils soient restés en contact au cours des trois dernières années. En tous les cas, Nick a transmis des informations à votre grand-père et a travaillé à saboter le lancement de la nouvelle collection depuis plusieurs semaines.

— Vraiment ? Mais pourquoi ?

— Reilly est en perte de vitesse et des firmes comme Mitchell Brothers leur font beaucoup d'ombre. Ils voulaient vous récupérer.

— Je n'aurais jamais imaginé…

— Personne ne pouvait l'imaginer, Lackland a mis beaucoup d'énergie à dissimuler ses difficultés, la perte de clientèle pour des marques plus modernes, plus créatives. Reilly a commencé à couler lorsque vous êtes partie.

Genevieve fixa Gray un moment, le temps d'assimiler ces informations.

— Alors Finn n'a rien fait de mal ? demanda-t-elle avec soulagement.

— Non, rien du tout.

Elle avait eu raison de douter, de ne pas croire aux apparences. Elle aurait même dû lui faire davantage confiance. Elle lui devait des excuses. Elle devait aussi cesser de douter de ses motivations.

— Vous allez pouvoir prouver qu'il est innocent avec cette bande ? demanda-t-elle.

— Oui, nous l'espérons.

— Je veux venir avec vous, dit-elle, pour l'amener aux autorités. Je veux être là lorsqu'ils le libéreront.

Gray hocha la tête.

— Vous avez conscience que Nick et votre grand-père seront impliqués ? demanda-t-il. J'ai d'ailleurs encore d'autres pièces à fournir.

— Très bien.

— La police vous demandera de porter plainte…

— J'en serai ravie.

— Vous êtes sûre ? Nick est un ami proche, non ?

— Non, visiblement pas, dit Genevieve en fronçant les sourcils. Mais vous essayez de me dissuader de porter plainte ?

Dans la cuisine, le rire de Noah résonna et elle tourna la tête quelques instants. À la vue de son fils, elle sentit son cœur gonfler.

La main de Gray sur son épaule la fit sursauter. Son regard était posé et bienveillant.

— Je voulais juste que vous soyez sûre et consciente des enjeux.

— Je suis sûre. Malgré tout ce qui s'est passé, j'aime Finn. Parfois je me dis que je ne devrais pas, mais je ne peux rien y faire. Et puis il voit de la force en moi, même quand j'ai perdu la foi.

— Je sais, dit Gray.

Elle sourit.

— Alors il est temps d'aller lui sauver la peau !

- 15 -

Finn fixait les murs blancs de sa cellule en tâchant de ne pas se laisser gagner par la claustrophobie.

Il avait été passé au gril pendant plusieurs heures afin d'essayer de mettre au jour des incohérences dans son histoire. Mais malheureusement pour les enquêteurs, son histoire tenait la route.

Et pour cause.

Mais ce n'était visiblement pas ce qu'ils avaient envie d'entendre…

Ils semblaient convaincus qu'il mentait et il avait l'impression que leur conviction reposait sur d'autres éléments que ce qui s'était passé à l'atelier de Genevieve.

Il fallait qu'il se mette en contact avec Stone pour éclaircir tout ça. Mais pour le moment, c'était surtout à Genevieve qu'il voulait parler, même s'il n'était pas certain qu'elle soit prête à l'écouter.

Comment était-il possible qu'il se retrouve si proche de tout perdre sans avoir rien commis de répréhensible ?

Pour la première fois de sa vie, il avait tenté de vivre dans le respect des règles. Et voilà comment ça finissait. Il ressentait le même sentiment d'injustice et de désespoir que lorsqu'il avait appris la mort de Sawyer.

Depuis des semaines, il faisait de son mieux pour gagner la confiance de Genevieve, mais visiblement ses efforts n'avaient pas payé.

Au premier doute, elle se détournait de lui… Elle ne semblait pas imaginer qu'il puisse être innocent ou piégé. Elle n'avait pas proposé son soutien lorsque la police l'avait embarqué. Elle croyait à sa culpabilité, il l'avait vu dans ses yeux.

C'était ce qui le blessait le plus.

Il savait pourtant qu'avec l'aide de Stone et Gray il pourrait lever les malentendus. Mais il découvrait aussi que son passé le suivrait toujours et qu'aussi droit soit-il ce ne serait jamais assez… Genevieve serait toujours sur le qui-vive.

Et même s'il le méritait d'une façon ou d'une autre, il ne pouvait se résoudre à vivre sa vie ainsi.

Il se frotta la poitrine. Il avait du mal à respirer et envie de hurler ou de casser quelque chose. Évidemment, tout était sécurisé en cellule. Il appuya sa tête contre le mur et ferma les yeux. Il était éreinté.

Il n'aurait su dire combien de temps il était resté là, mais au bout d'un moment un officier vint à la porte et lui fit signe de le suivre.

— Vous pouvez me poser encore et encore les mêmes questions, mes réponses ne changeront pas. Je n'ai rien volé, annonça-t-il.

L'officier le dévisagea.

— Cette fois, peut-être.

Il le guida dans les longs couloirs, tandis que Finn retournait sa réponse mentalement.

— Qu'est-ce que vous voulez dire par « cette fois » ?

— Les charges contre vous sont abandonnées.

— Vraiment ?

Il avait du mal à le croire et cela s'entendait. Il avait imaginé qu'il devrait attendre la fin de sa garde à vue avant que Stone puisse faire quelque chose.

On le guida jusqu'à une agente qui enregistra sa libération et lui rendit ses affaires. Ensuite, on l'amena à la sortie.

À peine dehors, il vit Genevieve qui l'attendait sur le trottoir.

Le voir sortir l'envahit de joie.

Genevieve n'avait pas pris conscience de la peur qui l'habitait jusqu'à l'instant où il avait poussé ces portes et où leurs regards s'étaient croisés. Elle avait envie de s'élancer jusqu'à lui, le sentir sous ses mains et s'assurer qu'il était bien là, sain et sauf.

Mais elle savait que c'était peut-être encore un peu tôt. Son visage était fermé et elle ne parvenait pas à déchiffrer son expression. Elle avança pourtant à sa rencontre.

— Finn, je suis désolée, déclara-t-elle.

Il resta devant elle quelques secondes, l'air pensif.

— Pourquoi ?

— J'ai douté de toi. Je me suis vite rendu compte que cela ne collait pas, avant même que Stone et Gray ne m'apportent les enregistrements, mais j'ai laissé mes doutes prendre le dessus et me convaincre que tu me cachais quelque chose.

— Ce n'est rien, dit-il d'une voix neutre.

— Non, ça ne l'est pas.

— Tu as raison. Tu sais, j'ai changé pour toi et pour Noah. J'ai abandonné une partie de moi. À la mort de Sawyer, je me suis mis à voler pour cesser d'avoir mal et aussi pour me condamner à rester celui que je pensais être. Quelqu'un de mauvais. Quelqu'un de coupable. Les gens bien ne volent pas.

Genevieve s'avança d'un pas.

— Et pourtant tu es sans doute l'une des meilleures personnes que je connaisse, Finn.

— Tu mens. J'ai vu ton expression lorsqu'ils m'ont embarqué. Tu n'as pas confiance en moi et quoi que je fasse, cela ne changera pas.

— Ce n'est pas vrai, dit-elle en s'avançant encore pour tenter d'abolir la distance entre eux. Tu mérites ma confiance, non pas parce que tu l'as gagnée, mais parce que je sais qui tu es dans le fond. Je connais ton code d'honneur. Ce n'est pas le même que celui de la majorité des honnêtes gens, mais tu t'y tiens et je sais que tu ne ferais jamais rien qui puisse me blesser ou me nuire. Tu as raison, j'aurais dû réagir autrement, mais je suis humaine, Finn. J'ai fait une erreur.

Il resta quelques instants sans rien dire. Elle ne savait pas ce qui pouvait se passer dans sa tête à ce moment-là et ça la terrorisait.

Puis il se pencha vers elle et prit son visage entre ses paumes.

— Bon sang, je ne peux pas rester en colère contre toi… Évidemment que je ne vous ferai jamais de mal. Vous êtes tout ce que j'ai.

Genevieve savoura la chaleur de ses mains sur sa peau. C'était bon.

— Je t'ai donné des raisons de douter, je le sais. Je le regrette chaque jour.

— Ce n'est pas juste de continuer à te punir pour une erreur que tu as reconnue et payée, dit-elle en s'accrochant à sa chemise pour l'attirer plus près. Tu m'as montré que tu étais là pour moi, pour me soutenir et m'accepter telle que je suis. Tu m'as prouvé que tu voulais mon bonheur et ma réussite et tu es un père merveilleux. J'ai beaucoup de chance de t'avoir dans ma vie.

— Nous sommes deux chanceux, alors.

— Je t'aime, Finn, je t'ai aimé dès le premier jour, même si cela n'est pas toujours facile…

Il éclata de rire.

— … Mais tu mérites les efforts nécessaires pour accéder à ton cœur.

Elle aurait pu poursuivre s'il n'avait pas posé ses lèvres sur les siennes. Elle ferma les yeux pour savourer cet instant de chaleur et de promesse. Derrière eux, alors, résonnèrent des raclements de gorge et un sifflement railleur.

Elle s'en moquait bien et n'était pas prête à renoncer à ce baiser.

Lorsqu'il s'écarta, elle chercha son souffle quelques instants tandis qu'il murmurait tout contre ses lèvres :

— Laisse-moi une chance de te dire que je t'aime, moi aussi.

Finn planta ses yeux dans les siens.

— Je ne sais pas ce que j'ai fait pour vous mériter, Noah et toi dans ma vie, mais je compte bien passer le temps qui me reste à profiter de ce don merveilleux. Je ne peux pas te promettre que je ne ferai plus jamais d'erreur…

Genevieve sourit à l'idée qu'ils étaient en pleine déclaration d'amour à la sortie de la prison.

— Mais je peux te promettre que notre famille passera avant tout. Je ferai tout ce qui est en mon pouvoir pour vous préserver des mauvaises surprises.

— Je ne sais pas comment je pourrai faire cela, mais j'espère pouvoir te soutenir à la même hauteur.

Finn l'embrassa de nouveau et elle l'enlaça.

— Rentrons retrouver notre fils !

Épilogue

Finn regardait Genevieve, qui se tenait au milieu de la salle de conférences. Il savait qu'elle était tendue, mais n'avait aucun doute sur le fait qu'elle serait la meilleure dirigeante possible pour Reilly International.

Son grand-père et Nick avaient été arrêtés et ce dernier avait accepté de témoigner contre Lackland en échange d'une remise de peine. Il avait exposé le projet machiavélique de ce dernier, visant à mettre Genevieve en faillite afin de l'obliger à implorer son aide et accepter ses conditions abusives. Ils allaient tous les deux passer quelque temps derrière les barreaux même si, d'après Finn, ce ne serait jamais assez long…

L'arrestation de Lackland avait laissé Reilly sans direction, mais le conseil d'administration n'avait pas hésité à proposer la candidature de Genevieve qui avait été élue au premier tour.

Elle aurait un travail de titan à accomplir pour redresser la barre, mais tout le monde avait confiance en son aptitude à renouveler la marque familiale qu'elle avait portée artistiquement pendant des années.

Mitchell Brothers avait compris le cas de force majeure auquel elle était confrontée et lui avait permis de prendre le temps nécessaire pour recréer les pièces détruites. La collection avait été lancée et les ventes dépassaient les premières projections, ce qui avait permis en prime d'envisager un partenariat avec Reilly.

La salle commençait à se remplir, elle repéra Stone et Gray qui avaient joué un grand rôle pour la convaincre d'accepter le poste qu'on lui proposait. Finn ne savait pas exactement ce que ses comparses avaient dit à Genevieve pendant qu'il était en garde à vue, mais visiblement, ils étaient devenus très proches et c'était une merveilleuse nouvelle à ses yeux.

Genevieve leur faisait confiance et Finn entrevoyait déjà des perspectives de partenariats entre leurs entreprises.

Stone et Gray rejoignirent Finn au fond de la salle, et lui lancèrent un regard appuyé.

— Qu'est-ce qu'il y a, j'ai fait quelque chose ?

— Non, non, rien du tout, répondit Stone un peu trop rapidement.

— Qu'est-ce que vous avez à me regarder comme ça, alors ?

— Rien, répondit Gray.

— Tu parles, je ne vous crois pas !

— On se demandait combien de temps il te faudrait pour la convaincre de t'épouser, lança Stone.

Il les fixa à tour de rôle.

— Vous êtes très drôles, les gars…

— On se préoccupe pour elle, c'est tout, précisa Gray.

À son tour de rigoler…

— En fait nous nous sommes mariés la semaine dernière.

— Hein ?

— Quoi !

— Avec tout ce qui venait de se passer, on a choisi l'intimité. On ne voulait pas d'un grand mariage. D'autant que depuis qu'elle sait qu'elle est enceinte à nouveau, elle a besoin de repos…

Les deux hommes n'auraient pu ouvrir de plus grands yeux. Gray se contorsionna pour observer les mains de Genevieve.

— Elle ne porte pas de bague, tu nous fais marcher ?

— Nous attendons la fin de la réunion pour l'annoncer, précisa Finn.

— Et alors elle est enceinte ? demanda Stone, stupéfait. Félicitations ! Vous méritez d'être heureux tous les deux.

— Je dois avouer qu'avant de la rencontrer je n'en étais pas certain, mais maintenant, je vais arrêter de me poser des questions et simplement profiter de ce qui m'est offert.

— Amen, conclut Stone en souriant.

Stone et Finn se tapèrent dans la main avant de se tourner vers Gray d'un même mouvement.

— Et toi, alors ?

— N'essayez même pas de me faire parler ! répondit Gray. Mais sachez tout de même que j'espère bien avoir quelque chose à vous annoncer d'ici quelques semaines avec un peu de chance.

— Formidable ! Si jamais tu as besoin de quoi que ce soit…, dit Finn.

Gray hocha la tête l'air entendu mais, avant que Finn puisse l'interroger, on annonça le début de la conférence. Ils auraient bien le temps de questionner leur ami ensuite. Maintenant que Finn et Stone étaient tirés d'affaire, il était temps que Gray aussi puisse retrouver sa vie.

Ensemble, ils perceraient à jour le mystère qui avait valu à Gray d'être incarcéré et retrouveraient le corbeau qui avait dénoncé leur ami.

Vous avez aimé *La trahison de Finn* ?
Retrouvez en numérique le premier volet de votre série
« Milliardaires à Charleston » :

1. *La rédemption d'Anderson*
2. *La trahison de Finn*

Et découvrez la suite et fin de votre série
dès le mois prochain dans votre collection Passions !

JULES BENNETT

Troublée par son patron

Traduction française de
LAURENCE LENGLET

PASSIONS

HARLEQUIN

Titre original :
TEMPTED BY THE BOSS

- 1 -

— Toujours pas d'investisseur ! À croire que cette fichue boîte n'intéresse plus personne !

Kelly Prentiss s'approcha du bureau de son patron qui fulminait. C'était le même problème, jour après jour… Et le burn-out menaçait de devenir réalité.

Essayer de redresser une grosse entreprise qui avait touché le fond n'était pas une mince affaire. Mais Luke Holloway n'était pas n'importe qui. C'était le directeur du département Recherche et Développement de Wingate Enterprises, c'était son patron et, accessoirement, la star de tous ses fantasmes depuis plusieurs années.

Hélas, le malheureux homme ne savait même plus combien de casquettes il portait. Par chance, c'était vendredi, mais elle savait qu'il ne prendrait pas son week-end, ce qui signifiait… qu'elle non plus.

— Essayons de sortir des sentiers battus, suggéra-t-elle.

Les yeux sombres et tourmentés de Luke se posèrent sur elle et, aussitôt, toutes ses terminaisons nerveuses se mirent en alerte.

Cela faisait plusieurs années qu'elle travaillait pour Luke Holloway, et elle avait espéré que cette tension sexuelle finirait par s'atténuer. Hélas, plus le temps passait, plus il l'attirait comme un aimant.

C'était ridicule de s'enticher de son patron. C'était même complètement cliché. Sans compter que cet homme était pratiquement marié à son travail. Il ne prenait même plus le temps de sortir avec la moindre femme et, d'ailleurs, il ne la trouvait même pas attirante. Jamais il n'avait flirté ou même tenté de plaisanter avec elle, comme cela arrive parfois entre un homme et une femme. Luke ne pensait qu'au travail ; il était comme ça.

Ses fiançailles étaient tombées à l'eau trois ans plus tôt et, depuis que Wingate était en difficulté, il avait consacré chaque minute de son temps à chercher le projet miracle qui ferait renaître la société de ses cendres.

Il cherchait à acquérir des hôtels de luxe ou autres entreprises du secteur touristique en plein essor, sauf qu'à ce stade il avait surtout besoin d'une bonne fée pour sauver la situation ! Tout ce qui aurait pu donner aux Wingate le coup de pouce dont ils avaient désespérément besoin pour restaurer leur réputation et insuffler une nouvelle vie à l'empire familial.

— Tu crois que je n'ai pas déjà essayé de sortir des sentiers battus ? marmonna-t-il.

Elle ne répondit pas. Elle savait mieux que personne qu'il avait fait tout ce qui était en son pouvoir pour sauver l'entreprise, mais elle avait dit cela pour titiller sa curiosité. Les situations désespérées n'appelaient-elles pas des solutions désespérées ? Car oui, elle avait un plan. Un plan extrêmement risqué. Si Luke avait su ce qu'elle lui réservait, il l'aurait licenciée sur-le-champ.

Et s'il apprenait que ce plan était l'idée de son frère, cela sèmerait à coup sûr la zizanie dans la famille.

Par chance, Luke ignorait tout de ce qui s'était tramé en coulisses entre elle et Ezekiel Holloway, surnommé « Zeke ».

— Écoute, Luke, j'ai fait quelques recherches de mon

côté. Il y a un investisseur qui aimerait te rencontrer. Il a de très bonnes idées et il est partant pour financer un projet.

Luke haussa les sourcils à cette annonce, et elle comprit qu'elle avait réussi à capter son attention.

— Il est prêt à te rencontrer dès que tu seras disponible, enchaîna-t-elle vivement, pour ne pas lui donner l'occasion de poser des questions trop précises auxquelles elle n'aurait pas su répondre. Je peux libérer ton agenda et contacter ton pilote. Nous pourrions partir dès demain, si cela te convient.

Son cœur battait si fort qu'elle avait du mal à penser correctement. Elle était en train de mentir à Luke… N'était-ce pas invraisemblable ? Seulement il était au bord du burn-out, et quelqu'un devait prendre soin de lui. Et comme elle était la personne la plus proche en dehors de sa famille, elle avait pris la liberté de le faire.

En fait, c'était Zeke qui avait imaginé ce plan, et comme, en qualité de vice-président, il avait lui aussi une quantité de problèmes à régler, elle avait proposé de s'en charger.

Elle passait le plus clair de son temps avec Luke. Elle connaissait si bien le fonctionnement de son esprit qu'elle s'était aussitôt imaginée en cheville ouvrière de ce plan. Finalement, Zeke lui avait assuré qu'elle était effectivement la seule personne appropriée.

Toutefois, cela la mettait mal à l'aise de devoir mentir à Luke au sujet d'un investisseur qui n'existait pas. Mais elle avait promis à Zeke qu'elle emmènerait son frère en vacances pour lui permettre de se ressourcer. De plus, vu la somme que Zeke avait investie dans ce plan, elle ne pouvait plus faire marche arrière, à présent.

Le silence régnait dans le bureau, attisant sa nervosité. Finalement, elle adressa à Luke un large sourire, feignant l'optimisme du mieux qu'elle pouvait.

— Je pense que c'est exactement ce dont tu pourrais avoir besoin pour reprendre pied, reprit-elle. Cela ne ferait pas de mal d'écouter ce que cet homme a à te dire.

Au moins, la première partie de cette déclaration était vraie. Il avait besoin de reprendre pied et, très sincèrement, elle aussi. Ils travaillaient tous les deux sans relâche depuis des mois. Elle n'en pouvait plus de regarder son patron batailler en vain, et elle était elle-même au bout du rouleau. Quelqu'un devait prendre les choses en main et arrêter les frais.

Faire une pause ne signifiait pas admettre la défaite. C'était simplement reconnaître que leurs esprits avaient besoin d'être débarrassés des impasses dans lesquels ils étaient empêtrés pour laisser le champ libre aux idées neuves, susceptibles de les sortir véritablement de l'ornière.

Elle devait toutefois être honnête. Ce voyage lui permettrait aussi de voir s'il pouvait exister une étincelle entre Luke et elle. Jamais elle n'aurait pris le risque toute seule, mais maintenant que Zeke insistait pour que Luke prenne des vacances, c'était pour elle l'occasion ou jamais de se jeter à l'eau.

— Tu me fais confiance ? ajouta-t-elle.

— Totalement.

Elle s'efforça d'ignorer le sentiment de culpabilité qui la submergea à ces mots. Luke lui faisait toujours confiance et là, elle allait quelque peu le trahir...

Elle se reprit bien vite. Le plan de Zeke partait d'une bonne intention : il voulait forcer son frère à prendre du repos. Seulement de son côté à elle, ses arrière-pensées de séduction qui l'habitaient n'étaient pas si innocentes... Pourtant, elle devait tenir bon car elle devait absolument savoir si l'attirance qu'elle éprouvait pour lui était à sens unique. Ou pas.

Elle se raisonna. Un petit mensonge n'était rien au regard de ce que Luke avait déjà traversé. Il lui pardonnerait. Du moins, elle l'espérait. Si ces vacances forcées permettaient à Luke de trouver, ne serait-ce qu'une bonne idée, il pourrait même lui accorder une augmentation.

Et si l'étincelle se produisait ? Elle retint son souffle à cette idée. Honnêtement, elle ne savait absolument pas ce que cela donnerait une fois qu'ils seraient de retour au bureau. Mieux valait ne pas y penser pour l'instant ! Elle avait trop de choses en tête pour y ajouter d'autres inquiétudes.

— Alors, tu es partant ? s'enquit-elle.

Luke poussa un soupir.

— Au point où nous en sommes, je dis qu'il faut tenter le coup. Tu as besoin d'aide ?

— Non, répondit-elle en gagnant la porte. Laisse-moi faire. Pour quelle heure dois-je faire préparer le jet, demain ?

— Disons midi. Je ne peux pas manquer le rendez-vous de 9 heures avec mon frère. Ava veut nous voir.

Ava, la tante de Luke et Zeke, avait perdu son mari, Trent. Il n'avait pas fallu longtemps à Keith Cooper pour lui tomber dessus alors qu'elle était dans un moment de faiblesse. Peut-être s'était-il véritablement entiché d'elle, mais ce n'était pas réciproque. Ava s'était contentée d'emménager provisoirement – et platoniquement – chez lui lorsque sa propriété avait été saisie. Toutefois, cette parenthèse s'était avérée désastreuse car à peine avait-elle trouvé un nouveau domicile que le neveu de Keith avait révélé que son oncle avait détourné de l'argent de Wingate Enterprises.

Parmi ses nombreux crimes commis contre la famille, Keith avait utilisé Ava pour mettre la main sur l'argent des Wingate, falsifier des dossiers, organiser un incendie et les faire accuser de trafic de drogue. C'est ainsi que le naufrage de la société avait commencé. Keith avait été arrêté, mais la famille Wingate avait été cruellement secouée par cette sordide affaire aux conséquences désastreuses pour l'entreprise.

— Entendu pour midi, répondit Kelly en quittant le bureau. Je m'occupe de tout.

Une fois la porte fermée derrière elle, elle s'y adossa quelques instants, fermant les yeux et prenant une longue inspiration. Maintenant que Luke avait accepté sa proposition, elle ne pouvait plus revenir en arrière.

Comment allait-il réagir lorsqu'il réaliserait qu'elle l'avait trompé et qu'il n'y avait pas d'investisseur ?

Et surtout, comment réagirait-il si elle tentait enfin de le séduire ?

Cette femme méritait une augmentation, ou une substantielle prime de Noël, songea Luke.

Depuis qu'elle travaillait pour lui, Kelly Prentiss était restée à ses côtés contre vents et marées. Et pas seulement sur un plan professionnel. Elle était aussi là lorsqu'il avait rompu avec sa fiancée, lui prodiguant des conseils sans jamais le juger. Il y avait quelque chose d'infiniment réconfortant dans le fait d'avoir quelqu'un qui non seulement l'écoutait quoi qu'il arrive, mais aussi à qui il pouvait faire entièrement confiance.

Et puis, malgré le drame sordide qui avait frappé sa famille, elle n'avait pas faibli une seule fois. Elle avait travaillé autant d'heures que lui et avait aussi donné des conseils avisés quand c'était nécessaire. Elle était littéralement son bras droit ; il aurait été perdu sans elle.

Il n'avait jamais rencontré quelqu'un de plus loyal, de plus impliqué ou de plus fiable que Kelly.

Et voilà qu'elle était sur la piste d'un investisseur qui pourrait non seulement les aider à redresser la société mais aussi à redorer leur blason et récupérer leurs milliards.

Kelly ne lui avait rien dit de leur destination, mais il savait qu'elle ne lui aurait jamais parlé de cet investisseur si cela n'en valait pas la peine. Si elle n'avait donné aucun détail, c'était pour ne pas perdre de temps, car elle savait que c'était essentiel. Si elle était si enthousiaste et voulait rester discrète, c'était qu'elle avait de bonnes raisons de le faire, et il était résolu à la suivre les yeux fermés.

Il passait sa vie au bureau depuis des mois. Il n'en était sorti qu'une seule fois pour se rendre à Dallas. Oui, quitter Royal et le Texas allait être rafraîchissant, et peu importait l'endroit où Kelly l'emmenait.

Il se cala au fond du fauteuil en cuir souple de l'avion et parcourut ses mails. Il répondit à quelques-uns d'entre eux et classa les autres dans des dossiers pour y revenir plus tard. Il avait à peine dormi, la nuit dernière… C'était l'histoire de sa vie, ces derniers temps !

Porter une société vers de nouveaux horizons et devoir pratiquement recommencer de zéro généraient un stress lourd à porter. Mais il savait qu'il était capable de relever ce défi ; il n'avait pas l'habitude de s'avouer vaincu ou de renoncer. Sans compter qu'il avait une assistante tout aussi combative que lui.

Il jeta un œil de l'autre côté de l'allée, où Kelly était assise sur le canapé et travaillait sur son ordinateur portable. Ses lunettes en écailles de tortue soulignaient ses remarquables yeux verts, et elle avait relevé ses cheveux ondulés en chignon. Avec son air sérieux et ses ongles de pieds peints en rose visibles à travers ses sandales, elle ressemblait à la fois à une touriste et à une professionnelle accomplie. Il n'aurait pas dû trouver cela si séduisant, mais il ne pouvait nier que Kelly était une belle femme.

Non, « belle » était un mot trop faible pour décrire toutes ses complexités. « Ravissante » et « captivante » la décrivaient beaucoup mieux.

Un étrange sentiment l'effleura, qu'il mit sur le compte du manque de sommeil et d'un esprit surmené.

Rien d'ambigu ne devait se produire entre Kelly et lui. Parce qu'il était hors de question de prendre le risque de perdre la seule femme en qui il avait confiance pour une simple aventure. D'ailleurs, ce n'était absolument pas le moment de penser à une relation, alors qu'il avait la tête sous l'eau au plan professionnel.

Une relation ? Quelle absurdité ! De toute évidence, il était tellement stressé par le manque de sommeil qu'il délirait. Il n'avait aucune intention de devenir ce genre de patron. Il respectait Kelly au plus haut point. La beauté n'était qu'une partie de ce qui la rendait si singulière. Extrêmement intelligente, elle était dotée d'un esprit vif et créatif. Personne d'autre ne se battait avec autant de fougue pour les idées qu'il soumettait au conseil d'administration. Lorsqu'il en soumettait, évidemment… Parce que depuis un bon moment, il n'avait aucune vision miraculeuse qui aurait pu sauver l'entreprise.

À peine le mot « vision » lui eut-il traversé l'esprit qu'une multitude d'images troublantes de Kelly défilèrent devant ses yeux… Il n'avait jamais pensé à elle en termes amoureux mais, à présent, tout se passait comme s'il ne pouvait s'en empêcher. Peut-être était-ce à cause de la façon dont elle avait pris en main tout ce plan ?

— Ça va ?

La question de Kelly le prit au dépourvu, et il se demanda

combien de temps il avait passé à la fixer. Elle ne devait surtout pas penser qu'il la trouvait plus qu'attirante.

Bon sang, Luke. Ressaisis-toi. C'est ta collaboratrice, et ce ne sont pas des vacances. C'est un voyage d'affaires, et rien d'autre.

— Oui, très bien, répondit-il avant d'étouffer un bâillement. J'ai juste hâte d'arriver.

Il ne l'avait pas questionnée au sujet de leur rendez-vous, essentiellement parce qu'elle connaissait la situation de la société aussi bien que lui.

— Parle-moi de cet investisseur, demanda-t-il d'un ton las, luttant désespérément contre le sommeil.

L'espace d'un instant, elle écarquilla les yeux avant de les abaisser de nouveau vers l'écran de son ordinateur.

— Oh ! Attendons d'être arrivés pour parler travail, répondit-elle. Je dois répondre à ces mails. Sutton me demande les résultats de cette fin de trimestre, et tu as l'air fatigué.

Luke n'avait pas l'habitude d'essuyer un refus de sa part, mais ils avaient tous deux travaillé si dur qu'il n'allait pas l'interrompre maintenant.

Sutton Wingate était le directeur financier de la société et Kelly, même si elle était son assistante personnelle, faisait beaucoup de choses pour beaucoup de gens au sein de la société familiale, y compris pour le jumeau de Sutton, Sebastian.

C'était une femme extrêmement occupée, et elle avait organisé tout cela pour lui. Il ne put s'empêcher de reprendre espoir en voyant l'enthousiasme que ce voyage inspirait à la jeune femme.

Le soutien d'un nouveau partenaire financier serait un coup de pouce crucial lorsqu'ils auraient mis au point un plan pour réorganiser l'entreprise. Naturellement, il y aurait de nombreuses étapes à franchir. Ce n'était pas un miracle qu'il leur faudrait mais plusieurs. Il fallait bien commencer quelque part pour obtenir ce premier coup de pouce vers la reconstruction.

Il se cala au fond de son fauteuil, s'efforçant de repasser en mode travail. Après tout, il avait lui aussi quelques pistes d'investisseurs potentiels. Hélas, les effets de ses multiples nuits sans sommeil se firent bientôt sentir et il sentit ses yeux le brûler. Aucune idée brillante ne lui viendrait dans cet état d'épuisement.

— Tu devrais t'allonger, suggéra Kelly en ôtant ses lunettes. Si tu veux, je te laisse le canapé. Nous avons encore quelques heures de vol.

Luke ferma son ordinateur portable et se leva.

— Ne bouge pas. Je vais m'asseoir ici, dit-il en s'installant à côté d'elle.

Il appuya sur un bouton et la partie du canapé où il était assis s'inclina en arrière tout en lui relevant légèrement les jambes.

— Je ne savais pas que ces canapés étaient aussi sophistiqués, fit remarquer Kelly en riant.

— C'est parce que nous sommes toujours en train de travailler, répondit-il en croisant les mains sur son ventre. Mais je ne dormirai sans doute pas, ça fait un moment que je suis insomniaque.

— Pas de problème si tu t'endors, assura-t-elle, le regard fixé sur son écran. Je te réveillerai avant l'atterrissage.

Il ferma les yeux, se laissant bercer par le cliquetis des touches du clavier de Kelly et le ronronnement des moteurs.

Elle avait dit qu'il restait quelques heures de vol, mais il ne connaissait toujours pas leur destination. Peut-être l'emmenait-elle dans un pittoresque village de montagne ou dans une station balnéaire. Où qu'ils aillent, Kelly semblait en tout cas persuadée que cela leur permettrait de prendre un nouveau départ.

— Luke.

Il se réveilla en sursaut et cligna des yeux, ébloui par la lumière de l'habitacle. Il s'était bel et bien endormi.

Se tournant vers Kelly, il redressa son siège.

— J'ai dormi combien de temps ?

Elle haussa les épaules tout en rangeant son ordinateur dans la mallette.

— Environ deux heures.

Bon sang ! C'était une bonne sieste. Au moins, il avait repris du poil de la bête.

Comment ça, deux heures ? Sans compter qu'il ne s'était pas endormi tout de suite. Où diable Kelly l'avait-elle emmené ?

Mais peu importait, après tout. Il avait hâte de rencontrer cet investisseur potentiel. Chaque fois qu'il approchait un prospect, il ne pouvait s'empêcher de penser que ce serait son sauveur.

Non qu'il risque de perdre son poste au sein de la société. Il était trop puissant et trop riche pour être écarté. Seulement les gens lui faisaient confiance pour ramener l'entreprise familiale sur le devant de la scène. À ses yeux, l'échec était donc impensable, et il avait bien l'intention de frapper un grand coup. Il trouverait les meilleurs investisseurs et rendrait Wingate Enterprises plus lucrative qu'elle ne l'avait jamais été.

Il boucla sa ceinture de sécurité alors que le jet amorçait sa descente.

— Tu dois avoir un effet apaisant sur moi parce que cela fait un moment que je n'ai pas dormi plus de deux heures d'affilée, fit-il remarquer.

Kelly se tourna vers lui avec ce regard sévère qu'elle lui

lançait toujours avant de le sermonner. Il s'était habitué à ce regard. Au départ, il le terrifiait, mais aujourd'hui il savait que cela partait d'une bonne intention. Elle veillait sur tous ceux qui l'entouraient.

— Tu ne sauveras jamais la société si tu ne prends pas soin de toi, Luke. Ce qui m'amène à la raison de ce voyage…

— Que veux-tu dire ? demanda-t-il, notant qu'elle semblait un peu mal à l'aise, soudain.

Kelly se mordit la lèvre inférieure et soutint son regard. Quelque chose clochait, comprit-il. Une brusque inquiétude le submergea. Qu'allait-elle donc lui annoncer ?

— Kelly ?

— C'est pour ton bien.

L'effroi se substitua à l'inquiétude.

— Qu'as-tu fait ? Où sommes-nous ? demanda-t-il sèchement.

Elle prit une profonde inspiration et redressa les épaules.

— Nous sommes à Oahu pour cinq jours de repos et de relaxation.

— Bon sang ! s'exclama-t-il. Qu'est-ce que tu racontes ?

— Et il n'y a pas d'investisseur, précisa-t-elle. Juste toi, moi, et un bungalow sur une plage privée.

- 2 -

Luke descendit de l'avion et reçut un collier de fleurs.

— Aloha, monsieur Holloway. Aloha, mademoiselle Prentiss. Bienvenue à Oahu.

Toujours furieux, Luke s'écarta tandis que le jeune Hawaïen, vêtu d'un costume blanc impeccable, passait un autre collier de fleurs autour du cou de Kelly.

— Par ici, je vous prie, ajouta le jeune homme avec un geste en direction d'un SUV gris métallisé. Nous allons récupérer vos bagages et je vous conduirai à votre villa. Vous devez avoir hâte de commencer cette escapade romantique.

— Je n'irai nulle part, grogna Luke. Qu'est-ce que c'est que ce cirque ? ajouta-t-il, exaspéré à la vue d'un autre homme qui approchait de l'avion, vraisemblablement pour prendre leurs bagages.

Kelly adressa au chauffeur un sourire embarrassé.

— Pouvez-vous nous excuser un moment ? demanda-t-elle. Vous pouvez aller chercher nos bagages.

Une fois les deux hommes à l'ouvrage, Kelly se tourna vers lui.

— Tu m'as menti, laissa-t-il sèchement tomber.

C'était ce qui l'agaçait le plus. Ce qu'elle avait fait était même au-delà du mensonge. Elle l'avait délibérément trompé. De plus, comment avait-elle pu planifier ce séjour, réserver le jet, briefer le pilote, le tout à son insu ? Ce n'était pas possible. Elle avait dû recevoir de l'aide, et ça sentait Zeke à plein nez. Jamais Kelly n'aurait pu gérer cela toute seule, sans parler de l'aspect financier. Lequel avait dû être pris en charge par quelqu'un de haut placé dans la société…

Comme son frère, qui se mêlait de tout, même si cela partait toujours d'une bonne intention.

— Je l'ai fait pour ton bien, Luke. Et c'est la première fois. Sérieusement, tu ne vois pas dans quel état tu es ? Tu as désespérément besoin de vacances.

Malgré ces explications, il était toujours aussi furieux. Quelle mouche avait piqué sa loyale assistante ?

— Mon frère est impliqué là-dedans ? demanda-t-il.

Kelly écarquilla les yeux tandis qu'une mèche auburn lui caressait le visage sous l'effet de la brise. Il comprit à son expression qu'elle ne voulait pas dénoncer Zeke. Seulement voilà, il n'était pas stupide.

— Il m'a chargée de veiller à ce que tu te détendes et m'a ordonné de ne pas te ramener à Royal avant la fin de ces vacances, expliqua-t-elle. Ce qui veut dire que toi et moi sommes là pour nous reposer et nous ressourcer. Tu t'es épuisé à la tâche, et Zeke et moi n'accepterons aucun refus de ta part. Maintenant, monte dans la voiture.

Luke cligna des yeux. Il savait que Kelly était une femme déterminée ; c'était l'une de ses grandes qualités en tant que collaboratrice. Mais jusqu'à présent, elle n'avait jamais tenté de lui imposer sa volonté avec autant d'autorité. Cet aspect de sa personnalité était nouveau, et il n'était pas sûr de l'apprécier.

Une femme autoritaire pouvait être sexy, mais pas lorsque cette femme était son assistante et le menait à la baguette comme un enfant soumis aux ordres de son frère. Une chose était sûre : Zeke ne l'emporterait pas au paradis !

— Tu ne peux pas m'obliger à rester, décréta-t-il.

Kelly fit un pas dans sa direction. Lorsqu'elle se trouva nez à nez avec lui, elle le foudroya de ses yeux verts.

— C'est vrai, dit-elle, très calme. Mais c'est Zeke qui m'a chargée de cette mission. Il s'est donné beaucoup de mal pour organiser tout ça pour toi et nous avons libéré ton emploi du temps de la semaine prochaine. Si tu ne veux pas le faire pour toi ou pour ton frère, fais-le pour moi, s'il te plaît. Prends soin de toi pour pouvoir prendre soin de Wingate.

Elle semblait si convaincue qu'il se calma un peu. L'idée d'avoir été ainsi piégé lui déplaisait toujours autant, mais il savait aussi que son frère n'aurait pas demandé l'aide de Kelly ou fait des pieds et des mains pour l'éloigner du bureau s'il n'avait pas été réellement inquiet.

Pourtant, l'attirance qui l'avait frappé comme une gifle dans l'avion et la sieste réparatrice qu'il avait faite à côté d'elle risquaient de les amener à franchir une limite dont ils ne se relèveraient jamais.

— On peut monter dans la voiture, maintenant ? demanda-t-elle.

Il réalisa que le chauffeur avait chargé leurs bagages et ouvert la portière arrière, auprès de laquelle il les attendait. Avec un profond soupir, il se dirigea vers le SUV, aidant Kelly à se hisser à l'intérieur avant de la rejoindre.

Une fois la portière fermée, il se tourna vers elle. Elle regardait droit devant elle, les jambes croisées et les lunettes sur le nez.

C'était une merveilleuse assistante, mais elle était bien plus que cela. Jamais, depuis cinq ans qu'elle travaillait pour lui, elle ne lui avait demandé quoi que ce soit. Elle avait fait preuve d'une remarquable noblesse d'âme, et voilà que, maintenant, elle s'inquiétait pour sa santé.

Il déglutit. Elle pensait manifestement que suivre les ordres de Zeke était la meilleure solution, mais Zeke ignorait tout ce qui se tramait en lui. À savoir que le côté institutrice de son assistante avait le don de le mettre dans tous ses états.

En même temps, Kelly semblait préoccupée de son bien-être au point de le supplier de prendre soin de lui. Et il n'était pas assez stupide pour ignorer ces efforts. De plus, ce n'était pas comme s'il s'absentait fréquemment du bureau, surtout dans une période aussi critique. En fait, son frère avait peut-être raison… Prendre du repos lui permettrait de recharger ses batteries et de repartir sur de bonnes bases.

C'est vrai qu'il avait tout essayé, et à ce stade, passer quelques jours au paradis avec une femme ravissante était sans doute ce qu'il y avait de mieux à faire. Évidemment, il ne pourrait rien se passer entre eux. Car prendre un tel risque serait un véritable désastre. Kelly était trop précieuse pour lui et pour la société.

Bon, il venait de décider de rester, mais cela ne signifiait pas qu'il se réjouissait qu'elle lui ait menti.

— Qui d'autre sait que tu m'as kidnappé ? s'enquit-il.

Elle se mit à rire.

— *Kidnappé* ? Vraiment, Luke, tu exagères…

— Tu appellerais ça comment ?

— Une escapade bien méritée.

Il ne se souvenait même pas de la dernière fois où il était parti en vacances, mais cela ne voulait pas dire qu'il avait envie de le faire avec sa torride assistante. Travailler avec elle dans un bureau était une chose, séjourner en sa compagnie dans un charmant bungalow était une tout autre histoire.

— Ce n'est peut-être pas une très bonne idée, que l'on partage une chambre…, reprit-il.

Elle le dévisagea un instant et il crut déceler dans son regard une lueur qu'il ne sut interpréter.

— Écoute, Luke, nous sommes des adultes. De plus, nous avons loué une maison, et non une chambre d'hôtel avec un seul lit. Tout ira bien, à moins que tu aies peur d'être incapable de résister à mes charmes, conclut-elle en lui adressant un clin d'œil.

Oh bon sang ! Ce clin d'œil et ce sourire en coin auraient dû le laisser de marbre, sauf que ce n'était pas le cas. Sans le savoir, son frère l'avait mis dans une situation délicate.

— Je plaisante, ajouta-t-elle. N'aie pas l'air si effrayé. Maintenant, je dois te parler d'une règle sur laquelle Zeke et moi sommes tombés d'accord.

— Comment ça, une règle ? Tu veux dire qu'après avoir concocté tout ce plan délirant vous n'avez établi qu'une seule règle ?

— Pour l'instant, répondit-elle en souriant toujours. Donc, première règle : pas d'écrans.

— Allons, arrête de me faire marcher ! lança-t-il en riant avant de se rembrunir quand il comprit qu'elle était sérieuse. Comment vais-je prendre des nouvelles du travail ou de mon frère ?

Ce frère qui s'était immiscé dans sa vie et à qui il lui tardait de dire ses quatre vérités !

— Je t'assure que Zeke s'occupe de tout au bureau et que tu n'auras aucun besoin de le contacter pour quoi que ce soit, répondit-elle. C'est d'ailleurs le but de ces vacances.

— Il n'est pas question que je me passe de téléphone !

Kelly inclina la tête et sourit.

— Oh que si. Il n'y aura ni téléphone ni ordinateur portable. Rien. Tu vas t'aérer l'esprit, tu m'entends ? Nous nous ferons masser, nous dégusterons des petits plats et des boissons livrés directement à notre bungalow. Et nous aurons une plage privée et un majordome à notre service. Le but du jeu est de t'extraire de la réalité.

Il la dévisagea, se demandant jusqu'où cela pourrait aller.

— Je te donne l'ordinateur, mais pas le téléphone, décréta-t-il.

Kelly se mit à rire, ce qui, une fois de plus, l'agaça au plus haut point. Il n'allait quand même pas se laisser infantiliser de la sorte.

— Je vais prendre *tout* ton matériel, le mettre dans le coffre-fort, et je serai la seule à connaître le code. Ce sera un redémarrage complet de ton système. Tu as compris ? Tu vas te détendre et prendre du bon temps. Je suis là pour m'en assurer.

Une fois de plus, l'idée de passer cinq jours dans un bungalow au bord de la mer sous la surveillance de sa torride assistante le troubla. Bien sûr, jamais il n'irait jusqu'à lui faire des avances. Il avait trop d'estime et de respect pour elle pour lui infliger cela.

Sauf que passer son temps sur une plage impliquait qu'il allait la voir… en maillot de bain. Déjà, la simple vue de ses petites lunettes et de ses ongles de pieds vernis lui avait retourné les sangs, dans l'avion. Alors comment réagirait-il à la vue de son corps pulpeux moulé de spandex humide ?

— Bon sang, marmonna-t-il. Je n'ai apporté que des costumes. Pas de maillot de bain.

— Ne t'inquiète pas. Je m'en suis occupée, répondit-elle avec, une nouvelle fois, un petit sourire en coin.

Quelque chose dans ce sourire effronté le terrifia et il comprit qu'il était dans de sales draps. Il aurait dû faire demi-tour et reprendre l'avion. Kelly aurait pu rester et prendre tous les congés qu'elle voulait. Il était même prêt à lui accorder une prime.

Seulement il était à bord d'un SUV en compagnie de sa ravissante assistante, en route vers ce que le chauffeur avait qualifié « d'escapade romantique ».

Mais non, se rassura-t-il. Il n'y avait aucune raison que les choses dérapent.

Le cœur de Kelly se mit à battre plus vite tandis que le gardien les escortait jusqu'à leur bungalow. Autour d'eux, les jardins et la palmeraie étaient encore plus luxuriants qu'elle l'avait imaginé.

Avant de réserver le bungalow, Zeke le lui avait montré pour avoir son avis. Comme si elle allait refuser des vacances gratuites avec l'homme qu'elle désirait depuis des années ! N'importe quel endroit aurait été parfait, puisqu'il lui donnait l'occasion de tenter sa chance avec Luke.

À présent, ils étaient seuls, et plus rien ne devait l'arrêter. Elle avait d'ailleurs appelé l'agence, donnant des instructions strictes pour s'assurer qu'ils ne seraient pas dérangés. Elle avait également fixé des horaires pour toutes les prestations : des livraisons du traiteur aux massages, en passant par les excursions prévues pour que Luke se détende encore plus.

Elle avait promis à Zeke qu'elle ferait tout pour que son frère décompresse, et elle ne le laisserait pas quitter cette île avant d'avoir constaté une amélioration.

À mesure qu'ils approchaient du bungalow, le doux clapotis des vagues lui remonta le moral et l'apaisa. Des hibiscus rose vif bordaient l'allée nichée dans un écrin de verdure luxuriante. Enfin, leur pavillon de rêve apparut au bout de l'étroit chemin.

La première chose qu'elle remarqua fut son ravissant toit de chaume. L'océan se trouvait manifestement derrière la maison, et elle imagina aussitôt une immense plage de sable blanc. Mais pour l'instant, elle brûlait d'impatience de visiter le bungalow.

— Je vous laisse découvrir la maison ou je vous la fais visiter ? demanda le gardien en s'arrêtant devant la porte.

— Nous nous en sortirons très bien tout seuls, répondit-elle, plongeant la main dans son sac pour lui donner un pourboire.

— Je vais faire apporter vos bagages, dit l'homme en prenant le pourboire et en la remerciant d'un signe de tête. Il suffit de taper le code pour déverrouiller la porte. Elle se verrouille automatiquement pour votre sécurité. N'hésitez pas à appeler, si vous avez besoin de quoi que ce soit. Bienvenue à la villa Malie.

La villa de la Tranquillité. C'était parfait ! Ce nom lui avait plu dès que Zeke l'avait mentionné, et elle avait eu un véritable coup de foudre en voyant les photos en ligne. Jamais elle n'aurait imaginé passer des vacances dans un tel paradis. Il est vrai qu'elle n'avait pas de compagnon avec qui s'évader. En même temps, elle devait bien admettre qu'elle n'en avait jamais cherché. Luke occupait beaucoup trop de place dans son esprit.

Elle tapa le code et ouvrit.

— Bienvenue au paradis, dit-elle en invitant Luke à entrer. Je vais même te laisser choisir ta chambre.

— Formidable, marmonna-t-il en lui emboîtant le pas.

Lorsqu'elle eut refermé la porte, elle tomba en arrêt. C'était encore plus beau que tout ce qu'elle avait pu voir en photo…

Le mur du fond était constitué d'une enfilade de baies vitrées que l'on avait ouvertes pour laisser entrer la brise venant de l'océan. Il y avait une piscine à débordement avec un espace aménagé pour les repas à l'extérieur. Le salon, avec ses meubles blancs rehaussés de touches de vert, était vaste et confortable. À droite se trouvait une cuisine ouverte avec un bar, à gauche les chambres. Dans l'entrée, elle remarqua un petit sapin de Noël décoré d'ananas et de flamants roses.

— Je dois admettre que cet endroit est magnifique, déclara Luke en se tournant vers elle.

Elle sourit.

— Pensais-tu que ton frère ou moi choisirions un endroit médiocre pour te rendre malheureux ? Tu mérites ce qu'il y a de mieux.

— À vrai dire, je ne pensais pas que vous m'emmèneriez où que ce soit, rétorqua-t-il.

— Eh bien, maintenant tu sais que nous sommes prêts à tout pour toi. Y compris te protéger de toi-même.

Luke la dévisagea quelques instants, et elle réalisa alors à quel point ils étaient seuls. C'était pourtant loin d'être la première fois, car entre les déjeuners de travail et les voyages d'affaires, ils faisaient beaucoup de choses ensemble. Mais jamais ils n'avaient été seuls dans de telles circonstances. Il y avait quelque chose de très intime dans le fait de se trouver dans ce ravissant bungalow donnant sur une plage exotique avec un homme sur lequel elle fantasmait depuis des années.

Allait-elle vraiment mettre son plan séduction à exécution ?

Si Luke continuait de lui en vouloir pour lui avoir imposé ces vacances, ce serait sans doute difficile de se lancer à la conquête d'un homme dont elle voulait faire beaucoup plus qu'un patron.

Elle frémit à l'idée qu'elle allait dormir à quelques mètres de lui. Si proche, et pourtant si loin…

Elle aurait été incapable d'avouer ses sentiments à Luke dans un cadre traditionnel. Elle l'appréciait non seulement en tant qu'employeur, mais aussi en tant qu'ami, et elle ne voulait pas risquer de compromettre son emploi.

Lorsque Zeke lui avait proposé de faire sortir Luke du bureau sous prétexte de l'emmener voir un investisseur, elle avait sauté sur l'occasion. Ce serait la seule et unique fois où ils seraient ensemble pour des affaires autres que celles de Wingate. Ce serait l'occasion ou jamais… Et quel meilleur endroit qu'un décor romantique et tropical pour déployer une stratégie de séduction ?

— Va choisir ta chambre, dit-elle. Je vais attendre les bagages.

Il entra dans une chambre, puis dans l'autre.

Pendant ce temps, elle se posta dans l'entrée, espérant que le gardien arriverait vite afin qu'elle puisse se changer et explorer la plage. Elle mourait d'envie de plonger les pieds dans le sable et dans l'océan, et de commencer ses vacances. Malgré son stress, elle espérait ne pas perdre son sang-froid lorsqu'elle devrait passer à l'action. Celle à laquelle elle se préparait mentalement depuis des semaines.

Luke revint et soupira. Il remonta ensuite ses manches de chemise, révélant ses avant-bras musclés.

Si, déjà, le simple fait de voir ses bras la mettait dans cet état, comment réagirait-elle lorsqu'elle le verrait en maillot de bain ? Jusque-là, elle n'avait vu Luke qu'en tenue de ville, parfois en jean et chemise.

— Je te laisse la chambre avec vue sur l'océan, annonça-t-il. Je prends celle qui donne sur le jardin.

— Tu devrais prendre la chambre avec vue sur l'océan. Le bruit des vagues sera plus relaxant. Pour ma part, je suis tellement heureuse d'être ici que je ne vais certainement pas me plaindre d'avoir vue sur le jardin.

— Cette chambre a une baignoire jacuzzi, précisa-t-il. Je ne me vois pas utiliser ce genre de chose.

Elle n'avait pas pensé aux salles de bains. Mais ils n'allaient pas se chamailler pour si peu. Elle prendrait la chambre qu'il voudrait lui laisser.

On frappa à la porte, et Luke alla chercher les bagages.

Lorsqu'ils furent de nouveau seuls, Kelly prit sa valise et gagna sa chambre.

— Qu'est-ce que c'est que tout ça ? demanda Luke s'arrêtant pour lui montrer des sacs frappés du logo du domaine.

— Ce sont les vêtements de vacances que je t'ai commandés.

Luke secoua la tête et soupira.

— Qui les a payés ? Toi ou Zeke ? demanda-t-il.

— Arrête de t'inquiéter de tout. C'est Zeke qui a tout payé, mais ici c'est moi qui coordonne le séjour en fonction de tes besoins. Ton seul travail pour les cinq jours à venir sera de profiter de la vie, des petits plats et des vins, et de ne penser à rien.

Il soutint son regard, et elle retint son souffle, espérant qu'il n'aurait rien à redire. Elle n'aspirait qu'à une chose : passer un moment insouciant et relaxant avec lui. Égoïstement, elle voulait qu'il voie en elle beaucoup plus qu'une assistante, mais manifestement elle aurait beaucoup à faire pour atteindre ce but.

Luke l'avait attirée dès le premier jour. Mais il y avait beaucoup d'autres choses qu'elle appréciait chez lui. Il était loyal, attentionné, droit et dévoué à sa carrière et à sa famille. Jamais elle n'avait pu ignorer l'attirance qu'elle éprouvait pour lui, et le moment était venu de passer à l'action.

Évidemment, elle n'avait que cinq jours devant elle. Elle décida toutefois de ne pas se précipiter. Elle n'allait quand même pas tenter de le séduire dès le premier jour…

— Entendu, dit-il. Je suis tout à toi pour les cinq prochains jours.

À ces mots, elle le dévisagea, à la fois ravie et terrifiée à l'idée de ce qu'allait leur réserver ce séjour.

- 3 -

— Qu'est-ce que c'est que ce maillot de bain ? s'écria Luke, se plantant devant la chambre de Kelly.

Pas question qu'il mette un pied hors d'ici vêtu d'un short aussi grotesque !

N'était-il pas censé être là pour se détendre ? Or le contenu de ces sacs l'avait mis hors de lui. Si Zeke avait été là, il se serait sans doute bien moqué de lui.

Luke jeta un coup d'œil par la porte entrebâillée.

Enveloppée dans un paréo fleuri, Kelly avait relevé ses longs cheveux auburn en chignon. Une serviette de plage sous le bras et ses lunettes de soleil calées sur sa tête, elle était prête à sortir. Ça, c'était un look de plage ! Mais le sien était… juste inqualifiable.

Pourquoi avait-elle l'air de sortir d'un shooting de mode alors qu'il ressemblait à un vacancier de seconde zone ?

— Montre-moi ça, dit-elle. Ça ne peut pas être si terrible. Ce n'est qu'un maillot de bain. Et puis, nous sommes des adultes.

— C'est fou ce que ce maillot fait adulte ! Tu leur as dit de trouver la plus petite taille qu'ils avaient en stock, ou quoi ?

Kelly fronça les sourcils.

— C'est vraiment trop petit ? À vrai dire, je ne savais pas quelle taille… Quelle taille faisait ta… Euh, quelle taille tu prenais.

Dans d'autres circonstances, la rougeur qui lui était montée aux joues aurait été charmante. Sauf que là, il se sentait affreusement compressé, dans ce short ridicule.

— Oui, c'est vraiment trop petit, rétorqua-t-il. Il aurait fallu deux tailles au-dessus. Au bas mot !

— Vraiment ? Pourquoi n'essaies-tu pas les deux autres puisque je t'en ai commandé trois ?

— Eh bien, parce que hormis la couleur, ils sont tous *exactement pareils*.

Il y avait d'autres vêtements dans les sacs. Lorsqu'il les avait passés en revue, il n'avait pas trouvé cela folichon, mais au moins les bas étaient assez grands pour couvrir ses parties intimes.

— Je peux voir ? demanda Kelly. Je te jure que je ne posterai pas de photo sur les réseaux sociaux.

Il la foudroya du regard lorsqu'elle éclata de rire.

— Je dois dire que je ne te fais absolument pas confiance en ce moment, répliqua-t-il. Premièrement, tu m'as kidnappé…

— Tu devrais vraiment revoir ta terminologie. Tu es en vacances, voilà tout.

— Deuxièmement, tu me commandes des shorts de plage taille enfant.

— Si je t'avais dit d'emporter des vêtements d'été, tu aurais compris qu'il se tramait quelque chose, expliqua-t-elle. Écoute, tu vas devoir te contenter de ce maillot, pour l'instant. Je te jure que je ne me moquerai pas.

— Tu t'es déjà fichue de moi alors que je ne suis même pas encore sorti.

— Ça m'a échappé, désolée. Je ne recommencerai pas, promit-elle, haussant les épaules.

À ce geste, son paréo glissa, révélant le haut de son maillot de bain. Il essaya de toutes ses forces de ne pas prêter attention au renflement de sa poitrine sous le tissu mais ne put s'en empêcher.

Il n'aurait pas dû. Cela ne se faisait pas de fixer la poitrine de son assistante. Ou de reluquer sa tenue de plage. Comment diable allait-il réagir lorsqu'elle ôterait ce fichu paréo ? Une chose était certaine, elle saurait vite à quel point il l'appréciait s'il sortait avec un maillot aussi *moulant* !

Retournant dans sa chambre, il se mit en quête d'une serviette de bain. Lorsqu'il en trouva une, il l'enroula autour de sa taille avant de ressortir.

— Allons-y, dit-il, tenant le nœud de la serviette comme si sa vie en dépendait. Tu n'auras qu'à fermer les yeux quand j'entrerai dans l'eau et quand j'en sortirai.

Elle contempla un instant son torse puis son regard s'égara un peu plus bas avant de revenir à son visage. Était-ce du désir qu'il avait perçu dans ce regard ? Impossible. Kelly travaillait avec lui depuis cinq ans et elle n'avait jamais semblé attirée par lui.

Il devait ignorer sa tenue dénudée et garder en tête qu'ils étaient des adultes et travaillaient ensemble. Ce n'était rien d'autre que des vacances relaxantes qu'elle s'était donné beaucoup de mal à organiser.

— Donc, pas de téléphone ? demanda-t-il.

Elle leva la main.

— Je te promets que je mettrai aussi le mien au coffre. Et que je ne posterai aucune photo de toi en mini-short.

Il lui lança un regard noir.

— Arrête de te moquer de moi, marmonna-t-il.

— Allons, du calme. Par chance, ce n'est que le premier jour. Je suis sûre que tu vas apprendre à t'amuser, toi aussi. C'est mon objectif, en tout cas.

— Je préférerais que tu te fixes l'objectif d'appeler la

boutique pour demander s'ils ont de vrais maillots pour homme.

— Très bien, je m'en occupe, répondit-elle en se dirigeant vers le salon, où elle décrocha le téléphone fixe.

Lorsqu'elle eut raccroché, elle se tourna vers lui.

— C'est fait. Ils nous envoient la commande par livreur.

— C'est moi qui paierai, cette fois, dit-il.

— La carte de crédit de Zeke est enregistrée dans le dossier. Donc, pas besoin. Bon, je vais tester la piscine, annonça-t-elle en se dirigeant vers la terrasse. Rejoins-moi quand tu seras prêt.

Il resta planté là, incapable de détacher son regard de sa trop sexy assistante qui s'éloignait… Et à cet instant précis, il ne voyait ni l'océan ni les palmiers.

Lentement, Kelly ôta son paréo, révélant ses courbes affolantes, et le jeta sur un transat. Elle chaussa ses lunettes de soleil et plongea un orteil dans l'eau.

Ce bikini aurait dû être interdit…

Bien que de couleur sobre, noir, il était réduit à sa plus simple expression, en termes de tissu. À côté, son mini-short paraissait immense !

Kelly s'approcha de la piscine et plongea. Elle émergea de l'autre côté et, posant les bras sur le rebord, s'absorba dans la contemplation de l'océan.

Luke tressaillit. On avait sonné. Tenant sa serviette d'une main, il ouvrit la porte de l'autre.

— Voilà, monsieur.

Le livreur lui tendit un sac et le salua d'un signe de tête.

De retour dans sa chambre, Luke sortit le nouveau maillot de bain et gémit. Il ne savait pas lequel était le plus moche, celui qu'il portait ou le nouveau, mais au moins ce dernier était un peu plus grand.

Il l'enfila à contrecœur et attrapa sa serviette. Lorsqu'il

arriva sur la terrasse, Kelly avait regagné son transat. Allongée sur le ventre, elle était plongée dans la lecture.

Il en profita pour admirer ses fesses parfaitement galbées. Ce n'était pas bien. Il n'aurait pas dû. C'était son assistante et il la respectait infiniment. Ses pensées étaient en train de prendre une tournure complètement inappropriée, et il ne savait pas comment les faire revenir en terrain neutre.

Il expira longuement. Il ferait comme s'ils étaient au bureau, voilà tout. Ce n'était quand même pas si difficile.

Seulement au bureau, Kelly n'était pas en maillot de bain… Si elle l'avait été, il n'aurait jamais survécu.

— Ils doivent quand même avoir d'autres modèles de maillots de bain que ceux qu'ils m'ont envoyés, non ? lança-t-il.

Kelly jeta un œil par-dessus son épaule et éclata de rire.

— Quoi ? Tu n'aimes pas ces grosses lèvres rouges sur ton… Hum… Tes…

Il résista à l'envie de cacher l'ignoble imprimé, posant au dernier moment les mains sur ses hanches.

— Franchement, ai-je l'air d'être le genre de mec à porter un short noir avec des lèvres rouges sur les fesses ?

Elle se tourna sur le côté, ce qui fit onduler joliment ses seins sous le minuscule soutien-gorge.

Il fit un effort surhumain pour garder les yeux dans les siens.

— Au fait, tu as de la crème solaire ? demanda-t-il.

— Je me suis déjà vaporisée, mais je n'ai pas réussi à faire mon dos. Tu pourrais m'en mettre, s'il te plaît ?

Luke prit le flacon et lui aspergea le dos, s'aventurant jusqu'à la naissance de ses fesses largement dénudées. Il espéra qu'elle ne prendrait pas de coup de soleil à cet endroit, car il aurait du mal à se dominer si elle lui demandait de l'enduire d'aloès en fin de journée !

Lorsqu'il eut terminé – par chance, grâce au vaporisateur, il n'avait pas eu à étaler la crème –, il se dirigea vers la piscine.

— Ça fait un bien fou, dit-elle avant de reprendre sa lecture. Mais on peut aller à la plage, si tu préfères. Ou tu peux y aller seul. Je ne veux pas t'étouffer pendant ces vacances.

Au moment précis où elle prononça le mot « étouffer », une vision d'elle couchée sur lui surgit dans son esprit… Elle avait raison : il allait vraiment devoir garder ses distances s'il ne voulait pas se mettre dans l'embarras.

— Je crois que je vais aller faire un tour sur la plage, annonça-t-il. J'ai besoin de me vider la tête. Bonne lecture.

Il gagna la plage à une vitesse record, espérant de toutes ses forces qu'elle n'avait pas remarqué l'état d'excitation flagrant dans lequel il se trouvait. Il comprit alors qu'il allait avoir bien du mal à ne pas dépasser les bornes avec son assistante avant la fin des vacances.

Comme s'il n'avait pas assez de soucis professionnels comme ça, il ne rêvait déjà plus que d'une seule chose : lui ôter son minuscule bikini et leur faire oublier leurs problèmes.

- 4 -

Une fois Luke hors de vue, Kelly expira longuement, soulagée.

Lorsqu'il était arrivé sur la terrasse, elle avait failli avoir une crise cardiaque en voyant à quel point il était sexy. Elle savait qu'il était bien bâti, mais elle n'imaginait pas à quel point.

Et ce short noir ajusté mettait merveilleusement en valeur sa peau hâlée et ses muscles sculptés. Même l'épouvantable imprimé n'enlevait rien à son puissant sex-appeal. Au contraire, cette grosse bouche rouge imprimée sur ses fesses faisait totalement écho à ce qu'elle avait envie de lui faire…

Plus l'idée de le séduire prenait corps dans son esprit, plus elle comprenait qu'elle s'apprêtait à prendre le plus grand risque de sa vie. Mais c'était plus fort qu'elle. C'était maintenant ou jamais. Peu importaient ses craintes, elle devait les mettre de côté et aller chercher ce qu'elle désirait depuis si longtemps.

Même si elle regrettait le départ de Luke, c'était probablement mieux qu'il aille à la plage seul. La façon dont il avait caressé son corps du regard ne lui avait pas échappé. Il aurait fallu qu'elle soit aveugle pour ne pas le voir. Le désir qu'elle lui inspirait était évident, vu la taille réduite de son short. Peut-être le mettre dans son lit ne serait-il pas aussi difficile, après tout…

Elle sourit en tournant la page de son livre.

Ce nouveau bikini faisait son effet, comme elle l'avait prévu. Les hommes étaient somme toute des créatures assez prévisibles, même ceux mariés à leur travail. Ils avaient du mal à résister, dès qu'une femme exhibait ses charmes.

Oui, une petite aventure ne pourrait pas leur faire de mal. Ils étaient adultes et pourraient garder cela séparé du travail. Elle ne cherchait pas à ce qu'il lui passe la bague au doigt ou lui fasse des promesses. De toute façon, la seule chose qui intéressait Luke était son travail. Un état d'esprit qu'elle ne connaissait que trop bien car c'était celui de son propre père. Des années durant, sa mère avait dû batailler pour obtenir l'attention de son mari. Elle, elle ne voulait pas d'une vie comme celle-là. Elle savait qu'elle méritait beaucoup mieux.

C'est pourquoi elle se contenterait d'une simple aventure, avec comme décor les palmiers et la plage.

Lorsqu'un peu plus tard quelqu'un sonna de nouveau à la porte, Luke n'était toujours pas rentré. Elle se leva donc pour aller ouvrir.

— Aloha, mademoiselle, dit le majordome en poussant à l'intérieur un chariot chargé de plats et de boissons. Où dois-je préparer la table ?

Kelly jeta un œil autour d'elle, indécise.

— Que diriez-vous de laisser ça ici ? Nous nous en occuperons, merci.

L'homme hocha la tête.

— N'hésitez pas à nous appeler si vous avez besoin d'autres choses ce soir.

Kelly le remercia et le raccompagna.

S'approchant du chariot, elle souleva les cloches. Terre-mer de viandes et de crustacés, asperges grillées, riz au chou-fleur. Vin, bières, plus la bouteille de bourbon qu'elle avait commandée spécialement.

Il y avait aussi le programme des divertissements de la soirée organisés par l'hôtel. Encore fatiguée du voyage et peu désireuse de se mêler à la foule des clients, elle décida de ne pas le montrer à Luke.

Pour ne pas manquer le coucher de soleil, elle apporta les plats dans le patio et mit la table. Elle se servit un verre de vin et prépara une bière pour Luke. Elle rangea ensuite les bouteilles dans le réfrigérateur, exception faite du bourbon qu'elle laissa sur le comptoir.

Luke n'étant toujours pas rentré, elle regagna sa chambre et enfila un short et un débardeur. Elle se démêla les cheveux puis les rattacha en chignon. Ce faisant, elle sentit une douleur au niveau des épaules et jeta un œil dans le miroir. Apparemment elle avait déjà pris pas mal de couleurs. Elle devrait être plus prudente. Absorbée par ses fantasmes et son livre, elle avait complètement oublié de remettre de la crème solaire aujourd'hui.

Lorsqu'elle sortit de sa chambre, Luke était sur la terrasse. Il venait manifestement de piquer une tête. Des gouttes d'eau perlaient sur son large torse, ses cheveux courts et sa barbe. Il s'arrêta un instant pour s'essuyer avec sa serviette. Comme il ne l'avait pas encore vue, elle en profita pour admirer le spectacle, suivant le moindre mouvement de la serviette sur son corps élancé…

Elle toussota et le rejoignit.

— Tu arrives juste à temps, dit-elle. J'espère que tu es prêt pour le dîner.

— Je me change et j'arrive.

Il passa à côté d'elle sans lui adresser un regard, et elle ne put s'empêcher d'être déçue. Il semblait contrarié. Mais pourquoi ? Qu'est-ce qui pouvait bien contrarier qui que ce soit sur une île paradisiaque ?

Peut-être était-il agacé par l'attirance qu'il ressentait pour elle. Il détestait perdre le contrôle en général, surtout en matière de sentiments. Jamais il ne mélangeait travail et plaisir. Même lorsqu'il était fiancé, il avait privilégié sa carrière.

Elle n'en demandait pas tant. Elle voulait simplement passer quelques jours seule avec lui pour lui prouver qu'elle était plus que son assistante. Partager une aventure torride dans un lieu de rêve, tels deux adultes consentants et heureux d'être ensemble. Voilà tout. Elle ne demandait quand même pas la lune.

Vu la tête qu'il faisait, ce n'était pas gagné…

Se rappelant à quel point il la trouvait attirante, elle reprit vite espoir et s'efforça de surmonter sa nervosité. Cela pouvait marcher. Encore fallait-il qu'il soit prêt pour ce qu'elle avait en tête.

Lorsque Luke fut de retour, il était toujours aussi fermé, mais elle ne put s'empêcher de rire en voyant sa tenue.

— Je t'assure que je ne leur ai pas demandé de t'envoyer les vêtements les plus moches de la boutique ! dit-elle vivement. J'ai simplement donné ta taille et commandé des maillots, des shorts et des chemises. Plus des sandales et des lunettes de soleil.

— Oh ! Il ne manque rien. Et cette tenue était la plus *sobre* de toutes.

De nouveau, elle se mit à rire à la vue du short à carreaux vert et blanc et du T-shirt blanc barré de la mention « BEAU GOSSE » en lettres noires.

— J'ai été à deux doigts de mettre un costume, grommela-t-il en s'asseyant à la table. Un de ceux que j'ai apportés, évidemment.

— Bon, arrête de râler. Il est temps que tu comprennes que nous nous apprêtons à passer quelques jours sur une île paradisiaque et déserte. Allons, souris ! Personne d'autre que moi ne te verra dans cette tenue.

Il croisa son regard.

— Il ne t'est jamais venu à l'idée que j'avais besoin de me sentir respecté ? demanda-t-il.

— Comment ça ? Tu crois que je ne te respecte pas ? répliqua-t-elle, vexée qu'il puisse en douter.

— C'est impossible de respecter quelqu'un qui porte ce genre de... *vêtements.* La prochaine fois que tu kidnappes quelqu'un, dis-lui au moins ce qu'il doit emporter ou ne confie pas le stylisme à une boutique de souvenirs.

Elle but une gorgée de vin, retenant un sourire.

— Désolée. C'est mon premier kidnapping. Je ferai mieux la prochaine fois.

Il haussa les épaules et commença à manger en silence.

L'espace d'un instant, elle se demanda s'il lui en voulait vraiment de lui avoir imposé ces vacances et cette garde-robe. Elle souhaitait simplement qu'il passe un bon moment, et que, d'ici la fin du séjour, il apprenne à la connaître dans une ambiance plus détendue et la voie autrement qu'une simple collaboratrice.

Était-ce trop demander ?

— Comment était la plage ? s'enquit-elle.

Il fronça les sourcils comme s'il essayait de se remémorer sa journée.

— Déserte, répondit-il. Disposer d'une plage privée est certainement un avantage qui compenserait presque le fait que je sois condamné à m'habiller comme un clown. Je te conseille d'y aller demain. Comment était ton livre ?

— Je l'ai presque terminé.

Il la dévisagea, étonné.

— En un jour ?

— Quand je prends des vacances, j'en profite pleinement, figure-toi, répondit-elle. Et puis j'adore lire.

— Combien de livres as-tu apportés ?

— Sept. Cinq, soit un par jour, plus deux au cas où je finirais les autres plus vite.

Il la fixa intensément et hocha lentement la tête.

— Tu prends vraiment ce moment de détente très au sérieux, dis donc, fit-il remarquer.

— Toi aussi, tu verras. J'ai prévu quelques surprises, durant notre séjour.

Le regard de Luke se teinta de méfiance.

— Je ne sais pas si je survivrai à d'autres *surprises* de ta part, marmonna-t-il.

Elle ne put s'empêcher d'éclater de rire.

— Je te promets que tu vas les adorer ! Je cherche juste à t'aider à te changer les idées. Tu as besoin de t'amuser un peu et d'oublier le bureau. Crois-moi, Luke, tous les problèmes seront là, à notre retour.

Il continua de la scruter, et soudain son regard s'arrêta sur sa poitrine.

Elle frémit. Apparemment, la tension sexuelle n'avait pas totalement disparu entre eux.

— Tu as pris un coup de soleil, remarqua-t-il en désignant sa poitrine. Je te conseille de ne pas lésiner sur la crème solaire.

— Je sais. C'est un peu douloureux. C'est à cause de mon livre, j'ai oublié de remettre de l'écran solaire. Ça va aller.

Luke saisit sa fourchette à crustacés.

— En ce qui me concerne, je n'ai jamais lu de bouquin qui me fasse perdre la notion du temps, dit-il.

— Il faut avouer que tu passes ta vie à lire des tableaux de chiffres…

Il se mit à rire.

— Ce que tu peux être sarcastique. Apparemment, tu es encore plus sûre de toi depuis que tu as réussi à me faire venir ici.

Elle sourit et jeta un regard vers l'océan.

— C'est vrai que je me sens merveilleusement bien ici, murmura-t-elle. J'étais un peu stressée de devoir te mentir, mais je savais que c'était pour ton bien.

— Pour mon bien, ça, tu ne le sauras qu'à la fin du séjour, répliqua-t-il en s'attaquant à ses fruits de mer.

Lorsqu'ils eurent terminé leur repas, ils empilèrent les plats sur le chariot, que Luke laissa devant la porte d'entrée. Leur majordome le récupérerait plus tard.

— J'ai commandé ton bourbon préféré, dit-elle dès qu'il eut refermé la porte. Je te sers un verre ?

— En fait, je suis fatigué. Je crois que je ne vais pas tarder à me coucher.

Une fois de plus, un sentiment de déception s'insinua en elle. Qu'avait-elle cru ? Qu'il suffirait de quelques verres de bourbon pour qu'il se soumette à ses fantasmes ? De plus, elle n'appréciait guère ce genre de méthode. Ce qu'elle voulait, c'était qu'il vienne à elle de son propre chef. Elle lui montrerait alors qu'ils avaient beaucoup plus à partager que le travail.

Bien sûr, elle voulait qu'il prenne du recul par rapport aux problèmes de l'entreprise, mais elle voulait surtout qu'il réalise ce qu'il avait sous les yeux depuis cinq ans.

La verrait-il un jour comme autre chose qu'une collaboratrice ? Et si oui, serait-il prêt à l'admettre ? Ou refuserait-il de prendre ce genre de risque ?

Elle soupira. Quoi qu'il se passe entre eux, cela n'arriverait pas le premier soir. Peut-être même pas le cinquième. Quoi qu'il en soit, elle devait essayer. Voir s'il existait une étincelle entre eux et s'il partageait ne serait-ce qu'un peu l'attirance qu'elle ressentait pour lui depuis si longtemps.

Quand Luke se retira, elle alla se doucher puis enfila son pyjama. Peut-être commencerait-elle un autre livre. Elle aurait sûrement du mal à dormir, cette nuit… Comment pourrait-elle se détendre alors que l'homme qui habitait tous ses fantasmes dormait à quelques mètres d'elle ?

Demain, elle devrait passer à l'action. Le temps passait vite.

Luke se retourna dans son lit pour la énième fois. Bon sang ! Il n'arrivait pas à fermer l'œil. Les visions de Kelly en bikini ne cessaient de se télescoper dans son esprit.

Peut-être devrait-il aller se servir un verre de bourbon, comme elle le lui avait proposé tout à l'heure. Cela lui ferait peut-être du bien. Il était presque minuit, et il ne l'avait pas entendue depuis un moment. Lorsqu'elle s'était douchée, il n'avait pu penser à autre chose qu'à son corps nu si proche, ruisselant de mousse…

Convoiter ainsi son assistante était impardonnable. Certes, il avait toujours trouvé Kelly attirante. N'importe quel homme normalement constitué aurait trouvé Kelly Prentiss attirante. Mais jamais au grand jamais il n'avait posé sur elle un regard lubrique. Or aujourd'hui, il ne pouvait plus la regarder autrement.

Il la maudit de l'avoir attiré dans ce traquenard et fait naître en lui de telles émotions. Avait-elle prémédité tout cela depuis le début ? S'était-elle mis en tête de le séduire ? Si c'était le cas, elle y réussissait sacrément bien !

Il n'avait jamais mélangé travail et plaisir. Il n'avait même pas pu sauver ses fiançailles. Son travail était prioritaire, et la loyauté envers sa famille essentielle. Cela signifiait qu'il devait tout donner à Wingate.

Il se leva brusquement et sortit de sa chambre.

Il portait l'un des caleçons noirs qu'il avait glissés dans sa valise. Au moins, c'était plus décent que les mini-shorts de la boutique, et plus confortable, même si chez lui il avait l'habitude de dormir nu. Mais seule une mince cloison le séparait de Kelly, et mieux valait être prudent.

Il s'apprêtait à entrer dans la cuisine lorsqu'il s'arrêta net. Une faible lueur éclairait la pièce. Il fit un pas, puis encore un autre, le souffle court.

Bon sang ! Comme s'il avait besoin de ça !

Devant lui, Kelly se tenait dans la pénombre, vêtue d'un mini-short bleu. Pire, elle était en train de s'enduire les fesses d'aloès.

La façon dont elle se contorsionnait pour tenir l'ourlet de son shorty presque transparent d'une main et se masser de l'autre était sacrément… envoûtante.

Instantanément, une foule de visions d'elle dans diverses autres positions envahit son esprit, et il se maudit de ne pas avoir fait demi-tour quand c'était encore possible.

Lorsqu'elle croisa enfin son regard, elle rabaissa aussitôt son short et se redressa.

— Luke ! s'exclama-t-elle. Qu'est-ce que tu fais debout ? Je t'ai réveillé ?

Réveillé ? Non. Empêché de dormir, plutôt ! Comment aurait-il pu envisager de dormir alors que des images d'elle en bikini ou de son corps dégoulinant au sortir de la piscine ne cessaient de défiler dans son esprit ?

Sans compter la vision d'elle se massant les fesses…

Il n'était pas sûr de trouver le sommeil, le temps de son séjour ici.

— Je n'arrivais pas à dormir, répondit-il. Je voulais me

servir un verre de bourbon, comme tu me l'avais suggéré tout à l'heure.

À présent, il avait besoin de *deux* verres.

Il avança vers elle.

— C'est un coup de soleil ? s'enquit-il.

Kelly soupira.

— Oui. J'avais mis de l'écran solaire, mais ensuite j'étais tellement captivée par ma lecture que j'ai oublié d'en remettre. C'est assez douloureux surtout sur les… Enfin à cet endroit.

Il avança encore d'un pas et vit les yeux de Kelly s'agrandir de surprise. D'inquiétude ? Il s'en voulait de ressentir une telle excitation, mais n'importe quel homme aurait réagi de la même façon en tombant sur une femme en petite tenue au beau milieu de la nuit… Même si cette femme était son assistante.

— Tu as besoin d'aide ? demanda-t-il.

Pourquoi sa voix était-elle si rauque ? Et pourquoi diable avait-il proposé de l'aider ?

— Oh ! Euh… Non merci, murmura-t-elle. J'ai déjà fait le nécessaire.

Ils restèrent tous les deux silencieux un long moment, et il regretta d'être sorti de sa chambre. Ces vacances le mettaient dans un état anormal, au point qu'il ne reconnaissait même plus ses propres pensées. Généralement, il ne faisait que penser à la société et aux moyens de résoudre ses problèmes, mais depuis quelques heures, il était habité de fantasmes plus torrides les uns que les autres où sa fidèle collaboratrice tenait le premier rôle.

Son frère avait-il voulu jouer les entremetteurs, maintenant qu'il avait trouvé l'amour de sa vie ? Avait-il voulu le pousser dans les bras de son assistante ?

Zeke venait d'épouser Reagan lors d'un mariage éclair

à Las Vegas. Le couple était tellement amoureux que c'en était presque indécent. Seulement tout le monde n'était pas capable d'éprouver quelque chose d'aussi intense, Luke en était persuadé.

Car l'amour n'était pas pour lui. Il n'avait même pas le temps pour une simple liaison !

— Tu veux que je te serve un verre ? demanda Kelly avec sa douceur habituelle.

Il s'arracha à ses pensées et secoua la tête.

— Je m'en occupe, répondit-il. Je vais m'asseoir dans le patio pour prendre l'air.

Kelly hocha la tête.

— Très bien. Alors, bonne nuit.

Elle le fixa encore un instant, et il vit son regard dériver vers son torse nu. Presque aussi vite, elle se ressaisit et le contourna pour regagner sa chambre.

Il ne reprit son souffle que lorsqu'il entendit sa porte se fermer.

Bon sang ! Il allait devoir réagir, sinon il n'arriverait jamais au bout de ce séjour sans céder à la tentation.

- 5 -

Kelly ramassa un coquillage et plongea la main dans une vague pour le rincer avant de le glisser dans son sac de plage. Enfant, elle avait toujours aimé ramasser des coquillages lorsqu'elle était en vacances avec ses parents.

Luke et elle avaient une chose en commun : ils avaient tous deux perdu leurs parents lorsqu'ils étaient à l'université. Ses parents à elle étaient morts à quelques années d'intervalle. Luke avait perdu les siens en même temps, dans un accident de voiture. Bien que déjà adultes, son frère Zeke et lui avaient emménagé chez leur oncle et leur tante, Trent et Ava Wingate. C'est ainsi qu'ils avaient fini par travailler pour la société.

Hélas, Trent avait disparu, et Ava s'était rapprochée de Keith Cooper… Lequel avait causé la perte de Wingate Enterprises.

Depuis, la situation de l'entreprise n'avait fait que s'aggraver, entre les fausses accusations portées contre les membres de la famille Wingate, la saisie de leurs propriétés et les détournements de fonds. Mais Keith paierait certainement pour ses crimes.

Sutton Wingate, le directeur financier de Wingate Enterprises, faisait tout ce qu'il pouvait pour réduire les coûts, mais il semblait impossible de redresser la société sans un projet d'envergure qui lui donnerait le coup de fouet dont elle avait besoin.

C'est pourquoi Zeke et Luke travaillaient sans relâche pour guider le bateau familial hors de la tempête.

Quand le stress était devenu presque ingérable, Zeke avait trouvé en Reagan une bulle d'air salvatrice. Luke, lui, n'avait rien d'autre dans la vie que son travail.

Au-delà de ses déboires professionnels, Luke n'avait pas été épargné sur le plan personnel puisqu'il s'était séparé de sa fiancée quelques années auparavant. Kelly n'avait jamais été aussi heureuse que lorsque Lily était enfin sortie de la vie de son patron. De son point de vue, la jeune femme n'avait jamais été à la hauteur. Elle se montrait trop exigeante et ne semblait jamais comprendre que Luke jouait un rôle central au sein de l'entreprise. Elle ne s'était jamais souciée des sentiments de Luke ou de son travail. Elle ne semblait s'intéresser qu'à la taille de la bague, ou à celle de leur fête de mariage ou de la maison dans laquelle ils emménageraient.

De plus, Kelly ne pouvait supporter la façon dont Lily la prenait de haut à chaque fois qu'elle passait au bureau. Comme si se destiner à une vie d'épouse oisive était plus glorieux que d'être une simple assistante.

Finalement, cette rupture avait été une excellente chose pour Luke, qui n'était de toute façon pas le genre d'homme à se marier. Ce que Lily n'avait jamais compris. Kelly, en revanche, savait exactement à qui elle avait affaire. C'était du reste la raison pour laquelle elle n'envisageait rien d'autre qu'une aventure avec lui aujourd'hui, malgré les sentiments qu'elle éprouvait pour lui.

Sentant un autre coquillage sous son pied, elle le ramassa. Elle en était à cinq et comptait bien rapporter sa petite collection au Texas. En souvenir de ce lieu magnifique. Et de son séjour avec Luke.

Luke… Ce matin, elle ne l'avait pas vu. Le petit déjeuner

avait été livré à 9 heures et elle avait dégusté ses fruits frais et son mimosa en solo. Lorsqu'elle était sortie, la chambre de Luke était toujours silencieuse.

Peut-être était-il gêné, après leur rencontre nocturne. Peut-être cherchait-il un moyen de faire bonne figure après l'avoir surprise en train de s'enduire les fesses d'après-soleil.

Une chose était certaine, en tout cas : il l'avait dévorée des yeux. Malgré le faible éclairage, la passion brute qui avait animé son regard ne lui avait pas échappé. Pas plus que son érection, clairement visible sous son caleçon ajusté.

Certes, croiser une femme à demi nue au beau milieu de la nuit en aurait excité plus d'un, mais Luke n'avait jamais eu ce genre de réaction à son égard. Du moins à sa connaissance.

Elle décida de regagner le bungalow.

Aujourd'hui, elle avait mis son bikini jaune et noué un paréo autour de sa taille pour se protéger du soleil. Ce qui ne l'empêcherait pas de se repasser de la crème solaire sur le haut du corps en rentrant.

Elle se rinça les pieds dans la douche extérieure et déposa sac et sandales sur le transat au bord de la piscine. Le soleil tapait déjà fort et elle avait hâte de parfaire son bronzage.

Lorsqu'elle entra dans le salon, Luke mangeait une tranche de bacon, debout devant le chariot du petit déjeuner. Il se tourna vers elle et croisa son regard.

— Tu as bien dormi ? demanda-t-elle, pour tenter de briser la glace.

Quel était le protocole lorsqu'un patron surprenait son employée en train de s'enduire les fesses d'après-soleil ? Faire une blague ? Lui proposer un massage au même endroit ?

Du calme, Kelly. C'est toujours ton patron, et tu dois le traiter avec le respect qu'il mérite.

Luke était assez perturbé comme ça sans qu'elle ajoute encore à son stress en faisant des blagues de mauvais goût. Et puis, elle ne voulait pas le mettre mal à l'aise, mais le séduire.

— J'ai bien dormi, finalement, marmonna-t-il.

Bon. Apparemment, il n'était pas du matin. Pourtant, il arrivait toujours de bonne heure au bureau. Alors pourquoi semblait-il si abattu ici ? Dans cet endroit de rêve ? Pour elle, c'était tout l'inverse. Ce séjour lui faisait oublier tous ses soucis. Sauf, peut-être, sa frustration sexuelle…

— Je suis désolée pour hier soir, reprit-elle, ne trouvant pas d'autre solution que de mettre les pieds dans le plat. Mais j'ai trouvé l'aloès dans le frigo. Si j'avais su que tu étais réveillé, je n'aurais jamais…

Il la fixa de ses yeux sombres, comme s'il essayait de découvrir ses pensées les plus secrètes. Il portait un short vert et une chemise hawaïenne d'un goût douteux, qu'il avait laissée ouverte. Comment cet homme pouvait-il rendre aussi sexy quelque chose d'aussi kitsch ?

Mais peut-être était-ce ses paupières mi-closes, sa barbe naissante et son torse nu qui lui donnaient soudain envie de toucher ses muscles et de plonger les doigts dans le fin duvet qui parsemait sa poitrine, réalisa-t-elle.

C'était bien fait pour elle. Après tout, c'était elle qui l'avait amené ici sous prétexte d'arrêter de travailler. Et à présent, elle perdait les pédales parce que ses vêtements de plage laissaient entrevoir certaines parties de son anatomie. Si seulement il lui avait donné le feu vert pour toucher ladite anatomie, elle n'aurait pas été aussi paniquée.

Elle s'éclaircit la gorge.

— De toute façon, cela ne se reproduira pas. Je tâcherai

de ne plus sortir de ma chambre en pleine nuit, dit-elle en s'approchant pour prendre une tranche d'ananas. Au fait, la plage est magnifique. J'ai trouvé de très jolis coquillages. J'en ramasse toujours à chaque fois que je vais à la plage. Je les mets dans un grand bol, chez moi, ça me calme quand je suis stressée.

Il la dévisagea, et elle se demanda pourquoi elle s'était mise à raconter n'importe quoi.

— Nous avons quelque chose de prévu, aujourd'hui ? demanda-t-il, visiblement indifférent à son bavardage.

— En fait, oui. Je nous ai réservé un massage.

— Un massage ?

— C'est la clé de la relaxation, Luke. Je suis sûre que tu vas adorer.

— Je ne crois pas, non. Ce que j'adorerais, en revanche, c'est que tu me rendes mon téléphone pour que je puisse vérifier mes mails professionnels.

Elle leva les yeux au ciel.

— C'est hors de question, rétorqua-t-elle. Alors, tu veux nager, aller à la plage ou te promener dans les jardins ?

— Je n'en ai aucune idée.

— C'est précisément pour ça que je suis là, dit-elle en riant. Pour t'apprendre à profiter de l'instant présent.

— Je me détendrai quand j'aurai trouvé une solution pour Wingate.

Elle ne put s'empêcher de le plaindre. Il était tellement à cran qu'il était incapable de penser à autre chose qu'au travail. Elle avait vraiment du pain sur la planche.

— Laisse-moi te donner un conseil, Luke. Tu trouveras la solution pour Wingate quand tu cesseras d'y penser. Je sais que cela peut paraître paradoxal, mais c'est la vérité.

Il prit une autre tranche de bacon et se servit un café, sans répondre.

— Pourquoi ne mets-tu pas un maillot de bain ? Nous pourrions faire une balade sur la plage, suggéra-t-elle.

— Je croyais que tu venais d'en faire une.

— C'est vrai, mais c'est plus amusant à deux.

— Que fais-tu de ton temps libre à Royal ?

Elle travaillait pour lui depuis cinq ans, et il savait bien des choses à son sujet. Cependant, c'était la première fois qu'il la questionnait sur ses loisirs.

— Dernièrement, presque rien, répondit-elle. J'étais trop fatiguée pour faire autre chose que travailler, faire les courses et la lessive. Mais j'adore lire et voyager quand je le peux. Et j'ai toujours aimé la plage. Quand j'étais enfant, mes parents en choisissaient une nouvelle chaque année, pour nos vacances. Je suppose que c'est d'eux que je tiens ma passion pour les voyages.

— Tu veux dire que tu n'as pas pris de vacances depuis que tu travailles pour moi ?

— Effectivement, répondit-elle en se versant un autre mimosa. Quand j'ai été embauchée, je tenais à être là pour faire bonne impression. De plus, je n'avais pas les moyens de voyager. Ensuite, il y a eu cette terrible affaire pour Wingate Enterprises. Je n'allais pas partir en vacances alors que tu étais dans la tourmente. Depuis, ça s'est un peu calmé, et nous sommes en train de reconstruire. Mais je ne peux toujours pas partir.

— C'est pourtant ce que tu viens de faire.

— Pour toi, pas pour moi, même si je suis ravie d'être là. Tu t'épuisais à la tâche, ce qui n'aidait personne. Tu étais même désagréable avec le personnel.

— Tu veux dire avec toi, corrigea-t-il.

Elle haussa les épaules.

— Je peux gérer tes sautes d'humeur, mais quand je vois

que cela devient vraiment répétitif, je me dois d'intervenir, comme je l'ai fait cette fois. Je tiens à toi, Luke.

Voilà. Elle avait laissé tomber un petit caillou blanc le long du chemin. Il ne restait plus à Luke qu'à le ramasser et à en faire ce qu'il voudrait. S'il daignait le ramasser...

— Tu te prends pour mon ange gardien ? demanda-t-il, amusé.

— Non. Pour ton assistante. Et à ce titre, je porte plusieurs casquettes. Que cela te plaise ou non.

— Mon frère et toi avez eu une longue discussion à mon sujet ?

— Oui. Et il partage complètement mon inquiétude.

Luke soupira et passa la main sur sa barbe naissante. Ce simple geste déclencha en elle un véritable incendie. Et elle l'imagina frottant son menton contre la peau tendre de son cou tandis qu'il lui donnait du plaisir...

— Alors pourquoi ne m'a-t-il rien dit ?

La question de Luke la ramena sur Terre.

— Pourquoi ? Tu aurais préféré partir avec lui ? répliqua-t-elle.

Les yeux de Luke parcoururent lentement son corps, attisant le feu qui couvait en elle. Comment parvenait-il à produire un tel effet sur elle sans même la toucher ?

— Mon frère et moi ne pouvons pas nous absenter de l'entreprise en même temps, déclara-t-il. Ava vient de se remettre dans le bain et nous devons la soutenir au maximum.

Elle comprenait très bien. Elle admirait beaucoup Ava Wingate. Lorsque cette dernière avait appris que Keith avait fait main basse sur l'argent de l'entreprise et que la justice allait saisir sa maison, elle avait décidé de réintégrer Wingate et de lutter pour sa survie. Bien que fragilisée par cette terrible affaire, elle demeurait un modèle pour Luke et Zeke.

— Justement, reprit-elle. Ava a besoin que tu sois au mieux de ta forme, et Wingate ne va pas s'effondrer parce que tu prends une semaine de vacances. Zeke et elle veillent au grain, de toute façon. Après ce que ta famille a enduré, je pense que tu devrais profiter de cette parenthèse pour reprendre vraiment du poil de la bête.

À ces mots, Luke contourna le chariot et s'arrêta à quelques centimètres d'elle, la fixant comme s'il avait la faculté de lire dans ses pensées. Ce qui était assez terrifiant vu la quantité de fantasmes qui peuplaient son esprit.

— Très bien, déclara-t-il. Pour les cinq prochains jours, je suis à toi. Fais de moi ce que tu voudras.

Vraiment ? Elle eut soudain une irrésistible envie de le dépouiller de ses vêtements mais, par chance, revint sur Terre avant de se ridiculiser.

Les cinq prochains jours allaient certainement réserver quelques surprises, et peut-être bien plus que cela…

- 6 -

— Alors, c'est ça, s'amuser ?

Kelly pouffa, et Luke réalisa à quel point elle pouvait être sexy quand elle riait. Peut-être parce qu'il était étendu à quelques centimètres d'elle dans le patio ou qu'il avait les yeux fermés, ce qui aiguisait ses autres sens. Peut-être aussi parce qu'elle portait aujourd'hui un bikini encore plus réduit que le précédent.

— Absolument, répondit-elle.

— Mais on ne fait rien hormis rester couché sans bouger, marmonna-t-il.

— C'est précisément l'intérêt des vacances.

Cela n'avait aucun sens pour lui. Il avait besoin de son téléphone, il avait besoin d'organiser des réunions avec des investisseurs potentiels, il avait besoin… Bon sang ! Il avait besoin de faire quelque chose. C'était la première fois qu'il restait immobile. À quoi cela rimait-il ?

Et non seulement il ne faisait rien, mais il devait juguler les bouffées de désir qui l'assaillaient sans relâche dès qu'il était près de Kelly.

— Si j'ai bonne mémoire, Zeke a rendez-vous avec…

— Interdiction de parler du travail, décréta-t-elle.

Il se redressa et s'assit sur le bord de son transat pour faire face à Kelly. Laquelle resta allongée, les yeux fermés, s'offrant à sa vue alors qu'elle savait pertinemment qu'il la regardait. De fait, il s'abîma dans la contemplation de ces petites ficelles jaunes tendues sur ses hanches. Que voulait cette femme ? Le rendre fou ? Le tuer ?

À croire qu'elle le faisait exprès.

— Comment se fait-il que tu ne sois pas aussi despote au bureau ? demanda-t-il.

Cette fois, elle se tourna vers lui. Un bras sur le front pour se protéger du soleil, elle lui sourit.

— Parce qu'au bureau tu es le chef. Alors qu'ici c'est moi. Si tu t'ennuies, on peut aller se balader dans les jardins ou sur la plage.

— D'accord, je n'en peux plus de toute cette oisiveté.

Aussitôt, elle se leva et lui fit signe d'en faire autant.

— Allons, va te changer, ordonna-t-elle. Tu verras, le domaine est superbe. On pourra même boire un verre.

Il se sentit soulagé. Au moins, elle porterait des vêtements dignes de ce nom, ce qui lui permettrait de calmer ses ardeurs croissantes. Il ne devait absolument pas voir en Kelly autre chose qu'une amie ou une collaboratrice.

C'est pourquoi il allait censurer toutes ces visions d'elle en bikini et bien s'enfoncer dans le crâne qu'il était son patron. S'il transgressait cet interdit, il ne pourrait jamais revenir en arrière.

Kelly aurait largement préféré s'installer sur la plage pour parfaire son bronzage, mais si Luke avait envie de se promener, elle devait l'accompagner.

Ils traversèrent les jardins luxuriants parsemés de bungalows et croisèrent quelques couples qui déambulaient bras dessus bras dessous ou en se tenant la main. Kelly se mordit l'intérieur de la joue pour ne pas pouffer. Sans doute n'y avait-il pas beaucoup de couples patron-assistante parmi eux.

— On fait un tour à la boutique de souvenirs ? proposa-t-elle. Tu trouveras peut-être quelques vêtements à ton goût.

Luke hocha la tête.

— C'est vrai que ce ne serait pas du luxe.

— Cela dit, tu as vraiment une dégaine de touriste. Ce qui prouve que tu es sur la bonne voie. Mais si tu es vraiment allergique aux shorts écossais et aux chemises hawaïennes, alors on peut tout à fait te trouver autre chose.

— Décidément, cette situation t'amuse beaucoup trop, remarqua-t-il en riant. Je suis sûr que tu as hâte de rentrer pour raconter tout ça à mon frère.

Kelly éclata de rire.

— Oh ! Il sera évidemment informé de la façon dont nous avons dépensé son argent, dit-elle. Ce qui est normal.

Ils passèrent devant deux restaurants, l'un mexicain, l'autre italien. Il y avait aussi, dans une autre partie du domaine, un buffet et plusieurs restaurants à thème. Ils pouvaient d'ailleurs commander leurs repas dans n'importe lequel d'entre eux, ou même panacher, ce que Kelly trouvait très appréciable. Jusque-là, ils s'étaient régalés.

Ils croisèrent encore quelques employés aussi polis que chaleureux. Tout était si décontracté et facile à vivre ici.

— Aloha, dit une jolie vendeuse en les voyant entrer dans la boutique. Comment puis-je vous aider ?

— Merci, nous regardons, pour l'instant, répondit Kelly avec un sourire.

— Faites-moi signe si vous avez besoin d'aide.

Luke se dirigea aussitôt vers le rayon homme et se mit à examiner les maillots de bain. Presque tous étaient petits, étriqués, et extrêmement criards.

Kelly fut attirée par un boxer imprimé de petites lèvres qui, affirmait l'étiquette, brillaient dans le noir.

Elle ne put s'empêcher de le lui brandir sous le nez.

— Que dirais-tu d'un boxer assorti à ton short de bain ? suggéra-t-elle.

Il la foudroya du regard.

— Merci, mais cette fois, c'est moi qui choisis.

Haussant les épaules, elle remit le boxer en rayon.

— Si c'est comme ça, je vais faire un tour au rayon femme.

— Profites-en pour trouver un maillot un peu plus couvrant, marmonna-t-il.

Elle tressaillit.

— Pardon ?

— Un maillot une pièce ou quelque chose comme ça, précisa-t-il.

— Tu veux vraiment que j'achète un autre maillot de bain ?

— Oui, ce serait bien.

— Tout ce que tu voudras. Si ça peut t'aider à te détendre.

Elle se mit en quête du maillot parfait. Elle en trouva un blanc qui, selon elle, ferait parfaitement l'affaire. Elle choisit également une jolie petite robe dos nu rose pâle et des boucles d'oreilles en verres de mer multicolores.

Elle paya ses achats avec sa propre carte. Il n'était pas question de les mettre sur le compte de Zeke. Prenant le sac, elle se retourna pour voir où en était Luke. Mais celui-ci avait les mains vides.

— Tu n'as rien trouvé ? demanda-t-elle.

— Non. Je me contenterai de ce que j'ai.

— Figure-toi que j'ai trouvé le maillot idéal, annonça-t-elle en sortant de la boutique. Et maintenant, si on allait chercher des boissons ? On pourrait les boire sur notre terrasse. Ensuite, il nous restera quelques heures pour profiter de la plage.

— Ça marche.

Gagnant le bar le plus proche, ils se firent servir des cocktails tropicaux.

Sur le chemin du retour, Kelly décida d'en avoir le cœur net.

— Alors comme ça, tu as un problème avec mes deux-pièces ? demanda-t-elle

— Des deux-pièces ? Quels deux-pièces ? Moi, j'appelle ça des « zéro-pièce ».

Elle se demanda si elle devait s'énerver ou s'amuser de sa réponse. En tout cas, cela voulait dire qu'il prêtait attention à son apparence. Peut-être son plan allait-il fonctionner, finalement…

— Je suis en vacances, lui rappela-t-elle. Tout le monde a une garde-robe de ville et une autre pour les vacances.

— Pas moi.

Elle leva les yeux au ciel et prit une gorgée de son cocktail.

— Cela n'a rien d'étonnant, rétorqua-t-elle. Puisque tu ne prends jamais de vacances.

S'arrêtant devant leur bungalow, Luke tapa le code. Mais alors qu'il lui tenait la porte, elle le frôla en passant. Ce n'était pas intentionnel, simplement le vestibule était un peu étroit. À ce bref contact, un léger frisson la parcourut. Et elle perçut clairement l'inspiration fébrile de Luke, ainsi que le durcissement de ses muscles. Cela n'avait duré qu'une fraction de seconde, mais elle en déduisit qu'il commençait peut-être à la voir autrement.

— Je vais me changer, annonça-t-elle en se dirigeant vers sa chambre. Je te retrouve sur le patio dans cinq minutes.

— Je n'ai jamais connu de femme capable de se changer aussi vite.

— Nous sommes à la plage, Luke. Il n'y a pas grand-chose à faire. De plus, tu n'as jamais connu de femme comme moi.

- 7 -

Luke sortit de sa chambre au moment précis où Kelly sortait de la sienne. Il n'aurait jamais dû lui demander d'acheter un autre maillot de bain. Ce serait encore pire, si elle réalisait l'effet qu'elle produisait sur lui.

Toutefois, il espérait qu'elle avait trouvé quelque chose de plus *couvrant*. Une de ces combinaisons pour surfeur avec un col montant et des manches aurait été l'idéal.

— Tu es prêt ? s'enquit-elle, glissant un sac en paille sur son épaule.

Au moins, elle portait un paréo opaque, pour une fois. Elle l'avait noué à la taille et s'était relevé les cheveux en chignon. Il remarqua qu'elle avait oublié quelques mèches, qui ondulaient dans son cou sous l'effet de la brise.

Il se maudit. Il devait absolument arrêter de la dévorer du regard et apprendre à détourner son attention. Sinon, il ne ferait que dévoiler son point faible. Sans compter que son short de bain était trop ajusté pour masquer quoi que ce soit.

— Oui.

— J'ai demandé au majordome de nous apporter d'autres boissons et de quoi grignoter sur la plage, dit-elle.

Décidément, elle pensait à tout. S'il n'avait pas été aussi occupé à lutter contre ses ardeurs, il aurait été impressionné par la façon dont elle s'occupait de ces vacances.

C'était indéniable. Elle était une femme indispensable.

Tous les patrons devraient avoir une assistante de cette envergure. Il faudra qu'il pense à l'augmenter, dès qu'il rentrerait à Royal.

Il la suivit jusqu'à la plage. Une fois arrivée à leur cabine, elle déposa son sac et étendit une serviette sur le sable. Lorsque, ayant ôté ses tongs et chaussé ses lunettes de soleil, il releva la tête, il faillit s'étouffer.

— Qu'est-ce que tu fais ? s'exclama-t-il.

Kelly lui lança un coup d'œil surpris.

— Je cherche ma crème solaire, répondit-elle, sortant son spray.

— Qu'est-ce que c'est que ce maillot ?

Elle baissa les yeux puis les releva.

— Tu ne m'as pas dit d'en acheter un nouveau ? Il te plaît ? demanda-t-elle.

Elle se retourna lentement. Le haut couvrait à peine les mamelons et le bas, constata Luke, effaré, était… un *string* !

— Pas du tout ! Il ne t'est jamais venu à l'esprit que tu étais mon assistante ?

Kelly se mit à rire en s'aspergeant les bras de lotion solaire.

— Pourquoi ? Il existe des maillots spéciaux pour assistantes ?

— Tu ne peux pas… Je ne peux pas…

Elle cessa un instant de se pulvériser et le regarda, attendant la suite.

— Ce n'est pas bien, articula-t-il enfin avec peine.

— Qu'est-ce qui n'est pas bien ?

Il fit un geste du bras, désignant son corps dénudé.

— Tout ça, marmonna-t-il. Toi, moi… Tout cet étalage de nudité. Alors que tu es mon assistante.

Elle esquissa un sourire.

— Arrête de répéter ça, Luke. Je suis parfaitement consciente de mon statut professionnel, mais jusqu'à preuve du contraire, nous ne sommes pas au bureau. D'ailleurs, je suis sûre que si tu passais ces vacances avec une autre femme, son maillot de bain ne te poserait aucun problème.

Sur ce, elle continua de s'enduire de lotion solaire, l'ignorant souverainement.

Il serra les dents. Comment ça, elle l'ignorait ? Pour qui se prenait-elle, tout à coup ? Essayait-elle de lui faire perdre la tête ?

Il se dirigea vers elle, les yeux rivés sur son corps magnifique. Lorsqu'il ne fut plus qu'à quelques centimètres d'elle, elle releva la tête et plongea dans son regard.

— Tu veux un peu d'huile solaire ? demanda-t-elle en lui tendant le flacon.

— Je veux que tu arrêtes ton cirque ! s'exclama-t-il. Pourquoi m'imposes-tu ça ?

— Vacances forcées, tu as oublié ?

Il ôta ses lunettes de soleil d'un coup sec et les jeta sur la couchette de la cabine de plage, puis lui enleva les siennes avec la même brusquerie. Il comptait lui dire le fond de sa pensée, et pour cela, il devait voir ses yeux pour essayer de décrypter ses réactions.

— Tu as acheté ce maillot par pure provocation, dit-il.

— Et alors ?

Ses yeux verts étaient encore plus éclatants au soleil. Ils le captivaient avec une intensité qu'il n'avait jamais remarquée auparavant.

— Tu ne supportais pas mon autre maillot, poursuivit-elle. Tu m'as dit de prendre quelque chose de différent.

— Je t'ai dit de prendre un une-pièce *décent*.

Elle releva la tête d'un air provocant.

— Ce n'est pas toi qui donnes les ordres ici, répliqua-t-elle en pointant un doigt sur son torse. Si tu n'aimes pas ce que je porte, alors arrête de me regarder.

À cet instant précis, il perdit les pédales. Attrapant son doigt, il écarta sa main et se pencha vers son visage, s'arrêtant à quelques millimètres de ses lèvres.

— Tu crois que c'est toi qui commandes ? rétorqua-t-il. Ou que je peux arrêter de te regarder ? Eh bien, tu te trompes sur toute la ligne !

Il l'étudia un instant, juste pour s'assurer de son consentement. Le désir dévorant qu'il vit dans ses yeux ne lui donna aucune raison de reculer.

Il s'empara de ses lèvres. Il était grand temps pour elle d'en faire meilleur usage que de lui lancer des sarcasmes.

Jamais dans sa vie il n'avait ressenti une telle envie d'embrasser une femme. En l'espace de quelques heures, Kelly l'avait réduit à l'état de bête lubrique. Jamais dans ses rêves les plus fous, il n'aurait imaginé désirer son assistante avec une telle ardeur.

Bon sang, cette femme savait embrasser. Son corps presque nu se pressait contre le sien et elle répondait à son baiser avec une passion débridée. Elle posa sa main libre sur sa nuque, comme pour l'empêcher de bouger la tête…

Avait-elle toujours eu ce côté tigresse ? Avait-elle des sentiments pour lui ou profitait-elle simplement de la situation parce qu'il lui avait fait du rentre-dedans ?

Pour l'instant, il s'en fichait éperdument. Seul comptait le désir dévorant qu'elle faisait naître en lui. Et qu'il avait réprimé pendant trop longtemps.

Les hanches de Kelly ondulaient contre les siennes, et il était devenu impossible de nier à quel point il était excité. Depuis le début du séjour, il jouait au Père la pudeur, mais elle connaissait la vérité, à présent.

— Mademoiselle Prentiss ?

Ils se séparèrent brusquement, et il jeta un coup d'œil derrière lui sans pour autant lâcher la main de Kelly. Le majordome se tenait là avec un grand plateau chargé d'en-cas et de boissons.

— Désolé de vous déranger, poursuivit ce dernier. Je voulais juste savoir où vous vouliez que je pose votre plateau.

— Merci beaucoup. Posez cela ici, répondit aimablement Kelly en désignant une table près de la cabine.

Lorsque le majordome se fut éclipsé, elle se retourna.

Luke vit ses lèvres gonflées de leur baiser, il serra les poings pour l'enlacer de nouveau et finir ce qu'il avait commencé.

— On prend un verre ? demanda-t-elle.

Allait-elle vraiment passer à la case rafraîchissements comme si ce qui venait de se passer ne les avait pas fait basculer irrémédiablement en territoire inconnu ?

— Depuis combien de temps as-tu envie de m'embrasser ? demanda-t-il.

— C'est *toi* qui m'as embrassé le premier. Ce serait plutôt à moi de te poser la question.

C'était de bonne guerre.

— Environ vingt-quatre heures, répondit-il.

Elle croisa les bras sur sa poitrine, posant sur lui son regard vert émeraude.

— Pour ma part, cela fait un peu plus longtemps, dit-elle. Et j'avoue que je n'ai pas été déçue.

Sur ce, elle prit un verre de piña colada orné d'une fleur rose vif qu'elle mit de côté avant de boire.

— Hum... Délicieux, murmura-t-elle avant de prendre une autre gorgée. Tu ne goûtes pas ?

— Depuis combien de temps ?

Le verre à la main, elle contempla l'océan un instant avant de répondre :

— Des années.

Il se figea, abasourdi. Des *années* ? Comment avait-il pu ne pas s'en apercevoir ? Comment avait-il pu ne pas décrypter les signaux qu'elle ne manquait sans doute pas de lui envoyer ? Jamais elle n'avait dit un mot ou même tenté le moindre geste.

— Et pendant tout ce temps tu as gardé ça pour toi ? demanda-t-il. Comment est-ce possible ?

— Je travaillais pour toi, et puis tu t'es fiancé. Sans compter tous les ennuis de l'entreprise. Ce n'était pas vraiment l'idéal pour te révéler mes désirs secrets.

Il ne retint qu'un mot : désirs. Ce mot, en franchissant le seuil des lèvres de la jeune femme, accrut son propre désir presque douloureusement.

Il avait toujours vu en Kelly la collaboratrice brillante, indépendante, déterminée. La femme sexy, jamais. Mais à présent, cet adjectif était le seul qui lui venait à l'esprit pour la décrire.

— Tu n'as jamais pensé que je méritais de le savoir ? demanda-t-il en faisant un pas vers elle.

— Et quand cette conversation aurait-elle pu avoir lieu, Luke ? Lors d'une réunion, alors que nous cherchions désespérément une solution pour redresser l'entreprise ? Lorsque tu as rompu tes fiançailles ? Quand aurais-je pu, selon toi, te confier mes pensées les plus intimes ?

Il se sentit complètement idiot. Elle n'avait pas tort. Prenant une grande inspiration, il posa ses mains sur ses hanches pour éviter de la toucher à nouveau.

— Tu me l'aurais dit, un jour ? demanda-t-il doucement.

— Je laissais mes maillots de bain parler pour moi.

Il ne répondit pas. Qu'y avait-il à dire ? Il était en train de couler et il n'y avait pas de bouée de sauvetage en vue.

— Écoute, reprit-elle. On s'est embrassés. Rien ne nous oblige à aller plus loin. Ce que je ressens pour toi ne doit rien changer. Tu n'es pas le seul homme que je trouve sexy.

À cette déclaration, il fit un pas vers elle, s'arrêtant à quelques centimètres.

— Et tu les embrasses aussi comme ça ? demanda-t-il.

Lorsqu'une fois de plus elle inclina la tête et lui jeta ce regard narquois qu'il commençait à bien connaître depuis leur arrivée sur l'île, il réalisa à quel point il avait envie de beaucoup plus.

Il avait appris beaucoup de choses au cours de cette journée, et il ne savait pas encore ce qu'il en pensait. Toutefois il devait apaiser ce désir qui le rongeait.

— Cela ne te regarde pas, répondit-elle.

— C'est toi qui m'as parlé d'autres hommes. Donc ça me regarde.

Elle lui adressa un grand sourire, posant sur lui un regard pétillant de malice.

— Alors, que vas-tu faire, maintenant que tu sais tout ? s'enquit-elle.

Lui lançait-elle un défi ? Il ne savait pas s'il était amusé, excité ou agacé. Probablement une bonne dose des trois.

— Je te laisse imaginer…, répondit-il.

Sur ces mots, il se dirigea vers l'océan, se jetant dans l'eau fraîche pour tenter d'apaiser ses hormones déchaînées.

Elle lui avait demandé ce qu'il allait faire. Il n'en avait aucune idée, mais il avait encore quatre jours à passer ici en tête à tête avec elle. Et ce baiser l'avait laissé sur sa faim…

- 8 -

Kelly aurait adoré se baigner avec Luke, mais mieux valait qu'ils gardent leurs distances pour l'instant.

S'installant dans la cabane de plage, à l'ombre, elle sortit son livre. Étendue sur le ventre, elle lut, dégusta quelques fruits frais tout en sirotant les deux cocktails.

Et en pensant au baiser qu'ils avaient échangé…

Son patron savait y faire… La façon dont il s'était approché sans un mot, la clouant sur place de son regard impérieux avant de s'emparer de ses lèvres… Jamais dans ses fantasmes les plus fous, elle n'avait imaginé un baiser aussi torride. Que se serait-il passé s'ils n'avaient pas été interrompus ?

Si un simple baiser avait la faculté de la mettre dans un tel état, serait-elle capable d'en supporter davantage ?

Oh que oui. Cela faisait si longtemps qu'elle en rêvait… Elle trouvait Luke attirant, sexy et intelligent – en un mot, parfait sous tous rapports – mais elle savait aussi qu'un bourreau de travail tel que lui ne partagerait jamais sa vie avec une femme. C'est pourquoi elle s'était toujours dit que, si elle avait un jour sa chance avec lui, leur relation ne pourrait être que physique. Rien de plus.

Elle tourna une page de son livre et prit une autre gorgée de cocktail. Une gerbe de gouttes d'eau lui éclaboussa soudain les jambes.

Jetant un œil par-dessus son épaule, elle vit Luke se

passer énergiquement la main dans les cheveux. Elle aurait voulu feindre l'indifférence, mais un corps comme celui-là méritait vraiment que l'on s'y attarde.

Ses larges épaules étaient constellées de gouttes qui dégoulinaient sur son torse et ses abdos admirablement dessinés. Son short ajusté semblait plus ajusté encore...

À ce stade, elle ne savait plus lequel des deux tentait de séduire l'autre et se demandait combien de temps encore ce bras de fer allait se poursuivre.

— Comment était l'eau ? demanda-t-elle.

— Rafraîchissante. Tu as bu mon cocktail ? ajouta-t-il après avoir jeté un coup d'œil vers la table.

Elle se retourna sur le ventre et glissa la paille entre ses lèvres en guise de réponse. Après quoi, elle tourna une page de son livre d'une main tremblante, feignant de s'absorber dans la lecture.

— Je vais nous chercher d'autres boissons, dit-il.

— Pas besoin, répondit-elle, toujours concentrée sur sa lecture, comme si leur petit monde n'avait pas explosé une demi-heure auparavant. J'ai déjà passé commande.

— J'espère que tu me laisseras mon cocktail, cette fois.

Elle ferma son livre, prit sa piña colada puis se redressa lentement pour faire face à Luke. Elle sourit malgré la boule de stress qui dansait dans son ventre à l'idée de la somme d'inconnues qui les attendaient dans les prochains jours.

— Pas de souci, j'ai commandé des doubles.

— Comment se fait-il que tu boives autant ? demanda-t-il.

Elle haussa les épaules.

— Je suis en vacances, non ? Et puis j'adore les cocktails à base de fruits. Et je prendrai peut-être du vin au dîner. Mais ne t'inquiète pas, je bois aussi beaucoup d'eau.

Elle se leva, son verre presque vide à la main.

— Tu t'inquiètes pour moi, Luke ?

— Je ne veux surtout pas que tu sois déshydratée.

Elle se mit à rire.

— Si tu le dis… Le déjeuner sera également livré dans une heure environ, donc si tu veux en profiter pour nager ou te détendre, n'hésite pas. Pour ma part, je vais me baigner.

Alors qu'elle parlait, le regard de Luke ne cessait d'aller et venir entre son corps et son visage. Apparemment, il faisait un effort surhumain pour se contrôler, et elle avait hâte qu'il cède à l'évidente tentation qui le tenaillait. Après le baiser torride qu'ils avaient échangé, elle n'allait sans doute pas attendre trop longtemps.

Honnêtement, elle ne cherchait pas à se faire passer la bague au doigt même si, bien sûr, elle aurait pu tomber amoureuse d'un homme aussi intelligent, déterminé et loyal que lui. Pour l'instant, seule comptait la façon dont il exacerbait ses fantasmes par sa seule présence. En la matière, les hommes qu'elle avait connus jusque-là ne lui arrivaient pas à la cheville. Mais il n'était surtout pas question de le lui dire. Son ego enflait à vue d'œil, et ce n'était pas la peine d'en rajouter.

Elle s'apprêtait à s'éloigner quand il la retint.

— Je suis perplexe, murmura-t-il. Après ce qui s'est passé, je ne sais pas comment réagir.

Alors qu'il la faisait pivoter pour lui parler face à face, elle trébucha dans le sable et, se rattrapant comme elle le pouvait, posa les deux mains sur le torse de Luke. Il posa les siennes sur ses bras pour la stabiliser. Elle n'avait pas d'autre choix que de le regarder, pressée contre son corps dur et humide.

— La balle était peut-être dans ton camp depuis tout

ce temps, mais maintenant que je connais la vérité, c'est à mon tour d'être à la manœuvre, dit-il.

À la façon dont il prononça cette délicieuse menace, elle sentit une vague de chaleur déferler dans son corps.

— Quel suspense…, murmura-t-elle. J'ai hâte de voir ce que tu vas inventer.

Sur ce, elle se dégagea et se dirigea vers l'océan, sachant parfaitement que le regard de Luke était rivé sur ses fesses.

— Je pense que nous devrions trouver des investisseurs pour nos hôtels à l'étranger.

Kelly jeta un bref coup d'œil à Luke qui, attablé face à elle dans le patio, venait d'attaquer son poisson grillé. Pensait-il réellement qu'elle allait parler boutique avec lui ? Alors qu'elle avait passé toute la journée sur des charbons ardents à attendre qu'il agisse, comme il le lui avait annoncé ?

— Garde ta proposition pour le conseil d'administration, répondit-elle en croquant dans un morceau d'ananas. Pas question de parler travail en vacances.

— C'est la seule chose que je sais faire, marmonna-t-il.

Elle prit son verre de thé glacé, en but une gorgée avant de reprendre :

— Tu sais, Luke, tu devrais vraiment te trouver un hobby ou une quelconque activité. Cela t'aiderait vraiment à te changer les idées.

— Jusqu'à maintenant, la seule chose qui m'a fait oublier le travail, c'est ton fichu maillot de bain. Et ce baiser.

— Ravie de t'avoir rendu service ! répliqua-t-elle en riant. Tiens-moi au courant si tu as encore besoin de mon aide.

Luke soupira, se carrant au fond de sa chaise.

Si elle s'était enveloppée dans son paréo pour le

déjeuner, Luke était toujours torse nu. Elle réalisa que c'était la première fois qu'elle partageait un tel niveau d'intimité avec lui.

— Tu crois vraiment que c'est une bonne idée ? demanda-t-il d'un ton bourru.

— Peu importe. Bonne idée ou pas, cela ne change rien à la tension sexuelle qui existe entre nous.

— Il ne devrait pas y en avoir, décréta-t-il.

S'en voulait-il d'être excité ou regrettait-il de ne pas l'avoir remarqué plus tôt ? Elle aurait été bien incapable de le dire.

— Je sais que cela fait longtemps que tu me ranges dans la catégorie « assistante », mais il ne tient qu'à toi de redistribuer les cartes.

Il continua de la fixer, et ses yeux sombres, pénétrants virèrent presque au noir. Visiblement, il était excité et mécontent de l'être. Elle s'en réjouit, songeant qu'il ne résisterait sans doute plus très longtemps au désir qui le consumait. Quoi qu'il se passe, elle comptait bien être là pour en profiter.

— Je n'aime pas le changement, reprit-il. Je n'ai pas le temps pour ça. J'ai une entreprise à sauver et une famille qui compte sur moi.

— Tu es incapable de faire autre chose que travailler. Pas étonnant que tu sois à cran.

— Détrompe-toi.

— Et que fais-tu ?

Il haussa les épaules.

— Différentes choses, répondit-il.

— Comme t'acheter une voiture neuve ? Un autre jet ? Cela ne compte pas, figure-toi.

— Très bien. Alors sache que je fais de la musculation. De plus, je participe à des marathons.

Voilà qui était nouveau ! Certes, la partie « musculation » n'avait rien d'étonnant. Personne ne pouvait avoir un corps aussi sculpté sans y consacrer du temps et des efforts. Qu'il participe à des marathons, en revanche, était étonnant.

— Comment se fait-il que tu ne m'aies jamais parlé de ton goût pour le marathon alors que je travaille avec toi depuis cinq ans ? demanda-t-elle.

— Tu aurais voulu que j'accroche mes médailles sur les murs de mon bureau ?

Effectivement, ce n'était pas son genre. Quand Luke Holloway était au travail, il ne pensait qu'à cela. Il n'avait jamais été du genre à se vanter, ce qui le rendait encore plus séduisant.

— Alors, combien de marathons as-tu couru ? s'enquit-elle.

— Quelques-uns.

Elle se mit à rire.

— Allons, combien ? Un homme qui mémorise les chiffres aussi facilement que toi doit forcément le savoir.

— Quarante-sept.

Elle le dévisagea, bluffée. Elle s'attendait à ce que cela tourne autour de cinq ou dix. Mais *quarante-sept* ?

— Impressionnant, murmura-t-elle. En tout cas, si c'était moi, je n'hésiterai pas à accrocher au mur mes quarante-sept médailles. La seule chose qui me fasse courir, c'est mon café du matin.

À présent plus détendu, Luke lui sourit.

— Courir est une thérapie pour moi, dit-il.

— Hélas, pour ma part, je ne fais pas de sport. J'essaie de compenser en m'efforçant de manger sainement.

— Ton corps est très bien comme il est.

Levant les yeux de son assiette, elle croisa son regard

fixé sur elle. La tension sexuelle, qui s'était légèrement atténuée, rejaillit de plus belle… Comment pouvait-elle à la fois rougir comme une écolière et nourrir des fantasmes classés X ?

Le suspense. C'était la seule explication. Elle ignorait tout de ce qui allait se passer entre eux, ce qui perturbait complètement son ressenti.

— D'ailleurs, à ce propos, n'oublie pas que nous avons rendez-vous pour un massage, reprit-elle, détournant habilement la conversation avant de se lever de table. Bon, je vais prendre une douche. Je suis couverte de sable et de crème solaire.

Il se carra sur sa chaise, l'air aussi détendu que sexy.

— Tu sais, je n'ai pas vraiment besoin de…

— Stop ! l'interrompit-elle, levant les deux mains. Sache que tu n'échapperas pas à ce massage. Et non seulement tu vas adorer ça, mais tu me remercieras. Fin de la discussion.

Il esquissa un petit sourire.

— Bien, m'dame.

Ravie qu'il ne pousse pas la discussion plus loin, elle le remercia d'un signe de tête et se dirigea vers la douche.

Bien que consciente qu'elle aurait pu l'inviter à se joindre à elle, elle comprit qu'elle appréciait beaucoup cette situation de flirt et tous les sous-entendus coquins qui allaient avec. De plus, elle voulait qu'il fasse le premier pas. Après tout, elle avait dévoilé ses sentiments, et il savait très bien à quoi s'en tenir. Oui, la balle était dans son camp.

Ce qui ne voulait pas dire qu'il allait décider de tout.

Une fois dans sa chambre, elle se déshabilla et se glissa dans la douche à l'italienne équipée d'un large pommeau façon eau de pluie. Oui, elle devait garder le contrôle durant ce séjour. Car il était absolument crucial qu'elle ne tombe pas amoureuse de Luke, sachant que celui-ci était de la même trempe que son propre père. Deux bourreaux de travail qui n'avaient de temps pour rien d'autre.

Lorsqu'elle se lançait dans une relation sérieuse, c'était pour devenir la priorité de son partenaire. Rien de moins. Et même si l'aventure sur laquelle elle fantasmait depuis des années semblait à portée de main, il n'était pas question pour elle de renoncer à son désir d'avoir une vie de couple équilibrée.

- 9 -

Luke était contre les massages. Ou n'importe quel autre soin du corps ou du visage. Comment les gens trouvaient-ils le temps de faire ce genre de choses ? Pour lui, il n'y avait qu'une façon de se relaxer : la course à pied. Et encore, quand son emploi du temps le lui permettait.

Il se sentait vulnérable, ici. Les masseuses avaient installé les tables dans leur cabane de plage. Mais personne ne l'avait prévenu qu'il serait nu, avec une simple serviette sur les fesses !

Par chance, Kelly était allongée à côté de lui. Une délicieuse distraction qui lui permettait d'oublier qu'il était lui-même dévêtu. Il devait bien admettre que le bruit des vagues avait un côté apaisant. Du moins en partie.

De temps à autre, Kelly laissait échapper un gémissement et, à chaque fois, il était saisi d'un désir fulgurant qu'il n'aurait jamais dû ressentir pour son assistante. Il devait penser à autre chose, n'importe quoi, s'il ne voulait pas se ridiculiser lorsqu'il devrait se retourner. Cette serviette était bien trop petite pour dissimuler quoi que ce soit.

Bien que Kelly lui ait interdit de parler travail, rien ne l'empêchait d'y penser. Il se mit donc à réfléchir à différents moyens de relancer l'entreprise. Cela l'aiderait sans nul doute à refroidir ses ardeurs, car les perspectives n'étaient guère réjouissantes. Où qu'il soit, il portait ce poids, cherchant désespérément des réponses qui permettraient à l'entreprise de prendre un nouveau départ.

Il soupira. Tous ses collaborateurs comptaient sur lui, son frère et sa tante aussi. Certes, tous les membres de la famille travaillaient dans le même sens. Mais en qualité de directeur du département Recherche et Développement, il savait que c'était avant tout à lui de trouver une solution innovante pour sortir la société de la tempête.

Ava l'avait recueilli à la mort de ses parents, et à ce titre il lui était redevable. Elle avait traversé tant d'épreuves qu'elle méritait aujourd'hui que quelqu'un prenne soin d'elle.

Lorsque la masseuse attaqua ses épaules, il réprima un gémissement. Certes, il était contre les massages, mais les mains de cette femme étaient vraiment magiques. Soudain, une vision de Kelly lui prodiguant un massage intégral surgit dans son esprit. Il lui aurait volontiers rendu la pareille…

Bon sang ! N'était-il pas censé se concentrer sur autre chose que le corps sublime de Kelly ?

La beauté de cette femme n'était pas seulement physique, il en était conscient. Il avait toujours su à quel point elle était intelligente et perspicace, c'est pourquoi il n'assistait jamais à une réunion sans elle. Elle était en quelque sorte la seconde moitié de son cerveau. Lorsqu'il oubliait un détail, c'était elle qui le lui rappelait. Et souvent, elle réfléchissait plus vite que lui.

Mais ce n'était que la veille qu'il avait découvert à quel point elle pouvait être patiente, endurante et même tenace. Et ces qualités la rendaient encore plus irrésistible.

Il devait résister. Elle travaillait pour lui. S'ils avaient une aventure et que celle-ci tournait mal, que se passerait-il ? Il devait absolument garder cela à l'esprit. Il ne pouvait pas risquer de la perdre, que ce soit comme assistante ou comme amie. Elle avait toujours été là pour lui, et il y avait autour de lui peu de gens en qui il avait réellement confiance. Il devait donc continuer de la voir uniquement comme son assistante. Redistribuer les cartes, comme elle l'avait suggéré, aurait complètement bouleversé sa vie.

— Vous pouvez vous retourner maintenant, murmura la masseuse.

Elle souleva légèrement la serviette alors qu'il se mettait sur le dos.

À côté de lui, Kelly se retourna également. L'espace d'un instant, il aperçut un de ses seins, et ses hormones se mirent à s'agiter de plus belle.

En fait, ce massage faisait tout sauf le détendre. Au contraire, il était plus excité que jamais. Il désirait Kelly avec une avidité absolument inavouable, mais pour toutes les raisons qu'il venait d'énumérer, coucher avec elle était impossible.

Il décida de se concentrer sur Noël. La période des cadeaux approchait, et il devrait bien offrir quelque chose à Kelly. Il était très mauvais en cadeaux. Ces cinq dernières années, il s'était contenté de lui verser une prime substantielle. Lorsque la société était dans le rouge, il puisait même sur son compte personnel. Il était hors de question de ne pas lui exprimer sa reconnaissance.

À présent, tout avait changé, et il était complètement désemparé.

Il se mit à respirer lentement, s'efforçant de calmer son esprit qui partait dans tous les sens. Cependant, essayer de ne pas penser à Kelly alors qu'elle était presque nue à ses côtés relevait de l'exploit.

Mais il saurait se montrer héroïque car, oui, l'enjeu était trop important. Ils avaient encore quatre jours devant eux, et il comprit qu'il allait devoir faire preuve d'une volonté à toute épreuve pour résister aux charmes de Kelly.

Le massage était absolument fabuleux. Et au bout d'une heure de ce traitement de choix, Kelly se sentait non seulement détendue mais prête à relever tous les défis.

Les masseuses les laissèrent seuls, Luke et elle, sur la plage pour qu'ils se rhabillent. Elle sourit en songeant qu'elles avaient probablement dû les prendre pour un couple. D'ailleurs, pour rien au monde, elle ne les aurait détrompées.

S'asseyant sur la table de massage, elle attrapa son paréo et enfila une petite robe moulante en coton noir.

Lorsqu'elle se leva, Luke était allongé sur le côté et la regardait fixement. À la vue de la minuscule serviette qui recouvrait son entrejambe et sa peau luisante d'huile relaxante, elle prit une profonde inspiration pour se calmer. Cela devenait un véritable tour de force de se comporter normalement lorsqu'il était là.

— Qu'est-ce que tu as prévu maintenant ? demanda-t-il d'une voix rauque, cette voix qu'elle connaissait si bien pour l'avoir entendue si souvent dans ses fantasmes.

— Tu as une envie particulière ?

Il eut un sourire coquin, auquel elle ne put s'empêcher de répondre.

— Arrêtons les sous-entendus, dit-elle sans lui laisser le temps de poursuivre. Comme il nous reste quelques heures avant le dîner, voici les options. Soit on loue une voiture pour faire le tour de l'île, soit on reste ici à se détendre sans penser au travail.

Luke laissa errer ses yeux sur son corps, ce qu'il faisait de plus en plus souvent. L'avidité de son regard était si évidente qu'elle se demanda s'il n'allait pas suggérer qu'ils retournent au bungalow. Ou lui demander de partager le même transat. Ce n'était pas un problème puisqu'ils disposaient d'une plage privée.

Elle aurait accepté, bien sûr. Elle le désirait plus que jamais. Et à présent, c'était réciproque. La ferveur qu'elle voyait dans son regard ne laissait plus la place au doute : il avait envie d'elle autant qu'elle avait envie de lui.

Malgré tout, elle pressentait que Luke n'avait pas réglé son dilemme. Il ne voulait pas mélanger vie professionnelle et vie personnelle. Et leur position hiérarchique respective demeurait un frein pour lui. Toutefois elle espérait qu'au moins pour cette fois il ferait une exception à ses principes…

— Allons visiter l'île, marmonna-t-il d'un ton bourru. Cela vaut mieux que de rester seuls ici.

Elle retint un soupir. Elle serait bien volontiers restée seule avec lui, mais elle était aussi partante pour une petite exploration.

— Très bien. Je vais me préparer, je te retrouve dans trente minutes, dit-elle. Je sais exactement où je vais t'emmener.

— J'espère que ce n'est pas sur une plage naturiste.

— Pourquoi ferais-je une chose pareille alors que nous disposons d'une plage privée ? C'est une surprise, alors va te préparer.

— Je commence à avoir peur de tes surprises.

Elle se mit à rire.

— J'aime entretenir le suspense.

Sans lui laisser l'occasion de commenter, elle remonta vers leur bungalow, ravie de s'être déjà renseignée sur les zones les plus tranquilles de l'île. Cela leur éviterait de se mêler à la foule des touristes puisqu'ils étaient là pour se relaxer.

Après une douche rapide, elle noua ses cheveux. Elle enfila son bikini noir, un short en jean et un débardeur blanc. Après avoir chaussé ses espadrilles, elle mit quelques affaires dans son sac de plage et commanda une voiture qui les attendrait à l'entrée du domaine.

Zeke avait demandé à l'hôtel de lui procurer tout ce dont elle pouvait avoir besoin en qualité d'organisatrice du séjour. Ce qui était très appréciable, même si cela devait lui coûter une petite fortune.

Tout comme elle, Zeke était prêt à tout pour que Luke puisse se détendre. D'ailleurs, elle ne regrettait même plus de lui avoir menti au sujet de ces vacances. Elle voulait qu'il se purifie l'esprit et prenne un nouveau départ au travail.

Pour autant, elle n'oubliait pas son propre objectif. Si tout se passait bien, peut-être la verrait-il autrement que comme son assistante ou son amie. Elle voulait qu'il la voie comme elle l'avait vu durant toutes ces années.

D'ailleurs, plus le temps passait et plus ce rêve était en train de devenir réalité. Quelque chose se développait entre eux mais elle ne savait pas si c'était une attirance physique ou davantage. Cette incertitude ne faisait qu'ajouter à l'excitation, et elle était impatiente de voir ce que cette nouvelle journée leur réserverait.

Toutefois, plus elle apprenait à connaître Luke en dehors du travail, plus elle appréciait sa personnalité. Si liaison il y avait, pourrait-elle éviter que les sentiments s'en mêlent ? Du moins de son côté ?

Elle sortit de sa chambre et trouva Luke assis sur le canapé du salon. Lorsqu'il se leva, elle ne put s'empêcher de rire.

— Oh ! Encore une nouvelle tenue, fit-elle remarquer en hochant la tête. Je rêve de te voir habillé comme ça au bureau !

Il jeta un œil morne à son short rose vif et au T-shirt barré de la mention « Je peux pas, j'ai plage ».

— Je compte bien brûler cette ignoble garde-robe avant de reprendre l'avion, marmonna-t-il.

— Tu aurais un succès fou au conseil d'administration avec ce T-shirt. Pourquoi vouloir absolument porter un costume et une cravate ?

Il lui jeta un regard noir.

— Parce que je suis l'un des dirigeants de cette société et que ce T-shirt n'a rien de professionnel.

— Mais il est drôle ! Drôle, tu te souviens de ce mot ?

Luke soupira et se dirigea vers la porte.

— Je ne connais que lui, rétorqua-t-il.

Retenant un sourire, elle le suivit et sortit du bungalow. La chaleur du soleil de l'après-midi lui caressa le visage, et elle se réjouit à l'idée de passer le reste de la journée en compagnie de Luke sans se soucier du monde. Son plus grand fantasme était sur le point de se réaliser et, pour l'instant, elle comptait profiter pleinement de l'instant présent, sans s'inquiéter de ce qui se passerait une fois qu'ils auraient quitté ce paradis.

Lorsqu'ils arrivèrent à l'entrée du domaine, un groom les accueillit et leur ouvrit les portes de la jeep blanche qui les attendait.

— Comment diable as-tu fait pour obtenir une voiture si rapidement ? demanda Luke.

— La vie avec moi est toujours une surprise, tu devrais le savoir, à présent. Je plaisante. Zeke a créé un compte à l'hôtel et m'a dit de ne pas hésiter à l'utiliser.

Contournant la jeep, elle s'installa au volant et remercia le groom pour son aide. Lorsque Luke fut assis à ses côtés, il se tourna vers elle.

— Alors, où allons-nous ?

Elle enclencha la première vitesse, ravie de conduire une jeep décapotable, et ajusta ses lunettes de soleil.

— Tu me fais confiance ? demanda-t-elle.

Luke se contenta de sourire tandis qu'ils quittaient le domaine, en route pour un après-midi de plaisirs.

- 10 -

Laissant le choix de l'itinéraire à Kelly, Luke admirait le paysage. C'était un plaisir de prendre l'air, et il regretta soudain de ne pas s'évader plus souvent du bureau.

Il essayait bien d'aller courir régulièrement, mais parfois c'était impossible. À l'occasion, il retrouvait des amis au Texas Cattleman's Club pour boire un verre et jouer aux fléchettes. Seulement ces soirées devenaient de plus en plus rares.

Il n'avait ni le temps de s'amuser, ni de prendre des vacances. C'était un fait. Et maintenant qu'il était ici, il comprenait pourquoi Kelly en avait été réduite à conspirer avec Zeke pour le kidnapper.

Ce qui ne l'empêchait pas d'en éprouver une profonde culpabilité. Non seulement il n'était pas au bureau et n'avait toujours pas trouvé le moyen de sauver Wingate, mais il adorait flirter avec Kelly.

Détachant son regard de l'océan, il se tourna vers sa conductrice. Ses longs cheveux auburn flottaient au vent, et elle affichait un petit sourire tout en tapotant le volant comme si elle avait une chanson rythmée en tête. Jamais il ne l'avait vue si détendue, si libre et pleine d'entrain.

Un trouble étrange s'empara de lui. Un trouble difficile à identifier. Tout ce qu'il savait, c'est qu'il trouvait Kelly de plus en plus attirante. Elle était plus enjouée, plus vivante, plus vibrante… et bien plus sexy qu'il ne l'avait imaginé.

Pour l'instant, elle paraissait totalement insouciante. Alors qu'au bureau elle était toujours au maximum de sa concentration. Tout comme le sien, son intellect fonctionnait à toute allure, et ils travaillaient en parfaite harmonie. Pourtant, en ce moment même, elle avait clairement chassé Wingate de son esprit et vivait pleinement l'instant présent. De plus en plus, il l'enviait d'être capable de compartimenter sa vie de cette façon.

Kelly aimait Wingate autant que lui. Son insouciance actuelle ne voulait donc pas dire qu'elle ne prenait pas son travail au sérieux. Officiellement, elle était son assistante, mais en réalité elle était bien plus que cela. Elle faisait tout ce qu'elle pouvait pour le valoriser devant les investisseurs potentiels. À chaque réunion du conseil d'administration, ses diaporamas étaient si précis, si impeccables qu'il faisait toujours en sorte de lui accorder tout le crédit qu'elle méritait.

Il se concentra de nouveau sur le paysage, les montagnes qui se dressaient au loin. Il y avait quelque chose d'infiniment apaisant à Oahu. C'était la première fois qu'il y mettait les pieds, mais il est vrai que, d'habitude, il ne voyageait jamais pour le plaisir, que ce soit seul ou avec une compagne.

Tout dans ce séjour le dépaysait. Y compris les émotions nouvelles qu'il éprouvait pour Kelly. Devait-il se laisser guider par ces émotions ? Elles étaient si intenses… Était-ce parce qu'ils étaient seuls sur cette île tropicale qui semblait n'exister que pour la romance et le sexe ?

La romance et le sexe… Deux mots qu'il n'aurait jamais imaginé associer à Kelly et qui semblaient à présent gravés dans son esprit.

Ce qui avait commencé comme un piège fomenté par son frère et Kelly s'était vite transformé en une incroyable aventure. Comment aurait-il pu ne pas s'amuser ici avec Kelly ? S'il s'accordait plus de temps pour décompresser, peut-être son esprit serait-il encore plus affûté.

Kelly essaya de coincer ses mèches derrière ses oreilles, mais le vent ne cessait de la décoiffer. Subitement, une vision de sa chevelure glissant sur son corps tandis qu'elle l'embrassait de la tête aux pieds lui traversa l'esprit. Aussitôt, il se sentit durcir dans son short ajusté.

Kelly s'engagea sur une route étroite qui s'enfonçait dans les terres en direction de la montagne. Il aurait voulu lui redemander où ils allaient, mais il savait qu'elle ne le lui dirait pas. Elle semblait adorer le surprendre et, hormis ces ignobles vêtements de touriste, il appréciait de plus en plus ce séjour. Sans compter que le massage l'avait vraiment aidé à se détendre.

Se garant au bord de la route, elle coupa le moteur. Il explora du regard la zone rocheuse qui les entourait.

— C'est ici ? demanda-t-il.

Kelly sortit de la jeep et attrapa son sac à l'arrière.

— C'est ici. Allons-y.

Il ne savait toujours pas où elle l'emmenait, mais il la suivit docilement. Il n'aimait certes pas recevoir des ordres. Cependant, une fois de plus, il ne pouvait nier que cela faisait partie du charme de Kelly et de l'attrait de ce voyage improvisé.

Il entendit soudain un puissant bruit d'eau. Ils poursuivirent leur chemin, et au détour d'un virage, ils s'immobilisèrent, le souffle coupé par la beauté de la vue.

— C'est encore plus magnifique que ce que l'on m'avait dit, murmura Kelly.

Il hocha la tête, admirant la cascade qui dégringolait dans une eau turquoise. Elle semblait si proche qu'il eut l'impression qu'il lui suffirait de tendre la main pour la toucher.

— Quelqu'un m'a parlé de cet endroit, dit-elle, les yeux toujours écarquillés. Seuls les gens du coin le connaissent et généralement c'est assez peu fréquenté.

Elle se dirigea vers le sentier menant à la retenue d'eau au pied de la cascade, et il lui emboîta le pas.

Outre la stupéfiante beauté des lieux, il était surpris du mal que Kelly s'était donné pour le trouver. Zeke réglait peut-être les factures, ce dont il discuterait d'ailleurs à son retour, mais c'était Kelly qui organisait tout. Ce n'était que leur première journée complète à Oahu, et il se demanda quelles surprises elle lui réserverait encore.

Une fois au pied de la cascade, elle déposa son sac et ôta ses espadrilles. Lorsqu'elle enleva son débardeur, apparaissant soudain en short et haut de bikini, il dut combattre une puissante envie de l'attirer à lui pour vérifier si ses baisers étaient aussi passionnés que ceux qu'ils avaient échangés précédemment.

— On va se baigner ? demanda-t-elle avec un sourire radieux.

— Tu ne m'as pas dit de prendre un maillot.

Elle le dévisagea, stupéfaite.

— Vraiment ? Oups !

Elle déboutonna son short, et il le regarda glisser le long de ses jambes bronzées. Lorsqu'elle se retrouva en bikini, il lutta de toutes ses forces pour ne pas la toucher.

— Peut-être que tu pourrais te baigner en caleçon, suggéra-t-elle. C'est presque comme un maillot.

Il fit un pas vers elle, puis un autre, s'arrêtant à quelques centimètres d'elle. Elle dut lever le menton pour continuer de le regarder.

— Je ne porte pas de sous-vêtements, déclara-t-il.

Une jolie teinte rosée se répandit sur les joues de Kelly, et pour la première fois depuis qu'il la connaissait, elle sembla avoir perdu la parole.

— Eh bien, alors…, balbutia-t-elle. Tu peux juste… Euh… Je suppose que tu peux aller te baigner sans rien. Il n'y a personne ici.

Il fit un pas en arrière et posa la main sur le bouton de son short tandis qu'elle suivait son geste du regard avec une telle avidité qu'il sentit son sang bouillonner dans ses veines. Songeant que quelqu'un pouvait quand même se promener dans le coin, comme eux, il s'ordonna de se calmer.

Ce qui ne l'empêcherait pas d'aller au bout de sa petite blague.

Après avoir déboutonné son short, il ôta vivement son T-shirt et le jeta par terre. Une bouffée d'orgueil déferla en lui lorsqu'il vit les yeux brillants de Kelly se poser sur son torse nu.

Il n'aurait pas dû éprouver tant de plaisir à voir son assistante le dévorer ainsi du regard, mais il ne pouvait nier qu'il adorait ça. Et qu'il aurait aimé qu'elle pose les mains et la bouche sur lui… Bon sang ! Il la désirait comme un fou… C'était une véritable catastrophe.

Que dirait sa famille si, après ces vacances, il y avait un changement de dynamique entre Kelly et lui ? Car s'ils finissaient par coucher ensemble, rien ne serait plus jamais comme avant à Wingate. Et vu la somme de fantasmes qui peuplaient son esprit, pourrait-il même revenir un jour à la situation antérieure ?

Il ouvrit la fermeture Éclair de son short et, lorsqu'il commença à le baisser, Kelly retint son souffle, les yeux écarquillés.

— Espèce de menteur ! s'écria-t-elle en lui assénant une petite tape sur le bras. Tu as un caleçon !

— Oh ! vraiment ? Oups !

Elle continua à sourire, visiblement amusée par sa blague, mais son regard était toujours chargé de désir.

— Allez, on fait la course ! dit-elle avant de s'élancer vers la retenue d'eau.

Débarrassé de son short, il se lança à sa poursuite. Elle le battit de peu, et il fut surpris par la tiédeur de l'eau lorsqu'il y entra à son tour.

Toujours riant, Kelly s'immergea entièrement puis réapparut. Jamais il n'aurait pu imaginer qu'il serait un jour jaloux de simples gouttes d'eau. Elles dégoulinaient sur ses épaules nues, entre ses seins, sur son ventre… Et il rêvait de la lécher à tous ces endroits.

— C'est incroyable ! s'exclama-t-elle. Je suis si heureuse d'avoir découvert ce lieu !

Elle devait crier car sa voix était presque couverte par le fracas de la cascade. Il avait voyagé dans le monde entier, mais jamais il n'avait rien vu d'aussi beau que Kelly, à demi immergée, avec cette spectaculaire chute d'eau en arrière-plan.

Attiré par sa peau humide et luisante, il s'approcha. Elle le fixa, le souffle court, posant sur lui son regard vert émeraude, qui, en cet instant, n'avait jamais été aussi intense.

C'était Kelly. *Sa* Kelly. Qui passait plus de temps avec lui que n'importe quelle autre femme. Même lorsqu'il était fiancé, il passait la majeure partie de ses journées au bureau avec elle, ce que son ex n'avait jamais pu comprendre.

Finalement, ce fut le courant qui les rapprocha, et ils se retrouvèrent bientôt face à face.

— Tu as l'air détendu, remarqua-t-elle en posant le

doigt entre ses sourcils. Pas la moindre ride d'inquiétude. C'est une première pour toi.

Cet infime contact réduit à néant la dernière parcelle de volonté qui lui restait. Prenant la main de Kelly, il la plaqua sur son torse tandis qu'il posait la sienne sur la courbe de sa hanche. Il resserra son étreinte, l'attirant contre lui.

Lorsque les doigts de Kelly griffèrent son torse et qu'elle inclina la tête en arrière, il ne put résister plus longtemps et posa ses lèvres sur les siennes.

Avec l'effet de succion de l'eau, ce fut comme si leurs torses s'embrassaient aussi. Il resserra son étreinte, soudant ses hanches aux siennes, et s'empara entièrement de sa bouche, se préparant à l'impact du désir qui, il le savait, allait s'abattre sur lui.

Kelly s'ouvrit à lui comme elle l'avait fait la première fois.

Quittant son torse, la main de Kelly se posa sur sa nuque puis se mit à lui agripper doucement les cheveux, décuplant son excitation… qui n'en avait pas besoin. Il ne connaissait rien de plus excitant que d'être livré à une femme aussi sûre d'elle et capable de prendre le contrôle à n'importe quel moment.

Il s'emparait des fesses de sa compagne. Nouant ses jambes autour de ses hanches, elle se mit à onduler contre son entrejambe comme pour le supplier d'aller plus loin.

Bien que conscient qu'ils risquaient d'être surpris à tout instant, il s'en fichait éperdument. Il désirait Kelly avec une férocité qu'il n'aurait jamais cru avoir en lui.

— Luke…

Malgré le grondement de la chute d'eau, il entendit sa prière et se demanda s'il devait répondre à ce désir lancinant qu'il percevait dans sa voix. S'ils avaient été dans leur bungalow, il lui aurait montré sur-le-champ ce qu'il voulait lui faire.

— Pas ici, murmura-t-il contre ses lèvres. J'ai envie de toi, Kelly. Mais… pas ici.

Elle recula, les yeux étincelant de désir.

— Comment peux-tu me dire ça et en même temps me demander d'attendre ? C'est impossible, Luke. Cela fait trop longtemps que j'attends.

Elle avait raison. Et elle méritait d'être soulagée de toute cette tension. Il décida de le faire pour elle. Quant à lui, il attendrait de pouvoir la mettre dans son lit, où il pourrait lui montrer exactement à quel point il avait envie d'elle.

Resserrant son étreinte autour de sa taille, il effleura du bout du doigt l'élastique du bikini. À ce simple contact, ses hanches ondulèrent de plus belle contre lui.

S'offrant à son exploration, elle glissa les bras autour de son cou et appuya son front contre le sien. Lorsqu'il glissa le doigt sous l'élastique, elle poussa un cri et il comprit que plus rien ne pourrait l'empêcher de lui donner le plaisir qu'elle réclamait avec autant de force.

Il glissa le doigt en elle, serrant les dents pour tenter de contrôler sa propre excitation. Il devait penser avant tout à Kelly. Ils auraient tout le temps de s'explorer mutuellement plus tard, se promit-il.

Soudain, toutes les bonnes raisons pour lesquelles il aurait dû s'abstenir disparurent de son esprit. Plus rien n'avait d'importance, hormis Kelly et le désir qui le tenaillait de lui offrir le plaisir qu'elle attendait depuis si longtemps.

Approfondissant sa caresse, il se mit à lui titiller le clitoris. Cela devait être parfait pour elle, et il voulait que cette étreinte soit gravée dans son esprit pour toujours.

Comment diable en était-il arrivé là ? Sans doute n'avait-il pu résister à l'emprise aussi puissante qu'invisible que Kelly exerçait sur lui. Bon sang ! Il avait envie d'elle comme jamais il n'avait eu envie d'une autre femme, et il regretta amèrement qu'ils ne soient pas restés au bungalow.

Le corps de Kelly tremblait de plus en plus sous l'effet de ses caresses. Il n'avait certes pas prévu qu'il la connaîtrait de manière aussi intime… Mais à présent, il savait qu'il ne pourrait plus s'en passer.

Lorsque le plaisir la submergea, elle s'agrippa à lui de toutes ses forces en gémissant, et il intensifia ses caresses pour prolonger son extase aussi longtemps que possible. Il aurait voulu lui offrir tellement plus…

Peu à peu, le corps de Kelly s'apaisa entre ses bras et elle plongea son regard dans le sien.

— Luke, je…

L'interrompant d'un rapide baiser, il recula.

— Ne dis rien, murmura-t-il. Quoi qu'il se passe ici entre nous, nous laisserons les choses se produire.

Jamais il n'aurait imaginé qu'il prononcerait un jour de telles paroles, mais cette femme l'avait changé en si peu de temps.

Kelly prit une profonde inspiration et secoua la tête. Dénouant les jambes de ses hanches, elle se redressa et lissa les mèches qui s'étaient collées sur son visage.

— Très bien, dit-elle. Mais sache que lorsque nous serons de retour au bungalow, je compte bien te rendre la pareille.

Et sur cette promesse affolante, elle plongea dans l'eau et se mit à crawler en direction de la cascade.

- 11 -

Le corps de Kelly fourmilla de plaisir tout le reste de la journée.

Lorsqu'ils quittèrent la cascade, ils poursuivirent leur tour de l'île, s'arrêtant dans quelques boutiques locales pour acheter des souvenirs. Jamais elle n'aurait cru qu'elle passerait une journée aussi mémorable.

Après l'épisode torride de la cascade, voilà qu'elle sillonnait une île pittoresque aux côtés d'un homme qui faisait battre son cœur. Elle se demanda ce que réserverait encore la suite de leur séjour.

Elle soupira. Elle ne voulait pas tomber amoureuse de Luke, et elle avait cru au départ qu'elle pourrait maîtriser ses sentiments. Apparemment, certaines choses échappaient à son contrôle. Malgré tout, il y avait trop de ressemblances entre Luke et son père. Elle avait vu la façon dont sa mère avait souffert de ne pas obtenir l'attention de l'homme qu'elle aimait, et elle s'était toujours promis de ne pas se laisser enfermer dans une telle situation.

Elle devait absolument garder à l'esprit qu'il n'y aurait jamais de vie possible avec Luke, après cet épisode. Il retournerait à son travail et elle redeviendrait son assistante. Cela ne se terminerait ni par des fiançailles, ni par un mariage de conte de fées. Ce qu'elle acceptait. Certes, elle était en train de réaliser son plus grand fantasme, mais elle devait bannir de son esprit la réalité qui s'imposerait à eux à leur retour au Texas.

Après avoir rendu la jeep à l'hôtel, ils se dirigèrent vers leur bungalow. La tension sensuelle devenait de plus en plus intenable, et elle n'avait plus qu'une seule envie : ôter à Luke ces stupides vêtements et explorer la moindre parcelle de son corps.

D'où venait cet incroyable tatouage en forme de dragon qui lui couvrait le dos ? Elle l'avait remarqué pour la première fois quand il était allongé sur la table de massage. Cela n'avait fait qu'aiguiser la curiosité qu'elle éprouvait pour cet homme qui l'intriguait depuis des années.

Luke s'arrêta devant la porte et tapa le code. Dès qu'ils entrèrent, elle remarqua que le dîner avait été livré et la table dressée dans le patio. Le chariot chargé de différents plats se trouvait dans la salle à manger. Des pétales de rose allaient de la porte d'entrée jusqu'au patio, encerclant joliment la table. Qu'ils le veuillent ou non, leur séjour ressemblait de plus en plus à une escapade romantique. C'est en tout cas ce que semblait penser le personnel de l'hôtel, même si rien n'avait été indiqué dans ce sens.

— Je n'avais pas réalisé que nous étions partis si longtemps, fit-elle remarquer.

Lorsque, après avoir déposé ses sacs dans sa chambre, elle fut de retour au salon, Luke était toujours dans l'entrée mais ne la quittait pas du regard. Le moment était venu. Elle avait espéré que le désir qu'elle avait vu dans ses yeux à la cascade ne résultait pas simplement du plaisir qu'il lui avait offert et qu'il tiendrait sa promesse, à savoir de reprendre là où ils s'étaient arrêtés à leur retour.

Apparemment, il était un homme de parole.

— Tu veux dîner ? demanda-t-elle.

En guise de réponse, Luke ôta sa chemise, et elle réalisa

qu'elle ne se lasserait jamais d'admirer ce corps magnifique. Il y avait tant d'endroits à regarder, à admirer et à toucher chez lui. À commencer par ce fin duvet qui parsemait son torse lisse et satiné, formant une fine ligne qui descendait jusqu'à ses abdominaux délicatement sculptés.

— Le dîner peut attendre, répondit-il.

Il s'approcha telle une panthère de sa proie, et elle fit un pas en arrière. Plus il approchait, plus elle reculait, excitée par le frisson de la chasse. Jamais elle n'aurait imaginé qu'il serait aussi déterminé, aussi animal. Il semblait habité par un désir si intense qu'elle éprouva une hâte presque indécente à l'idée de réaliser enfin tous ses fantasmes.

Fantasmes… C'était le mot sur lequel elle devait se concentrer pour se protéger de ses sentiments. Si les instants incroyables qu'elle vivait étaient bien réels, ils ne le seraient jamais à long terme.

Lorsque son dos heurta le mur près de la porte de sa chambre, Luke s'arrêta devant elle et posa une main puis l'autre de part et d'autre de sa tête, la piégeant entre ses bras.

Tandis que ce torse nu et musclé se frottait contre elle, elle fut saisie d'une folle envie qu'il la déshabille. Elle voulait le sentir contre elle, comme à la cascade. Sauf que rien ne risquait plus de les arrêter, à présent.

Luke posa sur elle son regard sombre et intense et glissa une main vers sa taille. Sans la quitter des yeux, il défit le bouton de son short et elle se tortilla pour le faire descendre. Quand celui-ci tomba à ses chevilles, elle l'écarta d'un coup de pied.

Souriant de pure satisfaction masculine, Luke saisit le bas de son débardeur et le lui ôta. Elle ne portait plus rien d'autre que son bikini et lui son boxer noir.

Échanger quelques baisers enflammés au pied d'une cascade était une chose, mais ce qui s'annonçait en cet instant était totalement différent. Ils ne s'étaient encore jamais vus nus, et elle n'avait plus qu'une seule envie : que ce boxer disparaisse afin de pouvoir, elle aussi, tenir sa promesse de lui rendre la gâterie qu'il lui avait prodiguée à la cascade.

Elle attendait ce moment depuis une éternité et avait hâte de passer aux choses sérieuses, sachant toutefois qu'elle devait aussi prendre son temps et savourer chaque caresse.

Elle se cambra, passant la main dans son dos pour ôter le haut de son bikini, mais Luke la devança, dénouant les ficelles en un temps record. À son tour, le minuscule soutien-gorge tomba au sol, dévoilant ses seins au regard avide de Luke. Elle frémit lorsqu'il dénoua les ficelles de la culotte.

Soudain elle fut nue devant lui, et plus excitée qu'elle ne l'avait jamais été.

Luke recula d'un pas et, sans vergogne, la contempla de la tête aux pieds.

Ce regard qui ne cachait rien de ce désir brut et tellement viril ne la gêna absolument pas. Elle était ravie qu'il la regarde. Devant lui, elle adorait s'exhiber. Et à en croire l'avidité qu'elle voyait dans ses yeux, il semblait adorer ça, lui aussi.

— Enlève ça, ordonna-t-elle, désignant son boxer.

Esquissant un sourire malicieux, il continua à la fixer, glissant les pouces sous l'élastique du boxer avant de s'en défaire. Lorsqu'il le jeta par terre, il se planta devant elle, les mains sur les hanches.

À son tour, elle le dévora du regard, mais contrairement à lui, elle fut saisie d'une sorte de gêne. Luke était si beau, si parfait, qu'elle se prit soudain à douter de son propre corps.

Voyant qu'elle croisait pudiquement les bras sur sa

poitrine, Luke bondit vers elle et lui saisit les poignets, plaquant ses bras contre le mur pour la regarder tout entière.

— Ne te cache jamais de moi, dit-il. Un corps aussi beau que le tien ne devrait jamais être caché. Tu mérites toutes les caresses du monde.

Elle déglutit, soulagée mais toujours embarrassée.

— Je ne m'attendais pas à ce que tu sois si…, balbutia-t-elle, sentant la rougeur lui monter aux joues et parfaitement consciente d'être ridicule. Si parfait et si… vigoureux.

— J'apprécie le compliment mais tu dois savoir que tu as un corps sublime et que tu m'as rendu complètement fou. Une femme qui ne craint pas de porter un string devant son patron ne devrait pas être gênée d'être nue.

Elle esquissa un sourire.

— Ce n'est pas que je sois gênée, en soi, j'ai juste envie d'être parfaite à tes yeux…

Il l'étreignit, emprisonnant leurs mains jointes.

— Tu l'es, affirma-t-il. Tu es tout ce que je désire en cet instant.

En cet instant… Voilà qu'il lui rappelait à quel point tout cela n'était que temporaire.

— Ce doit être la nervosité, reprit-elle. Cela fait si longtemps que j'ai envie de toi, que…

Luke lui coupa la parole, posant ses lèvres sur les siennes.

Elle s'offrit à son baiser, heureuse qu'il ait pris l'initiative car, en cet instant, oui, elle n'avait envie que d'une seule chose : s'abandonner à la passion.

Alors il la souleva, comme il l'avait fait à la cascade, et attendit qu'elle noue les chevilles autour de ses hanches pour l'emporter dans sa chambre.

Soudain elle bascula en arrière et atterrit sur le lit moelleux. Luke tomba sur elle, l'écrasant délicieusement de sous son poids. Lorsque son érection se logea entre ses cuisses, elle se mordit les lèvres pour ne pas crier.

L'orgasme qu'il lui avait offert tout à l'heure l'avait certes soulagée, mais elle comprenait à présent qu'elle avait envie d'aller beaucoup plus loin. Elle avait envie d'explorer le corps sublime de Luke et de prendre tout le temps nécessaire pour découvrir tout ce qu'il aimait, jusqu'à ce qu'il perde la tête entre ses bras.

— Tu as un préservatif ? murmura-t-elle contre ses lèvres.

Il se hissa sur les coudes et secoua la tête.

— Désolé, non. Je n'avais pas prévu ça au départ.

— J'en ai, dit-elle. Moi, j'avais prévu ça.

— Où sont-ils ?

— Dans ma chambre. Dans le tiroir de la table de nuit.

Lorsqu'il s'éclipsa, elle se perdit un instant dans la contemplation de la mer et des derniers feux du couchant. Son rêve le plus fou allait enfin prendre vie, et elle voulait graver cet instant dans son esprit. Leur aventure allait être éphémère, et elle voulait ne rien oublier. Elle avait besoin de faire provision de souvenirs.

Luke revint dans la chambre, entièrement nu mais portant un préservatif. Lorsqu'il se dirigea vers le lit, elle se souleva sur les coudes, s'ouvrant à lui pour qu'il revienne se loger entre ses cuisses.

— Tu es tellement sexy, murmura-t-il alors qu'il la dominait de toute sa taille.

Lorsqu'il passa la main entre ses jambes, elle frémit de plaisir et se mordit la lèvre. Puis, interrompant la caresse, il glissa les bras sous ses genoux pour la soulever, lui écartant largement les cuisses.

Sans le quitter du regard, elle s'offrit tout entière à

son assaut, criant et se cambrant à chaque vigoureuse pénétration.

Lorsqu'il se mit à aller et venir en elle, elle s'agrippa à ses bras, ressentant un plaisir encore plus intense en sentant ses muscles se contracter sous ses doigts.

Bientôt, elle ne fut plus que gémissements et soupirs, car oui, ce que Luke lui offrait était encore plus délicieux que ce qu'elle avait imaginé dans ses rêves les plus torrides.

À cet instant, Luke lui empoigna les fesses et, l'attirant contre lui, s'enfonça plus profondément encore tout en accélérant le rythme. Cette nouvelle position la prit complètement de court, et en l'espace d'une seconde, elle fut emportée par un orgasme d'une force inouïe. S'abandonnant totalement au plaisir, elle planta les ongles dans les bras de son amant et cria son nom, l'implorant de ne pas s'arrêter.

À peine eut-elle joui qu'il s'immobilisa. Lorsqu'il l'étreignit, presque désespérément, elle comprit qu'il jouissait à son tour.

Il resta en elle jusqu'à ce que son corps cesse de trembler, puis il s'étendit à ses côtés, posant une jambe et un bras sur elle.

Elle soupira d'aise. Jamais elle ne s'était sentie aussi protégée, aussi aimée. Bien sûr, ce n'était que du sexe, mais pour elle, c'était beaucoup plus…

Elle garda les yeux fermés comme si elle pouvait prolonger cette euphorie pour toujours. Ouvrir les yeux la ramènerait à la réalité, à savoir que ce séjour n'était pas une escapade romantique et que Luke et elle ne formaient pas un vrai couple. Ils n'étaient ensemble que parce qu'elle l'avait piégé.

Elle n'avait cependant aucun regret. Luke avait réellement besoin de faire une pause, et elle en avait simplement profité pour tenter sa chance. Comment aurait-elle pu s'en vouloir d'être allée chercher ce qu'elle désirait vraiment ?

Elle frémit en sentant le souffle chaud de Luke sur son épaule. Le bourdonnement du ventilateur fixé au plafond l'aida à s'apaiser. Certes, elle avait toujours voulu que cela se produise, mais elle n'en avait jamais eu la certitude, et surtout, elle n'avait jamais anticipé la façon dont elle réagirait après coup.

— Et si on allait dîner ? murmura-t-il contre son épaule.

Elle fut soulagée que ce soit lui qui rompe le silence. Elle glissa les doigts le long de son bras puis sur son torse.

— Je ne suis pas pressée de sortir de ce lit, répondit-elle sincèrement.

Luke se redressa et la regarda. Ses yeux sombres étaient à présent chargés de tendresse. Elle se demanda ce qu'il pensait, mais elle n'avait aucune envie de lancer un débrief postcoïtal, comme le faisaient certaines femmes. Elle n'avait pas besoin de savoir s'il avait aimé ça ou s'il avait ou non des regrets. Elle le connaissait suffisamment pour savoir qu'il n'avait aucune envie de s'enfuir.

— Et si j'apportais le dîner ici ? suggéra-t-il.

Dîner au lit avec Luke aurait été le rêve… Seulement elle ne pouvait pas se laisser emporter dans ce monde imaginaire. Bien que désirant plus que tout que ce soit la réalité, elle savait aussi qu'elle devait se montrer raisonnable.

— Mangeons dehors, proposa-t-elle. J'ai envie de profiter du paysage avant de rentrer à Royal.

Il esquissa un sourire.

— Et moi qui croyais que tu voulais simplement profiter de moi.

Elle ne put s'empêcher de rire.

— C'est *toi* qui as profité de moi, tu te rappelles ?

répliqua-t-elle. C'est *toi* qui m'as déshabillée dès qu'on est rentrés.

— Et toi, tu m'as séduit pour m'emmener en voyage.

Du bout du doigt, elle caressa son menton ombré d'une barbe naissante.

— Et toi, tu me séduis depuis des années, murmura-t-elle.

Il retrouva son sérieux et se pencha vers elle.

— Comment ai-je pu ne pas le voir ? murmura-t-il contre ses lèvres. Comment ai-je pu ne pas *te* voir ?

Il la prit dans ses bras et, roulant sur le dos, la hissa sur lui.

Elle se redressa et s'assit à califourchon sur ses hanches, posant les mains sur son torse.

— Eh bien moi, je dis que le dîner peut attendre. Qu'en penses-tu ? demanda-t-elle avec un sourire.

Pour toute réponse, il lui saisit la nuque et l'embrassa.

Oui, le dîner pouvait attendre.

- 12 -

— Alors, comment en êtes-vous venus à choisir cet endroit, Zeke et toi ? demanda Luke.

Étendue sous la cabane de plage, Kelly contemplait l'océan sombre et le ciel étoilé. Enveloppée par une douce brise, elle ne put s'empêcher de penser à quel point cet instant était juste et parfait.

Tant qu'ils seraient sur cette île paradisiaque, elle vivrait l'instant sans s'inquiéter de Wingate, de son travail ou de ce qui se passerait à leur retour. Pour l'instant, rien ne comptait hormis Luke.

Leur temps était compté, cependant, et elle savait qu'il n'y aurait plus de soirées romantiques après ce voyage. Son patron replongerait tête baissée dans le travail, ignorant le reste du monde. Elle devait s'y préparer, car ce séjour n'avait pas été prévu pour qu'il tombe amoureux... Bien sûr elle comptait sur ces cinq jours pour le séduire et devenir sa maîtresse, et si elle avait réussi, il était à présent hors de question pour elle de risquer son cœur. C'était un pari qu'elle était sûre de perdre.

Elle jeta un œil par-dessus son épaule pour regarder Luke, étendu à ses côtés. Il portait un simple boxer noir, et elle était nue sous son paréo. Ils avaient dîné sur la terrasse et étaient descendus sur la plage après le coucher du soleil.

— Zeke a trouvé l'hôtel et me l'a montré. Dès que je l'ai vu, j'en suis tombée amoureuse et j'ai commencé à tout planifier. Il savait que tu avais besoin de vacances et m'a demandé de t'accompagner sous prétexte d'un voyage d'affaires. Je savais que ce serait ma seule chance de te révéler ce que je ressentais pour toi. Jamais je n'aurais pu le faire à Royal ou au bureau.

Luke lui sourit. Elle ne se lasserait jamais de le voir comme ça. Si détendu, si… libre. Certes il était terriblement sexy en costume, mais le voir sur une île, hâlé et torse nu, lui faisait un tout autre effet.

Bien sûr, l'attirance physique avait toujours été là, mais en apprenant à le connaître, elle en était venue à apprécier sa loyauté envers sa famille. Sans parler du fait que lorsque les choses avaient mal tourné, il était monté au créneau. Ce qui n'était pas si courant. Elle était elle-même sortie avec quelques hommes qui s'empressaient de fuir les difficultés au lieu de tenter de les régler.

Quant à elle, sa vie personnelle n'avait pas été très stable, ces dernières années. Sa carrière était la seule garantie à laquelle elle pouvait s'accrocher, et Luke l'avait toujours soutenue. Cependant elle savait qu'elle ne pourrait pas compter sur lui pour une relation à long terme. Il ne fonctionnait pas comme ça, hélas.

— Cet endroit est parfait, murmura-t-il. Alors… Tu es prête à me dire pourquoi tu ne m'as jamais révélé tes sentiments ?

— Nous en avons déjà parlé. Ce n'était jamais le bon moment, et je ne pouvais pas prendre ce risque.

— Pourtant tu n'es pas le genre de femme à renoncer à ce qu'elle veut.

Elle sourit et, se tournant vers l'océan, remonta les genoux et glissa les bras autour de ses jambes.

— Je n'ai pas renoncé, répondit-elle. J'ai simplement pris mon temps. Tout vient à point à qui sait attendre.

Luke s'assit à côté d'elle, faisant trembler le plancher de la cabine. Décidément, cet homme n'était pas seulement impressionnant en conseil d'administration, il émanait de lui une force incroyable partout où il se trouvait. Il était grand, imposant et absolument parfait. Elle ne pouvait lui trouver un seul défaut.

— Je me souviens que tu as eu une liaison pendant un temps, reprit-il après un court silence. Tu recevais même des fleurs au bureau.

— C'est vrai. Je suis sortie avec quelqu'un pendant quelques mois il y a environ un an, mais je n'y croyais pas vraiment. J'aurais voulu y croire. Cela m'aurait peut-être permis de te sortir de mon esprit et de cesser de culpabiliser. C'est quand même complètement cliché de vouloir coucher avec son patron, tu ne trouves pas ? En tout cas, ce n'est pas très pro. D'ailleurs, je me demande comment l'équipe réagirait si nous étions… enfin, tu vois ce que je veux dire…

Le rire de Luke la fit frissonner.

— Tu crois vraiment que je vais envoyer un mail à tout le monde pour les informer que nous avons couché ensemble ?

— Bien sûr que non ! répondit-elle en riant. Mais notre relation a changé et quelqu'un pourrait s'en rendre compte à notre retour. Je n'ai pas envie que l'on me regarde de travers.

Luke glissa un doigt sous son menton et lui fit tourner la tête.

— Personne n'en saura rien, assura-t-il. Nous sommes partis en voyage d'affaires, c'est tout.

Un voyage d'affaires tout à fait particulier, songea-t-elle. Comment réagirait-elle lorsqu'elle le verrait au travail après avoir été si intime avec lui ? Alors qu'elle savait comment il caressait et aimait être caressé, et comment le faire jouir…

— Cela paraît assez facile, à t'entendre, fit-elle remarquer. Mais je ne suis pas sûre que je pourrais m'empêcher…

— De me sauter dessus sur la table du conseil d'administration ?

— Que tu es bête ! s'exclama-t-elle en lui donnant une petite tape sur l'épaule. J'allais dire que je ne pourrai pas m'empêcher de te regarder et j'espère que personne ne le remarquera.

— Peut-être que c'est moi qui me ferai surprendre en train de te dévorer du regard, répondit-il avec un sourire. Tu n'as jamais pensé à ça ?

Elle déglutit et secoua la tête.

— Je n'ai jamais vraiment cru qu'il y aurait un jour quelque chose entre nous, tu sais, avoua-t-elle. J'en avais envie, mais je me disais que tu ne verrais jamais en moi que ton assistante.

Il lui saisit doucement le menton.

— Premièrement, tu as toujours été beaucoup plus qu'une assistante. Je n'arriverais à rien sans toi. Tu ne devrais pas douter autant de toi-même.

Ses mots lui réchauffèrent le cœur. Elle savait qu'il avait beaucoup d'estime pour elle. Et en tant que patron, il l'avait toujours traitée avec le plus grand respect. Même si elle n'avait pas eu le béguin pour lui, elle l'aurait apprécié, ne serait-ce que pour sa prévenance.

— Deuxièmement, poursuivit-il, depuis ma rupture, je ne fais pas beaucoup de rencontres et je ne cherche même pas à en faire. Je suis concentré sur Wingate et déterminé à développer notre gamme de produits.

— Ton ex n'était pas la femme qu'il te fallait.

Elle regretta aussitôt ses paroles, mais maintenant que c'était fait…

— Mes fiançailles ont-elles affecté tes sentiments ? demanda-t-il.

— Non. Cela n'a rien changé au désir que j'avais pour toi, et je n'ai jamais été jalouse. Je pensais simplement que Lily n'avait pas sa place dans ton monde. Elle paraissait… je ne sais pas. Intéressée.

— Elle l'était. Je me réjouis de l'avoir compris avant que l'on se marie. Je n'étais pas amoureux, et la seule chose qui l'intéressait chez moi était le statut social que je pouvais lui offrir. Cela se passait relativement bien au début, mais aujourd'hui, je sais que je l'ai échappé belle.

Épouser quelqu'un comme Luke Holloway aurait été effectivement un bon moyen d'acquérir un statut social. D'être invitée aux réceptions de la jet set, de faire partie de l'élite du Texas Cattleman's Club et, bien sûr, de ne jamais manquer d'argent. De plus, Luke était généreux et aurait donné à sa femme tout ce qu'elle désirait. Oui, il l'aurait traitée comme une reine.

Kelly n'avait jamais souhaité être entretenue par un homme ; elle était parfaitement capable de le faire elle-même. De plus, elle ne cherchait pas à épouser Luke, elle voulait simplement l'avoir dans son lit. Se sentir vivante entre ses bras et réaliser les fantasmes qu'elle nourrissait pour lui depuis des années.

Maintenant que c'était chose faite, elle savait qu'ils auraient pu faire une équipe d'enfer non seulement dans la salle de réunion mais dans la chambre à coucher. Allons ! Il était inutile qu'elle s'engage sur cette voie. C'était une voie sans issue. Ils ne partageaient pas les mêmes aspirations.

— Apparemment, elle n'avait aucune envie de travailler, fit-elle remarquer.

— Elle voulait le prestige et l'argent, mais sans le travail.

— Hélas, c'est impossible, surtout en temps de crise.

Luke glissa un bras autour de sa taille et l'attira vers lui.

— Je n'ai plus envie de parler de mon ex, dit-il brusquement.

Elle ne put qu'acquiescer. Elle préférait largement parler boulot plutôt que de la femme à qui Luke avait failli passer la bague au doigt.

— Et dire que je ne me rendais même pas compte à quel point j'avais besoin de vacances, déclara-t-il après une minute de silence. Tu avais raison.

Elle se blottit contre lui.

— J'ai toujours raison.

Le rire de Luke vibra contre sa joue.

— Quoi ? C'est vrai, assura-t-elle, feignant d'être vexée. Où serais-tu sans moi ? Tu as toi-même admis que tu ne pouvais pas te passer de moi au bureau et, à présent, tu reconnais que tu avais besoin de ces vacances, ce que j'ai toujours dit.

— Si tu ne m'avais pas dit que c'était pour rencontrer un investisseur, je ne serais jamais parti.

C'était une évidence, et c'était précisément la raison pour laquelle elle n'avait pas eu d'autre choix que de lui mentir pour qu'il monte dans l'avion.

— Je devrais me sentir coupable de t'avoir menti, reprit-elle. Mais honnêtement… pas vraiment.

— Tu aurais pu me séduire à Royal.

— Comme je l'ai dit, ce n'était jamais le bon moment, répondit-elle en se reculant pour le regarder. Mais ce n'est pas la seule raison pour laquelle je t'ai amené ici. J'étais vraiment inquiète pour toi, et ton frère aussi.

— Zeke est un véritable bourreau de travail, lui aussi.

— C'est vrai. Vous avez ça dans le sang. Seulement ton frère, lui, prend parfois un jour de congé pour se détendre. Tout le monde a besoin de se ressourcer de temps à autre. De plus, il a Reagan.

Il repoussa ses cheveux derrière son oreille et lui caressa la joue. Elle ne s'était jamais remise de l'étreinte de la cascade, et à présent elle avait envie de lui chaque fois qu'il lui lançait un de ses regards chargé de désir et qu'il posait la main sur elle.

— Combien de jours nous reste-t-il ? demanda-t-il.

— Trois. Ce n'est pas beaucoup. J'ai prévu une sortie demain, mais si tu as envie de rester ici à traîner au lit, nu de préférence, je peux annuler.

Il sourit.

— Tu t'es donné tellement de mal pour tout organiser…

— Considère cela comme une avance sur ton cadeau de Noël, répondit-elle. Même si cela ne m'a pas coûté un sou.

Il se mit à rire. Elle ne pouvait se lasser de ce rire rauque et saccadé qu'elle entendait si rarement lorsqu'il travaillait. Oui, elle voulait qu'il soit heureux. Pour elle, mais aussi pour lui.

Non… Cela ne pouvait pas arriver. Elle ne pouvait pas tomber amoureuse de son patron. Il n'y avait pas de place pour elle dans sa vie et elle ne tomberait pas dans le même piège que sa mère. Jamais elle ne pourrait se satisfaire d'un amour à sens unique.

— Je ne sais pas si je serai à la hauteur, dit-il. Je n'ai même pas commencé mon shopping de Noël. De plus, je t'offre la même chose chaque année.

— Je ne m'inquiète pas pour mon cadeau, Luke.

Elle n'attendait rien d'autre de lui que ce qu'il lui avait déjà donné. Rien que ce séjour était le plus beau des cadeaux.

— Ce que j'aimerais, reprit-elle, c'est que tu me promettes de prendre plus de temps pour toi à ton retour. Ça, ce serait un super cadeau. Tu me montrerais que tout ce que j'ai fait pour organiser ce séjour n'a pas été vain.

À ces mots, il la poussa en arrière et vint s'allonger sur elle. La façon dont il parvenait toujours à la positionner exactement comme il le voulait ne faisait qu'ajouter à son sex-appeal. Comment cet homme pouvait-il être encore plus sexy que tout ce qu'elle avait imaginé ?

— Demande-moi ce que tu veux, dit-il. Et tu l'auras.

Ce qu'elle voulait ? Continuer à coucher ensemble à leur retour. Parce qu'à ce stade elle doutait de pouvoir éteindre l'interrupteur et faire comme si rien ne s'était passé entre eux…

Mais une simple liaison sexuelle serait-elle seulement possible ?

Luke serait-il partant ? Pensait-il même à l'avenir ? Elle savait cependant qu'elle devait lui donner du temps pour se projeter. Si elle avait nourri des sentiments pour lui depuis plusieurs années, tout cela était encore nouveau pour lui.

— Pas besoin de cadeau de Noël, répondit-elle. Je n'ai besoin de rien.

Sauf, peut-être…

Elle écarta les jambes pour qu'il vienne s'y étendre puis lui caressa la nuque.

— Ou peut-être, reprit-elle, pourrions-nous trouver ensemble ce que tu pourrais m'offrir…

Il hocha vigoureusement la tête et glissa la main sous son paréo. Elle poussa un petit cri à ce contact.

— Ma foi, je suis sûr que je peux faire quelque chose pour toi…, murmura-t-il.

Elle n'oublierait jamais leur nuit d'amour sur la plage. Ce moment intense qui marquait peut-être le début d'une liaison intime.

Si toutefois son patron voulait poursuivre cette liaison lorsqu'ils seraient de retour à Royal.

- 13 -

— Jamais je n'aurais imaginé que tu avais le vertige.

Luke s'agrippa à la rambarde de la plate-forme et parcourut du regard la vaste étendue d'arbres traversée de tyroliennes. Il n'avait aucune envie de passer pour une mauviette aux yeux de celle qui s'était donné tant de mal pour organiser cette sortie.

— Je n'ai pas le vertige, répliqua-t-il, bien que nauséeux. Je m'acclimate, voilà tout.

— Monsieur, vous n'êtes pas obligé de le faire, lui assura leur moniteur. Beaucoup de clients renoncent, vous savez.

— Je ne suis pas venu jusqu'ici pour ça, répliqua Luke.

C'était hors de question. Il dirigeait une très grosse entreprise et n'avait jamais reculé devant un défi. Et cette fois, il était bien décidé à impressionner Kelly. Sauf… qu'il avait un vertige épouvantable.

— Tu veux que j'y aille la première ? demanda Kelly en posant doucement la main sur son bras.

Il lui jeta un coup d'œil. Elle était absolument adorable avec son équipement de protection et son regard brillant d'inquiétude. Décidément, elle était prête à tout pour lui, comme elle l'avait déjà prouvé à maintes reprises. Et aujourd'hui, il devait être à la hauteur et lui montrer qu'il n'était pas complètement allergique aux loisirs.

Seulement voilà, être suspendu dans le vide n'était pas ce qu'il y avait de plus amusant. Il aurait mille fois préféré faire du jogging ou de la musculation. Ou n'importe quoi d'autre, mais sur la terre ferme.

Prendre l'avion ne lui avait jamais posé de problème. *Ça*, c'était une tout autre paire de manches…

Il examina avec inquiétude le câble qui lui semblait bien trop fin pour supporter un homme de sa stature.

— J'y vais le premier, déclara-t-il, ignorant les protestations de son estomac. C'est parti.

Le moniteur lui répéta les règles de sécurité ainsi que les conseils pour se réceptionner à l'arrivée. Il hocha la tête. Les techniques, il les avait comprises. Quant à les mettre en pratique…

S'approchant du bord, il s'efforça de faire abstraction de sa peur et se lança dans le vide, fermant les yeux de toutes ses forces.

Dès qu'il se mit à filer à toute allure, une sorte de déclic se produisit en lui. L'exaltation se substitua à l'appréhension, et la traversée lui parut soudain presque libératrice. Ouvrant les yeux, il admira l'étendue arborée en contrebas et l'océan au loin. Quelques instants plus tard, il atterrit sur la plate-forme d'arrivée, où un autre moniteur lui tapa dans le dos, le félicitant de sa performance.

Il se retourna à temps pour voir le grand sourire de Kelly qui, suspendue au câble, glissait vers lui à toute allure, d'une beauté à couper le souffle. Apparemment, elle avait, tout autant que lui, besoin de cette poussée d'adrénaline.

Un nouveau déclic se produisit en lui. Il y avait chez elle quelque chose qui le poussait à prendre des risques, qui lui donnait envie de mieux comprendre encore ce qui la faisait sourire comme si elle n'avait pas le moindre souci en ce bas monde.

— Tu as réussi ! s'exclama-t-elle. Ça t'a plu ?

— Oui, c'était vraiment impressionnant.

— Je suis désolée de t'avoir mis dans cette situation.

Il ne supportait pas la compassion, c'était pour lui comme verser du sel sur une plaie. Et un affront à sa virilité.

— Honnêtement, je ne savais pas que j'avais autant le vertige, admit-il.

— Tu veux recommencer ?

Il y avait dans les yeux de Kelly une étincelle irrésistible. Cette femme avait le goût du risque, et il trouvait cela infiniment excitant. Il voulait voir ce sourire plus souvent. Il voulait qu'elle soit heureuse. Et surtout, être celui qui serait perpétuellement la cause de ce bonheur.

Il n'avait pas l'habitude de la voir sous ce jour au bureau, et il comprit qu'il avait envie de continuer à découvrir ce qui se cachait derrière cette façade pour toucher à l'essence véritable de sa personnalité.

Il déposa un baiser sur ses lèvres.

— Allons-y, dit-il.

Après plusieurs heures de tyrolienne et de randonnée sur les sentiers à flanc de montagne, ils regagnèrent l'hôtel en jeep. Kelly aimait conduire capote ouverte sur la route longeant l'océan, et la présence de Luke à ses côtés rendait le trajet encore plus agréable.

— Que dirais-tu d'une promenade sur la plage ? proposa-t-elle lorsqu'ils furent de retour à leur bungalow.

— Parfait.

Elle glissa les bras autour de sa taille et plongea son regard dans le sien.

— Je suis vraiment désolée de t'avoir fait subir cette épreuve, Luke. Je croyais…

— Que j'étais courageux ? Ne le dis à personne, mais j'ai failli m'évanouir en regardant la cime des arbres.

— Ne t'inquiète pas. Nous avons tous peur de quelque chose.

Il fronça les sourcils et la dévisagea un instant.

— Tu as trouvé ma kryptonite, dit-il. Quelle est la tienne ?

Le cœur de Kelly se serra. Ce qu'elle voulait, plus que tout au monde, c'était avoir une famille à elle, un jour. Et une relation solide et pleine d'amour avec un homme qui ferait d'elle sa priorité. Un homme qui ne pouvait être Luke, hélas. Elle travaillait pour lui depuis cinq ans, et il n'y avait aucune chance que cette aventure d'une semaine, aussi torride soit-elle, transforme le bourreau de travail qu'il était en amoureux transi.

— Toutes les femmes ont leur secret, répondit-elle. Mettons nos maillots et allons à la plage. Pourquoi ne mettrais-tu pas celui que tu avais le premier jour ?

— Le mini-short ? J'ai bien peur qu'il ne coupe la circulation dans certaines parties cruciales de ma personne…

Elle glissa la main vers son entrejambe, caressant les parties en question.

— Tu as raison, nous ne pouvons pas prendre ce risque, dit-elle. D'autant que j'ai des projets pour ce soir.

Il se frotta contre sa main.

— Ce soir ?

Elle esquissa un sourire, plongeant la main dans son short pour accentuer la caresse.

— Maintenant, ça me va aussi, murmura-t-elle.

Luke gémit, renversant la tête en arrière.

C'était exactement ce qu'elle voulait. Qu'il soit à sa merci et libère toute la passion qu'il avait en lui. Pour l'instant, il était à elle, et elle comptait bien en profiter pleinement…

Baissant son short jusqu'aux chevilles, elle s'agenouilla à ses pieds.

— Kelly…

— Laisse-moi faire.

Il glissa la main dans ses cheveux lorsqu'elle aspira son sexe dans sa bouche et se mit à le lécher. Il était le premier homme avec qui elle avait envie de partager un tel degré d'intimité. Accélérant la cadence, elle sentit les mains de Luke s'agripper à ses cheveux, et elle comprit qu'il était au bord de l'orgasme. Elle accrut encore le rythme, espérant qu'elle s'y prenait bien. Apparemment oui, car quelques instants plus tard, elle sentit son corps trembler comme une feuille. Lorsque l'orgasme le submergea, il grogna plusieurs fois son nom et elle trouva cela follement excitant. Qui aurait cru que donner du plaisir à un homme de cette façon serait aussi jouissif ?

Ils échangèrent un sourire tandis qu'il se rhabillait.

— Je te devais une faveur, expliqua-t-elle. Je sais que ce n'est pas la cascade, mais je ne pouvais plus attendre.

Il prit son visage entre ses mains et l'attira vers le sien.

— Tu vas me faire mourir, murmura-t-il. Qu'est-ce que je vais faire de toi ?

Était-ce prématuré de lui demander s'il désirait poursuivre cette aventure à leur retour ? Il commençait seulement à s'habituer à cette nouvelle donne.

De retour à Royal, serait-il toujours marié à son travail ou trouverait-il un moyen de lui faire une place dans sa vie ? Était-il capable de changer ?

Un souvenir hantait toujours l'esprit de Kelly. Son père, lui, n'avait jamais changé. Sa mère et elle passaient toujours après les réunions du conseil d'administration ou les voyages d'affaires. Certes, il les aimait à sa manière, mais il ne leur avait jamais accordé la priorité.

Luke s'était comporté exactement de la même manière avec sa fiancée, même s'ils n'étaient pas vraiment faits l'un pour l'autre. Serait-il capable d'agir différemment avec une autre femme ? Avec elle, par exemple ?

Croire qu'autre chose qu'une aventure était possible était d'une telle naïveté… Mais elle ne pouvait s'empêcher de nourrir cet espoir. C'était humain, après tout. Et puis cela faisait si longtemps qu'elle attendait que Luke ouvre les yeux… Seulement à présent, elle était dans de sales draps. Pourrait-elle étouffer les sentiments qu'elle sentait s'intensifier en elle ?

— Hé…, murmura Luke, la tirant de ses pensées.

— Désolée. Je rêvassais.

Du bout du pouce, il lui effleura la lèvre inférieure.

— J'aimerais tant connaître tes rêves.

Elle le regarda, étonnée. Se pouvait-il qu'il s'intéresse à ses rêves ? De toutes les fibres de son être, elle espérait trouver quelqu'un avec qui partager ses espoirs et ses projets, quelqu'un en qui elle pourrait avoir confiance, avec qui elle pourrait discuter de sa journée.

Elle ne put s'empêcher de sourire en les imaginant tous les deux allant ensemble au travail et rentrant chez eux pour se détendre autour d'un verre, confortablement installés sur le canapé…

Seigneur ! Pourquoi persistait-elle à nourrir ce genre d'illusions ? Elle devait bien se mettre dans la tête que c'était impossible ! Une aventure, c'était tout ce qu'elle pourrait espérer lorsqu'ils seraient de retour. En demander davantage, c'était s'exposer à une lourde déception et risquer d'avoir le cœur brisé.

— Allons nous balader sur la plage, suggéra-t-elle. Ensuite, nous pourrons peut-être piquer une tête dans la piscine après le dîner.

— Au coucher du soleil. J'ai l'impression que je n'en avais jamais vu avant de venir ici avec toi.

Évidemment ! Il était tellement pris par ses problèmes familiaux et par l'entreprise.

Oublierait-il tout de ces nouvelles sensations une fois qu'ils seraient de retour ? Reprendrait-il ses activités comme si de rien n'était ? Garderait-il le secret sur leur liaison ?

Tant de questions se bousculaient dans l'esprit de Kelly. Des questions qui restaient sans réponses pour l'instant. Ce qu'elle pouvait faire était de se garder de ses sentiments tout en montrant à Luke qu'elle n'était pas prête à ce que leur histoire se termine.

— Je pense que nous sommes encore en retard pour le dîner.

Assis sur le sable face au coucher de soleil, Luke étreignit Kelly qui, blottie entre ses jambes, avait posé la tête contre sa poitrine. De toute sa vie, il ne s'était jamais senti aussi apaisé, aussi serein. Il ignorait s'il devait cela à la tranquillité des lieux, à la présence de Kelly à ses côtés ou aux moments absolument torrides qu'ils partageaient, mais une chose était sûre : quelque part, il aurait voulu que cette parenthèse enchantée ne s'arrête jamais.

Toutefois, il savait aussi qu'il devait rentrer à Royal et aider sa famille à redresser l'entreprise. De plus, une quantité de collaborateurs comptaient sur lui pour garder leur emploi. C'est pourquoi il était déterminé à frapper un grand coup. Non, Ava ne perdrait pas son entreprise bien-aimée. Elle ne méritait pas cela. Il serait le sauveur de Wingate.

Pourtant, ces deux derniers jours, il avait tout oublié : son téléphone, ses mails professionnels et la somme écrasante de travail qui l'attendrait à son retour.

Il n'avait plus qu'une seule envie : s'immerger dans l'instant présent avec Kelly. Sur cette île où elle l'avait emmené par ruse, sachant exactement ce dont il avait besoin pour le sortir du cercle infernal dans lequel il était en train de sombrer au travail.

Une situation qu'il n'avait même pas vue lui-même, ou qu'il n'avait pas voulu voir mais qui n'avait pas échappé à Kelly. Elle avait toujours été en phase avec lui et prête à répondre à ses besoins. Ce qu'il ne comprenait toujours pas, c'est comment il avait pu ne pas voir qu'elle avait des sentiments pour lui.

Sans doute parce qu'il était obnubilé par l'idée qu'il allait sauver le monde. C'était en tout cas ce qu'il ressentait la plupart du temps. Comment avait-il pu vivre avec une vision aussi étroite des choses ?

C'était cette attitude qui l'avait amené à rompre ses fiançailles, même s'il n'avait aucun regret à cet égard. Les sentiments qu'il éprouvait pour Kelly ces derniers jours dépassaient de loin tout ce qu'il avait pu ressentir pour Lily.

Et cela l'effrayait au plus haut point.

— Tu es en pleine réflexion, dis-moi, murmura-t-elle en se blottissant contre lui. Je t'entends pratiquement penser.

— Je pensais au travail.

Kelly renversa la tête en arrière et le dévisagea.

— C'est interdit.

Il l'embrassa sur le front.

— Je sais, mais je me demande comment j'ai pu ne pas me rendre compte que tu avais des sentiments pour moi alors que tu étais si attentive à mes besoins.

— Qui a dit que j'avais des sentiments ? Peut-être que j'avais juste envie de te sauter dessus…

Il éclata de rire.

— Je commence à te connaître un petit peu, et je sais que tu ne te serais pas donné tout ce mal pour m'emmener dans cet endroit et que tu n'aurais certainement pas entamé une liaison avec moi si tu n'éprouvais pas de sentiments, fit-il remarquer.

Elle posa la tête contre son épaule.

— C'est vrai, admit-elle. Et je sais aussi que c'est la seule forme d'intimité que nous pouvons avoir. Il n'est pas question pour moi de m'attacher à un homme qui fait passer son travail avant tout le reste. Je voulais juste profiter de ce moment pour que tu me voies autrement. Je savais que ce serait ma seule et unique chance de le faire.

Il la dévisagea, étrangement bouleversé par sa déclaration. S'il comprenait qu'elle ne souhaite pas être quantité négligeable dans un couple, il ne pouvait s'empêcher d'être déçu qu'elle se refuse à aller plus loin avec lui. Certes, c'était très proche de ce qu'il pensait lui-même, mais entendre Kelly le dire aussi ouvertement avait quelque chose de tristement définitif.

Qu'en était-il d'une relation physique ? Qui avait dit qu'ils devaient y mettre fin après leur retour à Royal ?

Seul l'avenir le dirait. En attendant, il leur restait un peu de temps pour décider ce qui se passerait à leur retour.

Pourrait-il faire de la place à Kelly dans sa vie pour autre chose que pour le travail ?

- 14 -

Kelly regagna le bungalow après avoir fait un tour à la boutique de souvenirs. Elle avait vu une robe en vitrine mais n'avait pas trouvé le temps de l'acheter. Après le déjeuner, elle avait donc laissé Luke dans le patio pour aller faire son emplette.

Elle n'arrivait pas à croire qu'ils partaient le lendemain matin.

Elle aurait voulu rester ici pour toujours... Seulement ils devaient rentrer et reprendre le travail. Sans parler des fêtes de Noël qui approchaient à grands pas, et puis du nouvel an, ce qui se traduisait toujours, chez Wingate, par une kyrielle de réunions durant lesquelles les décisionnaires proposaient de nouvelles idées pour développer l'entreprise.

De retour au bungalow, elle se rendit dans sa chambre où elle avait laissé ses vêtements même si elle passait ses nuits dans le lit de Luke. Elle enfila sa nouvelle robe. Blanche, sans bretelles, elle épousait ses courbes à la perfection et était fendue de la cheville jusqu'à mi-cuisse.

Lorsqu'elle rejoignit Luke dans le patio, celui-ci se tenait face à l'océan, le dos tourné. Il venait manifestement de piquer une tête dans la piscine car il était encore trempé.

— Eh bien, qu'en dis-tu ? demanda-t-elle en écartant les bras.

Il se retourna et resta bouche bée.

— Superbe et diaboliquement sexy...

Son compliment eut beau lui faire plaisir, elle ne put s'empêcher de remarquer ce qu'il tenait à la main.

— Comment as-tu fait pour récupérer ton téléphone ? s'enquit-elle.

Il lui adressa un grand sourire.

— Je t'ai vu taper le code du coffre, et tant mieux car j'ai eu une idée géniale. J'avais hâte d'en parler à Zeke par texto.

— Quelle idée ?

Elle aurait voulu oublier le travail le plus longtemps possible, mais leurs vacances s'achevaient et le réel commençait à refaire surface. Inévitablement.

— Je pense que nous devrions spécialiser nos hôtels, c'est-à-dire les réserver aux couples, expliqua-t-il. Au lieu d'essayer d'attirer les familles ou les entreprises, je crois que nous devrions nous intéresser aux escapades romantiques. Lunes de miel, anniversaires de mariage, voyages en amoureux. En termes de marketing, nous devons faire en sorte que les clients se sentent comme toi et moi en ce moment. Leur donner l'impression que le travail n'existe pas et que, dans nos hôtels, ils oublieront leurs problèmes.

Mais le travail existait, il venait d'en faire l'implacable démonstration. Elle eut soudain envie de lui reprendre son téléphone et de se concentrer de nouveau sur eux-mêmes. Ce qui lui semblait perdu d'avance car, après ces quatre jours de vacances, Luke brûlait manifestement de remettre le pied à l'étrier.

— C'est génial, répondit-elle, se forçant à sourire.

— Tu trouves ? Tu crois vraiment que ça peut marcher ?

C'était une autre particularité de Luke. Il accordait toujours de l'importance à son avis et la sollicitait à chaque phase de l'évolution d'un projet.

Elle sentit les rouages de son esprit se mettre en route, même si c'était la dernière chose qu'elle souhaitait.

— Si nous arrivons à créer les conditions d'une parfaite intimité, je pense que nos hôtels verront leurs réservations exploser, répondit-elle. Il faudrait penser non seulement aux chambres et à leur agencement, mais aussi au personnel. On pourrait attribuer à chaque couple un majordome ou une gouvernante, qu'ils appelleraient par leur prénom et à qui ils pourraient faire appel à tout moment dès qu'ils auraient besoin de quelque chose. L'intimité doit être la clé de toute retraite en amoureux. Nos couples doivent avoir l'impression de vivre dans un rêve.

Posant son téléphone sur la table du patio, Luke lui enlaça la taille, remontant doucement vers le renflement de ses seins.

— Toi aussi, tu as l'impression de vivre dans un rêve ? murmura-t-il.

Elle prit une profonde inspiration, et un frisson d'excitation la parcourut. Cet homme l'avait à peine touchée qu'elle était déjà prête à s'enflammer. Serait-ce toujours le cas ? Éprouverait-elle toujours pour lui un désir aussi dévorant ?

— Je vis un rêve, avoua-t-elle, fermant les yeux pour mieux goûter sa caresse.

Luke baissa le haut de la robe, exposant ses seins à la brise du soir.

— Tu es tellement sexy, Kel.

C'était la première fois qu'il lui attribuait un surnom, et elle se dit qu'ils avaient peut-être atteint un niveau d'intimité encore plus profond qu'elle ne l'aurait imaginé.

Lorsqu'il lui titilla les tétons, elle eut soudain une folle envie qu'il lui arrache sa robe… Peu importait qu'elle soit neuve. Faire l'amour avec Luke, le voir perdre la tête entre ses bras valait bien de sacrifier une robe.

Le téléphone de Luke vibra sur la table et elle étouffa un juron.

— Laisse-le, supplia-t-elle.

Il hésita une fraction de seconde durant laquelle elle crut qu'il allait répondre. Mais au lieu de cela, il la souleva de terre et l'emporta dans le bungalow.

— J'ai des choses plus importantes à faire, dit-il. Le travail peut attendre.

Son cœur bondit de joie. C'était la première fois qu'elle le voyait différer une obligation professionnelle, et aujourd'hui il le faisait pour elle. Pour eux. Avait-il changé au cours de ce séjour ?

Lorsqu'il la fit asseoir sur son lit, elle vit que sa robe était mouillée. Luke était encore trempé de son plongeon dans la piscine lorsqu'il l'avait prise dans ses bras. Elle s'en fichait. Un homme aussi parfait et désirable que lui n'aurait jamais dû être habillé ! Elle aurait passé ses journées à l'admirer.

Elle glissa la main sur son tatouage en forme de dragon.

— Il a une signification particulière ? demanda-t-elle.

— La force. Après la mort de mes parents, quand Ava nous a recueillis, Zeke et moi, j'ai juré d'être fort, quoi qu'il arrive. J'ai juré de prendre soin de ma famille, de mes amis et de ne jamais laisser tomber personne.

Voilà pourquoi il était si obsédé par Wingate. Elle comprenait son besoin ardent de sauver l'entreprise.

— Je n'aurais jamais cru qu'un tatouage puisse être si excitant, murmura-t-elle, en dessinant du bout du doigt la pointe de la queue du dragon.

Il frémit à ce contact et plongea son regard sombre dans le sien.

— Qu'est-ce que je vais faire de toi ? demanda-t-il.

Elle sourit.

— Tu n'arrêtes pas de me poser cette question. Essaie plutôt d'y répondre par toi-même…

En guise de réponse, il aspira la pointe d'un de ses seins. Renversant la tête en arrière, elle ferma les yeux et s'agrippa aux cheveux de son amant.

C'était incroyable à quel point cet homme pouvait la rendre folle avec une simple caresse. Elle murmura son nom, le suppliant de continuer. C'est alors que la main de Luke trouva la fente de sa robe.

Elle n'avait rien mis dessous car elle était toujours désireuse d'offrir à Luke l'accès le plus facile possible à son intimité.

— Alors, tu aimes ma nouvelle robe ? demanda-t-elle.

Lorsqu'il inséra la main entre ses jambes, elle s'ouvrit largement à son exploration.

— Oui, mais je te préfère encore sans…

À ces mots, elle saisit les pans de la robe et se dénuda entièrement sous le regard avide de son amant.

— J'ai envie de toi maintenant, grogna-t-il en la soulevant pour la jeter sur le lit.

Elle ne put s'empêcher de rire. Cet homme passait si vite de l'érotisme à l'espièglerie qu'elle avait parfois du mal à le suivre. Il avait l'art de la surprendre, et ce côté joueur ne cessait d'attiser son désir.

Il se hissa sur le lit et posa les mains de part et d'autre de sa tête.

— J'ai envie de toi, répéta-t-il. Sans limites.

Ses mots firent mouche, et à cet instant, elle comprit qu'il tenait sans doute plus à elle qu'elle ne l'avait imaginé. Il n'aurait pas exigé une intimité sans limites s'il ne s'agissait pour lui que d'une simple aventure.

Elle écarta les jambes, s'offrant à lui, comme il le souhaitait.

Il serra les dents et prit une profonde inspiration.

Il avait un mal fou à se contenir, c'était évident. Elle devinait si facilement ce qu'il ressentait et désirait, à présent.

Forte de cette connaissance, elle noua les chevilles autour de ses hanches et l'attira vers elle.

Lorsqu'il la pénétra, elle ne put étouffer un cri. Chaque fois qu'ils faisaient l'amour, elle en voulait toujours plus. Elle aurait voulu se repaître de lui, physiquement et mentalement, et l'inonder de son amour.

Car oui, elle aimait Luke. C'était devenu impossible de le nier. Et sans doute l'aimait-elle depuis longtemps. Ce qui avait changé, c'est qu'elle pouvait aujourd'hui se l'avouer sans peur, maintenant qu'elle pressentait qu'il pourrait éprouver, lui aussi, des sentiments pour elle.

— Tu es tellement parfaite…

Ces mots doux ne firent qu'exacerber son excitation. Il était tout pour elle et, en cet instant, elle aurait voulu lui dire qu'elle l'aimait.

Mais elle devait attendre. Elle ne devait pas se dévoiler aussi vite. Peut-être n'y croirait-il pas et, surtout, elle ne voulait pas l'effrayer ou lui embrouiller l'esprit. Il avait déjà trop de choses en tête, avec sa famille et l'entreprise. Lui ajouter du stress ne les mènerait nulle part.

Une fois protégé, il se mit à aller et venir en elle, de plus en plus fort, de plus en plus vite, et ses lèvres ne semblaient oublier aucune partie de sa personne. Lorsqu'il se hissa sur elle, l'enveloppant de son corps massif, elle tendit instinctivement le cou pour happer sa bouche. À cet instant, elle resserra les chevilles autour de ses hanches, et pleinement offerte à son assaut, elle perdit tout contrôle et se laissa emporter par un orgasme d'une force inouïe.

Il jouit à son tour, l'embrassant avec une ardeur décuplée, à laquelle elle répondit, espérant que sa passion et son amour transparaîtraient d'eux-mêmes. Elle avait besoin qu'il sache à quel point il comptait pour elle, à quel point elle voulait être avec lui.

Alors qu'ils étaient étendus sur le lit en silence, reprenant leur souffle, elle se demanda combien de temps elle pourrait tenir encore avant d'avouer à son patron qu'elle était désespérément amoureuse de lui.

- 15 -

Sans surprise, le travail fut à l'ordre du jour du début à la fin du vol de retour, et Kelly s'efforça de ne pas être trop triste. Après tout, les cinq jours de rêve qu'ils venaient de vivre étaient désormais derrière eux.

Assis en face d'elle, Luke n'arrêtait pas, alternant appels téléphoniques, rédaction et envoi de mails. Quant à elle, elle avait mis son ordinateur portable en soute avec le reste de ses bagages. De toute façon, elle ne l'avait pris que pour une seule raison, au départ : faire croire à Luke qu'ils partaient en voyage d'affaires.

De plus, elle n'avait aucune envie de travailler, même si elle savait qu'elle aurait beaucoup à faire une fois au bureau. Cependant, rien ne requérait son attention avant lundi. Elle avait prévu de prendre sa journée du lendemain, afin de se réhabituer en douceur à Royal.

— Ce truc va être génial ! s'exclama Luke en posant son téléphone à côté de lui. J'aurais besoin que tu prennes quelques notes.

Elle sortit son téléphone en soupirant. Eh oui, le rêve était bel et bien derrière eux…

— Nous allons organiser une somptueuse réception, expliqua-t-il. Elle aura lieu au club-house. Ce sera un événement beaucoup plus important et beaucoup plus glamour que tout ce que nous avons organisé jusqu'à maintenant.

— Tu as une date ?

— Le week-end prochain.

Elle le dévisagea, effarée.

— Luke, tu ne peux pas organiser une réception de cette taille en si peu de temps !

— Oh mais je ne vais pas l'organiser tout seul. Nous allons le faire ensemble, toi et moi.

Elle se mit à rire.

— Tu es fou.

— Non. Optimiste. Écoute, nous devons le faire. Mon esprit est en ébullition, ce qui veut dire que tu as eu absolument raison de me forcer à prendre des vacances. Maintenant, je sais exactement comment redresser Wingate et nous allons dévoiler notre plan à la famille et à nos amis, et regarder l'avenir avec espoir. C'est Noël, Kelly. Nous avons tant de choses à célébrer en ce moment !

Organiser une réception de fin d'année pour dévoiler son projet semblait certes amusant et excitant, mais comment diable allaient-ils s'y prendre ?

— Sais-tu seulement s'il y a une salle disponible au club-house ce jour-là ? demanda-t-elle.

Luke se contenta de hausser un sourcil et elle comprit que sa question était ridicule. Luke Holloway obtenait toujours ce qu'il voulait.

— Donc, pour le lieu, c'est fait, dit-elle, complétant la note sur son téléphone. Et pour le traiteur, la musique et la décoration ?

— C'est toi qui t'occuperas de la décoration. Tu l'as déjà fait avec…

Il se mit à claquer des doigts, cherchant manifestement le nom d'un prestataire de services. Elle indiqua le nom du prestataire en question et l'ajouta à sa note.

— La musique et le traiteur, rien de plus facile,

enchaîna-t-il. Le club a ses propres équipes et nous ferons appel à elles.

En notant les indications de Luke, Kelly comprit qu'elle s'était clairement bercé d'illusions lorsqu'elle avait cru pouvoir prendre son dimanche comme n'importe quel salarié…

— Tu as pensé à tout, remarqua-t-elle avec un sourire. Que dirais-tu d'affiches ou de brochures pour exposer les grandes lignes de ton projet ?

— Oui, et c'est là que j'ai vraiment besoin de toi, répondit-il en se levant pour s'asseoir à son côté. Il faut faire des affiches et des brochures de nos hôtels détaillant les extensions prévues dans chacun d'eux. Nous devons surtout mettre l'accent sur les nouveaux aménagements conçus pour les couples.

Il se mit à citer à toute allure une liste d'aménagements qu'elle s'efforça de noter au fur et à mesure. Elle regretta soudain de ne pas avoir pris son ordinateur.

Lorsqu'ils atterrirent à Royal, Luke avait pour ainsi dire bouclé le projet. Il avait déjà passé plusieurs appels et avait organisé des réunions… le soir même.

Sans être réellement étonnée, Kelly ne pouvait s'empêcher d'être déçue. Elle aurait dû savoir que l'ancien Luke serait de retour à peine aurait-il mis le pied à Royal.

Peut-être était-ce aussi pour cela qu'elle l'aimait. Luke était un homme impliqué, déterminé, qui ne laissait rien se mettre en travers de sa route. Il ne travaillait pas pour l'argent, mais pour arranger les choses, à la fois pour aider sa famille à sortir d'un mauvais pas et redresser l'entreprise.

Il l'accompagna jusqu'à sa voiture et déposa sa valise dans le coffre. Elle se demanda alors ce que pouvait bien contenir la sienne. Avait-il emporté ses horribles tenues de touriste ? Pour le voyage de retour, il portait un pantalon de ville bleu marine et une chemise gris foncé. Un peu comme à l'aller, à ceci près qu'elle savait à présent exactement ce qu'il y avait… sous ses vêtements. Rien ne pourrait jamais effacer de sa mémoire chacun de ses muscles car elle avait exploré chacun d'entre eux.

— Je vais chez Zeke pour discuter du projet, annonça-t-il, fourrant les mains dans les poches de son pantalon. Si nous pouvons mettre ce projet en place rapidement, l'argent des pré-réservations permettra de relancer l'entreprise.

— C'est un excellent projet mais ne va pas trop vite. Il ne faudrait pas que ça se retourne contre nous et que nous nous retrouvions plus mal en point que nous ne le sommes déjà.

Il secoua la tête et soupira.

— Je doute que la situation puisse être pire, mais je ferai tout pour éviter que cela se produise, affirma-t-il, sûr de lui.

Malgré l'assurance qu'il affichait, elle ressentait son angoisse. Elle connaissait le trouble et l'inquiétude qui l'envahissaient pour en avoir été si souvent le témoin au cours des derniers mois. Sa famille avait vécu l'enfer à cause d'un homme à qui elle avait accordé sa confiance et Luke portait tout le poids de l'entreprise sur ses épaules. Il ne voulait pas aggraver leur situation, il voulait être celui qui les sauverait de ce mauvais pas.

Elle savait aussi à quel point il aimait Ava et appréciait tout ce qu'elle avait fait pour lui après le décès de ses parents.

— Tu pourrais aller chez moi…, dit-il soudain.

Elle le dévisagea, surprise. Elle ne savait pas ce qui se passerait entre eux à leur retour, mais elle avait décidé de le laisser prendre les initiatives. Ce qu'il faisait, apparemment.

— Tu ne vas pas voir ton frère ? s'enquit-elle.

Il hocha la tête et la prit dans ses bras.

— Si, mais cela me ferait plaisir que tu ailles t'installer chez moi, répondit-il en l'embrassant brièvement sur les lèvres. Je veux t'avoir à mes côtés tout au long de ce projet.

En qualité d'assistante, de maîtresse… ou d'autre chose ? Elle faillit lui poser la question… et s'en abstint en voyant la douleur mêlée d'inquiétude dans ses yeux.

— D'accord, dit-elle.

— Tu connais le code d'accès, n'est-ce pas ?

Elle était son assistante depuis cinq ans, et à ce titre elle avait eu accès à tous les aspects de sa vie. Cependant, elle n'était passée chez lui que pour déposer ou récupérer des documents de travail. Elle n'allait pas refuser son invitation. Ce serait peut-être l'occasion de voir si leur histoire pouvait aller plus loin…

— Bonne chance avec Zeke, dit-elle en s'installant au volant de sa voiture. Je passe prendre quelques affaires chez moi et ensuite j'irai chez toi.

Luke lui sourit.

— Voilà qui fait plaisir à entendre.

Lorsqu'il s'éloigna pour rejoindre sa propre voiture, elle se demanda ce qu'il attendait exactement de leur relation.

Une chose était certaine : il s'était ressourcé et, pour la première fois depuis longtemps, semblait avoir repris espoir. Peut-être avait-il juste besoin de son soutien alors qu'il s'apprêtait à jouer son va-tout ? Peut-être voulait-il aller plus loin avec elle ? Quoi qu'il en soit, elle devait protéger son cœur. Même si elle était amoureuse de lui, elle savait aussi qu'il ne la ferait jamais passer avant son travail.

Plus que tout, elle rêvait de fonder une famille, et elle restait persuadée que Luke ne pouvait remplir ce rôle. Ce qu'elle pouvait faire, c'était de profiter du temps qu'ils passaient ensemble tout en sachant que cette parenthèse prendrait fin, inévitablement.

— C'est tout bonnement génial ! s'exclama Zeke.

Luke poussa un soupir de soulagement et se cala au fond du canapé en cuir du salon de son frère. Zeke était assis face à lui sur l'autre canapé ; sa femme, Reagan, à son côté.

Son frère et sa belle-sœur avaient trouvé l'amour de la manière la moins conventionnelle qui soit. Leur histoire avait commencé par une liaison de façade et un mariage à la va-vite à Las Vegas, et finalement Zeke et Reagan étaient vraiment tombés amoureux. S'ils avaient fait les choses dans le désordre, tout s'était arrangé pour eux, à la fin. Aujourd'hui, Luke ne pouvait même plus imaginer qu'ils ne soient pas ensemble car ils se complétaient en tout point.

Reagan posa la main sur la cuisse de Zeke et sourit.

— Oh ! Luke, tu étais tellement stressé, ces derniers temps, dit-elle. Quelle joie de te voir enfin détendu ! Je ne sais pas si c'est l'endroit où tu étais, mais tu as retrouvé le sourire.

Luke lui rendit son sourire. Il n'était pas question pour lui de s'étendre sur la cause de ce changement. Mais ce qui était sûr : Kelly avait fait surgir quelque chose de caché en lui. Après des mois de travail acharné, d'innombrables nuits blanches à se triturer vainement les méninges, il tenait enfin la solution, et c'était en grande partie grâce à Kelly.

— Kelly a joué un rôle crucial dans l'élaboration de ce projet, admit-il. Elle est brillante.

— Tu as de la chance d'avoir une assistante de cette qualité, déclara Reagan.

Le terme « assistante » semblait complètement inapproprié, à présent. Il y a une semaine encore, Kelly l'était, effectivement. Aujourd'hui, elle était son bras droit, son amante, et peut-être autre chose encore qu'il ne parvenait pas encore à définir tout à fait.

Entre Wingate et les sentiments inattendus qu'il éprouvait pour Kelly, il ne savait plus où donner de la tête. Trop d'événements se passaient en même temps, qui le bouleversaient un peu trop à son goût.

Il tenait à Kelly, c'était indéniable. Penser qu'il était tombé amoureux d'elle aurait été naïf et stupide. Ce n'était pas parce que son frère avait trouvé l'amour de sa vie qu'il connaîtrait le même destin. Et puis il avait beaucoup trop à faire actuellement pour se lancer dans une relation. Ses désastreuses fiançailles avaient amplement démontré à quel point il était difficile, voire impossible pour lui, de mener une relation et le travail de front.

— Oui, Kelly est incroyable, renchérit-il. Elle travaille en ce moment même à l'organisation de la réception qui se tiendra au club-house ce samedi.

— Donc je suppose que tu ne me tiens pas rigueur d'avoir programmé ces vacances à ton insu ? demanda Zeke.

Comment aurait-il pu lui en vouloir ? Alors qu'il venait de passer l'une des meilleures semaines de sa vie ? Cependant, il ne pouvait accepter que Zeke ait financé la totalité du séjour et avait bien l'intention de rectifier cet aspect au plus vite, même s'il n'avait pas envie de mettre cela sur la table pour l'instant.

— Tu es complètement transfiguré, reprit Zeke. Tu n'as plus ces rides d'inquiétude sur le visage et cet air d'en vouloir à la Terre entière. Peut-être devrions-nous rendre les vacances obligatoires tous les trois mois pour que tous nos salariés restent au top de leur forme.

Luke sourit. Un autre séjour avec Kelly ? Il ne dirait certainement pas non !

— L'idée est à creuser, répondit-il. Pour l'instant, nous devons aller de l'avant et nous concentrer sur notre grande réception.

Zeke se mit à rire.

— Décidément, tu ne perds pas de temps, mon cher frère.

— Nous ne pouvons pas nous le permettre. Nous avons besoin de ces pré-ventes. Cet argent nous aidera à nous lancer dans la phase suivante.

— C'est un super projet, convint Zeke, en posant la main sur celle de Reagan. Je savais que tu trouverais la solution miracle.

Une bouffée de fierté submergea Luke. Il espérait de tout cœur que ce plan fonctionnerait et qu'il permettrait de préserver les emplois de leurs deux cents salariés. Il ne faisait pas tout cela simplement pour se sauver, lui, mais aussi pour assurer l'avenir de tous ceux qui dépendaient de lui.

— Cela dit, ce projet ne permettra pas de tout résoudre, reprit-il.

— Peut-être, mais c'est un bon point de départ qui permettra de rétablir la confiance de nos actionnaires et investisseurs, répondit Zeke. Cette démarche va remonter le moral de tout le monde, c'est une certitude.

— Oui, c'est un merveilleux projet, renchérit Reagan, rayonnante, en tapotant la cuisse de Zeke. Kelly et toi vous êtes vraiment surpassés.

Luke retint un sourire. Si Reagan avait su à quel point Kelly et lui s'étaient surpassés… dans un lit, elle n'aurait sans doute pas fait cette remarque ! Cela dit, il était conscient que Kelly était l'épine dorsale de toute cette opération. Jamais il ne pourrait être au top de ses capacités avec quelqu'un d'autre. Jamais il n'aurait imaginé trouver une telle compatibilité avec une femme, tant dans un lit qu'au travail.

Y avait-il quelque chose à en déduire ?

Il chassa cette question de son esprit et revint au sujet de la discussion.

— Au-delà des nouveaux aménagements dans les hôtels, je pense que nous devrions proposer des options particulières pour les couples qui veulent vraiment marquer le coup, expliqua-t-il. Nous pourrions par exemple proposer le transport en jet privé et la location d'une voiture dès l'arrivée à l'hôtel. L'idée serait qu'en réservant chez Wingate nos clients n'aient plus à se soucier de quoi que ce soit.

— Je suis sûre que tu vas faire un malheur, intervint Reagan, tout sourire.

— Jamais je n'aurais pu imaginer tout cela sans Kelly, dit-il.

Zeke le fixa avec curiosité.

— Il s'est passé quelque chose avec elle, durant ce séjour ? demanda-t-il.

— Oui, nous avons mis sur pied un projet en béton.

— Et… Au-delà ?

Luke ne répondit pas tout de suite. Comment Zeke en était-il arrivé à cette conclusion ? Il n'en avait aucune idée, hormis le fait qu'ils étaient frères et partageaient un lien très étroit.

— Zeke, Kelly est mon assistante.

Son frère ne le lâchait pas du regard.

— N'essaie pas de noyer le poisson, Luke. Il s'est passé quelque chose. C'est une évidence. Tu sais, il n'y a rien de mal à admettre cela. Je sais que les problèmes de la société te pèsent, et tant mieux si tu commences à te rendre compte que tu n'es pas seul dans l'adversité.

Kelly est une femme formidable et elle serait parfaite pour toi.

Il était hors de question que Luke suive son frère dans cette voie. Sa relation avec Kelly était beaucoup trop récente.

Sa *relation* ?

Bon, c'est vrai que cela y ressemblait... mais ce n'était pas parce qu'ils avaient couché ensemble et qu'il lui avait demandé de s'installer quelques jours chez lui qu'il était prêt à l'épouser.

Il haussa les épaules.

— Tu as raison, il s'est passé quelque chose, répondit-il. Grâce à Kelly, j'ai compris que j'avais besoin de me ressourcer parce que je me mettais trop la pression. J'en étais arrivé au stade où je stressais aussi tout mon entourage. Ce séjour m'a vraiment aidé à voir plus clair en moi.

C'était la pure vérité, à ceci près qu'il avait préféré sauter la version classée X de leur séjour. Tout ce qui s'était passé entre Kelly et lui devait rester confidentiel. Laisser quelqu'un, y compris son frère, entrer dans leur intimité était hors de question.

— Je ne suis pas sûr qu'il n'y ait rien d'autre à dire, murmura Zeke, peu convaincu par son explication.

Reagan lui tapota la jambe.

— Tu peux laisser ton frère tranquille, s'il te plaît ? dit-elle. Il a mis sur pied un remarquable plan de sauvetage pour l'entreprise. S'il s'est passé quelque chose avec son assistante, c'est son problème, pas le tien.

Luke eut soudain envie de sauter par-dessus la table basse pour embrasser sa belle-sœur. Elle avait une façon remarquable de garder Zeke dans les clous. Son frère avait tendance à pousser les autres dans leurs retranchements, mais il obéissait toujours à sa femme avec le sourire.

De plus, Luke n'était pas prêt à se dévoiler davantage.

Il n'avait ni envie de mentir à son frère, ni de lui parler de Kelly.

Cependant, il était ravi de savoir qu'elle l'attendait chez lui en ce moment même… Il se demanda si elle était en train d'explorer sa maison, ou sa chambre. Peut-être l'attendait-elle déjà dans son lit ou dans le jacuzzi…

Il se leva, soudain pressé de rentrer pour commencer à travailler sur la réception dans une atmosphère détendue avec Kelly.

Zeke et Reagan se levèrent à leur tour et l'accompagnèrent dans le vestibule.

— Je vais envoyer des textos à mes contacts pour qu'ils réservent leur soirée samedi prochain, proposa Reagan. Je leur dirai qu'ils ne doivent manquer cette réception pour rien au monde. Noël est la période la plus magique de l'année. Tu ne pouvais pas choisir meilleur moment pour dévoiler ton projet.

— Je l'espère, répondit Luke. Je vais demander au service Marketing de faire imprimer des affiches. Je leur dirai de vous envoyer la maquette par mail.

— Parfait, approuva Zeke. Pour ma part, je vais faire passer le mot aux membres du Texas Cattleman's Club.

Sur le trajet qui le menait chez lui, Luke eut le sentiment d'avoir fait un grand pas en avant. Cela faisait des mois et même des années qu'il n'avait pas ressenti une telle satisfaction, et c'était avant tout à Kelly qu'il le devait. Avant leur séjour à Hawaï, il travaillait de longues heures sans jamais trouver la moindre solution pour relancer l'entreprise. À présent, tout se mettait en place.

Il étouffa un bâillement. Il venait de passer une semaine absolument exceptionnelle et il avait hâte de retrouver son lit, ce soir. Pourtant, malgré cette satisfaction, il ne pouvait s'empêcher de se demander s'il n'avait pas commis une erreur en demandant à Kelly de l'attendre chez lui. Il ne voulait pas qu'elle croie qu'il profitait d'elle ou qu'il aspirait à une relation plus sérieuse.

Soudain saisi de doutes, il s'agrippa au volant. Il connaissait Kelly suffisamment bien pour savoir qu'elle s'attacherait à lui, et il n'avait aucune envie d'être celui qui lui briserait le cœur.

- 16 -

— Hum… Ça sent bon !

Kelly se retourna et sourit à Luke tandis qu'il la rejoignait dans la cuisine américaine.

— J'ai préparé le dîner, déclara-t-elle en montrant son plat posé sur l'îlot central. J'espère que cela ne te dérange pas. J'ai fouillé dans tes placards pour trouver les ingrédients. Je me suis dit que tu aurais faim en rentrant.

Lorsque Luke s'arrêta de l'autre côté de l'îlot, elle sentit une boule se former dans son estomac. Comment allait-il réagir ? Être chez lui n'avait plus rien à voir avec Oahu. Ils n'étaient plus en terrain neutre. Elle avait mesuré toute l'étrangeté de la situation en entrant dans la maison. D'abord parce qu'elle était immense. Elle avait jeté un œil à chacune des six chambres et découvert que celle de Luke, avec ses peintures bleu marine et ses poutres en bois massif, était imprégnée de son odeur virile.

Tout dans cet endroit faisait penser à lui. Le décor élégant, les poutres apparentes, l'imposante cheminée en pierre du salon. Oui, tout dans ce lieu reflétait la personnalité de Luke, et c'était agréable d'avoir un aperçu de sa vie personnelle.

Son frère et lui avaient vécu ici, avant que Zeke emménage chez Reagan après leur mariage, et cette vaste demeure semblait effectivement idéale pour deux célibataires.

La tristesse l'avait envahie en voyant une photo des

parents de Luke sur sa commode. C'était une terrible douleur que de vivre sans ses parents, une douleur qu'elle connaissait bien. Mais au moins, Luke avait son frère et sa tante, avec qui il avait, par chance, un lien très fort.

Elle aspirait à un tel lien, et plus encore, elle aspirait à trouver un partenaire de vie. Elle rêvait de fonder sa propre famille avec un homme qui l'aime. Et qui soit présent. Elle ne voulait pas de la vie conjugale de sa mère qui était monotone.

— J'aurais voulu rentrer plus tôt, dit Luke. Mais je tenais à expliquer à Zeke tous les détails du projet.

— Qu'en a-t-il pensé ? Reagan était là ?

Luke hocha la tête.

— Ils étaient emballés tous les deux. Reagan va envoyer des textos et téléphoner à certains de ses amis, et Zeke va en parler aux membres du club.

— Cette semaine va être très chargée si nous voulons que tout soit prêt le week-end prochain, fit-elle remarquer. J'espère que je m'en sortirai…

Contournant l'îlot, Luke lui prit les mains et plongea son regard dans le sien.

— Bien sûr que tu vas t'en sortir, assura-t-il. Il ne fait aucun doute dans mon esprit que ce sera la plus belle réception et le lancement le plus spectaculaire de tous les temps. Tu sais vraiment y faire en matière d'organisation, et tu sais te faire obéir.

Elle ne put s'empêcher de rire.

— Tu me trouves autoritaire ?

— Peut-être pas autoritaire, mais un brin manipulatrice, répondit-il, en l'embrassant sur le bout du nez. Souviens-toi de la façon dont tu es parvenue à tes fins avec moi à Oahu… C'était du pur génie ! Bon, je vais me doucher avant le dîner. Je ne me suis toujours pas changé depuis l'aéroport.

— Ça marche. Je prépare les assiettes et je sers le vin.

Il la dévisagea un instant, et elle crut qu'il allait dire quelque chose, mais il se contenta de lui lâcher les mains.

— Accorde-moi dix minutes, dit-il en se dirigeant vers l'escalier.

Elle espéra qu'il n'avait pas été gêné de la trouver dans sa cuisine comme si elle était la maîtresse de maison. Elle avait tout d'abord attendu son retour nerveusement et puis son estomac s'était mis à gronder. C'est alors qu'elle avait décidé de préparer des pâtes à la sauce marinara.

Passant une fois de plus en revue les placards, elle trouva assiettes et couverts. Il lui fallut un peu plus de temps pour mettre la main sur un tire-bouchon. C'est alors qu'elle réalisa qu'un ouvre-bouteille électrique était posé sur le comptoir, à côté de la cave à vin.

Luke n'était toujours pas redescendu, et elle se demanda s'il ne s'était pas mis à envoyer des mails ou à passer des coups de fil. Elle attendit près de vingt minutes avant de monter à l'étage pour voir ce qu'il devenait.

À peine eut-elle mis le pied dans sa chambre qu'elle s'arrêta net. Il était sur son lit, étendu sur le ventre et vêtu d'une simple serviette, profondément endormi.

Elle fut très déçue. Tant pis pour la soirée romantique et les étreintes dont elle avait rêvé toute la soirée…

Elle s'éclipsa et redescendit.

Après un dîner rapide, elle rangea la cuisine. Elle s'était douchée et changée chez elle avant de venir et à présent elle avait besoin de se détendre. Elle devait apaiser son esprit avant de dormir.

Prenant son ordinateur portable et son téléphone, elle se

dirigea vers le patio qui avait une jolie vue sur un étang. Elle s'installa sur la confortable chaise longue qui avait attiré son attention lorsqu'elle avait visité la maison.

Elle se plongea dans le travail, envoyant des mails, remplissant des feuilles de calcul, notant des idées de décoration. Bien qu'organisée à la dernière minute, la réception devait être somptueuse. C'était un travail de titan, mais elle n'avait encore jamais déçu Luke et aucune intention de commencer aujourd'hui. Si leur relation professionnelle était plus intense que jamais, elle n'avait aucune idée de leur avenir amoureux. Elle pressentait toutefois que l'un d'eux allait souffrir… et que ce serait probablement elle.

— Comme vous pouvez le voir ici, il y aura des suites dédiées aux couples, situées à l'écart dans les jardins de nos hôtels.

Luke désigna la maquette sur le diaporama affiché à l'écran de la salle de réunion. Assise à l'autre bout de la table, Kelly étudia discrètement les expressions des personnes présentes.

Ava semblait complètement fascinée par les idées de Luke. Elle s'était avancée sur son siège et haussait les sourcils ; il était clair qu'elle était absolument captivée.

Assis dans son habituel fauteuil en cuir, Zeke semblait, pour sa part, détendu. Tous les autres membres du conseil d'administration fixaient l'écran. De temps à autre, Luke jetait un œil de son côté, et à chaque fois elle frémissait de plaisir.

Elle avait passé les deux nuits précédentes chez lui. Depuis samedi soir, ils partageaient le même lit, mais hormis quelques baisers torrides, rien ne s'était passé entre eux. Et ce matin, il était parti avant même qu'elle se réveille. L'avenir de l'entreprise était en jeu, et Luke semblait ne pouvoir penser à rien d'autre qu'à cela.

Il avait eu un sommeil particulièrement agité. À un moment donné, elle était parvenue à l'apaiser en posant la main sur son dos. Elle comprenait sa nervosité, mais elle savait aussi que son projet était si génial qu'il n'avait aucune raison d'échouer.

Elle avait soigneusement évité de mettre les pieds dans le plat en parlant de l'avenir de leur relation. Une fois la réception terminée, elle trouverait bien un moment pour en discuter. Il était important qu'il sache ce qu'elle ressentait, et elle devait aussi lui donner l'occasion de s'exprimer.

Elle regrettait qu'ils soient moins proches que sur l'île, où ils passaient tout leur temps à rire et à bavarder. Certes, ils n'étaient plus en vacances ; pour l'instant, seul semblait compter le travail pour Luke. Elle comprenait, bien sûr, seulement elle ne pouvait s'empêcher de se sentir frustrée de cette situation. Elle en voulait plus… Elle n'aurait peut-être pas dû, mais c'était ainsi.

— Nous continuerons de cibler les voyageurs d'affaires, continua Luke, l'arrachant à ses pensées. Mais ce ne sera plus notre clientèle privilégiée. Soixante-dix pour cent des chambres de nos hôtels seront réaménagés et destinés aux couples venus pour une escapade romantique. Et nous proposerons une gamme variée de forfaits s'adressant aux personnes disposant d'un budget limité tout comme à celles prêtes à dépenser sans compter pour leur moitié.

Luke tapa sur une touche de son ordinateur avant de se tourner vers la nouvelle diapositive apparue sur l'écran.

— Voici le budget prévisionnel, annonça-t-il. Et là, les projections en termes de chiffre d'affaires si nous obtenons quatre-vingts pour cent de réservations d'ici le printemps.

Kelly avait les yeux rivés sur lui. Il était infiniment

séduisant en mode professionnel, et elle ne pouvait s'empêcher de ressentir une immense fierté de le voir ainsi se battre pour sauver sa famille, son entreprise et ses salariés.

— Ce changement de clientèle est un risque, remarqua Ava lorsque Luke eut terminé.

Luke acquiesça.

— C'est vrai, reconnut-il, mais toute décision implique une prise de risque. Ce que je vous propose aujourd'hui est le meilleur scénario possible. Des couples en lune de miel ou célébrant leur anniversaire de mariage, un mari désireux de reconquérir son épouse, une jeune femme cherchant à séduire l'homme de ses rêves… Tous ces gens doivent pouvoir disposer d'hôtels agréables et réputés pour leur projet. Et je crois sincèrement que Wingate a tous les atouts en main pour offrir des destinations de rêve aux amoureux du monde entier.

— Reagan est déjà prête à réserver le premier pack premium, intervint Zeke.

Ava tapotait la surface brillante de la table, et Kelly ne put s'empêcher de la regarder, attendant sa réaction finale, tout en sachant que la matriarche n'aurait pas le dernier mot, puisque les préparatifs de la réception étaient déjà lancés. En réalité, cette réunion était plutôt une formalité et une mise au point. Il s'agissait surtout que l'équipe soit sur la même longueur d'onde et puisse répondre à toutes les questions posées par les invités lors de la réception.

— Je vous fais confiance, déclara Ava, s'adressant à Luke et Zeke. Je sais que vous n'emporterez pas cette entreprise dans la mauvaise direction. Et si vous croyez que c'est la voie à suivre, alors je vous soutiens à cent pour cent.

Luke sourit, et Kelly vit le soulagement éclairer son regard. Il avait besoin de l'approbation d'Ava. Il avait traversé tellement d'épreuves depuis la mort de ses parents, tant au plan personnel que professionnel, qu'un rejet de la part de sa tante aurait sérieusement remis en question le projet.

— Nous avons demandé au département Marketing de réaliser des visuels pour les brochures et les affiches qui seront distribuées et exposées lors de la réception, reprit-il. Kelly a déjà contacté le traiteur et l'orchestre. Elle s'occupe aussi de la décoration.

— Sur ce point, intervint Kelly, nous travaillons sur le thème de Noël et nous compléterons la décoration déjà mise en place par le club-house. Cependant, nous pensons également évoquer les escapades romantiques, puisque c'est l'idée centrale de notre projet.

Lorsque, une fois de plus, Luke croisa son regard, elle lui sourit. Après quoi, il aborda le sujet de la réception, détaillant le déroulement de la soirée et le rôle tenu par chacun des membres de l'équipe de direction.

Kelly ne cessait de compléter ses notes. Elle avait déjà tout passé en revue avec Luke avant la réunion, mais à mesure qu'il parlait, de nouvelles idées ne cessaient de surgir dans son esprit, qu'elle tenait absolument à noter avant d'oublier. Outre l'invitation à la réception, ils enverraient un mémo à l'ensemble du personnel, leur demandant d'amener autant d'invités que possible. Il fallait que ce soit un grand événement pour célébrer la renaissance de Wingate.

Alors que la réunion touchait à sa fin et que l'équipe sortait de la salle, Kelly vit Zeke se diriger vers son frère et lui murmurer quelque chose à l'oreille.

Lorsque Luke jeta un œil dans sa direction, elle se figea.

— Tu peux nous excuser ? lui demanda-t-il.

Elle acquiesça, prit son ordinateur portable et quitta la pièce en fermant la porte derrière elle. Elle ne savait pas de quoi les deux frères allaient discuter, mais elle avait bien l'impression que cela avait un lien avec elle.

— Bon sang, Luke, qu'est-ce que tu fais ? demanda Zeke.

Luke dévisagea son frère, perplexe.

— De quoi parles-tu ?

— Ne fais pas comme si tu ne le savais pas…

Se frottant le menton, Luke secoua la tête.

— J'ai trouvé que la réunion s'était très bien passée, si c'est de ça dont tu parles, dit-il.

— Tu veux dire, pendant que tu lançais des sourires et des œillades à ton assistante à l'autre bout de la table ? Je t'ai déjà demandé ce qui s'était passé à Oahu et tu es resté muet.

Luke prit une profonde inspiration. D'autres personnes l'avaient-elles remarqué ? Ava ? Les membres de l'équipe ? Avec un peu de chance, ils étaient trop concentrés sur la présentation pour remarquer cette complicité entre Kelly et lui.

— Tu peux me dire ce qui se passe avec Kelly ? demanda Zeke. Et ne me réponds pas qu'elle n'est *que* ton assistante. Je sais que ce voyage vous a changés tous les deux.

— Bien. Elle n'est plus *que* mon assistante. C'est ce que tu voulais entendre ?

Zeke le dévisagea longuement avant de faire un pas en arrière et d'étouffer un juron.

— Mais qu'est-ce qui t'est passé par la tête ? lança-t-il. L'entreprise traverse une grave crise. Ce n'était pas le but recherché quand je t'ai envoyé en vacances.

— Ce que je fais de mon temps libre ne te regarde pas, répliqua Luke, s'exhortant à la patience. Ce qui s'est passé entre Kelly et moi n'a rien à voir avec toi.

Zeke hocha la tête.

— Si votre relation interfère avec les réunions, ça me regarde, rétorqua-t-il en le fixant et attendant manifestement plus d'explications.

— Kelly et moi nous sommes rapprochés pendant notre séjour, si tu veux vraiment le savoir. Les détails ne sont pas nécessaires, mais sache que c'est comme ça que nous avons eu l'idée du projet pour Wingate.

Un silence de mort accueillit ses paroles, le mettant mal à l'aise. Pourquoi en était-il réduit à se justifier alors que rien de tout cela ne concernait Zeke ?

— Personne n'est au courant, reprit-il, et il n'est pas question que cela se sache. Kelly n'est pas qu'une simple aventure et je n'ai aucune envie qu'elle devienne un sujet de commérage au bureau.

Zeke tressaillit.

— Tu tiens à elle…, murmura-t-il.

Luke n'avait pas le temps de creuser le sujet et aucune envie de se confier à son frère. Non seulement ils avaient beaucoup à faire, mais il ne savait toujours pas clairement ce qu'il ressentait pour Kelly. S'il devait un jour officialiser sa relation avec elle, alors elle serait la première à le savoir.

— Ton silence parle de lui-même, déclara Zeke.

— Si je ne réponds pas, c'est parce que je préfère l'ignorer, à ce stade. Il n'est pas question que tu en parles à Kelly ou à qui que ce soit d'autre, tu m'entends ?

Un grand sourire s'épanouit sur le visage de Zeke.

— OK, garde le secret sur ta vie amoureuse, si c'est ce que tu veux. Mais ça se saura tôt ou tard.

Une fois de plus, Luke resta muet, conscient qu'il ne pouvait pas tout gérer simultanément au moment où se jouait l'avenir de l'entreprise. Il jonglait avec beaucoup trop de balles. S'il en laissait tomber une, cela causerait une autre crise.

Or il ne pouvait laisser tomber ni Wingate ni Kelly. Un terrifiant dilemme, auquel il n'était toujours pas prêt à faire face.

- 17 -

Kelly suspendit sa robe et referma le placard. Elle n'en revenait pas d'avoir eu le temps de trouver une robe qui lui aille parfaitement, et sans retouches à faire !

Elle voulait être la plus élégante possible non seulement pour la réception, mais pour Luke. Tous les détails de la soirée avaient été réglés et le buzz se répandait dans Royal comme une traînée de poudre. Tous brûlaient d'envie de savoir ce qu'annoncerait Wingate ce soir.

Luke avait travaillé tard au bureau toute la semaine, tombant presque immédiatement endormi dès qu'il rentrait. Ils avaient à peine échangé quelques mots, hormis au travail pour régler les ultimes détails de la soirée. Luke avait encore énormément à faire, car il s'agissait à présent de lancer les travaux dans les hôtels du groupe. Il avait pour cela enchaîné les conférences en visio avec l'ensemble des directeurs.

Il lui avait bien volé quelques baisers ici et là, mais rien de plus. Les exigences du réel les frappaient de plein fouet depuis qu'ils étaient de retour, et c'était loin d'être terminé !

C'était toujours un peu dépaysant d'être chez lui, mais depuis qu'il lui avait demandé de rester, il n'avait jamais évoqué son départ et, ma foi, elle s'était bien habituée à cette routine.

Elle était là depuis presque une semaine, et ils

n'avaient pas fait l'amour une seule fois. Leur liaison n'était-elle finalement qu'une passade ? Pourquoi lui avait-il demandé de s'installer chez lui s'il ne voulait pas d'intimité ?

Lorsque la réception serait derrière eux, elle lui parlerait. Dès le lendemain. Certes, le travail était important pour lui, elle le comprenait, mais elle était amoureuse et n'avait aucune envie de passer au second plan s'il partageait ses sentiments.

Cependant, elle devrait faire preuve d'une grande finesse. D'une part, elle ne voulait pas qu'il puisse la comparer à son ex, qui se plaignait constamment d'être délaissée. Elle admirait réellement l'implication de Luke dans son travail, seulement s'il devait exister entre eux une relation durable, il devait lui dire si elle était désormais davantage qu'une simple assistante. Ou pas.

Elle eut un coup au cœur en comprenant que Luke ne souhaiterait peut-être pas aller plus loin. Elle savait que sa carrière tenait le haut du pavé, et surtout, jamais elle ne l'avait entendu déclarer qu'il désirait se lancer dans une relation sérieuse. Et encore moins fonder une famille.

Elle se maudissait d'avoir été si naïve, d'avoir laissé leur séjour basculer dans une relation physique qui n'allait sans doute rester qu'un agréable souvenir. Il fallait qu'elle lui parle, ouvertement et honnêtement, et qu'elle cesse de tourner autour du pot.

Luke devait savoir qu'elle était amoureuse de lui pour décider ce qu'il attendait de cette relation en toute connaissance de cause.

Elle ne l'attendait pas avant tard ce soir. Elle savait qu'il était au bureau avec Zeke, travaillant sur les mesures à prendre pour que la transition avec les hôtels soit la plus parfaite possible.

Elle avait passé la soirée au club-house à superviser la décoration et à s'assurer que tout était absolument parfait. Elle y serait également le lendemain après-midi. Reagan avait proposé de l'y retrouver pour finaliser la décoration de la salle.

Elle ne pouvait s'empêcher de ressentir une certaine excitation à l'approche de la réception. Elle se sentait sexy dans sa robe et avait hâte de la montrer à Luke. Lorsqu'elle lui aurait avoué ses sentiments, peut-être pourraient-ils reprendre là où ils s'étaient arrêtés à Hawaï. Il y avait de l'espoir. La façon dont il la regardait et valorisait son efficacité la rendait plutôt optimiste.

Cependant, elle n'était pas du genre à s'accrocher ou à supplier. Si Luke ne partageait pas ses sentiments ou se refusait à bâtir une relation solide basée sur autre chose que le travail, alors elle devrait tourner la page. Ce n'était pas parce qu'elle éprouvait des sentiments intenses pour lui que c'était réciproque.

Pour se calmer, elle décida de s'offrir une manucure et une pédicure à domicile. Elle voulait être la plus belle possible pour la réception et avait besoin de prendre un peu de temps pour elle.

La journée du lendemain serait mémorable, tant dans sa vie personnelle que professionnelle. Elle espérait seulement que tout se passerait comme elle l'avait espéré et prévu… Faute de quoi, elle aurait le cœur brisé. Si Luke ne désirait pas aller plus loin avec elle, ce serait la fin de tout… Et elle devrait trouver un nouvel employeur. Elle n'avait pas de plan B, mais si elle était convaincue qu'elle se remettrait de la perte de son poste, elle n'était pas sûre de pouvoir se remettre de la perte de Luke.

— Waouh ! Ce que tu es sexy !

Kelly se mit à rire et fit lentement un tour sur elle-même pour exhiber sa longue robe vert émeraude.

Reagan laissa échapper un sifflement et applaudit.

— Les hommes ne vont pas en croire leurs yeux, ajouta Reagan. Et peut-être quelques femmes, aussi. Kelly, cette robe est incroyable.

Kelly avait eu le coup de foudre pour cette robe dès qu'elle l'avait vue en ligne. Elle avait payé un supplément pour une livraison express et prié le ciel pour que la robe lui aille parfaitement. Le décolleté en V sur le devant était presque indécent, mais l'évasement de la jupe tempérait le côté sexy de la robe. Quant à la couleur, ce vert émeraude étincelant mettait en valeur sa chevelure flamboyante tout en faisant un clin d'œil à Noël.

— Mon but n'est pas d'éblouir les invités, répondit-elle, mais de leur donner envie de réserver une suite dans l'un de nos hôtels.

Reagan glissa les mains dans les poches de sa robe chemise rouge et sourit.

— Chérie, non seulement ils vont se ruer sur vos suites à la vitesse de l'éclair, mais ils s'empresseront de s'en vanter auprès de leurs amis. Et ceux-ci, jaloux de leur bonne fortune, voudront faire exactement la même chose. Il n'y a rien de plus efficace que le bouche-à-oreille.

Kelly soupira.

— J'espère que tu as raison. Je suis tellement nerveuse.

— Allons, il n'y a pas de quoi, répondit Reagan en s'approchant pour que les traiteurs n'entendent pas leur conversation. À moins que tu sois pressée de voir la réaction *d'une certaine personne* quand elle te verra dans cette robe.

À ces mots, Kelly se sentit mal à l'aise et se demanda ce que Reagan savait exactement.

— Ne t'inquiète pas, déclara celle-ci avec un doux sourire. Officiellement, je ne suis au courant de rien. J'ai simplement remarqué la façon dont Luke parlait de toi l'autre jour, et je vois la même étincelle dans tes yeux en ce moment.

Kelly rougit.

Comment Luke avait-il parlé d'elle, et comment s'était-elle trahie ? D'autres personnes étaient-elles au courant ? Faisait-elle la une des commérages au bureau sans le savoir ?

— Je ne vois pas ce que tu veux dire..., murmura-t-elle.

Reagan lui prit la main.

— Je suis vraiment désolée, Kelly. Je ne voulais pas te faire paniquer. Je veux simplement te dire que je sais ce que c'est de devoir cacher l'amour que l'on éprouve pour quelqu'un.

— Je suis encore en pleine réflexion.

— Sait-il que tu l'aimes ?

— Non. Je t'en prie, ne dis rien à Zeke.

— Bien sûr que non, répondit Reagan en lui souriant. Il est bon parfois que les femmes aient leurs petits secrets.

Kelly poussa un soupir de soulagement. Elle passait tant de temps au bureau qu'elle avait rarement l'occasion de se faire des amies. Reagan en était rapidement devenue une ; c'était une femme adorable.

— Merci, répondit-elle. Désolée, je ne t'ai pas dit à quel point tu es magnifique, toi aussi, ce soir.

— Le rouge est la couleur préférée de Zeke, précisa

Reagan avec un sourire coquin. Il est important, parfois, de rappeler à nos hommes la chance qu'ils ont de nous avoir.

Nos hommes… Kelly ne put s'empêcher de douter de la justesse de cette déclaration, mais elle était fort agréable à entendre. Cela lui rappelait la conversation qu'elle avait prévu d'avoir avec Luke après la réception. Sauf que pour l'instant, rien d'autre ne comptait que cette soirée et la renaissance de Wingate. Ils avaient besoin de ce tremplin pour repartir du bon pied l'année suivante.

Reagan et elle passèrent l'heure suivante à vérifier les derniers détails, repositionnant les centres de table, déposant ici et là des piles de brochures et fixant des affiches.

Kelly avait hâte que Luke, Ava et Zeke voient tout ce qui avait été fait pour valoriser leur projet.

— Que pouvons-nous faire de plus avant l'arrivée des invités ? demanda Reagan.

— Je pense que c'est bon. Merci, vraiment, pour ton aide.

Reagan se dirigea vers le bar et fit signe au barman.

— Bien ! Alors je pense que nous méritons bien un verre de vin avant que la foule débarque.

— Je suis tout à fait d'accord ! répondit Kelly en riant. Mais je doute qu'un seul verre suffise pour survivre au stress de cette soirée.

— On verra, dit Reagan, tout sourire, en levant son verre. Buvons à cette soirée qui sera sans nul doute inoubliable.

Kelly prit une gorgée de pinot et en apprécia le goût acidulé.

Oui, ce sera une soirée inoubliable.

- 18 -

En pénétrant dans le pavillon du Texas Cattleman's Club, Luke resta bouche bée en découvrant le décor. Alors seulement, il réalisa le travail qu'avait abattu Kelly en si peu de temps.

Balayant l'immense salle du regard, il remarqua que des affiches avaient été disposées un peu partout, présentant en détail et en couleurs les nouvelles suites destinées aux couples ainsi que les Spa qui ouvriraient bientôt leurs portes dans tous leurs hôtels.

En termes de décor, sa diligente assistante avait opté pour des dominantes d'or et de blanc, assorties aux décorations de Noël déjà installées dans la salle. Des guirlandes lumineuses avaient été fixées au plafond, rappelant une voûte étoilée au-dessus de leurs têtes. D'immenses sapins de Noël, chargés de décorations scintillantes, se dressaient de part et d'autre de l'entrée de la salle.

Ce niveau de magnificence dépassait toutes ses espérances, et il se promit d'augmenter Kelly. Sans elle, son idée n'aurait jamais vu le jour, et cette réception n'aurait pas été à la hauteur de ce que les gens attendaient de Wingate.

À chaque extrémité de la salle, les traiteurs mettaient la touche finale à leur buffet. L'orchestre avait commencé à répéter et Luke remarqua qu'il y avait même une piste de danse.

Une fois de plus, il balaya la salle du regard, en quête

de Kelly. Il ne l'avait pas vue de la journée. Il savait qu'elle avait travaillé à la décoration de la salle avec Reagan en fin d'après-midi, mais il avait préféré ne pas la déranger. La soirée ne débutait que dans trente minutes. C'était le moment idéal pour passer un moment avec Kelly avant que les invités arrivent.

Il aperçut soudain une touche rouge vif au fond de la salle. C'était Reagan. Sa belle-sœur était bien sûr superbe, mais il n'avait envie de voir qu'une seule femme.

Il la rejoignit et l'embrassa chaleureusement.

— Tu es magnifique, comme toujours.

— Tu n'es pas mal non plus, murmura-t-elle avec son radieux sourire. Si tu cherches Kelly, elle vient de s'éclipser dans le bureau pour retoucher sa coiffure.

Le bureau semblait idéal pour un bref tête-à-tête. Cinq minutes d'intimité complète avec Kelly ne seraient pas du luxe. Il avait été si occupé cette semaine, si fatigué aussi, qu'il n'avait même pas pu lui faire l'amour alors qu'il en brûlait d'envie.

Faire l'amour ? Il n'aurait pas dû utiliser ce terme… Cependant, ce qu'il ressentait pour elle aujourd'hui était plus fort qu'à Oahu. Sa loyauté, sa passion, son dynamisme répondaient aux siens, et plus il passait du temps avec elle, plus il réalisait combien il aimait qu'elle soit chez lui. Le simple fait de savoir qu'elle l'attendait le soir lui donnait envie de rentrer. Hélas, l'urgence du projet dans lequel il avait lancé l'entreprise l'avait empêché de faire tout ce dont il avait eu envie.

La porte du bureau était entrouverte, et lorsqu'il jeta un œil à l'intérieur de la pièce, il faillit tomber à la renverse : Kelly était d'une beauté à couper le souffle. Debout devant un miroir ancien orné de dorures, elle retouchait sa longue chevelure. Il ne put qu'admirer le vert de sa robe, qui mettait en valeur ce qu'il y avait de plus beau chez elle : son teint, ses cheveux et ses yeux.

Elle croisa son regard dans le miroir et ses mains s'immobilisèrent aussitôt. Elle se retourna, lui offrant une vue complète de sa robe qui faillit le mettre à genoux.

Il réalisa à cet instant à quel point ces moments où ils pouvaient simplement être ensemble sans contraintes extérieures lui avaient manqué.

— Kel…, murmura-t-il en fermant la porte derrière lui. Tu es… bon sang… sexy… magnifique. Je ne sais pas quoi dire…

Elle se mit à rire et se dirigea vers lui. Avec cette jupe ample, elle semblait flotter au-dessus du sol comme un ange, et ce décolleté vertigineux ajoutait un côté sexy qui, il le savait, correspondait aussi à sa personnalité.

— Je suis ravie que ça te plaise, dit-elle en resserrant le nœud de sa cravate avant de poser les mains sur son torse. Mais toi aussi, tu es très beau, tu sais ?

Il ne répondit pas, encore sous le choc. Kelly avait toujours été une femme éblouissante et maintenant qu'il couchait avec elle, il savait qu'elle était absolument, totalement parfaite.

— Que se passe-t-il ? Tu as perdu ta langue ? demanda-t-elle en lui effleurant les lèvres. J'espère que cela va s'arranger, car j'ai bien l'intention de discuter avec toi tout à l'heure.

— *Discuter* ? Ce n'est pas tout à fait ce que j'avais en tête pour nous deux, lorsque je te ramènerai à la maison, murmura-t-il en glissant les mains autour de sa taille. J'ai pas mal de retard à rattraper après m'être endormi sur toi toute la semaine.

Elle sourit, et il eut l'impression que ses lèvres le suppliaient de les embrasser.

— Je sais que tu as énormément travaillé, dit-elle. C'est bon. Mais maintenant, il va falloir que l'on parle.

Aucun homme sur Terre n'avait envie d'entendre ces mots de la part d'une femme. Ils ne présageaient rien de bon.

— Ça a l'air sérieux, dis-moi, fit-il remarquer.

Prenant son visage entre ses mains, elle plongea son regard dans le sien.

— Pas de quoi s'inquiéter, promit-elle. J'ai simplement deux ou trois choses à te dire.

Il grimaça.

— Tu es enceinte…

— Non ! répondit-elle en riant. Ce qui n'empêche que j'ai envie d'avoir des enfants, un jour. D'ailleurs, tu viens de me donner un aperçu assez éloquent de ce que cela t'inspire…

Il la dévisagea, désarçonné.

— Désolé. Je ne voulais pas paraître paranoïaque, mais avoue que ce serait plutôt malvenu, en ce moment.

Il resserra son étreinte et captura ses lèvres, regrettant de devoir attendre la fin de la soirée pour la dépouiller de cette robe. Il recula d'un pas et la dévisagea, hypnotisé par la passion qu'il lisait dans ses yeux.

— Ça te va bien, ce rouge à lèvres, dit-elle en lui essuyant la bouche du bout du pouce. Ne t'inquiète pas, je te laisserai m'enlever le reste plus tard.

Il se réjouit de cette promesse mais se demandait toujours de quoi elle souhaitait lui parler. Hélas, cela devrait attendre, car les invités allaient bientôt arriver et il serait sur le devant de la scène toute la soirée.

— Tu as fait un super boulot dans cette salle, dit-il en l'entraînant vers la porte. Au cas où je ne te l'aurais pas dit cette semaine, merci. Ce n'est pas grand-chose, mais ce projet n'aurait pas existé sans toi.

Elle inclina la tête et ses boucles flamboyantes cascadèrent sur ses épaules.

— Je suis ravie d'avoir pu t'aider dans ce projet, répondit-elle. Cela va être une aventure extraordinaire et j'ai vraiment envie d'en faire partie.

C'était exactement ce qu'il attendait d'elle.

Plus tard, il lui dirait qu'il voulait aller plus loin avec elle, sur le plan sentimental. Il ne savait pas encore exactement à quoi ressemblerait leur relation. Peut-être allait-il lui proposer d'emménager chez lui pour voir comment les choses pouvaient se mettre en place ?

Avant d'entrer dans la salle, il lui lâcha la main, conscient qu'il ne pouvait pas se permettre de la toucher en public. Il s'aperçut alors qu'il aurait voulu s'afficher librement avec elle, glisser un bras autour de sa taille et déambuler devant les invités sans se soucier de ce qu'ils pensaient.

Oui, elle était son assistante, mais leur relation était plus profonde que cela. Si les gens avaient des commentaires à faire à ce sujet, libre à eux. Aujourd'hui, il aspirait à aller plus loin avec Kelly. Il verrait bien où cela les mènerait.

Kelly n'en revenait pas de l'affluence. Elle ne pouvait s'empêcher de sourire et, à chaque fois qu'elle jetait un œil dans la salle bondée, il était évident que les invités passaient un bon moment. Elle avait répondu à des questions sur l'évolution des hôtels Wingate et avait même accompagné plusieurs invités au bureau des réservations.

Quant à Luke et Zeke, ils remplissaient leur rôle d'hôtes à merveille, prenant plaisir à discuter avec les uns et les autres.

La réception était un véritable succès.

— Les invités ont l'air ravis.

Kelly se retourna. Sutton Wingate, le directeur financier, venait d'arriver à sa hauteur, un verre à la main.

— C'est clair, répondit-elle. Je pense qu'une nouvelle ère s'ouvre pour Wingate.

— Bien sûr, Luke prend un risque, mais on n'a rien sans rien, n'est-ce pas ?

Lauren, la fiancée de Sutton, les rejoignit, tout sourire et un verre à la main. Elle était absolument rayonnante dans sa longue robe en lamé or.

— Kelly, tu es superbe ! dit-elle. Ce vert te va à ravir.

— Merci. Ce doré fait merveille sur toi.

Lorsque Sutton enlaça Lauren, Kelly ressentit une pointe de jalousie. Elle aurait voulu savoir où elle en était avec Luke et vers quoi ils se dirigeaient. Plus que tout, elle aspirait à s'afficher à ses côtés. Elle n'avait aucune envie d'une relation secrète où ils devraient cacher leur intimité aux yeux de tous.

— J'ai une envie folle de réserver un séjour en amoureux dans un de ces hôtels, déclara Lauren. J'adore ma vie à Royal, mais l'idée d'être choyée avec Sutton pendant une semaine me plaît beaucoup.

Kelly fit un geste de la main, désignant le fond de la salle.

— Le bureau des réservations est juste derrière, si tu veux, précisa-t-elle en riant.

— Tiens, qu'est-ce que vous faites tous là ? demanda Sebastian en s'avançant vers eux. C'est une réunion du personnel ?

— Nous bavardons, voilà tout, répondit Sutton à son jumeau. En tout cas, cette réception est déjà un succès. Je suis impatient de voir les chiffres des pré-réservations grimper en flèche, ces prochaines semaines.

— Arrête de penser aux chiffres, répondit Sebastian. Profite de la soirée pour te détendre. Vous allez voir, ce plan va se mettre en place tout seul. Tout le monde adore cette idée d'escapade en amoureux.

— Sans doute parce qu'il y a un tas de gens qui se marient ou se fiancent, en ce moment, précisa Lauren avec un sourire.

Sebastian secoua la tête.

— Non, pas tout le monde, dit-il. Pas vrai, Kelly ?

Elle adressa un sourire poli à Sebastian, qui avait toujours été allergique au mariage mais ignorait que c'était précisément ce qu'elle attendait de Luke.

— Le mariage n'est pas fait pour tout le monde, en effet, se contenta-t-elle de répondre. Si vous voulez bien m'excuser, j'ai quelques invités à voir.

Elle s'éloigna du groupe, saluant quelques-uns tout en se frayant un chemin dans la foule. La salle était absolument bondée. Elle était presque certaine que tous les habitants de Royal étaient présents.

Elle avait remarqué qu'à Royal les gens riches avaient plaisir à dépenser leur argent. Non seulement ils s'offraient de belles choses mais adoraient s'en vanter sur les réseaux sociaux. C'était exactement ce qu'il fallait à Wingate car cet état d'esprit se traduirait par une explosion des réservations et générerait un effet boule de neige, ce qui permettrait au groupe de se refaire rapidement une santé financière.

Elle se retourna et faillit percuter Gracie Diaz.

— Oh ! Gracie ! s'exclama Kelly. Vraiment désolée.

Gracie leva un bras, protégeant le verre d'eau qu'elle tenait à la main. Elle était un peu pâle, mais toujours aussi ravissante, avec ses longs cheveux noirs et ses grands yeux bruns.

— Ça va ? demanda Kelly.

— Oui, oui. Très bien.

La jeune femme esquissa un sourire que Kelly ne trouva pas réellement convaincant.

— Je suis juste un peu fatiguée, expliqua Gracie. Je cherchais un endroit tranquille pour m'asseoir.

Inquiète, Kelly tendit la main à son amie. Gracie était devenue multimillionnaire du jour au lendemain, après avoir gagné au loto. Aujourd'hui, elle cherchait un moyen de donner un sens à sa vie.

— Il y a un bureau, au fond, si tu veux, proposa-t-elle. Vas-y, il n'y a personne. Et ferme bien la porte si tu veux te reposer. Je peux t'apporter quelque chose. De quoi grignoter ou un autre verre d'eau ?

— Merci, mais j'ai juste besoin de m'asseoir, répondit Gracie. Ça va aller, vraiment. Profite de la fête.

En voyant la jeune femme se diriger vers le bureau, Kelly se demanda ce qui n'allait pas, mais elle n'avait pas envie d'être indiscrète. Toutefois, elle se promit d'aller voir son amie dans quelques instants, pour savoir si elle se sentait mieux.

Elle parcourut la salle du regard et ne tarda pas à repérer Luke. Il avait les yeux rivés sur elle et la fixait avec une intensité qu'elle n'avait pas vue depuis Oahu. Elle frémit de la tête aux pieds. La façon dont il la regardait donnait l'impression qu'ils étaient seuls dans l'immense salle.

Au-delà du désir, il y avait dans ce regard une promesse.

Bientôt, la soirée serait terminée. Bientôt, elle serait seule avec Luke et pourrait enfin lui dire qu'elle l'aimait.

- 19 -

— Votre pardon compte plus que tout pour moi, déclara Ava, s'adressant à Luke et Zeke dans un coin de la salle de réception.

Luke jeta un œil à Zeke. Ils avaient tous traversé des moments difficiles lorsque les malversations de Keith avaient été révélées au grand jour. Ava ignorait évidemment qu'il avait détourné de l'argent de l'entreprise, et Luke et Zeke n'avaient aucune raison d'en vouloir à leur tante. Aujourd'hui, il n'était pas question que le passé se répète. Sutton devrait surveiller les comptes de près pour s'assurer que rien de tel ne se reproduise.

Suite à ces événements, la réputation de l'entreprise avait été durablement ternie, et chacun des services luttait aujourd'hui pour reprendre pied. Les choses allaient s'améliorer, mais tous savaient que cela prendrait du temps et se ferait en plusieurs étapes. Hélas, il n'y avait pas de solution unique pour tous.

Mais justice avait été rendue et Keith passerait les quinze prochaines années derrière les barreaux, où il ne pourrait plus faire de mal à personne.

— Nous devons aller de l'avant, et à présent seul l'avenir compte, répondit Luke. Ce projet ouvre un nouveau chapitre de l'histoire de notre société. Je sais que ce n'est pas le moment, mais j'ai discuté avec Sutton, et il pense que nous devrons sans doute vendre certains biens de Wingate pour rassembler les liquidités nécessaires à l'extension des hôtels.

Ava prit une profonde inspiration et hocha la tête.

— Je me doutais qu'il faudrait prendre une décision extrême, mais l'entreprise doit passer en premier, murmura-t-elle. Faites au mieux.

Luke détestait l'idée de vendre quoi que ce soit, mais Ava avait raison : l'entreprise devait passer en premier. Tant de gens comptaient sur eux pour réparer ce désastre, sans parler du fait qu'ils devaient aussi restaurer leur réputation.

— Je vous aime tous les deux. Merci de ne pas m'avoir lâchée, déclara Ava en prenant chacun de ses neveux dans ses bras. Bon, mes invités m'attendent. D'ailleurs, cette réception est une véritable réussite, bravo ! Je vais voir Kelly pour la féliciter de la décoration.

Une fois Ava partie, Luke prit une gorgée de bourbon et balaya du regard la salle bondée. Son frère et lui se tenaient à l'écart, dans le couloir menant vers les bureaux. Ava avait tenu à leur parler loin de la foule et du bruit.

Luke s'apprêtait à rejoindre la salle à son tour lorsque Zeke l'arrêta.

— Une minute.

Luke dévisagea son frère.

— Qu'y a-t-il ?

— Je sais que tu m'en veux au sujet de Kelly…

— Ah non ! Tu ne vas pas remettre ça ! répliqua Luke, agacé.

— Je veux simplement m'assurer que tu ne lui feras pas de mal ou que tu ne feras pas foirer le projet. La dernière chose dont nous avons besoin actuellement, c'est d'un nouveau séisme au bureau. Kelly est la pierre angulaire de ton département. Si les choses tournent mal entre vous, elle pourrait partir…

Luke y avait déjà pensé. Il ne voulait pas perdre Kelly, que ce soit à titre personnel ou professionnel. Il voulait qu'elle soit présente dans tous les aspects de sa vie, mais cette confession devrait attendre qu'ils soient seuls ce soir.

Et à cet instant, il n'était pas question pour lui d'avouer à son frère ce qu'il ressentait vraiment pour Kelly. Seule Kelly devait avoir la primeur de cette révélation. Il n'était peut-être pas encore prêt à lui déclarer sa flamme, mais il avait envie de poursuivre leur relation et pensait vraiment qu'il était en train de tomber amoureux d'elle.

— Elle ne va pas partir, décréta-t-il. Ce qui se passe entre elle et moi n'a pas grande importance et tu n'as pas à t'en inquiéter. Kelly est mon assistante et le sera toujours.

Tout en prononçant ces mots, il avait conscience qu'ils étaient loin de la réalité. Car il voulait aujourd'hui que Kelly soit à ses côtés, au bureau et dans sa vie privée. Bon sang ! Il brûlait d'impatience de rentrer à la maison pour le lui dire.

À la maison… C'était si agréable de penser qu'ils allaient vivre sous le même toit. Si Kelly était prête à franchir ce grand pas… Après tout, cela ne faisait que deux semaines qu'ils étaient intimes.

Était-ce trop tôt ? Comment savoir s'il commettait une erreur ou pas ? Il n'en avait aucune idée, et ce risque était à la fois excitant et terrifiant. Une chose, cependant, était claire dans son esprit : la relation engagée avec Kelly n'avait rien à voir avec ce qu'il avait connu dans le cadre de ses fiançailles.

— Très bien, j'arrête d'en parler, reprit Zeke. Tu sais que je m'inquiète pour l'entreprise, pour toi et pour Kelly. Elle est comme une sœur pour moi.

— Je comprends, dit Luke en soupirant. Bon, on ferait

mieux d'y retourner. J'ai une annonce à faire. Tu montes avec moi sur la scène ?

— Très bien, mais c'est toi qui parles, d'accord ?

Luke hocha la tête et regagna la salle bondée. Son frère sur les talons, il monta sur scène et s'avança vers le micro. Une bouffée de fierté l'envahit à la vue des chevalets ornés d'affiches présentant le projet de rénovation des hôtels.

Il tapota le micro pour vérifier qu'il était allumé puis tapa un peu plus fort pour attirer l'attention du public. Lorsque le brouhaha commença à décroître, il s'éclaircit la gorge.

— Tout d'abord, je tiens à vous remercier d'être venus si nombreux ce soir pour célébrer la renaissance de Wingate Enterprises.

Une salve d'applaudissements accueillit cette entrée en matière et il attendit que le silence se fasse de nouveau.

— Comme vous l'avez tous vu et entendu, nous lançons notre bateau dans une toute nouvelle direction. Autour d'un concept clé : les escapades romantiques, qui deviendront la spécialité de nos hôtels. Nous avons établi différents types de forfaits adaptés à tous les budgets, et les séjours sont d'ores et déjà ouverts aux réservations.

En jetant un œil à la salle, il ne put s'empêcher de sourire et d'être rempli d'espoir en voyant le nombre de gens venus pour soutenir l'entreprise.

— Cependant, il n'est pas question pour moi de m'attribuer tout le mérite de ce brillant projet. Mon assistante Kelly Prentiss a vraiment été le cerveau de toute cette opération. Kelly, peux-tu me rejoindre sur scène, s'il te plaît ?

Il scruta la foule quelques instants, espérant la voir apparaître. En vain. Il jeta un œil à son frère, mais celui-ci se contenta de hausser les épaules.

Luke attendit une minute de plus, mais toujours pas de

Kelly. Où était-elle passée ? Elle ne l'avait pas prévenu qu'elle devrait s'éclipser.

— Bien ! Je suis sûr que Kelly doit être ici quelque part, reprit-il avec un petit rire. Et si vous la voyez, n'hésitez pas à la féliciter d'avoir organisé cette incroyable réception. Elle fera comme nous tous partie du grand voyage qui commence dès aujourd'hui pour Wingate Enterprises. Merci encore à tous et toutes d'être venus et, s'il vous plaît, profitez au maximum de l'open bar et du reste de la soirée.

Il descendit de scène sous les applaudissements.

— Je vais chercher Kelly, dit-il à son frère. Ce n'est pas son genre de disparaître de la sorte. Elle est peut-être dans le bureau ou aux toilettes.

Il ne la trouva nulle part. Sortant son portable de sa poche, il constata qu'il n'y avait ni texto ni appel d'elle. Il lui envoya un bref message pour lui demander où elle était et si tout allait bien. Il n'obtint pas de réponse.

Il commença à s'inquiéter. Il demanda autour de lui si quelqu'un l'avait vue, et tout le monde lui répondit qu'elle était encore là quelques instants plus tôt. Elle ne pouvait donc pas être loin.

Un grand cri attira son attention, mais ce n'était que les jumeaux Wingate qui riaient à gorge déployée alors que des invités tapageurs les hissaient sur leurs épaules. De toute évidence, les gens avaient bien profité de l'open bar !

Il suivit les jumeaux du regard tandis que le petit groupe se dirigeait vers la terrasse. Et ce qui devait arriver arriva : Sutton et Sebastian furent précipités dans la piscine sous les acclamations du public.

Mais il avait d'autres chats à fouetter et regagna bien vite la salle de réception, où il aperçut Gracie Diaz qui, nota-t-il, n'avait pas très bonne mine.

— Bonsoir, Gracie. Tu as vu Kelly ?

— Je viens de lui parler. Il y a peut-être trente minutes ou une heure. Il y a un problème ?

— Je n'arrive pas à la trouver, c'est tout.

Quelque chose attira soudain l'attention de Gracie, et elle tressaillit.

Luke se retourna et vit les jumeaux Wingate, dégoulinants d'eau au bord de la piscine. Sebastian s'était débarrassé de sa veste et de sa chemise. Une longue cicatrice courait le long son dos.

Lorsque Luke se retourna vers Gracie, elle était encore plus pâle et semblait sur le point de s'évanouir.

— Ça va ? demanda-t-il en lui tendant la main.

— Il faut que j'y aille…

Sur ces mots, elle s'élança hors de la salle, sous le regard perplexe de Luke. Il n'avait aucune idée de ce qui l'avait bouleversée.

À cet instant, il sentit son téléphone vibrer dans sa poche. C'était un message de Kelly. Le soulagement l'envahit, rapidement suivi par la confusion.

J'ai entendu quelque chose que tu ne voulais sans doute pas que j'entende. Vérifie tes mails.

Ses mails ? Avait-elle eu vent d'un problème urgent pendant la réception et était-elle retournée au bureau pour le régler ? C'était bien son genre de régler un problème pour le soulager du stress d'avoir à le faire. Il sourit en tapant sur l'icône de sa boîte mail.

Et se figea.

Une lettre de démission de Kelly ? Elle était datée d'aujourd'hui, et Kelly précisait que cette démission prenait effet immédiatement. Elle mettait en avant une divergence d'objectifs et précisait que sa vie avait pris une direction différente.

Qu'est-ce que c'était que ce bazar ?

Il relut la lettre, toujours aussi perplexe. De quoi parlait-elle, au juste ? De quelle divergence ? Ne lui avait-elle pas annoncé qu'elle avait des choses importantes à lui dire, ce soir ? Qu'était-il arrivé à la femme qui, quelques heures plus tôt à peine, se faisait une joie de lui montrer sa robe ?

Cette femme qui lui avait tendu un piège pour lui offrir les vacances les plus romantiques qu'il ait jamais vécues ?

La colère s'immisça parmi toutes les émotions qui se télescopaient dans son esprit. Il envoya un texto à son frère et Ava, expliquant qu'il devait partir et les rejoindrait plus tard. Il leur assura que tout allait bien, car il ne voulait pas qu'ils s'inquiètent, mais il avait l'impression que la Terre venait de s'ouvrir sous ses pieds.

Il ignorait où était Kelly ou ce qu'elle pensait. Son mail était si vague, hormis le passage où elle indiquait qu'elle quittait l'entreprise.

Il essaya de la joindre à d'innombrables reprises, mais ses appels restèrent sans réponse. Apparemment, elle l'ignorait, et il devait absolument savoir pourquoi. Elle avait entendu quelque chose et en avait tiré des conclusions hâtives. Il devait absolument arranger les choses.

Sautant dans sa voiture, il décida de rentrer d'abord chez lui, espérant la croiser si elle passait récupérer ses affaires. Hélas, elle avait peut-être quitté la réception bien avant qu'il se rende compte de son absence…

Lorsque, se garant dans son allée, il reconnut la voiture de Kelly, un soulagement immense l'envahit. Au moins, il l'avait trouvée. Il ne lui restait plus qu'à éclaircir ce mystère.

Coupant le moteur, il s'élança vers la porte d'entrée.

Il n'était pas question de la laisser partir sans savoir ce qu'elle pensait et ce qui lui avait fait du mal.

Et surtout, ce serait le moment ou jamais de lui dire ce qu'il ressentait vraiment pour elle.

- 20 -

Lorsque Kelly entendit le claquement de la porte d'entrée, elle se maudit d'être repassée chez Luke pour faire sa valise. Elle aurait dû filer directement chez elle et s'occuper de ses affaires plus tard.

Une boule se forma au fond de sa gorge tandis que les événements de la soirée lui revenaient en mémoire. Elle avait été idiote de croire que Luke et elle avaient un avenir ensemble, autre que professionnel. Pendant cinq ans, elle s'était lentement éprise de Luke, se reprochant de nourrir des pensées romantiques à l'égard de son patron. Elle n'avait pas été simplement idiote et naïve, mais stupide et crédule.

Et maintenant, elle devait tourner la page.

— Qu'est-ce que tu fais ? demanda Luke.

Elle se figea un instant puis jeta son legging dans la valise posée sur le lit. Elle prit une profonde inspiration et, s'ordonnant de ne pas pleurer avant d'être seule chez elle, se tourna vers Luke.

— Je fais mes bagages, répondit-elle simplement. Tu as reçu mon mail ?

— Bien sûr que j'ai reçu ton mail, c'est pour ça que je suis là.

Il fit un pas en avant puis deux, mais ne prit pas le risque d'aller plus loin.

— Kelly, que s'est-il passé à la fête pour que tu veuilles

démissionner ? Quelqu'un t'a dit quelque chose ? Pourquoi ne pas m'en parler au lieu de disparaître ?

Elle laissa échapper un rire amer.

— Le problème, c'est toi. Je ne suis *que* ton assistante, Luke. Je ne serai jamais rien d'autre, et tout ce que nous avons vécu ensemble n'a pas grande importance, n'est-ce pas ?

Son cœur se mit à battre encore plus vite lorsqu'il fit un pas de plus dans sa direction.

— Mais enfin Kelly, de quoi parles-tu ?

Ravalant ses émotions, elle croisa les bras sur sa poitrine.

— Je t'ai entendu parler à ton frère dans le couloir. J'allais dans le bureau pour aller voir Gracie qui ne se sentait pas bien. À ce moment-là, j'ai entendu ce que tu as dit, à savoir que j'étais ton assistante, que je le serais toujours et que Zeke n'avait pas besoin de s'inquiéter de ce qui se passait entre nous parce que cela n'avait pas grande importance.

Lorsqu'il fit mine d'avancer, elle leva la main.

— Non ! Ne t'approche pas de moi et ne me touche pas. Je n'aurais pas dû me laisser emporter par mes rêves d'amour romantique.

— Kelly…

— Stop !

Elle secoua la tête et retourna vers l'armoire pour prendre d'autres vêtements. Elle regrettait vraiment de ne pas avoir enlevé cette robe à son arrivée chez Luke, mais elle était pressée de prendre ses affaires et de partir.

— Tout ce qui m'importe à présent, c'est de sortir d'ici sans me ridiculiser davantage, poursuivit-elle en prenant des vêtements et en les jetant dans la valise. Je ne suis pas en colère contre toi, mais contre moi-même. Tu ne m'as jamais rien promis et tu ne m'as jamais fait comprendre que tu voulais aller plus loin avec moi. J'aurais dû parler de mes sentiments pour que tout soit clair entre nous, mais je pensais…

— Kelly !

Elle se retourna et le dévisagea avec stupéfaction. Il souriait. Comment osait-il sourire alors qu'elle était effondrée et s'efforçait de ne pas perdre toute dignité ?

— Ce que tu as entendu était destiné à mon frère, déclara-t-il. Zeke n'arrêtait pas de me demander ce qui se passait entre nous, et pour calmer sa curiosité, je lui ai dit que cela n'avait pas grande importance et que tu n'étais que mon assistante. Je ne voulais pas lui dire que j'avais des sentiments pour toi, parce que c'était à toi que je voulais le dire en premier.

Elle se figea, et son cœur se mit à battre à tout rompre alors qu'elle essayait de mesurer la portée de ce qu'il venait de dire.

— Quoi ?

Luke avança lentement vers elle sans la quitter du regard. Son sourire ne cessait de s'élargir.

— Je veux que tu restes avec moi, dit-il. Je veux aller plus loin avec toi, parce que je suis en train de tomber amoureux de toi.

— Attends… Quoi ?

Il posa ses mains sur ses épaules.

— Je veux que tu sois toujours à mes côtés, Kelly. Dans ma vie personnelle et dans ma vie professionnelle. Je veux voir où cela nous mènera. Nous sommes tellement compatibles, dans tous les domaines. Tu pensais vraiment que j'allais te laisser partir ?

Elle prit une inspiration tremblante et se força à ne pas pleurer. Il voulait qu'elle reste ? Et dire qu'elle avait été à deux doigts de laisser un quiproquo gâcher sa vie et sa carrière…

— Tu es amoureux de moi ? demanda-t-elle.

— Oui. Je n'avais pas réalisé à quel point jusqu'à ce que je voie ton mail. Je savais que je voulais que tu emménages ici et je savais que je voulais essayer d'aller plus loin. Mais la douleur que j'ai ressentie à l'idée que je puisse te perdre m'a fait comprendre la force de mes sentiments. D'ailleurs, je suis presque sûr que j'ai grillé plusieurs feux rouges en venant ici.

Elle ferma les yeux et baissa la tête.

— Je suis tellement stupide…, murmura-t-elle. Quand je t'ai entendu dire ça à ton frère, je me suis dit que tu ferais toujours passer ton travail en premier, comme je le craignais. Or je ne pourrais jamais vivre comme ça. Ma mère a accepté de s'effacer toute sa vie et cela a détruit son mariage avec mon père. Je ne veux pas être malheureuse comme elle l'était.

Luke lui souleva doucement le menton.

— Tu ne seras jamais malheureuse tant que je serai là, ma chérie. D'ailleurs, je suis sur le point de t'enlever le reste de ton rouge à lèvres comme tu me le proposais tout à l'heure…

Elle sentit toute sa tristesse disparaître.

Elle releva la tête pour accueillir le baiser de Luke et frémit de joie lorsque ses lèvres s'emparèrent des siennes avec avidité. Lorsqu'il l'attira contre lui et que ses seins s'écrasèrent contre son torse, elle se réjouit qu'il se soit lancé à ses trousses. Elle était si heureuse qu'il ait clarifié ce quiproquo aussi vite. Elle aurait été effondrée, si elle avait dû quitter Wingate Enterprises.

Elle chassa ces pensées négatives et se concentra sur l'homme qui l'embrassait, l'homme qui voulait vivre sous le même toit qu'elle, pour voir l'avenir qu'il pourrait inventer ensemble.

— T'ai-je dit à quel point tu es belle avec cette robe ? demanda Luke en s'écartant doucement.

— Je crois, oui, mais sache qu'il me tarde de l'enlever.

Elle se retourna et jeta un œil par-dessus son épaule.

— Tu m'aides ? demanda-t-elle.

Luke laissa échapper un grognement et baissa la fermeture Éclair. Lorsque la robe s'ouvrit, elle sentit son souffle chaud sur son dos et frémit de la tête aux pieds. Puis, le haut de la robe se détacha de sa poitrine et Luke fit descendre le jupon qui tomba à ses pieds.

Il jura, et elle pivota sur elle-même, écartant la robe d'un coup de pied. Elle ne portait que ses chaussures à talons et ses boucles d'oreilles.

— Tu étais comme ça toute la soirée ? demanda Luke, la voix chargée d'excitation.

Elle se contenta de sourire en guise de réponse.

— Tu veux me tuer ? murmura-t-il d'une voix rauque de désir.

— Oh ! non. J'espérais que nous reviendrions ici et que tu m'enlèverais cette robe. Porter des sous-vêtements n'aurait fait qu'allonger inutilement le suspense.

De nouveau, il la prit dans ses bras, et elle sentit soudain ses mains se balader partout sur sa peau nue.

— J'aime ta façon de penser, dit-il. Mais tâche tout de même de porter des tenues appropriées en conseil d'administration, sinon je ne répondrai plus de moi.

Alors qu'elle tentait de lui enlever sa veste, il la souleva de terre et l'embrassa avec passion.

Lorsqu'il la plaqua contre le mur, elle noua ses chevilles autour de ses hanches pendant qu'il descendait sa braguette.

Elle ne put s'empêcher de rire.

— Alors, monsieur Holloway, on est pressé ?

— Tu n'as pas idée !

Sans plus attendre, il la pénétra d'un coup de reins.

Elle attira ses lèvres vers les siennes. Elle voulait qu'il se lâche et se consume totalement entre ses bras. Elle voulait qu'il sente combien elle l'aimait, qu'il sache qu'elle n'irait plus jamais nulle part sans lui.

Il était venu la chercher… Cette idée la bouleversait. Elle avait essayé de fuir et il s'était lancé à ses trousses. Cet homme courait toujours après ce qu'il voulait, et maintenant c'était elle.

Jamais elle ne s'était sentie aussi désirée, aussi aimée.

Luke s'empara de ses seins tout en continuant à onduler en elle.

— Ce n'est pas juste, haleta-t-elle.

Il lui mordilla le lobe de l'oreille.

— Quoi donc ?

— Tu es entièrement habillé…

— Plus tard, ma chérie. On ira doucement plus tard.

Elle acquiesça, ravie.

Entre les caresses qu'il prodiguait à ses seins et les ondulations de ses hanches, elle savait qu'elle ne tiendrait plus longtemps.

Soudain, elle jouit avec une force inouïe et, lorsqu'elle cria le nom de Luke, il plaqua une main sur le mur et accéléra la cadence quelques instants avant de se perdre à son tour dans son orgasme.

Elle s'efforça de réguler sa respiration et resserra les jambes autour de lui. Elle aurait voulu rester ici, enveloppée de son amour, pour toujours. Elle savait qu'il l'aimait. Il lui avait dit qu'il était amoureux d'elle, et tout ce qu'elle désirait à présent, c'était ouvrir ce nouveau chapitre avec lui.

— Kelly, lui murmura-t-il à l'oreille. Ne me quitte plus jamais. Je ne pourrais pas le supporter.

Elle sourit et, prenant son visage entre ses mains, plongea son regard dans le sien.

— Je t'aime, Luke. Je n'irai jamais plus nulle part sans toi.

— Tant mieux parce que j'ai besoin de toi à chaque instant de ma vie, et à chaque instant de ma vie, j'ai besoin de pouvoir te dire que je t'aime.

Elle ne put réprimer ses sourires et ses larmes.

— Ça va être le meilleur Noël de tous les temps, dit-elle.

Il scella leur promesse d'un baiser, et elle comprit alors que ce n'était que le début d'un voyage qui durerait toute leur vie.

ROBYN GRADY

Une découverte inattendue

Traduction française de
ANDRÉE JARDAT

PASSIONS

HARLEQUIN

Titre original :
STRICTLY TEMPORARY

Ce roman a déjà été publié en 2013.

- 1 -

Le visage impassible, Zack Harrison contemplait avec une certaine satisfaction la neige tomber sur Denver en ce début d'après-midi. Qui avait dit que le revers qu'il venait d'essuyer avec sa dernière acquisition le contrariait ? Il préférait le considérer comme un défi à relever plutôt que comme une raison de s'énerver.

Il savait qu'il devrait fournir des efforts pour atteindre son but, pensa-t-il tout en enfilant son pardessus. Il remercia le concierge et s'empara de sa serviette. À l'avenir, il lui suffirait de se montrer plus… « habile » et de se méfier davantage de la presse qui le dépeignait comme un monstre sans cœur qui n'hésitait pas à jeter à la rue des familles entières afin d'étendre toujours plus un empire déjà considérable.

Pourtant, tandis qu'il s'installait à l'arrière du taxi qui l'attendait devant l'hôtel, il faillit bien perdre de son flegme légendaire. En effet, il n'était pas seul dans le véhicule. Il observa avec la plus grande curiosité la présence inattendue qui se trouvait à côté de lui avant de tapoter l'épaule du chauffeur.

— Votre précédent client a oublié quelque chose, dit-il.

L'homme se tourna à demi.

— Un portefeuille ?

— Non. Un bébé.

L'autre portière s'ouvrit à la volée sur une femme

portant un manteau à capuche rouge cerise. Elle posa sa valise sur ses genoux et referma promptement la portière sur elle. Elle soufflait sur ses mains pour les réchauffer quand elle remarqua enfin la présence de Zack et celle du bébé confortablement installé dans son siège auto. Son regard violet alla de l'un à l'autre, exprimant le plus grand étonnement.

— J'étais tellement pressée que je n'ai pas vu que vous étiez là, dit-elle en posant ses mains parfaitement manucurées sur son bagage. À vrai dire, avec ce temps on ne voit pas grand-chose. C'est dingue, n'est-ce pas ? Enfin… toute cette neige, je veux dire.

Zack esquissa un léger sourire tandis qu'il plongeait dans le regard hypnotique de l'inconnue.

— En effet, c'est dingue.

— Cela fait des heures que j'attends ce taxi, expliqua-t-elle. J'ai bien cru qu'il n'arriverait jamais.

Le sourire de Zack se dissipa instantanément. S'était-il trompé de voiture ? Il se pencha de nouveau vers le chauffeur pour lui parler.

— Avez-vous répondu à un appel ? demanda-t-il.

— Oui. Juste après avoir déposé un client à l'aéroport.

L'homme s'interrompit, repoussa sur son front son béret marron et mit le compteur en marche.

— Je suis venu tenter ma chance ici. La journée est difficile, personne ne sort par un temps pareil à moins d'y être obligé.

À son tour, celle que Zack avait mentalement baptisée le Petit Chaperon Rouge se pencha vers le chauffeur.

— L'aéroport, souligna-t-elle. C'est justement là où je voudrais aller. Je dois absolument me rendre à New York, j'ai une interview demain matin, à la première heure. Je suis rédactrice pour *Story Magazine*. Vous connaissez, bien sûr ? ajouta-t-elle d'un ton qui n'admettait pas le contraire.

Zack hocha la tête d'un air entendu malgré l'aversion qu'il portait à ce genre de presse.

— Bien sûr, affirma-t-il alors qu'elle rejetait sa capuche en arrière et laissait voir son visage d'une beauté époustouflante.

Ses pommettes hautes, légèrement rosies par le froid extérieur, se détachaient sur son teint de porcelaine tandis que sa chevelure luxuriante tombait librement sur des épaules qu'il devina menues. Quant à ses yeux d'un bleu si profond qu'ils en devenaient presque violets, il n'en avait jamais vu d'aussi superbes.

S'il avait fréquenté quelques beautés dans le temps, des femmes conscientes de leur pouvoir de séduction qui faisaient tourner toutes les têtes, il ne se souvenait pas d'avoir ressenti quelque chose d'aussi fort au premier regard. La façon qu'elle avait d'écouter et de s'exprimer le fascinait au plus haut point.

Il dut s'avouer qu'il était tout simplement sous le charme.

Au point que, après la journée exténuante qu'il venait de passer et alors qu'il n'aspirait qu'à retrouver la quiétude de sa maison, il se sentait prêt à céder son taxi à cette belle inconnue, si visiblement pressée de quitter Denver et son climat rigoureux.

De plus, il lui fallait bien l'admettre, cette grande générosité lui permettrait de la laisser se débrouiller avec le bébé qui, pour l'heure, était toujours profondément endormi.

Trop profondément, se dit-il en prenant les minuscules doigts entre les siens pour vérifier qu'ils étaient bien chauds.

— Elle est trop mignonne, murmura l'inconnue en fixant un regard attendri sur le bébé qu'elle pensait être celui de Zack. Je vais demander au concierge où est passé mon taxi, ajouta-t-elle en soupirant.

Tandis qu'elle se tournait à demi pour ouvrir la portière, il la retint par la manche. Il ne supportait pas l'idée qu'elle puisse disparaître sur un tel malentendu.

— Cet enfant n'est pas le mien, dit-il dans un petit rire nerveux.

— C'est pas le mien non plus, grommela le chauffeur.

L'inconnue battit des cils et afficha un air déconcerté.

— Elle semble bien jeune pour voyager seule.

— Comment savez-vous que c'est une fille ? demanda Zack.

Car ce n'était certes pas à la couleur de la gigoteuse, de la couverture et du bonnet, tous aussi blancs que la neige qui s'amoncelait sur le trottoir, qu'elle avait pu deviner le sexe de ce chérubin.

— Ses traits sont si délicats, s'extasia-t-elle alors qu'elle plaçait une main sous la nuque gracile de l'enfant. Elle est bien trop minuscule et trop jolie pour être un garçon.

Le chauffeur qui commençait à s'impatienter pianota des doigts sur son volant.

— C'est pas tout ça mais le compteur tourne.

— Bien sûr, dit l'inconnue en s'écartant du bébé. Je vous laisse.

Zack sentit son front se couvrir de sueur et sa bouche devenir aussi sèche que du papier buvard. Lui qui pensait finir l'après-midi chez lui, à savourer un bon verre de cognac devant un feu de cheminée, voilà qu'il se retrouvait dans une situation délicate dont il ne savait comment s'en sortir.

De plus, il n'aimait pas les bébés ; ou plus exactement, les bébés ne l'aimaient pas.

— Et la petite, que sommes-nous censés en faire ? demanda-t-il à la ronde.

— Pas *nous*, mon pote, maugréa le chauffeur. C'est pas mon problème.

— Je vous dis que ce bébé n'est pas le mien, rétorqua Zack d'une voix dangereusement sourde.

— Mais alors que fait-elle ici, seule ? s'enquit l'inconnue.

— Qu'est-ce que j'en sais ? répliqua Zack avec humeur. Qui était votre dernier client ? s'enquit-il à l'adresse du chauffeur.

— Un vieux monsieur d'au moins quatre-vingts ans. Il devait prendre un avion pour le New Jersey mais il avait pas de siège auto avec lui.

En disant cela, il fixa sur Zack un regard soupçonneux qui disait clairement : *je ne sais pas à quoi tu joues mon vieux, mais ne compte pas te décharger de tes problèmes sur moi.*

Zack laissa échapper un soupir agacé. Comment fallait-il qu'il le dise ? Ce bébé n'était pas le sien ! Il constata avec soulagement que l'inconnue au moins semblait le croire.

— Vous croyez qu'elle a été abandonnée ? dit-elle dans un souffle, comme si elle craignait qu'en prononçant ces mots à voix haute ils ne prennent tout leur sens.

— Les autorités compétentes le sauront bien.

Il n'aimait pas la tournure que prenait cette histoire abracadabrante. Pas du tout, même. Une décision s'imposait mais quel choix avait-il ? L'inconnue semblait pressée de partir et c'était lui qui avait découvert le bébé en premier.

Son regard se posa une nouvelle fois sur la petite forme endormie.

— Je vais l'emmener au commissariat de police, décida-t-il en saisissant fermement la poignée du siège auto. Là-bas, ils appelleront les services sociaux.

— Mais cela peut prendre un temps fou avant qu'ils ne viennent la chercher.

— Peut-être, mais moi, tout ce que je sais, c'est que cette enfant semble dormir depuis des heures et qu'elle aura besoin d'être changée lorsqu'elle se réveillera. Et pardon de vous apprendre que je ne me déplace pas avec un paquet de couches dans ma serviette.

Ignorant le ton sarcastique dont il avait usé, l'inconnue souleva un coin de la couverture qui recouvrait le bébé et y trouva un biberon, du lait en poudre et quelques couches.

— Les agents de police apprécieront, commenta-t-il, pince-sans-rire.

— Ils vous en seront même éternellement reconnaissants, railla-t-elle.

Il plissa les yeux, la soupçonnant de voir en lui un sans-cœur pressé de se débarrasser du paquet. Mais que croyait-elle ? Il était un homme d'affaires, pas une nounou, bon sang !

Le chauffeur régla son rétroviseur sur eux et les fixa tour à tour d'un air un peu plus impatient.

— Alors, les amoureux ? Je fais quoi ? Je vous dépose devant un café pour que vous puissiez régler tranquillement cette histoire de fous ?

— Nous ne sommes pas amoureux, rétorqua sèchement Zach. Nous ne nous connaissons même pas !

Pourtant, lorsqu'elle posa la main sur la sienne, son pouls s'accéléra. L'espace de quelques secondes, il se grisa du parfum subtil qui émanait d'elle et remarqua avec une certaine satisfaction qu'elle ne portait pas d'alliance.

Ce contact, aussi anodin que fugace, lui procura une sensation agréable. Tentatrice. Son esprit en ébullition imagina plusieurs éventualités qui n'avaient rien à voir avec un bébé sinon dans la façon de le concevoir.

— Allez-y, vous, offrit l'inconnue en s'emparant à son tour de la poignée du siège auto. Je vais retourner avec elle à l'hôtel. Je ne supporte pas l'idée qu'elle attende indéfiniment dans un poste de police. Et puis, on ne sait jamais à qui on a affaire.

Zack ouvrit la bouche pour protester mais la referma aussitôt. Elle n'avait pas tort. Un commissariat n'était pas le meilleur endroit pour un si petit être. Et son instinct, qui le trompait rarement, lui soufflait que cette inconnue était aussi efficace que digne de confiance. L'enfant serait entre de bonnes mains en attendant que les autorités compétentes se chargent d'elle. Ensuite…

Ensuite, il ne faisait pas l'ombre d'un doute que la mère se manifesterait, en larmes mais soulagée, ce qui lui donnerait l'occasion de raconter une bonne histoire le soir à la veillée.

— Je vais vous aider à la porter jusque-là, proposa-t-il.

— Inutile.

Elle ouvrit la portière et, portant son précieux fardeau d'une main et sa valise de l'autre, se dirigea d'un pas ferme vers l'hôtel. Zack la suivit des yeux tandis qu'un portier se précipitait à sa rencontre avec un énorme parapluie.

Il songea que lorsqu'il serait propriétaire des lieux, l'une de ses priorités serait de faire installer un auvent afin de protéger ses clients d'intempéries comme celle-ci.

Après avoir tendu son bagage et le siège auto au portier, l'inconnue eut le bon goût de se retourner et de lui adresser un petit sourire avant de disparaître dans l'entrée.

— Alors, l'ami ? On va à l'aéroport ?

Les yeux rivés sur l'entrée de l'hôtel, Zack murmura :

— Non.

— Faut que je devine ?

Mais Zack ne perçut pas l'ironie de la question. Déjà, ses pensées dérivaient vers l'inconnue.

— Vous pourrez bientôt vous payer votre propre taxi

avec ce que le compteur affiche. Remarquez, je vais pas me plaindre, hein ?

Indifférent aux commentaires du chauffeur, Zack tenta de résister, compta jusqu'à trois mais sa nervosité ne fit que s'accroître. Sa décision était prise : il sortit un billet de son portefeuille et le tendit au chauffeur.

— Attendez-moi ici aussi longtemps qu'il le faudra. Je reviens.

En agissant comme elle le faisait, Trinity Matthews savait exactement où elle mettait les pieds. Mais tandis qu'elle se dirigeait vers le bureau de réception, le siège auto fermement calé contre elle, elle n'éprouvait aucun regret.

Les services sociaux avaient beau faire de leur mieux, il n'en restait pas moins que les formalités s'avéraient toujours interminables et qu'ils disposaient de faibles moyens. À une période de sa vie, elle avait envisagé de travailler pour eux mais son expérience personnelle ainsi que l'aperçu qu'elle en avait eu l'avaient fait renoncer. Il y avait tant d'enfants abandonnés et elle aurait voulu les prendre tous sous son aile.

Le cœur gonflé d'émotion, elle baissa les yeux sur le bébé endormi. Ce petit ange ne méritait pas un tel sort. Si, toutefois, il s'agissait bien d'un abandon.

Elle entendit un bruit de pas résonner sur le sol en marbre et se retourna. Stupéfaite, elle reconnut l'inconnu du taxi qui se dirigeait vers elle d'une démarche résolue, les pans de son pardessus flottant derrière lui. Avec ses yeux d'un bleu profond, ses cheveux d'un noir de jais et son sourire renversant qui, par ailleurs, lui paraissait familier, il était d'une beauté à couper le souffle.

— J'ai oublié de me présenter, dit-il avec un sourire en coin. Zack Harrison.

Les pièces du puzzle se mirent instantanément en place. Voilà donc d'où lui venait cette impression de déjà-vu. Bien sûr, à la lumière du jour, il ne pouvait échapper à personne que cette carrure imposante, cet air autoritaire et ce physique de beau gosse appartenaient au fameux M. Harrison qui — elle l'avait appris par les magazines — avait en outre la réputation d'être un sale opportuniste. Mais si cette idée lui déplaisait fortement, ce n'était ni le lieu ni le moment de lui dire ses quatre vérités. Affichant son plus beau sourire, elle se présenta à son tour.

— Je m'appelle Trinity Matthews.

— Mademoiselle Matthews, commença-t-il d'un ton impérieux.

Elle le vit alors tel qu'il apparaissait sur les photos volées, torse nu sur son yacht ou superbement sophistiqué dans un costume-cravate.

— J'ai réfléchi et je veux vous aider.

Elle le scruta un instant avant de poser la question qui s'imposait.

— Pourquoi ?

Il soutint crânement son regard, puis lui sourit de nouveau.

— Parce que j'ai du temps libre et que vous devez vous rendre au plus vite à New York.

Elle accusa le choc que provoqua en elle son sourire carnassier, le même qui avait séduit quelques-unes des plus belles femmes du pays et faisait plier les autorités en sa faveur pour déloger des gens au bénéfice de locaux commerciaux lucratifs.

— Je prendrai un vol plus tard, affirma-t-elle. Je ne suis peut-être pas experte en nouveau-nés mais le fait est que je dois en savoir un peu plus que vous en la matière.

Après tout, les femmes n'étaient-elles pas censées

posséder un instinct maternel qui faisait défaut aux hommes, même si, bien sûr, il existait des exceptions ?

Lorsqu'il croisa les bras pour lui signifier qu'il ne céderait pas et entendait bien lui imposer sa volonté, elle fut piquée au vif et posa le porte-bébé par terre, croisant les bras à son tour.

— Je ne partirai pas tant que cette enfant ne sera pas en sécurité, dit-elle d'une voix ferme.

— J'ai une maison à deux pas d'ici…

— J'ai dit non.

Les bébés avaient besoin d'une attention constante ainsi que d'amour et elle n'était pas certaine que Harrison ait même un cœur.

— Ma voisine, Mme Dale, a dix petits-enfants, insista-t-il. Et si elle déteste la musique actuelle et les sauterelles, en revanche, elle adore les bébés. Elle a été famille d'accueil lorsqu'elle était plus jeune.

Elle demeura sourde à ses arguments. En dépit de son expérience personnelle, désastreuse il faut bien le dire, elle admettait bien volontiers qu'il devait exister des mères de substitution formidables, bien différentes du monstre chez qui elle avait été placée.

— Il n'y a pas si longtemps, poursuivit-il, Mme Dale dirigeait sa propre crèche. Elle a gardé tout l'équipement : les chaises hautes, les parcs… Je sais qu'elle sera ravie de m'aider. Vous, en revanche, vous ne devez pas manquer votre interview.

Elle sentit sa détermination s'émietter et laissa retomber ses bras le long de son corps. Il était vrai que son travail était tout pour elle. Grâce à lui elle avait l'occasion de voyager et de rencontrer toutes sortes de gens intéressants. Après avoir grandi dans un patelin au fin fond de l'Ohio, elle raffolait de la vie qu'elle menait à New York où elle s'était fait des amis.

Par les temps qui couraient, elle avait conscience qu'elle avait beaucoup de chance mais aussi qu'elle était sur un siège éjectable. Les budgets devenant de plus en plus serrés — trois de ses collaborateurs en avaient fait les frais la semaine précédente — elle ne pouvait se permettre le moindre écart. Mais il y avait le bébé. Une nouvelle fois son cœur se serra lorsqu'elle posa les yeux sur lui. Elle ne faisait pas confiance à Zack Harrison. Que savait-il vraiment de cette Mme Dale ? On aurait donné le bon Dieu sans confession à la mère d'accueil chez qui on l'avait placée et pourtant…

— Comment pouvez-vous être sûr que votre voisine providentielle sera là ? demanda-t-elle.

— Les Dale ne sortent pratiquement jamais. Et puis, je l'ai croisée ce matin alors qu'elle rentrait d'une promenade avec l'un de ses petits-enfants.

Elle se mordit la lèvre, regarda tour à tour le réceptionniste puis le chasseur qui attendait patiemment à quelques mètres d'eux et enfin le concierge prêt à se précipiter au moindre signe.

Sa décision était prise.

— Nous allons rester ici, décréta-t-elle. C'est un bon hôtel et le personnel est très compétent.

— Allons, soyez raisonnable. Ce bébé sera beaucoup mieux en présence de quelqu'un qui s'y connaît.

Elle décela dans sa voix une mise en garde mais il semblait plus déterminé qu'ennuyé. Finalement, n'avait-il pas raison ? Ils ne savaient trop combien de temps il faudrait aux services sociaux pour prendre le relais et si elle faisait abstraction de son expérience malheureuse, Mme Dale semblait la personne la plus apte à s'occuper d'un enfant en bas âge durant cet intervalle. Pour être tout à fait honnête, que pesait dans la balance son aversion pour M. Harrison au regard de l'intérêt du bébé ?

— D'accord, finit-elle par acquiescer. Nous irons.

— Comment ça, *nous* ?

— J'ai besoin de voir comment elle sera installée avant de…

Elle chassa vivement l'image du bébé emmené Dieu sait où avant de terminer sa phrase.

— … avant de partir.

— Dans ce cas, dit-il, nous ferions mieux d'y aller avant que notre chauffeur ne nous lâche.

Elle rougit au contact de leurs mains sur la poignée du porte-bébé. Son pouls s'accéléra tandis que Zack lui adressait un sourire en coin.

— Avant, dit-elle avec raideur, j'aimerais savoir à qui j'ai affaire.

— Je vous ai dit qui j'étais.

— J'ai lu dans la presse quelques articles vous concernant, comme tout le monde. Il en ressort que vous dirigez une chaîne d'hôtels et que vous vous plaisez à agir comme bon vous semble. Par ailleurs, vous ne détestez pas séduire toutes les femmes qui croisent votre route, ne put-elle s'empêcher d'ajouter.

Elle vit le visage de Zack se figer instantanément.

— Vous avez souscrit à mon fan-club ? ironisa-t-il.

— Juste pour que vous compreniez, j'accepte ce contretemps seulement parce que je pense que c'est la meilleure solution pour le bébé.

— Vraiment ? Ce n'est pas pour mon irrésistible pouvoir de séduction ? se moqua-t-il encore.

— Certainement pas, affirma-t-elle en priant le ciel

pour qu'il n'entende pas les battements désordonnés de son cœur.

Elle le sentit plus proche, plus irrésistible encore tandis qu'il la fixait d'un regard pénétrant.

— Si nous y allions maintenant que les choses sont dites ? À moins que…

— À moins que quoi ? s'enquit-elle, sur le qui-vive.

— Que vous ne vouliez d'abord me gifler pour ce que je suis.

Elle se sentit aussitôt plus légère. L'espace d'un bref instant elle avait cru… Quelle idiote elle était !

— Je pense que j'arriverai à me retenir, répliqua-t-elle d'un ton faussement désinvolte.

Il lui coula un regard en biais qui semblait vouloir sonder son âme.

— Mademoiselle Matthews, vous n'imaginiez tout de même pas que j'allais commettre une action aussi déroutante que vous prendre dans mes bras ou même vous embrasser ?

Elle se sentit rougir violemment sous le coup de cette offense.

— Bien sûr que non ! riposta-t-elle aussi fermement qu'elle le put.

— Comment pouvez-vous en être aussi certaine ? Je suis un type tellement peu recommandable !

— Parce que je ne suis pas votre genre, fit-elle valoir. Et en supposant que je le sois, j'imagine que vous préféreriez éviter que votre nom ne soit encore cité dans les journaux.

Comme pour étayer son propos, elle parcourut du regard la foule qui s'agitait autour d'eux.

— Regardez tous ces gens. Ils possèdent tous un téléphone cellulaire équipé d'une caméra qui pourrait nous prendre sur le fait à tout moment.

Elle devait avoir fait mouche car le regard de Zack avait perdu de sa malice pour devenir sombre et dur.

— Vous pensez que je me préoccupe des ragots ?

— Non. Mais vous devriez.

— Vous avez raison. Mais peut-être devrais-je donner à tous ces gens une bonne raison de parler de moi, ajouta-t-il en plongeant dans son regard.

- 2 -

Zack s'approcha un peu plus de Trinity, oubliant presque qu'il voulait juste lui faire payer le fait qu'elle était l'une de ces colporteuses de ragots, une prétendue journaliste qui travaillait pour un canard dont il n'avait jamais entendu parler jusqu'à ce jour.

La plupart de ces publications avaient en commun de sortir les propos tenus de leur contexte et de publier des photos qui n'avaient pour but que de stimuler des ventes en chute libre.

Mais il était beau joueur. Il ne se servirait pas de cela contre cette Mlle Matthews qu'il trouvait par ailleurs charmante. Lui ferait-elle toute une histoire s'il commettait l'impensable et l'embrassait, ou répondrait-elle à son baiser au risque de faire elle-même la une des journaux à sensation ?

Renonçant à la tentation de lui jouer un tel tour, il prit le porte-bébé et se dirigea vers la sortie, Trinity sur ses talons.

Dehors, la neige tombait plus dru et il attendit d'être bien à l'abri dans le taxi pour composer le numéro des services sociaux. Il parla quelques secondes à une femme qui, après lui avoir demandé ses coordonnées, lui assura qu'un représentant légal le rappellerait dans les plus brefs délais. Elle ajouta que, en attendant, il lui incombait d'informer la police de la situation.

— Qu'ont-ils dit ? s'enquit Trinity aussitôt qu'il eut raccroché.

— Qu'ils rappelleront.

— Quand ?

— Quand ils pourront, répondit-il, espérant secrètement que ce serait le plus tôt possible. En attendant je propose que nous achetions un paquet de couches et que nous nous rendions sans tarder chez cette bonne Mme Dale.

Lorsque les autorités auraient récupéré le bébé, il paierait à Trinity le prix de la course pour se rendre à l'aéroport et une fois accomplie cette bonne action, pourrait enfin siroter son verre de cognac devant un bon feu de cheminée.

Il se demanda toutefois si elle accepterait de se joindre à lui, juste pour voir si elle saisirait l'occasion de lui régler son compte ou si elle préférerait trahir sa bonne conscience afin de satisfaire une curiosité bien légitime.

Ils s'arrêtèrent dans un drugstore où ils firent le plein de couches, de lingettes, de lait en poudre et de biberons et ajoutèrent à leurs emplettes trois brassières en coton et deux grenouillères. Car, comme il le savait, ne pas se laisser prendre de court était la clé de tout.

Le bébé dormait toujours à poings fermés lorsque le taxi s'engagea dans l'allée qui menait chez Mme Dale. La nuit était tombée sur ce quartier désert bordé de sapins dont les branches ployaient sous le poids de la neige. Un unique réverbère diffusait sa faible lumière sur le sol enneigé.

La maison des Dale, plongée dans l'obscurité, paraissait avoir été désertée.

— Il n'y a personne, dit Trinity en se renfonçant dans son siège. Nous aurions dû rester à l'hôtel. Je parie qu'il n'y a pas de réseau téléphonique dans un endroit aussi reculé.

— Et si vous alliez voir, vous le sauriez, non ? marmonna

le chauffeur, toujours aussi cordial. Ça tourne à la tempête, ajouta-t-il en accélérant la vitesse de ses essuie-glaces.

Zack réfléchit quelques secondes avant de donner ses instructions.

— Continuez environ cent cinquante mètres sur votre droite.

— Attendez une minute, intervint Trinity en agrippant sa ceinture de sécurité. Vous avez entendu ce qu'il vient de dire ? La neige redouble d'intensité et nous devons partir sur-le-champ si nous ne voulons pas nous retrouver coincés ici.

— Les services sociaux ont tous les renseignements nécessaires. Ils savent exactement où nous nous rendons et nous ne bougerons pas tant qu'ils ne nous auront pas rappelés.

Il vit dans la pénombre ses yeux lancer des éclairs et sa bouche se pincer.

— Nous partons, déclara-t-elle d'une voix ferme.

— Pas question.

— Puis-je savoir pourquoi ?

Il ne répondit pas, voulant attirer son attention sur le vent qui hurlait au-dehors. Lorsque Dame Nature s'en mêlait, mieux valait être à l'écoute. D'ailleurs, il refusait de remettre les pieds dans cet hôtel, ce qui pourrait laisser croire à Dirkin qu'il était revenu sur sa décision et accepté sa proposition à la hausse. Ce qui n'était pas le cas, malgré toute la sympathie qu'il éprouvait pour cet homme meurtri par le décès récent de son fils unique.

Le bébé bougea et crispa une de ses menottes sur la couverture. Il retint son souffle tout en le regardant bâiller et s'étirer en même temps.

— Mon chalet se trouve à une minute d'ici, expliqua-t-il. Libre à vous de faire comme vous voulez mais moi, je préfère danser nu sous la neige que de prendre le risque d'être bloqué dans ce taxi lorsqu'elle se réveillera.

Comme pour lui donner raison, l'enfant émit un couinement aigu. Elle prit la chose en considération avant de se détendre un peu et de daigner lâcher sa ceinture.

— Très bien. J'accepte de vous suivre.

Zack tapota l'épaule du chauffeur qui prit la direction indiquée. Une fois que le bébé serait de nouveau endormi, lui et Mlle Matthews pourraient réfléchir tout à loisir à la décision qu'ils avaient prise, peut-être devant ce feu de cheminée et ce verre de cognac auxquels il aspirait tant.

En dépit de la distance qu'elle voulait installer entre eux, son instinct lui soufflait qu'elle éprouvait la même attirance que lui. La connaître un peu plus lui parut soudain une perspective intéressante.

Il regarda par la vitre, esquissa un petit sourire.

Qui pensait-il duper ? En vérité, il brûlait de tout savoir de Mlle Matthews.

Au moment où le taxi se garait à l'adresse indiquée, la pleine lune perça l'épaisse couverture nuageuse et éclaira le paysage de son disque parfait.

Trinity se frotta les yeux, ne croyant pas à ce qu'elle voyait.

Un « chalet », cette énorme bâtisse ?

Pendant qu'elle s'extasiait en silence sur l'opulence des lieux, Zack se pressait déjà vers l'entrée, le porte-bébé dans une main et les sacs de courses dans l'autre.

Elle rabattit sa capuche sur sa tête, saisit son bagage et lui emboîta le pas. Lorsqu'il poussa une énorme porte de bois massif et qu'il éclaira l'intérieur, elle laissa tomber son sac à ses pieds.

Muette d'admiration, elle balaya du regard le rez-de-chaussée immense baigné d'une atmosphère chaleureuse. Au centre d'un mur en ardoise se trouvait une imposante cheminée en pierre qui ne demandait qu'à être allumée et devant laquelle étaient disposés de somptueux fauteuils en cuir. À droite, une cuisine entièrement équipée d'éléments en chêne massif et d'appareils électroménagers dernier cri. Tandis qu'elle repoussait sa capuche en arrière, son regard se porta sur la vaste mezzanine qui surplombait la pièce.

— La chambre principale, lui murmura Zack à l'oreille.

Sa chambre.

Elle ne put retenir les images érotiques que ce seul mot évoquait. Rougissante, le cœur battant, elle imagina Zack Harrison à demi nu dans son lit, son torse large et musculeux dépassant de ses draps froissés, un sourire sensuel aux lèvres.

Elle retint sa respiration et s'exhorta au calme. Elle n'était pas ici pour fantasmer sur un homme qui avait fait de ses prouesses sexuelles son passe-temps favori. D'ailleurs, elle s'en voulait à mort de s'être quasiment liquéfiée sur place lorsqu'elle avait bêtement cru qu'il allait l'embrasser et elle se jura bien qu'il ne l'y reprendrait plus.

Forte de cette bonne résolution, elle ôta son manteau et parvint à dire d'un ton neutre :

— Cet endroit est magnifique.

— Malheureusement, je n'y passe pas beaucoup de temps. Je suis de New York, comme vous. Mais vous le savez déjà, n'est-ce pas ?

Elle feignit d'ignorer la pointe d'ironie qui perçait dans son commentaire et reprit son inspection des lieux.

— C'est donc une résidence secondaire ?

— En quelque sorte, répondit-il en allant accrocher son manteau et sa veste de costume à une patère dans l'entrée. C'est au cours de mes pérégrinations que j'ai découvert cet endroit. Le paysage est splendide et, ce qui ne gâche rien, les gens charmants et courtois ; vous savez, du genre qui prennent le temps de vous saluer et de discuter deux minutes avec vous. C'est ainsi que j'en suis arrivé à le considérer comme mon port d'attache.

— Vous n'avez pas de véhicule sur place ?

— Non. Je trouve plus simple d'en louer un mais cette fois il y a eu un malentendu avec l'agence de location. C'est la raison pour laquelle j'ai fait appel à un taxi.

Il marqua une pause pendant laquelle il se dirigea vers la cuisine, avec le porte-bébé.

— Je vais préparer du café. Pendant ce temps nous pourrions aussi nous occuper de son biberon.

Tout en lui emboîtant le pas, elle redoutait de s'aventurer sur un terrain dangereux car il émanait de lui une sensualité irrésistible. Les journaux ne mentaient pas : Zack Harrison était l'homme le plus sexy de la planète.

— Faut-il stériliser les biberons ? s'enquit-il, sans doute à mille lieues d'imaginer les pensées qui lui traversaient l'esprit.

— Tout à fait, répondit-elle en revenant péniblement sur terre.

Elle alla s'accroupir à côté du porte-bébé et examina l'enfant qui après s'être agité semblait s'être rendormi. Tout doucement, elle prit la boîte de lait qui avait été déposée là et tenta de lire les indications.

Sifflotant un air qui lui parut vaguement familier, Zack paraissait à l'aise dans cette demeure. Et pourtant il passait le plus clair de son temps à New York.

Là-bas, vivait-il dans un appartement à Chelsea ou dans un penthouse à Central Park West ? se demanda-t-elle. Ou bien avait-il opté pour une suite à l'année dans l'un des hôtels qui lui appartenaient ?

— Quel effet cela fait-il ? s'enquit-elle.

Le dos tourné, il prit deux tasses dans l'un des nombreux placards qui recouvraient les murs.

— De quoi parlez-vous ?

— De posséder tous ces biens immobiliers.

— Je ne suis pas seul propriétaire des hôtels Harrison, précisa-t-il en dénouant sa cravate avant de la faire glisser dans un sifflement derrière son col de chemise. C'est une entreprise familiale.

— Ce qui signifie que vous travaillez tous les jours avec les membres de votre famille ?

Elle avait conscience d'avoir prononcé ces mots avec une pointe de regret. Elle aurait tant aimé nouer des liens fraternels avec les autres enfants des foyers d'accueil ! Malheureusement, ils étaient toujours séparés après une période plus ou moins longue et elle avait fini par renoncer à espérer.

Devenue adulte, elle avait connu une période où elle avait rêvé d'un foyer à elle, avec un mari aimant et au moins deux enfants. Puis, au fil des ans, ses priorités avaient changé.

— Oui. Dans l'ensemble cela se passe plutôt bien même s'il y a parfois quelques dissensions entre nous. Et vous ? Vous avez de la famille ?

Elle sentit son estomac se nouer instantanément. Comme chaque fois, la question la bouleversa. Elle fit mine de s'intéresser de plus près aux indications préconisées sur la boîte de lait.

— Rien de tel, répondit-elle évasivement.

— Comment cela ? insista-t-il.

— Eh bien, cela n'a rien à voir avec votre famille.

Ce n'était pas vraiment une réponse mais elle détestait évoquer son passé, encore plus avec ce *Zack Harrison-gâté-*

par-la-vie. D'ailleurs cette période de sa vie appartenait à un passé définitivement révolu qui n'avait aucune raison d'être abordé dans de telles circonstances.

Pourtant, tandis qu'elle soulevait le couvercle de la boîte de lait, son regard se porta sur le bébé. Sa gorge se noua et pour la première fois depuis bien longtemps, elle reconsidéra sa position. Cette situation unique dans son genre ne pouvait-elle se prêter aux confidences ?

Malgré l'image déplorable que la presse donnait de lui, il n'en restait pas moins que Zack prenait sur son précieux temps pour s'occuper de cette enfant et qu'il lui avait ouvert sa maison.

Pour une fois, elle pourrait peut-être se confier à quelqu'un.

— En fait, commença-t-elle le cœur battant, je suis une pupille de la nation.

Elle jeta un coup d'œil par-dessus son épaule et vit Zack se figer sur place. Il la scruta d'un regard si pénétrant qu'elle regretta aussitôt les mots qu'elle venait de prononcer. Elle n'était pas un animal de foire ! Juste une enfant qui avait été élevée en famille d'accueil.

— C'est pour cela que…, commença-t-il tandis qu'elle opinait du chef.

— … que je ne pouvais pas me résoudre à partir, termina-t-elle.

Il exhala un long soupir puis remplit les deux tasses du café odorant qu'il venait de préparer.

— J'imagine que cette expérience n'a pas dû être facile.

— Disons que je n'ai pas eu la chance d'être placée chez une Mme Dale, répondit-elle dans un pauvre sourire.

— En tout cas, vous vous en êtes bien sortie. Travailler aujourd'hui pour…

Elle réprima le sourire qui lui montait aux lèvres. Elle avait bien compris à son regard absent, un peu plus tôt dans le taxi, qu'il n'avait jamais entendu parler du journal qui l'employait.

— Je travaille pour *Story Magazine*, précisa-t-elle.

— Ah oui… *Story*.

Soudain plus détendue, elle but une longue gorgée de café et soupira d'aise.

— Il vous est déjà arrivé d'interviewer un homme d'affaires se portant au secours d'un bébé abandonné ? demanda-t-il non sans humour.

— En fait, non.

— Si vous savez vous y prendre, je pourrais me prêter au jeu de l'interview un peu plus tard, suggéra-t-il.

— Pourriez-vous répondre à l'une de mes questions tout de suite ?

— Je vous écoute.

Alors qu'elle brûlait de lui demander s'il avait vraiment eu l'intention de l'embrasser, elle s'entendit dire bêtement :

— Puis-je avoir du sucre ?

— Tout ce que vous voulez, répondit-il dans un sourire.

Lorsqu'il apporta le sucrier sur la table, elle feignit d'ignorer qu'il avait effleuré son bras et tenta de donner à ce contact, somme toute anodin, l'importance qui lui revenait. Dans le but de calmer les battements désordonnés de son cœur, elle reporta son attention sur le joli minois du bébé.

— Quel âge lui donnez-vous ? demanda-t-il.

— Environ trois mois.

— Je ne comprends pas comment elle a pu se retrouver seule dans ce taxi. Il doit sûrement y avoir une explication plausible.

Ce qu'elle imagina lui glaça le sang.

— Elle a peut-être été enlevée. Cela arrive plus souvent qu'on ne croit. Les ravisseurs avaient peut-être prévu de demander une rançon et se sont dégonflés à la dernière minute.

— C'est ce qui vous est arrivé ? demanda-t-il d'une voix douce.

Elle secoua la tête mais ne ressentit pas le besoin d'en dire plus. Un homme comme Zack, qui évoluait dans une famille manifestement unie, ne pourrait certainement pas comprendre.

Lorsque le bébé se mit à couiner et à gigoter tout en ouvrant ses paupières encore lourdes de sommeil, elle sentit déferler sur elle une vague de tendresse et d'amour.

— Elle a les yeux bleus, chuchota-t-elle.

— Vous croyez qu'elle a faim ?

Comme en réponse, l'enfant laissa échapper une succession de vagissements. En voyant Zack hésiter, elle décida de prendre le contrôle des opérations. Elle prit le bébé contre elle et l'enveloppa de ses bras.

— Pauvre chérie, murmura-t-elle contre sa joue veloutée. Elle a besoin d'être changée. Pendant que je m'en occupe, est-ce que vous pouvez lui préparer son biberon ?

— Bien sûr. Pas de problème, assura-t-il en jetant un regard inquiet sur la boîte de lait. Vous avez bien dit qu'il y a des indications ?

— Vous les trouverez sur le côté de la boîte. Mais peut-être préférez-vous aller la changer ?

Comme effrayé par une telle perspective, il fit un pas en arrière.

— Le biberon sera prêt lorsque vous reviendrez.

Il lui indiqua une chambre dotée d'une salle de bains attenante où elle alla prendre une serviette de toilette qu'elle disposa sur le lit. Lorsqu'elle se retourna pour sortir de la pièce, elle vit la silhouette de Zack qui se découpait dans l'embrasure de la porte.

— Je voulais juste m'assurer qu'elle ne pouvait pas tomber, se justifia-t-il.

— À trois mois, peut-être moins, elle est trop jeune pour pouvoir rouler sur elle-même.

Les quelques rudiments qu'elle connaissait, elle les tenait de Norah Earnshaw à qui on avait confié un bébé pour une courte période. La petite Trinity de sept ans qu'elle était alors passait tout son temps libre avec cette enfant et ce fut un véritable déchirement lorsqu'elles furent séparées. Elle s'était consolée en se disant que ce nourrisson serait bien mieux dans une autre famille. Peut-être même avait-il été adopté par un couple qui ne le laissait jamais pleurer.

— J'ai commencé à préparer le biberon, annonça fièrement Zack.

Elle esquissa un petit sourire et le regarda disparaître avant de se pencher pour embrasser la joue tendre du petit ange. Quelques minutes plus tard, elle rejoignait Zack dans la cuisine, satisfaite et le cœur léger.

Manches retroussées jusqu'aux coudes, il était occupé à tester la température du lait sur son poignet. Cette vision était si incroyablement sexy, tendre et drôle, qu'elle sentit quelque chose d'indéfinissable changer en elle.

Il était si absorbé par sa tâche qu'il ne vit même pas que des gouttes du liquide se répandaient sur le sol immaculé.

— Le lait tache, vous savez, lui apprit-elle tout en s'approchant de lui.

Il ne sembla s'apercevoir de sa présence qu'à ce moment-là. Il leva les yeux sur elle puis les abaissa sur le parquet de bois massif. Le biberon dans une main, il alla chercher une serpillère qu'il passa rapidement sur la tache, du bout d'un pied.

— Il faut bien que je vérifie la température.

— Certes, mais à ce train-là, il ne restera plus grand-chose dans le biberon, le taquina-t-elle.

Fier de son exploit, il brandit le biberon devant elle.

— En toute modestie, je suis heureux de vous apprendre que ce breuvage est parfaitement préparé et à la bonne température.

— Dans ce cas…

Elle s'interrompit pour lui tendre le bébé.

— Je vous laisse l'honneur de la nourrir.

— Je préfère passer mon tour, s'empressa-t-il de dire.

— Elle ne vous mordra pas, vous savez.

Elle se demanda quelle serait sa réaction si, malgré son refus, elle lui mettait le bébé dans les bras et le laissait se débrouiller. Après tout, si elle l'avait écouté, à l'heure qu'il était elle serait en route pour New York et il serait seul pour faire face à la situation. Il avait bien de la chance qu'elle se soit sentie aussi concernée par le problème !

— J'ai besoin d'un siège, fit-elle.

Comme il passait devant elle, elle sentit sa main chaude et douce lui effleurer le dos. Aussitôt, elle se troubla. C'était comme si un incendie coulait dans ses veines et se répandait dans tout son corps. Mais compte tenu de l'urgence de la situation et du manque d'assurance dont Zack faisait preuve, elle jugea qu'il valait mieux garder la tête froide.

Zack s'arrêta devant la table de la cuisine et tira à lui une chaise de bois sculpté. Dans un geste théâtral, il lui fit signe de s'asseoir. Elle observa le dossier raide de la chaise et esquissa une moue dubitative.

— Auriez-vous un siège plus confortable ? demanda-t-elle.

Les sourcils froncés, il remit la chaise en place et lui désigna un fauteuil en cuir moelleux qu'elle estima parfait pour ce qu'elle avait à faire. Elle s'y installa confortablement tout en songeant à la singularité de la situation. Comment en était-elle arrivée à se retrouver chez Zack Harrison, le tombeur de ces dames, l'opportuniste prêt à tout pour parvenir à ses fins ?

Pour l'heure, il se tenait immobile à côté d'elle, jambes croisées et bras ballants le long du corps.

— Avez-vous besoin d'autre chose ?

Elle abaissa les yeux sur le bébé dont les doigts minuscules s'étaient enroulés autour de son index.

— Pourriez-vous m'apporter une serviette ?

Sous le charme, elle le regarda s'éloigner de sa démarche souple et élégante.

— Bonne chance, lança-t-il d'un ton moqueur une fois qu'il fut revenu.

— Je vous ferai un compte rendu plus tard, lui répondit-elle sur le même ton.

Après avoir vérifié que la quantité de lait correspondait bien à celles indiquées sur le biberon, elle présenta la tétine au bébé qui se mit à téter goulûment. Son cœur se serra. Depuis combien de temps ce petit ange n'avait-il pas été nourri ? Où était sa mère ? Combien de temps faudrait-il aux services sociaux pour qu'ils viennent lui enlever ce trésor ?

— Personne n'a rappelé, annonça Zack comme s'il avait lu dans ses pensées.

Il approcha une chaise de son fauteuil et s'assit près d'elles.

— Je me demande quand vont arriver les services sociaux, répliqua-t-elle en réajustant la tétine dans la bouche du bébé.

— Ils vont sûrement être retardés par les mauvaises conditions climatiques. Je devrais peut-être leur passer un coup de fil pour m'assurer qu'ils ont bien eu tous les renseignements nécessaires. Vous avez l'air d'avoir fait ça toute votre vie, ajouta-t-il, un sourire attendri aux lèvres.

— C'est elle qui fait tout, vous savez.

Au-dehors, le vent avait redoublé de force et elle put voir, à travers les baies vitrées, que la neige avait tout recouvert d'un manteau uniforme.

— Ne doit-elle pas faire son rot, maintenant ? avança Zack que cette perspective mettait mal à l'aise.

— Oui et je suis sûre que vous saurez très bien vous y prendre.

— Après réflexion, je vais vous laisser poursuivre.

— Un grand garçon comme vous ! Être si craintif ! ironisa-t-elle.

— Vous pouvez bien vous moquer, cela ne m'atteint pas.

Il la regarda retirer délicatement la tétine de la bouche de l'enfant puis le redresser et lui tapoter le dos tout doucement. Mais le bébé laissa simplement échapper un petit soupir d'aise et cligna ses paupières lourdes de sommeil.

Elle le cala alors au creux de son épaule tandis que Zack la protégeait à l'aide de la serviette. Ce petit être était si fragile, si précieux, si confiant qu'elle en eut les larmes aux yeux.

Au bout de quelques minutes, elle commença à s'inquiéter. Il ne se passait toujours rien. Aurait-elle dû attendre qu'elle ait fini son biberon ? Devait-elle demander à Zack d'en préparer un autre ?

— Laissons-lui encore un peu de temps, conseilla-t-il en lui adressant un sourire encourageant. Son système digestif n'est peut-être pas encore tout à fait au point.

Deux minutes plus tard, il se perchait sur le bras du fauteuil, le front soucieux.

— Si nous lui tapotions le dos un peu plus fort ? suggéra-t-il.

Elle qui était déjà bien assez stressée, se contenta de hausser les épaules d'un air excédé.

— Et si vous alliez plutôt potasser vos dossiers ?

— J'ai bien le temps ; j'ai décidé de lever le pied pendant les deux jours qui viennent.

— Eh bien, allez nous préparer quelque chose à manger.

« Au lieu de rester assis là, à épier chacun de mes gestes », se dit-elle en son for intérieur.

— Comment savez-vous que je cuisine ?

— De la même façon que vous avez deviné que je savais changer un bébé.

— Dans ce cas, attendez-vous à être épatée, déclara-t-il en se levant de son siège.

Devant tant de prétention affichée, elle leva les yeux au ciel tout en continuant de tapoter le dos du bébé.

— Je vois ça d'ici : un plat de pâtes et du fromage.

— Vous rendez-vous compte que vous n'avez pas le choix ? Je suis le seul ici à pouvoir assurer votre subsistance.

Le bébé répondit à sa place en produisant un rot formidable, peu digne d'une jeune fille de bonne famille.

— Il semble que son système digestif fonctionne bien, finalement.

Encouragée autant que soulagée, Trinity se leva à son tour et se remit à tapoter le dos du bébé qui la récompensa en émettant un deuxième renvoi. Radieuse, elle la porta à bout de bras pour examiner son petit visage rose.

— Elle a l'air parfaitement repue, annonça-t-elle, radieuse.

Comme pour lui donner raison, le bébé régurgita alors un trop-plein de lait.

- 3 -

Baigner le bébé dans l'évier de la buanderie s'avéra une tâche difficile mais les petits piaillements de joie qu'il poussait méritaient largement le sacrifice.

Une fois qu'il fut séché, poudré, enveloppé dans une couche propre et habillé d'une des grenouillères achetées un peu plus tôt, Trinity alla changer de chemisier.

Ce ne fut plus ensuite qu'un enchaînement de câlins, de berceuses et de roucoulades émaillé de prises de biberons. Bien que rompue de fatigue, elle se refusait à l'installer dans son cosy, incapable de trahir ce regard d'un bleu profond qui la fixait avec tant de confiance.

De son côté, Zack avait pour mission de préparer les repas mais s'il ne rechignait pas à la tâche, tous deux mangeaient rarement. Elle, parce qu'elle était trop occupée par le bébé et lui, du moins le supposait-elle, parce qu'il aurait culpabilisé de se restaurer alors qu'elle ne le pouvait pas.

Il aménagea également l'un des fauteuils inclinables en berceau confortable sécurisé par des barreaux de sa fabrication. Lorsque le bébé manifesta des signes de fatigue, elle le déposa délicatement dans ce lit de fortune et le contempla longuement avant d'aller prendre une douche réparatrice.

Lorsqu'elle se posa la question de sa tenue, elle hésita entre un tailleur et un pyjama de soie rouge assorti à des mules de même couleur. Dans l'intimité de sa chambre, elle opta pour la seconde solution, trop fatiguée pour se demander si sa tenue était appropriée à la situation.

De toute façon, resterait-il assez d'énergie à Zack pour mettre à profit le goût de la provocation qui le caractérisait ? Elle en doutait. S'il était aussi fatigué qu'elle, il était fort probable qu'il ne remarquerait pas sa tenue même si elle déboulait dans la pièce déguisée en Vampirella.

Ses cheveux mouillés torsadés en chignon, elle s'apprêtait à pénétrer dans le salon mais s'arrêta net sur le seuil, fascinée par ce qu'elle voyait. Accroupi près de la cheminée, son bel hôte s'affairait à attiser les flammes du feu qu'il venait d'allumer. Le tableau était si saisissant qu'elle en eut le souffle coupé et qu'elle dut prendre une profonde inspiration.

Lorsque, sentant sa présence, il regarda par-dessus son épaule, il la jaugea ostensiblement de la tête aux pieds. Rien n'échappa à son regard acéré, du chignon réalisé à la va-vite aux élégantes mules à pompons. L'espace de quelques secondes, elle se sentit désirable et désirée comme elle ne l'avait jamais été.

D'un mouvement souple, il se leva et reposa le tisonnier près de l'âtre avant d'aller à sa rencontre.

— Vous donnez l'impression d'être prête à aller vous coucher.

Ces mots, prononcés d'une voix basse légèrement rauque, l'enveloppèrent tout entière. Alors qu'il était tout près d'elle, elle se grisa de son odeur virile, tremblant comme une feuille. Elle se sentit soudain hors du temps, déplacée. Elle ne se reconnaissait pas en cette femme prête à se jeter à la tête d'un homme dont elle désapprouvait pourtant la conduite.

— Vous avez été formidable, ajouta-t-il en rivant son regard sur ses lèvres. Vous devez être épuisée.

La bouche sèche, elle tenta de s'éclaircir les idées. En effet, elle était épuisée. Bien plus qu'elle ne l'aurait cru.

— Je savais bien qu'elle allait finir par s'endormir.

— Moi, j'avoue que je me suis posé la question, dit-il en souriant. J'espère qu'elle ne va pas se réveiller de sitôt.

— Espérons parce que je ne connais qu'un couplet de la berceuse que je lui ai chantée.

Le sourire aux lèvres, il désigna la cheminée du menton.

— Depuis cet après-midi, je rêve d'un verre de cognac devant un feu de cheminée. Voulez-vous vous joindre à moi ?

Son cœur se mit à battre plus fort. Après avoir passé plusieurs heures en sa compagnie, elle se sentait un peu moins hostile à son égard mais pas au point de partager un moment aussi intime et romantique.

La voyant hésiter, il la devança.

— Je sais bien que vous n'avez pas une très haute opinion de moi, mais je vous donne ma parole que je n'userai pas de mon charme pour tenter de tirer profit de la situation.

— Et pourquoi devrais-je vous croire ?

— Parce que vous n'êtes pas mon genre, c'est vous-même qui l'avez dit. Vous vous rappelez ?

Certes, elle s'en souvenait mais cela n'enlevait rien au fait que Zack Harrison était irrésistiblement séduisant. Aussi préféra-t-elle jouer la sécurité.

— Je vais me préparer une tasse de chocolat, annonça-t-elle.

Mais tandis qu'elle s'apprêtait à gagner la cuisine, il lui barra la route.

— Je vous propose un compromis. Ni cognac, ni chocolat mais du vin rouge.

— Il faut toujours que vous ayez le dernier mot, n'est-ce pas ?

— Allons, Trinity, facilitez-moi les choses. Il est tard, nous sommes exténués. Buvons un verre pour nous détendre un peu avant de nous écrouler.

Une fois encore, elle hésita. Cette tirade faisait-elle partie du répertoire du parfait séducteur ou surestimait-elle son propre pouvoir de séduction ?

Il fréquentait des mannequins, des actrices, de riches héritières, certainement pas des filles comme elle au budget serré, vivant dans des studios à Brooklyn. N'était-ce pas plutôt elle qui rêvait d'être séduite et embrassée ?

Il avait raison. Il était tard, ils étaient épuisés, elle pouvait se permettre de baisser un peu sa garde.

— Dans l'état de fatigue où je me trouve, le cognac aurait un effet ravageur sur moi, dit-elle en souriant. Mais j'avoue qu'un verre de vin me fait envie.

À la lueur des flammes, elle vit son regard briller et ses lèvres esquisser un sourire satisfait.

Sous le charme, elle contempla sa longue silhouette athlétique et musculeuse qu'accentuaient le T-shirt blanc et le pantalon de survêtement noir qu'il avait sans doute enfilés pendant qu'elle-même se changeait.

Elle s'installa confortablement sur le canapé qui faisait face à la cheminée, partagée entre une certaine décontraction et un bouillonnement intérieur qui l'empêchait de se détendre tout à fait.

Revenu vers elle, il lui tendit un verre avant de s'asseoir à une distance respectable. Elle huma le bouquet puissant qu'exhalait son verre avant d'en siroter une gorgée.

— Comment le trouvez-vous ?

— Délicieux.

Satisfait, il se cala contre le dossier avant de prendre à son tour une gorgée de son cognac.

— Il faudrait quand même que nous mangions quelque chose, dit-il d'un air inquiet.

En guise de réponse elle se laissa aller un peu plus contre les coussins moelleux qui garnissaient le canapé.

— Accordons-nous encore cinq minutes de répit si vous vous voulez bien, finit-elle par dire.

— Dans ce cas, je ne vous suggèrerai pas de passer un SMS à votre patron pour l'informer que vous ne serez pas à New York demain matin.

Son estomac se noua à l'idée de devoir expliquer la raison de sa défection quand tant de candidats se damneraient pour être à sa place. Elle préféra fermer les yeux et apprécier le moment présent.

— Cinq minutes, répéta-t-elle d'une voix ensommeillée.

Quelques minutes plus tard, elle sentit vaguement qu'il étendait une couverture sur elle.

— Ne vous inquiétez pas pour le bébé. S'il se réveille, je m'en occuperai.

Cette perspective la fit sourire. Comment comptait-il s'y prendre pour changer une couche mouillée ?

Le bruit du vent qui hurlait de plus belle lui donna envie de se pelotonner un peu plus sous la couverture. La tempête de neige, loin de se calmer, semblait redoubler d'intensité. Elle se perdit dans la contemplation des flammes qui avaient sur elle un effet lénifiant, presque hypnotique.

— Vous tombez de sommeil, dit-il.

— Non, j'imaginais juste des images à travers le feu.

— Vous êtes du genre artiste, commenta-t-il en faisant tourner son cognac dans son verre.

— J'aurais préféré que vous me trouviez intelligente, le taquina-t-elle. Mais pour répondre à votre question, disons que j'aime bien dessiner.

— Moi, je n'ai jamais réussi qu'à ébaucher des bonshommes en bâtonnets. Etes-vous calée dans les matières scientifiques ?

En guise de réponse, elle se couvrit la bouche d'une main et feignit de bâiller d'ennui.

— J'ai compris, dit-il en rivant son regard au sien. Alors dites-moi plutôt ce que vous voyez dans ces flammes.

— Quelquefois des animaux, quelquefois des visages.

— Et ce soir ?

— Ce soir, je vois un bébé, des gloussements, quelques larmes aussi. Je vais probablement en rêver toute la nuit.

— Vous ne semblez pas perturbée pour autant.

Elle haussa les épaules, fataliste.

— Elle est si mignonne ! Je ne vais pas pouvoir m'en séparer facilement.

— Imaginez plutôt la joie de ses parents lorsqu'ils la retrouveront.

— Vous avez raison, dit-elle sans parvenir à chasser les doutes qui l'assaillaient.

N'avait-elle pas été elle-même une enfant abandonnée que personne n'avait jamais réclamée ?

Zack s'appliqua à ne rien montrer de ce qu'il ressentait et pourtant il n'aurait pu être plus perturbé.

Depuis le début, Trinity Matthews se comportait de façon paradoxale pour un esprit aussi rationnel que le sien. Pourtant, même toutes griffes dehors et malgré les griefs qu'elle semblait nourrir à son égard, il ne pouvait nier le fait qu'il était très attiré par elle. Il brûlait même de l'entraîner dans son lit et de lui faire l'amour inlassablement.

Il s'imagina tracer le contour de son visage du bout de ses doigts, se pencher vers elle pour s'emparer de sa bouche dans un baiser passionné. S'abandonnerait-elle ou le repousserait-elle ?

La tentation était si forte qu'il la refoula farouchement. Non pas parce que cette attirance physique le mettait mal à l'aise mais parce qu'elle était trop intense. Nombre de femmes l'avaient intrigué par le passé mais jamais à ce point-là et, pour être franc, cette idée le perturbait au plus haut point.

Comme pour se rassurer, il chercha à se persuader que son état de confusion était dû à des circonstances pour le moins exceptionnelles. Ils se trouvaient dans un chalet isolé et partageaient une aventure émotionnelle sans précédent.

Durant de longues minutes, il garda le silence, fixant pensivement le fond de son verre. Lorsqu'il eut recouvré un peu de son assurance habituelle, il se leva et se passa une main dans les cheveux.

— Je vais prendre une douche, annonça-t-il d'un ton égal.

— Allez-y sans crainte, j'assure la permanence, affirma-t-elle d'une voix lourde de sommeil.

Muni de son portable, il gagna sa chambre, toujours plongé dans ses pensées. En vérité, si cela n'avait pas été pour le bébé, il aurait probablement laissé libre cours à ses instincts primaires, mais cette enfant était devenue la priorité absolue.

En revanche, une fois qu'elle aurait retrouvé sa mère ou qu'elle serait entre les mains des services sociaux…

Deux minutes plus tard il était sous le jet revigorant de la douche lorsque son téléphone sonna. Sa première réaction fut d'envoyer mentalement l'intrus au diable mais son sens des responsabilités prit immédiatement le dessus.

Bien lui en prit, car il reconnut instantanément la voix de Cressida Cassidy, la femme des services sociaux à qui il avait parlé un peu plus tôt dans la journée.

— Je suis désolée de ne pas avoir pu vous appeler plus rapidement, s'excusa-t-elle. En tout cas, sachez que les autorités ont bien été informées et qu'un représentant de chacun des départements, dont le nôtre, vous appellera demain. Vous comprenez bien que les conditions climatiques actuelles nous empêchent de nous déplacer. J'espère que cela ne vous dérange pas trop de garder le bébé pour la nuit.

— Non, dit-il en s'essuyant le visage d'un revers de main. Ça ira.

— Comment est-elle ?

— Tout se passe pour le mieux. Pour l'heure, elle dort paisiblement, expliqua-t-il, évasif.

À ce stade, il jugeait inutile de rentrer dans les détails, et passa sous silence les hurlements incompréhensibles de la petite qui ne s'était calmée qu'une fois dans sa baignoire improvisée. Si être parent était la chose la plus difficile au monde, il en avait la preuve flagrante depuis que le bébé était entré dans sa vie. D'ailleurs cette expérience le confortait dans l'idée qu'il n'était pas fait pour la vie de famille. Le mariage, les enfants… ce n'était pas pour lui. Il aimait trop sa vie telle qu'elle était.

— Monsieur Harrison, je dois vous dire autre chose.

Aussitôt sur le qui-vive, il tendit un peu plus l'oreille mais malheureusement la communication fut coupée et l'écran afficha « réseau indisponible ».

Il se rua sur le poste fixe dont la ligne fonctionnait toujours. Mme Cassidy allait forcément tenter de le rappeler, puisqu'elle avait également ce numéro en sa possession, pour décider d'une date à laquelle récupérer le bébé.

Tout à ses pensées, il se dirigea vers une commode et farfouilla dans un tiroir. Il lui fallait une tenue appropriée, assortie peut-être au ravissant pyjama de soie de Trinity. Quoi que, si cela n'avait tenu qu'à lui, il l'aurait préféré nue.

À ce moment-là, une rafale de vent si violente qu'elle

en fit trembler les murs s'abattit sur la maison. Il scruta le plafond, s'attendant à tout moment à voir des branches le crever. Au lieu de ça, les lumières vacillèrent une fois, deux fois et la soirée déjà bien agitée prit une tournure inattendue.

Au rez-de-chaussée, l'unique lampe provenant du bar s'éteignit d'un coup. Sans le feu qui crépitait encore dans la cheminée, la pièce aurait été plongée dans une obscurité totale.

Trinity retint son souffle.

Manifestement, la tempête avait provoqué une panne d'électricité. Combien de temps allaient-ils rester ainsi plongés dans le noir ? Plusieurs heures ? Quelques minutes ? Heureusement, le bébé dormait profondément et la cuisine était équipée d'une cuisinière à gaz qui permettrait de faire chauffer un biberon en cas de besoin.

Immobile, elle se mordit la lèvre tandis qu'elle s'enfouissait un peu plus sous sa couverture. Les yeux à présent grands ouverts, elle fixa son attention sur les ombres mouvantes que le feu projetait sur les murs.

Elle entendit dans l'escalier un bruit de pas précipités qui se répercuta dans toute la pièce. Elle tendit l'oreille et discerna dans la pénombre une silhouette qui s'arrêta net près de la porte. Un claquement suivi d'un frottement puis la silhouette bougea avant de disparaître.

Pétrifiée de peur, elle entendait son cœur battre dans sa poitrine comme un oiseau affolé.

Un moment plus tard, elle sentit quelque chose lui frôler le bras. Terrifiée, elle remonta la couverture jusqu'à son menton mais put voir, à la faveur des flammes, le visage rassurant de Zack. Qu'était-elle allée s'imaginer ? De qui d'autre pouvait-il s'agir ?

— Tout va bien ? s'enquit-il de sa voix aux intonations envoûtantes.

— Tout va bien, répondit-elle crânement.

— Pourtant, vous semblez un peu secouée.

— Je me demande bien pourquoi. C'était le moment idéal de me prendre par surprise, non ? Dans l'obscurité, avec le vent qui se déchaîne au-dehors.

— Que puis-je faire pour vous calmer un peu ? Vous prendre la main ?

Elle avait beau savoir qu'il plaisantait, elle brûlait de lui dire : oui, s'il vous plaît. Mais elle s'en garda bien. Elle releva fièrement la tête et prit son verre en lui cachant tant bien que mal le tremblement irrépressible de ses mains.

— Non merci. Je m'en passerai.

Son regard se porta sur sa mâchoire volontaire, descendit plus bas sur son torse nu…

— Que portez-vous ? demanda-t-elle sans oser vérifier par elle-même.

Il abaissa les yeux sur la serviette qu'il avait nouée autour de ses hanches comme s'il avait oublié dans quelle tenue il se trouvait.

— Une serviette de toilette, répondit-il d'un ton égal comme s'il s'agissait d'une évidence qui ne le perturbait pas le moins du monde.

Elle, en revanche, détourna le regard de ce corps trop désirable qui semblait sculpté dans du bronze et qu'elle brûlait de caresser.

— Vous en voulez ? offrit-il.

— De quoi ? s'enquit-elle en revenant péniblement sur terre.

— Du vin.

— Merci, mais cela ira pour ce soir, répondit-elle en reposant son verre vide.

— Ce n'est pas un péché que de se faire plaisir de temps en temps, Trinity. C'est même une nécessité.

— Je préfère ne pas m'écarter du droit chemin.

Il fixa sur elle un regard pénétrant avant d'aller se servir un deuxième cognac.

— Cela a été si difficile ?

— Quoi donc ?

— La rupture, précisa-t-il en lui lançant un coup d'œil entendu par-dessus son épaule. J'imagine que c'est tout récent.

Elle rougit si violemment qu'elle fut soulagée qu'il ne puisse s'en rendre compte dans l'obscurité.

— De quel droit me posez-vous une question aussi intime ? Et surtout, pourquoi pensez-vous que je sors d'une rupture ?

— Votre comportement. Mon expérience.

— Avec les femmes, vous voulez dire ?

— Tout à fait.

— Désolée de vous décevoir, Dr Phil, mais je n'ai pas l'intention d'accepter de rendez-vous galant.

— C'est justement *là* le problème.

— Problème ou pas, cela ne vous regarde pas.

Il s'éloigna de quelques pas, ce qui fit glisser légèrement sa serviette un peu plus bas sur ses hanches. Sous la force du désir qu'il lui inspirait, elle se redressa et le défia du regard.

— C'est encore une de vos tactiques ? Dominer les gens de toute votre hauteur afin qu'ils se sentent diminués par rapport à vous ?

— C'est pire que je n'imaginais.

Elle se retint de l'envoyer balader mais juste parce qu'elle n'était pas chez elle et juste parce qu'il avait raison.

Pire résumait assez bien la fin qu'avait connue sa dernière relation amoureuse.

— Il était charmant, attentionné, très à l'écoute des autres. Ah ! Et aussi il n'aimait pas les enfants, commença-t-elle.

— Vous en étiez à parler d'enfants ?

— Il ne m'a pas demandée en mariage si c'est le sens de votre question. Mais cela en dit long sur quelqu'un si le simple fait de mentionner votre désir de maternité le fait frissonner de dégoût.

— Sans vouloir prendre leur parti, certains hommes ont besoin de temps pour se faire à cette idée.

— Et pourquoi donc ? demanda-t-elle, sincèrement intéressée par un avis masculin sur la question.

— Eh bien, c'est peut-être une façon de se protéger ; un signe qu'ils ne veulent pas… qu'ils ne veulent pas…

— S'engager ?

— C'est cela, acquiesça-t-il en pointant les couvertures du menton. Cela vous dérange si je m'installe à côté de vous ? Bien sûr, je n'oublierai pas de retirer d'abord ma serviette.

Évidemment, elle comprit qu'il plaisantait mais son cœur se mit à battre plus vite.

— Je préférerais que vous alliez enfiler une tenue plus adaptée, lui suggéra-t-elle d'un ton faussement désinvolte.

Une fois seule, elle se recroquevilla un peu plus sous ses couvertures, appréciant pleinement la douce chaleur que diffusait le feu dans la pièce. Un corps humain aussi était source de chaleur, songea-t-elle avant de chasser prestement cette pensée de son esprit.

Lorsque Zack revint quelques minutes plus tard, il portait un caleçon et un T-shirt probablement puisés dans la panière à linge qu'elle avait remarquée lorsqu'elle avait lavé le bébé dans la buanderie.

— Je viens de jeter un coup d'œil dehors, annonça-t-il.

— Il neige toujours ?

— Oui, mais la tempête semble se calmer. Normalement tout devrait s'arranger d'ici demain. Le ciel va s'éclaircir, l'électricité sera rétablie. En cas de besoin, nous n'avons pas à nous inquiéter, la cuisinière, les radiateurs et l'eau chaude fonctionnent au gaz. Nous pourrons continuer à préparer les biberons et à donner un bain au bébé sans problème.

Il marqua une pause, le regard perdu dans les flammes toujours vives du feu.

— La femme des services sociaux m'a appelé juste avant la panne d'électricité, reprit-il d'une voix neutre.

Il lui rapporta la brève conversation qu'ils avaient eue mais au lieu d'être soulagée — elle allait rentrer à New York, renouer avec une vie qui lui convenait parfaitement — elle ne pouvait s'empêcher de s'inquiéter du sort de cette enfant. Bon sang ! Mais où étaient donc ses parents ?

Il s'installa à côté d'elle et remonta la couverture sur lui, tout frissonnant de froid.

— Il gèle ici et on n'y voit pas grand-chose. Il y a belle lurette qu'on n'avait pas connu de panne d'électricité.

— C'est ennuyeux, admit-elle, et un peu angoissant, pensa-t-elle.

— Le moment propice pour se raconter des histoires de fantômes, ajouta-t-il comme s'il avait lu en elle. Je devais avoir dix ans, enchaîna-t-il, lorsque mon père prit les quelques jours de vacances annuels qu'il nous consacrait. Toute la famille était venue ici, à Denver, mais le chalet que nous avions l'habitude de louer était occupé. Nous nous sommes donc rabattus sur le seul bâtiment libre à cette époque de l'année et qui était autrefois une grange. En tout cas, à ce qu'on raconte, précisa-t-il en baissant la voix.

— Je ne crois pas aux fantômes, prévint-elle en comprenant où il voulait en venir.

— Moi non plus. Jusqu'à cette fameuse nuit.

— Pourtant, vous ne semblez pas être du genre à vous laisser impressionner par ce genre de manifestation.

— Et vous ? Vous y croyez ?

— Non, affirma-t-elle avec fermeté. Vous étiez donc réunis dans cette grange et…

— Elle avait été restaurée bien des années plus tôt mais elle avait gardé un aspect sinistre. Peu d'éclairages, une cheminée couverte de toiles d'araignées, des murs et un toit qui craquaient à la moindre occasion. Je crois que c'est là que cela a commencé.

— Quoi ? Votre croyance en l'au-delà ?

— Non. C'est à partir de là que ma sœur, Sienna, a commencé à se ronger les ongles. À ce jour, elle n'a toujours pas renoncé, d'ailleurs.

Il interrompit son récit pour s'installer plus confortablement, les bras croisés derrière la tête.

— Bref, passons. Mes frères et moi étions dans notre chambre lorsque nous nous sommes retrouvés dans l'obscurité.

— Combien de frères avez-vous ?

— Trois. Mason, Dylan et Thomas. Ce n'est pas que nous avions peur, vous comprenez, ajouta-t-il en se moquant de lui-même.

— Je comprends tout à fait, répondit-elle sur le même ton.

— Mais le vent soufflait aussi fort que cette nuit et lorsqu'une ampoule a explosé, nous avons tous éprouvé le besoin d'aller boire un verre d'eau. C'est Thomas, le plus jeune, qui est sorti de la pièce en premier et nous

nous sommes empressés de le suivre pour ne pas rester seuls. Nos parents se trouvaient dans le salon d'où se dégageait une forte odeur de moisi et nous avons entendu notre père pester, jurant qu'il allait porter plainte contre les responsables qui avaient loué son chalet habituel. Ce qu'il s'est empressé de faire aussitôt rentré.

— Ou était votre sœur à ce moment-là ?

— Elle était allée se réfugier sur les genoux de ma mère. Elle était la petite dernière. Elle le sera toujours, d'ailleurs.

Souriant intérieurement, elle imagina une adorable peste avec des couettes et des ongles rongés jusqu'au sang asticoter sans cesse ses frères et s'en tirer toujours à bon compte.

— Vous avez donc passé la nuit ensemble dans la même pièce devant un feu de cheminée, dit-elle ; tout comme nous maintenant.

— C'est exact. Sauf que…

Il s'appuya sur un coude et se tourna vers elle pour poursuivre son récit.

— … aux environs de minuit, les bruits ont commencé.

— Quels bruits ?

— Des bruits lointains. Indistincts. Qui sont devenus par la suite plus forts, plus proches. Un mélange de grincements, de craquements sinistres. Quelque part dans le lointain un coq s'est mis à chanter.

— À minuit ?

— Oui. Mon père avait fini par s'endormir mais lorsque, terrorisés, nous l'avons réveillé, j'ai bien vu qu'il n'en menait pas large lui non plus.

Elle frissonna des pieds à la tête et ramena ses jambes sur sa poitrine, les entourant de ses bras.

— Qu'a-t-il fait ?

— Ce que n'importe quel père ou mari aurait fait dans de telles circonstances. Il s'est mis à inspecter la maison pendant ce qui nous a semblé une éternité. À chaque minute qui passait, des bruits étranges venaient se rajouter aux précédents : des battements d'ailes, des gloussements.

— Des gloussements ?

— C'était au moment où mon père venait juste de revenir dans le salon. Il nous a dit de ne pas nous inquiéter, qu'il avait résolu le mystère. En fait, tous ces bruits bizarres provenaient d'un élevage de volailles qui se trouvait à proximité.

— Ce n'est pas si drôle, dit-elle un brin déçue.

— J'essayais juste de vous détendre. Mes neveux, eux, raffolent de cette histoire et exigent que je la leur raconte chaque fois que je vais les voir. C'est vrai que je raconte plutôt bien les histoires. Je suis beaucoup plus à l'aise que lorsqu'il s'agit de changer des couches.

— Vous n'avez pas l'étoffe d'un père de famille ?

— Comme vous l'aviez probablement déjà deviné.

Elle se mit à son tour sur un coude, avide d'en savoir plus sur sa famille.

— Vous les voyez souvent ?

— À Noël, à Pâques, pour les anniversaires et autres nombreuses réunions familiales. Autrement dit, tout le temps. Ils sont vraiment trop mignons. Mais ce qui m'irrite…

Il s'interrompit, hésitant à poursuivre.

— Quoi ? insista-t-elle.

— Cela n'a pas d'importance.

— Au contraire.

— Franchement, je suis fatigué d'entendre que je devrais fonder un foyer. Comme si nous étions encore à l'époque de la Régence où — il prit l'accent d'Oxford pour préciser d'un ton emphatique — chaque gentleman se devait de prendre femme avant un certain âge.

— Peut-être veulent-ils juste vous voir heureux ?

Il arqua les sourcils, sincèrement étonné.

— Pourquoi ? Je n'ai pas l'air heureux ?

— Pour eux, vous ne pouvez pas l'être en restant célibataire, souligna-t-elle. Mais il faut les comprendre, vous changez de femme comme de chemise, ajouta-t-elle avec une pointe de perfidie.

Il changea de nouveau de position et fixa en silence un point invisible du plafond.

— La vie que je mène me convient tout à fait, finit-il par dire. Et vous ?

— Je suis très occupée et ma vie professionnelle me rend très heureuse, répondit-elle.

— Et toujours célibataire après cette rupture.

— *Définitivement* célibataire.

— Pour un temps, décida-t-il pour elle. J'imagine qu'un jour, vous aurez envie de vous marier, d'avoir des enfants.

Comme toujours, ce sujet sensible lui serra le cœur.

— En effet, j'aime les bébés, esquiva-t-elle.

— À vous voir faire, c'est évident.

Elle ne comprit pas pourquoi elle se sentait si mal à l'aise lorsqu'ils abordaient ce sujet. Il avait sa vie, elle avait la sienne et, dans un avenir très proche, ils ne se reverraient plus jamais.

— La vérité, dit-elle, c'est que je n'ai pas de famille sur laquelle compter et que parfois un père et une mère me manquent terriblement. J'ai des amis, bien sûr. De bons amis. Mais aucun à qui faire confiance s'il m'arrivait quelque chose.

Elle marqua une pause et prit une profonde inspiration afin de se donner le courage de poursuivre.

— La vie n'est qu'une question de choix. Moi, j'ai choisi de ne pas avoir d'enfants.

— Vous voulez dire que vous renoncez à vous marier et à avoir des enfants ? demanda-t-il, sincèrement surpris. Je pensais que vous vous étiez séparée de votre petit ami justement parce qu'il n'approuvait pas votre choix d'en vouloir.

— C'est exact. Tout comme vous. Vous n'avez pas envie d'être père mais cela ne vous empêche pas d'aimer vos neveux et nièces, n'est-ce pas ? Vous aimez ce bébé ?

— C'est vrai. Malgré tous les désagréments que cela comporte, je l'aime. Mais qui pourrait ne pas aimer un petit être aussi innocent ?

— Je ne pouvais pas imaginer de passer ma vie avec un quelqu'un qui pense que les enfants sont une perte de temps et qu'ils prennent toute la place, précisa-t-elle.

— Vous avez bien fait de vous en séparer, jugea-t-il. Mais pour changer de sujet, qu'en est-il de votre vie professionnelle ? Quelles sont vos ambitions ?

— J'espère devenir un jour rédactrice en chef d'un grand magazine.

Le regard de Zack, jusque-là malicieux, devint plus sombre. Son sourire se dissipa tandis qu'il la considérait avec gravité et repoussait en arrière une mèche de cheveux qui lui barrait le visage.

Lorsque sa paume, chaude et douce, s'attarda sur sa joue, elle crut manquer d'air. Ses paupières se firent lourdes tandis qu'elle sentait son corps inexorablement attiré par le sien. Elle avait tellement l'impression de vivre un moment irréel qu'elle s'empêcha de le gâcher par des interrogations inutiles.

— J'ai très envie de vous embrasser, Trinity, murmura-t-il contre sa bouche, mais je sais que si je me laisse aller, j'aurai envie d'aller plus loin.

Cette éventualité la fit frissonner de la tête aux pieds et bien qu'elle eût aimé faire taire ses scrupules, elle s'entendit chuchoter :

— De toute façon, avec le bébé…

— Vous avez raison, approuva-t-il tandis qu'il se rapprochait un peu plus d'elle et qu'il effleurait sa bouche de la sienne. Nous avons des responsabilités.

Ivre de désir, elle se demanda ce qui pourrait bien l'empêcher de caresser ce corps vers lequel elle était irrémédiablement attirée. Aussi s'abandonna-t-elle librement lorsqu'il prit sa bouche dans un baiser passionné qui la fit dériver dans un océan de volupté.

— Si vous voulez, nous pouvons juste nous blottir l'un contre l'autre, murmura-t-il tout en dessinant le contour de ses lèvres de la pointe de sa langue. Histoire de nous tenir chaud.

Lorsqu'elle sentit sa joue râpeuse contre la sienne puis ses dents lui mordiller l'oreille, elle crut défaillir de plaisir. Au comble de l'excitation, elle parvint néanmoins à articuler d'une voix rauque de désir :

— Nous tenir chaud me paraît être une bonne idée.

En guise de réponse, il promena le long de son dos ses mains sensuelles tout en la couvrant de baisers brûlants qui témoignaient d'un savoir-faire qui la laissa pantelante. Enhardi par ses encouragements silencieux, il approfondit son baiser et enroula sa langue autour de la sienne.

Tout excitée, elle se plaqua plus étroitement contre lui et fit remonter une de ses jambes contre ses cuisses musculeuses. Libérée des derniers scrupules qui auraient pu la retenir, elle se sentit sombrer dans un rêve à la fois merveilleux et envoûtant. La tête dans les nuages, elle sentit le sexe dur de Zack se presser contre son ventre et vit son regard résolu planté dans le sien.

De ses lèvres entrouvertes s'échappa un grognement de plaisir puis il se pencha de nouveau vers elle pour dévorer sa bouche de baisers avides.

Le doute s'immisça soudain en elle. Avait-elle vraiment envie de faire l'amour avec un homme qu'elle était censée mépriser, surtout avec un bébé endormi à quelques mètres de là ?

Zack, qui devait avoir perçu cette brusque réticence, s'écarta d'elle et roula sur le côté. Son visage exprimait un mélange de frustration et de déception. Mais il se reprit bien vite. D'un bras il l'attira à lui, lui faisant sentir le désir qu'elle faisait naître en lui.

Bien que consumée d'un désir égal au sien, elle s'imposa de rester de marbre. Elle avait beau être attirée par lui comme par un aimant, elle n'était pas venue jusqu'ici pour une partie de jambes en l'air et entendait bien quitter les lieux sans s'être trahie.

Elle s'apprêtait à se dérober mais il ne chercha pas à l'embrasser. Il s'allongea sur le dos et se tint immobile, un bras passé autour de sa taille.

— Nous ferions mieux de dormir un peu, suggéra-t-il.

— Très bonne idée.

Lorsqu'il l'attira doucement contre lui, elle ne résista pas. S'il n'était pas question de faire l'amour, pourquoi s'interdirait-elle la tendresse qu'il lui offrait si gentiment ?

Elle laissa sa tête aller contre son torse et poussa un soupir d'aise. Elle ferma les yeux, bercée par les battements de son cœur. Elle était en train de sombrer dans le plus doux des sommeils lorsqu'elle se redressa d'un coup, les yeux grands ouverts.

Elle n'avait pas passé ce fichu coup de fil à New York !

- 4 -

Le lendemain matin, Zack ouvrit les yeux aux premières lueurs de l'aube.

Il vit par les baies vitrées que la neige tombait toujours et qu'elle recouvrait tout d'une épaisse couche d'un blanc immaculé. Les routes devaient être impraticables et, par voie de conséquence, les services sociaux ne pourraient pas venir jusqu'ici. Il allait donc passer une journée entière avec le bébé et Trinity Matthews qui, en dépit de ses scrupules, avait dormi toute la nuit allongée contre lui.

Il se rappela avec émotion la douceur de sa peau, la sensualité de ses baisers, la souplesse de son corps. Pour l'heure, elle était comme en prière avec ses deux mains jointes sur sa poitrine et ses cheveux épars formant une auréole. Ses paupières closes étaient bordées d'une épaisse frange de cils noirs et sa bouche rose, légèrement entrouverte, semblait faite pour être inlassablement embrassée.

Cette même bouche qui, la veille, lui avait ordonné de la ramener en ville avec le bébé ; qui, plus tard avait adressé à ce dernier des sourires tendres et rassurants et qui, cette nuit même, l'avait supplié, lui, de l'embrasser, de la posséder.

Tandis qu'il la contemplait, il s'avoua que son désir pour elle était intact, aussi intense que la veille. Il brûlait de plonger les mains dans sa chevelure soyeuse, de l'attirer à lui pour goûter inlassablement ses lèvres au goût fruité.

Il pourrait se pencher vers elle, la surprendre dans son sommeil et…

Il chassa cette idée de son esprit et remonta la couverture sur eux, dévoilant dix orteils qui se recroquevillèrent instantanément sous l'effet de la fraîcheur ambiante. Le feu avait fini par s'éteindre et l'électricité n'était toujours pas rétablie, ce qui signifiait que la ligne fixe était toujours coupée. Il était trop tard pour regretter de ne pas avoir fait changer le groupe électrogène défaillant comme il avait prévu de le faire l'année précédente.

Il lança un coup d'œil en direction de la cuisine où se trouvait son téléphone cellulaire. Le réseau était-il disponible à présent ?

Il se leva sans bruit pour aller vérifier. Toujours rien. L'écran muet lui fit songer avec une pointe d'inquiétude que Trinity n'avait pas prévenu *Story Magazine* de son retard.

Compte tenu de ses origines, il comprenait sa décision farouche de vouloir rester auprès du bébé tant qu'elle n'aurait pas la certitude que celui-ci serait entre de bonnes mains. Il lui était reconnaissant d'une telle détermination qui lui avait épargné de se retrouver seul avec cet enfant abandonné. Il admettait volontiers qu'il n'était pas à la hauteur, mais quoi de plus normal lorsqu'on était un célibataire endurci qui n'avait jamais concédé le moindre sacrifice à sa liberté ?

Sa famille le raillait souvent à ce sujet, soutenant qu'il changerait d'avis lorsqu'il aurait trouvé la perle rare, mais lui n'en était pas si sûr. D'ailleurs, être libre présentait bien des avantages comme, par exemple, gérer la société familiale comme il l'entendait.

Son père une fois à la retraite, il deviendrait président de la chaîne d'hôtels Harrison, statut que semblaient ignorer les journaux à scandale qui ne voyaient en lui qu'un coureur de jupons invétéré.

Il frissonna mais hésita à aller raviver le feu de crainte de réveiller Trinity et le bébé qui dormait depuis — il consulta sa montre — dix heures d'affilée.

Il s'approcha de ce dernier et s'accroupit pour le contempler en silence. Ses joues rebondies dans un visage aux traits angéliques lui donnaient l'air d'une poupée de porcelaine. Pour sûr, c'était un amour et il n'était pas loin, tout comme Trinity, de penser que la séparation allait s'avérer difficile.

Le bruit de son estomac vide le rappela à l'ordre. Il était grand temps d'aller prendre un petit déjeuner.

Il s'affairait dans la cuisine lorsque son téléphone se mit à bourdonner. Enfin, ils n'étaient plus tout à fait coupés du monde ! Il attendit d'être dans son bureau et d'avoir refermé la porte derrière lui pour répondre.

— Tu n'es pas encore enseveli sous la neige ?

Il éprouva un vif soulagement au son de cette voix familière. Ce n'était pas les services sociaux comme, bizarrement, il le redoutait, mais Thomas, son plus jeune frère, celui dont il était le plus proche.

— Non mais ça ne devrait pas tarder.

— Mmm… Tu as l'air de t'amuser comme un petit fou.

— Ce n'est pas aussi sinistre que tu l'imagines, tu sais.

— Être coincé au beau milieu de nulle part, loin de la ville et de ses plaisirs, merci bien, mais très peu pour moi ! Je ne pourrais pas me passer de mon café quotidien au Starbucks du coin.

— Ne m'en parle pas. Je n'ai pas encore pu en prendre un.

— Dans ce cas, je serai bref. Papa veut savoir comment s'est passé ton rendez-vous avec James Dirkin. Quand penses-tu signer le compromis ?

— J'ai besoin d'un peu plus de temps.

La ligne se mit à grésiller, rendant la conversation inaudible.

— Que disais-tu ?

— Que papa est ravi de te laisser mener les négociations. Il dit toujours que tu serais capable de changer un loup vorace en agneau docile.

En effet, il était un négociateur hors pair et la clé de son succès résidait dans le fait qu'il ne se laissait jamais emporter par ses émotions. Sa devise était de garder la tête froide. Toujours. Dans n'importe quelle circonstance.

Et pourtant…

Il revit les traits tirés de Dirkin, sa réticence à laisser entre des mains étrangères ce qui aurait dû être l'héritage de son fils. Pour une raison obscure, il vit en filigrane l'image de Trinity qui tenait le bébé dans ses bras.

Il haussa les épaules avec une désinvolture qu'il était loin de ressentir.

— Le problème, c'est que James Dirkin est très attaché à cet hôtel.

— Pardon ? dit Thomas qui n'en revenait pas d'entendre un tel argument dans la bouche de son frère. Depuis quand les sentiments des autres t'empêchent-ils de mener une affaire à bien ?

— Je disais ça comme ca, en passant.

Un silence lourd de scepticisme lui répondit.

— Tu vas bien, Zack ? Tu as l'air… bizarre.

— Non, non. Tout va bien. Très bien, même.

Il crut entendre le bébé pleurer et alla ouvrir la porte, l'oreille tendue.

— Dis à papa que le compromis sera signé cette semaine, affirma-t-il en se rendant dans le salon où effectivement l'enfant commençait à s'agiter.

— Zack, il y a quelqu'un avec toi ?

— Oui.

— Une femme ?

— Deux.

Il crut entendre son frère s'étrangler à l'autre bout du fil mais préféra couper court à ce qui prendrait vite des allures d'interrogatoire.

— C'est une longue histoire, se justifia-t-il.

— Vas-y, je t'écoute.

— Désolé mon pote mais il faut que je te laisse.

Trinity dormait toujours tandis que le bébé gigotait dans son lit, semblant vouloir attirer l'attention. Zack se pencha vers lui et esquissa un petit sourire qui se voulait encourageant.

Indécis, il se frotta le menton avant de glisser avec précaution une main derrière le dos du bébé. Seigneur ! Il était trempé. Pris de panique, il lança un coup d'œil en direction de Trinity qui dormait toujours.

— Que suis-je censé faire de toi, maintenant ? chuchota-t-il en soutenant le regard bleu azur que l'enfant gardait rivé sur lui.

Ne sachant quoi faire, il arpenta la pièce quelques secondes avant de revenir au chevet de l'enfant. S'il ne supportait pas l'idée de la laisser dans son pyjama mouillé, il ne se sentait pas pour autant capable de la changer. Chaque homme avait ses limites et les siennes s'arrêtaient là.

Dieu merci, il entendit Trinity se réveiller. Elle laissa échapper un petit soupir en même temps qu'elle s'étirait voluptueusement. Deux secondes plus tard, elle s'asseyait et repoussait en arrière des mèches de cheveux qui lui barraient le visage.

— Ainsi, je ne rêvais pas.

— Non. Elle est toute mouillée.

Elle rejeta la couverture et s'approcha à son tour du bébé. Comme s'il avait senti sa présence, celui-ci plissa son petit nez et émit un petit couinement. Au comble de l'émotion, Trinity lui caressa doucement les joues.

— Oh ! Pauvre petit chou ! Elle doit mourir de faim.

— Elle a surtout besoin d'être changée, insista Zack.

— Tu ne veux pas essayer ?

— Tu pourrais me poser cette question des centaines de fois, la réponse serait toujours la même.

— Non ? dit-elle en feignant d'être surprise.

— Au moins, j'ai le mérite d'assumer mes défauts.

— Justement, puisque tu en as conscience tu devrais essayer de changer et d'apprendre.

— Disons alors que je n'ai pas utilisé le terme approprié.

Un sourire indulgent aux lèvres, Trinity secoua la tête et prit l'enfant dans ses bras tandis que, admiratif, il suivait le moindre de ses faits et gestes. Dans son pyjama trop grand mais qui, boutonné jusqu'au cou, ne laissait même pas entrevoir un centimètre de peau, elle était la femme la plus sexy qu'il ait jamais connue.

En s'écartant pour la laisser passer, il s'émut de la trace laissée par l'oreiller sur sa joue. Tandis qu'elle souriait au bébé, ses yeux brillaient comme deux améthystes qui, s'il n'y prenait garde, pouvaient l'envoûter pour le restant de ses jours.

— Je vais préparer le biberon, annonça-t-il pour échapper à ce regard trop magnétique.

— Pendant ce temps, je vais lui donner son bain. Mademoiselle a besoin d'être un peu rafraîchie, ajouta-t-elle en frottant son nez contre celui de la petite. Tu arriveras à t'en sortir ?

— Bien sûr. Je suis le roi des biberons maintenant. En revanche, le petit déjeuner devra attendre…

Attendri, il la regarda s'éloigner, son précieux fardeau serré contre elle. À la façon dont elle lui souriait et babillait avec lui, il crut comprendre que toute la fatigue de la veille s'était dissipée.

Ce ne fut que lorsqu'il entendit les cris de joie du bébé qu'il entreprit la préparation du biberon. Puis, sa tâche accomplie, il ne put résister à la curiosité et se rendit dans la buanderie. En silence, il regarda Trinity sortir l'enfant du lavabo et l'allonger sur une serviette de toilette qu'elle avait disposée sur le comptoir.

En la voyant si radieuse, il se demanda ce qui, d'habitude, la rendait heureuse. Qui étaient ses amis ? Dans quel quartier de New York vivait-elle ? Peut-être s'étaient-ils croisés un jour sans se voir, ou retrouvés dans le même ascenseur.

Mais pour l'heure la grande question demeurait : que leur réserverait cette nuit ?

La veille, lorsque Trinity s'était retrouvée à califourchon sur lui, avec ses seins pressés contre son torse et ses lèvres sensuelles qui ne demandaient qu'à être embrassées, il avait su déployer des trésors de patience. Il avait eu un mal fou à se retenir et n'était pas certain d'être capable de réitérer le même exploit.

Elle était en train de sécher délicatement les boucles du bébé lorsqu'elle prit conscience de sa présence. Elle lui adressa alors un sourire aussi rayonnant que chaleureux.

— Tu arrives à temps. Est-ce que tu veux essayer de la talquer ?

— Elle ?

— Oui, elle. Pas moi, bien sûr.

Mais il se défila une fois de plus.

— Tu le fais si bien…

Sans dire un mot, elle saupoudra ses mains d'un voile

de la poudre parfumée et en enveloppa l'enfant. L'habileté avec laquelle elle s'y prenait le sidéra. La seule fois où il avait tenté un tel exploit, c'était avec le premier-né de ses neveux. Mais, redoutant de le laisser tomber ou de le casser en deux, il avait mis un terme définitif à cette expérience traumatisante trop délicate.

— Tu es sûre de n'avoir jamais fait ça avant ?

Elle hésita une fraction de seconde avant de répondre.

— Il m'est arrivé de donner un coup de main de temps à autre à des amis qui venaient d'avoir un bébé, admit-elle en prenant une couche propre.

— Et tu n'as jamais craint de le laisser tomber accidentellement ?

— Bien sûr mais il suffit d'être très vigilant.

Comme pour preuve de ce qu'elle avançait, elle souleva délicatement les fesses de l'enfant et glissa la couche dessous. Avec la même dextérité, elle prit le petit poing qu'elle avait dans la bouche et l'enfila dans une manche de sa grenouillère. Privée de sa tétine de substitution, la petite se mit à pleurer.

Incapable de faire face à un si gros chagrin, Zack se passa une main sur le visage. Comment les parents s'y prenaient-ils pour supporter ces épreuves au quotidien ?

Une fois fermés les nombreux boutons-pression de la grenouillère, Trinity serra étroitement l'enfant contre elle pour la rassurer.

— Le biberon est prêt ?

— Je vais vérifier qu'il est encore chaud, dit-il en les devançant.

Lorsqu'elles arrivèrent quelques secondes après lui, il faisait couler quelques gouttes de lait sur son poignet.

— Paré à prendre son poste ? demanda-t-elle sur le ton d'un capitaine d'infanterie.

— La torpille est prête, chef.

— Position inclinée, intima-t-elle sur le même mode lorsqu'elle fut devant son fauteuil.

Une fois confortablement installée, elle goûta avec joie à ce moment de parfaite plénitude. Tandis que le bébé tétait, Zack rapprocha sa chaise et, tout en gardant une distance respectable, observa attentivement la scène.

Le biberon était à moitié vide lorsqu'il fut frappé par une évidence : il aurait déjà dû s'ennuyer, et pourtant, il était totalement absorbé par ce qu'il voyait. Aucun détail ne lui échappait, de ses beaux yeux bleus déjà lourds de sommeil à la façon dont ses doigts minuscules enserraient le biberon.

Il s'apprêtait à proposer une pause lorsque Trinity redressa la petite et commença à lui tapoter le dos d'une main ferme et assurée. En un clin d'œil, il se leva et revint avec une serviette de table qu'il disposa sur son épaule. Un court instant plus tard, le bébé les récompensait en laissant échapper un rot sonore et libérateur.

Trinity se renfonça dans son fauteuil, un sourire satisfait aux lèvres.

— Bravo ! Je crois bien que nous sommes sur les rails.

Zack se rengorgea bien qu'il sût qu'elle s'adressait au bébé. Ces deux-là formaient la paire. Lui n'était que l'assistant, ce qui pour lui était une première. D'habitude, c'était lui qui était aux commandes, lui qui donnait ses directives. De même dans ses relations amoureuses, il était celui qui donnait le ton sans quoi il ne donnait pas suite.

Ces exigences lui permettaient de réussir en affaires aussi bien que dans sa vie privée. Et jusque-là, cette combinaison lui avait plutôt réussi.

— Je pensais à quelque chose, dit soudain Trinity.

— Oui. À quoi ?

— Pourquoi ne lui donnerions-nous pas un nom tant que nous nous occupons d'elle ? J'avoue que l'appeler « le bébé » ou « elle » me pose un problème.

— Tu as déjà pensé à quelque chose ?

— Et toi ? Quels sont tes prénoms préférés ?

Cette question le prit de court.

— Je ne sais pas. À vrai dire, je n'y ai jamais réfléchi.

— Tu préférerais quelque chose de classique, comme Emily, Molly ou encore Beatrice ?

— Quelque chose de plus moderne, peut-être, répondit Zack qui, sans s'en rendre compte, se laissait prendre au jeu.

— Brook, Fallon, Mira, énuméra Trinity en réajustant la tétine dans la bouche du bébé. Summer ou Skye iraient bien avec le bleu de ses yeux.

Tout d'un coup un déclic se produisit et il se redressa, fier de sa trouvaille.

— J'aime bien Bonnie.

— Pardon ?

— *Bonnie Blue Eyes*, c'est une chanson que nous chantait parfois notre père.

Trinity esquissa un sourire approbateur.

— C'est vrai qu'il est joli.

Il raffolait de la façon dont elle se mordait les lèvres, signe chez elle d'une profonde satisfaction. Soucieux de ne pas se laisser aller à trop d'émotions, il alla placer une bûche dans la cheminée.

— Ton téléphone portable fonctionne ce matin ? demanda-t-elle.

— Oui, j'ai reçu un appel pendant que vous dormiez.

— Des services sociaux ? s'enquit-elle avec une pointe d'anxiété.

— Je suis certain qu'elle sera entre de bonnes mains avec eux, certifia-t-il pour la rassurer.

— J'aimerais tellement connaître son histoire, savoir ce qui est arrivé à sa mère.

Il se garda bien de dire qu'il ressentait la même chose car, pour l'heure, ils n'avaient pas le moindre indice pouvant les renseigner à ce sujet.

— En fait, c'était mon frère Thomas qui m'appelait.

— Le plus jeune, se rappela-t-elle. Celui qui est sorti en premier de la chambre de la maison hantée lorsqu'il y a eu la panne d'électricité.

— On peut dire qu'il n'a jamais manqué de confiance en lui, celui-là !

Elle laissa échapper un petit rire de gorge cristallin qui emplit la pièce et lui alla droit au cœur.

— Il voulait vérifier que tu n'étais pas enseveli sous des mètres de neige ?

— Exactement, mais il voulait surtout savoir où j'en étais d'une négociation que je suis en train de mener. En fait, nous voulons racheter l'hôtel Dirkin.

— C'est pour cela que tu te trouvais là-bas hier, n'est-ce pas ? Pour conclure l'affaire.

— Nous n'en sommes pas encore là. En fait, nous ne sommes pas encore d'accord sur le prix.

— C'est de bonne guerre, j'imagine.

— Oui, sauf que l'hôtel ne vaut pas le prix que Dirkin en veut et qu'il y a de gros travaux de rénovation à prévoir.

— Il ne vendra peut-être pas.

— Il vendra. Il a juste besoin d'un peu plus de temps. En ce moment, il raisonne avec son cœur, pas avec sa tête, précisa-t-il en tisonnant les flammes. James Dirkin a fait construire cet hôtel dans les années soixante-dix et il comptait bien sur son fils pour prendre la relève.

— Qu'est-ce qui a changé ?

— Son fils est mort récemment, répondit-il en reposant le tisonnier. Une disparition tragique à ce que j'ai pu comprendre.

Il la vit serrer compulsivement le bébé plus fort contre elle.

— Le pauvre homme, dit-elle d'une voix pleine de compassion. Je comprends qu'il raisonne avec son cœur. Laisse-le donc à son chagrin. Tu n'es quand même pas à un hôtel près, si ?

Il hésita à répondre tant il la sentait soudain remontée contre lui.

— C'est lui qui nous a sollicités le premier. Et s'il vend, je veux être le premier sur la liste.

— Pourquoi ? Parce que tu es attaché à cette région ?

— En partie.

— Et ça, ce n'est pas raisonner avec son cœur ? souligna-t-elle.

— Ce n'est pas pareil.

— Si tu le dis.

Il grimaça à cette remarque.

— Bien sûr, j'aime cet endroit mais j'ai besoin d'un retour sur investissement.

Et même s'il était prêt à augmenter son offre initiale, ce ne serait pas pour faire plaisir à Dirkin. Ce genre de considération ne faisait que vous nuire, il en avait déjà fait l'expérience lorsque, plus jeune, il avait acheté une voiture à un ami qui avait besoin d'argent liquide. Il avait payé sans même discuter le prix qu'il trouvait surestimé et s'était retrouvé une semaine plus tard avec un véhicule tout juste bon pour la casse.

Le profond sentiment de trahison qu'il avait alors éprouvé, dû à une trop grande générosité et à la confiance absolue qu'il vouait à son ami, l'avait bien plus anéanti que la perte de son argent.

Il releva crânement la tête et adressa à Trinity un sourire entendu avant de quitter la pièce pour se rendre dans son bureau.

Désormais il avait la tête sur les épaules et entendait bien ne pas changer.

- 5 -

Une heure plus tard, alors qu'elle venait de changer Bonnie et regagnait le salon, Trinity s'arrêta net sur sa lancée.

Zack, probablement lassé de rester seul avec lui-même, avait daigné sortir de son bureau où il s'était terré depuis leur discussion au sujet de James Dirkin.

Plongé dans une épaisse pile de dossiers, il ne leva le nez que pour lui lancer un coup d'œil furtif et lui adresser un bref sourire. Comme elle restait immobile, se demandant encore pourquoi il avait disparu de façon aussi brutale, il finit par la regarder d'un air insistant.

Elle n'avait jamais vu d'homme aussi sexy que lui, tel qu'il était à ce moment précis, avec son regard sombre dardé sur elle et les quelques mèches folles qui lui retombaient sur le front.

Il émanait de lui une telle séduction, presque animale, qu'elle fut prise du désir violent de se retrouver de nouveau tout contre lui, dans la chaleur de son corps tout en muscles. Curieusement, ce contact lui avait suffi. Bien à l'abri dans ses bras, elle s'était sentie en sécurité ce qui, en soit, était un véritable exploit. La confiance n'était pas son fort et elle s'étonnait que ce fût entre les bras d'un tel tombeur qu'elle l'ait retrouvée.

— Tu as besoin de quelque chose ? demanda-t-il.

— J'étais en train de me dire que je ferais bien d'appeler

au bureau pour prévenir ma directrice que je ne serai pas là ce matin.

Kate Illis, la directrice en question, avait la réputation d'être ferme mais juste. Elle avait placé tous ses espoirs en Trinity alors qu'elle aurait pu s'appuyer sur des rédacteurs que certains qualifieraient de plus talentueux. Sa phrase de prédilection était : *il y a toujours une solution à tout.*

Si Trinity redoutait de se créer des ennuis, en revanche, elle ne regrettait pas une seconde la décision qu'elle avait prise. Elle considérait que dans la vie, tout n'était qu'une question de choix et pour une fois, elle avait fait celui de tenter le coup. Bonnie avait besoin qu'on prenne soin d'elle ; d'autant plus s'il s'avérait que ses parents étaient bien portés disparus.

— Tu ferais bien de leur signifier que tu ne seras pas là non plus demain, conseilla Zack.

— Tu crois vraiment que les routes seront encore impraticables demain ?

En guise de réponse, il fit pivoter son fauteuil pour vérifier par la fenêtre. La neige tombait toujours, en flocons encore plus drus semblait-il.

Elle qui, en acceptant de venir ici, pensait ne passer que quelques heures en sa compagnie, voilà qu'ils allaient probablement devoir rester encore ensemble durant un temps indéterminé. Elle devait reconnaître que malgré l'image négative qu'elle avait de lui, elle appréciait la patience et la bonne volonté dont il faisait preuve.

Visiblement, et compte tenu de son revirement d'humeur pour le moins déconcertant, il fallait croire que l'attrait de la nouveauté ne l'intéressait déjà plus. Elle devait voir dans son brusque détachement une volonté affichée de retrouver son territoire.

Le bébé étroitement serré contre elle, elle s'approcha de la table, bien résolue à lui dire ce qu'elle avait sur le cœur.

— Je suis désolée de t'imposer notre présence aussi longtemps.

Il la regarda, sourcils froncés, comme s'il ne comprenait pas.

— Trinity, je suis ravi que vous soyez là, toutes les deux.

— Vraiment ?

— Sans toi, je ne sais pas comment j'aurais fait entre les couches, les biberons et tout le reste.

Elle se sentit mortifiée. Ainsi, il s'était rapproché d'elle cette nuit, mais elle ne devait voir dans ce rapprochement qu'une habitude de don Juan. Ce qui l'intéressait vraiment était qu'elle puisse s'occuper de Bonnie. Elle revit son expression horrifiée lorsque, le matin même, elle lui avait proposé de changer Bonnie. Il avait besoin d'elle tant que cette dernière était sous son toit mais après ? Une fois partie ?

— En effet, tu me dois une fière chandelle, rétorqua-t-elle d'une voix faussement désinvolte.

Elle vit passer une lueur malicieuse dans son regard ténébreux.

— Comment puis-je te remercier ?

Se prenant au jeu, elle laissa libre cours à son imagination.

— Je rêverais de vacances scandaleusement longues dans un endroit exotique, au bord d'une plage de sable blanc.

— À boire des cocktails à toute heure du jour et de la nuit ? suggéra-t-il en s'approchant d'elle.

— Oui. Des vacances faites de distractions et de baignades dans une eau turquoise.

— Que dirais-tu de quelques séances de massage pour te détendre ?

— J'adorerais cela, admit-elle sans relever l'érotisme de sa proposition.

— Avec ou sans vêtements ? lui susurra-t-il d'une voix rauque de désir.

Cette fois, elle sentit son corps s'embraser et ses jambes se dérober sous elle. Elle avait beau lutter, elle ne parvenait pas à rester insensible à sa voix sensuelle, à sa provocation affichée, à l'image de ses mains caressant chaque centimètre de sa peau huilée.

— Nous possédons un hôtel aux Bahamas, poursuivit-il en exhalant son souffle tiède au creux de son cou gracile. Que dirais-tu d'aller y passer un week-end ?

— Je n'étais pas sérieuse, voyons, affirma-t-elle en se forçant à rire.

Sa bouche, sensuelle, tentatrice, effleurait à présent sa tempe.

— Fais-moi savoir quand tu le seras.

Sous le choc, elle crut qu'elle allait s'évanouir mais parvint néanmoins à se retenir de faire volte-face, de se lover contre lui et de lui offrir ses lèvres avides de baisers. Pour l'heure, il y avait le bébé pour la protéger mais qu'en serait-il à la nuit tombée, lorsqu'il serait paisiblement endormi ?

Il tenterait de nouveau sa chance, bien sûr. Et si ses caresses étaient aussi torrides que celles qu'il lui avait déjà prodiguées…

La réalité la rattrapa brutalement. Zack s'ennuyait, cloîtré ici. Pour lui, ce ne serait qu'un moyen de passer le temps, comme il le faisait probablement avec chacune des femmes qu'il trouvait séduisante. Peu importait ce qu'il disait, faisait ou proposait, elle devait garder à la mémoire qu'elle lui était juste indispensable pour s'occuper de Bonnie.

Ayant momentanément retrouvé toutes ses facultés mentales, elle décida d'aller passer ce fameux coup de fil, sans cesse reporté.

— Cela ne te dérange pas de la surveiller ? demanda-t-elle après avoir installé Bonnie dans son petit lit de fortune. Je ne devrais pas en avoir pour longtemps.

— Et si elle pleure ? s'enquit-il un brin inquiet.

— Il n'y aura pas de quoi paniquer, répliqua-t-elle en s'esquivant vers la chambre où elle avait entreposé ses affaires.

Elle n'était pas inquiète. Si Bonnie se mettait à pleurer, Zack, en dépit de ses protestations, saurait se débrouiller. Dans le cas contraire, elle ne serait qu'à quelques mètres pour lui porter secours.

Une fois seule, elle alluma son téléphone portable et respira un grand coup avant de composer le numéro du bureau. Toujours aussi prompte, Kate répondit à la deuxième sonnerie.

— Un problème, Trinity ? demanda-t-elle à brûle-pourpoint.

— Un petit contretemps. Je ne pourrai pas être au bureau aujourd'hui. Ni demain.

— Tu es malade ?

— Coincée au Colorado.

— Ah, la neige… J'ai en effet entendu parler d'une tempête par là-bas. Ton vol a été annulé ?

Trinity sentit son estomac se nouer. Elle ne pouvait pas mentir. Franchise et respect allaient de pair et Kate méritait la vérité.

— J'ai raté mon avion mais pour une très bonne raison.

Elle se lança alors d'une traite dans le récit partiellement détaillé de son aventure.

— La neige continue à tomber, l'électricité est toujours

coupée et je ne vois pas comment, dans ces conditions, les services sociaux pourraient se rendre jusqu'ici pour récupérer Bonnie avant demain.

— Je ne comprends pas. Qui est Bonnie ?

— Le bébé.

— Je croyais que tu ne le connaissais pas.

— Non, mais c'est à cause de ses grands yeux bleus et nous sommes tombés d'accord sur ce prénom.

— *Nous* ? Tu veux dire quelqu'un que tu aurais rencontré à l'hôtel ? Je ne te suis plus.

— À vrai dire, je me trouve dans un chalet, un peu en dehors de la ville.

— Pourtant, tu ne connais personne au Colorado.

— Zack était avec moi dans le taxi lorsque nous avons trouvé le bébé.

— Tu te trouves donc dans les bois avec un homme que tu ne connaissais même pas hier ? J'espère que c'est un gentleman.

Embarrassée, Trinity se mordilla les lèvres avant de répondre :

— La plupart du temps.

— Je vois. Maintenant, je suis vraiment inquiète.

— Ne t'en fais pas. Je suis venue ici de mon plein gré, en toute liberté.

— Je vois, répéta Kate avant de marquer une pause. J'imagine qu'il est séduisant ?

— Oui, mais cela n'a rien à voir avec…

— Et sexy ?

— Terriblement, confessa Trinity dans un soupir.

— Alors, dis-moi un peu qui est ce type.

Trinity décida de ne pas tourner autour du pot et de lui révéler l'identité de son hôte mystérieux.

— C'est Zack Harrison, des hôtels Harrison.

Un long silence accueillit cette nouvelle, suivi d'un sifflement admiratif.

— Le célibataire le plus convoité de New York, finit-elle par dire. Riche, beau et…

— Tombeur invétéré sans foi ni loi qui vendrait père et mère pour arriver à ses fins, compléta Trinity.

— Une gueule d'ange dans la peau d'un démon, renchérit Kate. Pour autant que je sache, je te pensais différente de toutes ces filles qui se damneraient pour se retrouver dans son lit.

Trinity se tut un instant, jugeant inutile de lui parler de son incartade de la veille.

— Sa réputation n'a rien à voir avec ce que nous vivons ici, protesta-t-elle après s'être éclairci la voix.

— Je n'en doute pas. Mais ce doit être dur de se retrouver dans la même maison qu'un homme qui ne pense qu'à ses propres intérêts. A-t-il mentionné quelque chose au sujet du contrat qu'il est sur le point de signer ?

Faisait-elle allusion à l'hôtel de M. Dirkin ? D'une main tremblante, elle se lissa nerveusement une mèche de cheveux. Elle savait sur quel terrain Kate voulait l'amener.

— Kate, rien de ce que j'ai pu entendre ne sortira d'ici, prévint-elle.

— Tu sais que j'ai toujours admiré ton sens aigu de la déontologie aussi bien que je réprouve les gens dénués de la moindre conscience morale. De la même façon, flanquer sur une table un gros paquet de billets pour décrocher un marché est une chose, mais rendre un père responsable de la mort de son enfant pour faire baisser les prix en est une autre, honteuse, celle-là.

Trinity eut l'impression de recevoir un uppercut en plein estomac. Elle ne pouvait cela, même de la part de Zack. Mais pourquoi en douter ? Il avait la réputation d'être sans pitié et le fait d'avoir recueilli momentanément Bonnie ne faisait pas de lui un philanthrope.

Elle n'eut pas le temps de répliquer. Kate, appelée sur une autre ligne, devait raccrocher.

Bouleversée par cette dernière révélation, elle répugnait à retourner dans le salon. Elle inspira un grand coup et tenta de rassembler ses esprits. Tant de choses s'étaient passées depuis qu'elle était montée dans ce taxi, la veille !

Une gueule d'ange dans la peau d'un démon, avait dit Kate.

Il est vrai que, à la seconde où elle avait posé les yeux sur Zack, elle avait compris à qui elle avait affaire. Il possédait cette séduction naturelle et cette assurance qui faisaient tomber les femmes et que jalousaient les hommes.

Les yeux brouillés de larmes, elle laissa tomber son téléphone sur le lit.

Elle avait dû rêver pour s'être crue en sécurité entre ses bras.

Une fois seul, Zack referma le dossier qu'il était en train d'étudier et parcourut du regard chaque recoin de la pièce.

Il se leva et tendit l'oreille, cherchant à savoir d'où provenait ce bruit persistant qui se faisait entendre depuis plusieurs minutes maintenant.

Il se dirigea vers la baie vitrée, les sens en alerte, et scruta au-dehors. La neige tombait toujours d'un ciel couleur de plomb mais il ne perçut aucun signe de vie, sinon ce satané bruit qu'il ne parvenait pas à identifier.

Il s'apprêtait à enfiler un blouson — et à s'armer d'une batte de base-ball — lorsqu'une brusque apparition le fit sursauter violemment. Le cœur battant, il vit une paire d'yeux jaunes et une rangée de crocs saillants dans un museau pointu et velu.

Un loup.

Une seconde plus tard, le coupable bondissait contre la vitre en jappant comme un fou. Ce n'était pas un loup mais un chien. Un chien *énorme*. Celui dont les Dale, ses voisins, avaient hérité d'une parente âgée. En l'absence de ses maîtres, il avait dû s'échapper et se perdre dans la tempête de neige. Trop heureux d'avoir trouvé âme qui vive, il manifestait clairement sa volonté de se faire accueillir.

Zack hésita à lui ouvrir la porte. Il était si gros, si encombrant qu'il pourrait faire tomber Trinity et le bébé. Il songeait à la possibilité de l'enfermer dans le garage quand Trinity fit son apparition.

— D'où sort ce chien ? demanda-t-elle.

— C'est celui des Dale.

— Il n'a pas l'air méchant. Pauvre bête, elle doit être gelée.

— Avec une fourrure pareille, je ne pense pas.

— En tout cas, nous ne pouvons pas le laisser dehors par un temps pareil ; et puis, je parie qu'il meurt de faim.

Comme pour confirmer ses dires, l'animal se mit à bondir de plus belle et à fouetter l'air de sa queue touffue, sa masse énorme formant un cratère dans la neige épaisse. Zack, plus pragmatique, évaluait mentalement les provisions restantes.

— Je ne crois pas que nous puissions nous permettre de l'inviter à notre table.

— Tu n'as tout de même pas l'intention de le laisser dehors ? s'indigna-t-elle.

— Non… mais c'est que… il prend vraiment beaucoup de place.

— Peut-être mais il est mort de froid.

Le chien braqua sur eux ses bons gros yeux larmoyants et donna un grand coup de langue sur la vitre.

— Si tu ne te décides pas à lui ouvrir, c'est moi qui vais le faire, menaça-t-elle dans un soupir.

Il regarda tour à tour Trinity et le bébé avant de se frotter énergiquement la nuque. Cet endroit commençait à grouiller de monde !

— Nous pourrions aussi inviter les pigeons à venir prendre le thé tant que nous y sommes, plaisanta-t-il pour se donner encore un peu de temps.

En guise de réponse, elle leva les yeux au ciel, un brin excédée.

— La maison est assez grande mais si tu as le cœur de voir cette bête s'enliser dans la neige pendant que nous serons devant un bon feu de cheminée, libre à toi.

Devant tant d'incompréhension, il croisa les bras et secoua la tête. Même Bonnie semblait s'y mettre. En émettant des bruits de succion avec son petit poing fermé, elle semblait donner son approbation.

Vaincu, il alla ouvrir en grommelant.

— D'accord mais je vais l'enfermer dans la buanderie.

Une fois la vitre ouverte le chien s'assit sagement, tendit sa grosse patte et attendit.

— Allez, dépêche-toi, lui ordonna Zack en claquant des doigts. Ne laisse pas entrer le froid.

Le chien se secoua d'abord énergiquement. Ainsi débarrassé des plaques de neige qui lui collaient au poil, il avait l'air d'un balai à franges multicolore. Il entra ensuite d'un pas lourd dans la pièce sous le regard mécontent de Zack qui le retrouva quelques secondes plus tard couché aux pieds de Trinity. Il était si immobile qu'on aurait pu le croire taillé dans du marbre. Trinity, elle, était aux anges.

— Il est magnifique ! s'extasia-t-elle en se penchant pour lui tapoter la tête.

— Il est surtout trempé.

— Si tu veux bien tenir Bonnie, je vais aller chercher une serviette de toilette pour le sécher.

Mais Zack, soucieux de ne pas voir de poils partout, prenait déjà la direction de la buanderie.

— Laisse, je m'en charge.

Parvenu dans la buanderie, il prit deux serviettes dans un placard et manqua de trébucher sur le chien lorsqu'il pivota sur ses talons. L'animal l'avait suivi jusqu'ici et à présent, assis la langue pendante, il le regardait comme s'il venait de trouver en lui un ami éternel. Puis il laissa échapper un aboiement sonore.

— Ferais-tu une fixation sur moi ?

En guise de réponse l'animal battit frénétiquement de la queue.

Revenu dans le salon, Zack disposa un drap de bain devant l'âtre et déplia l'autre, prêt à frictionner la volumineuse fourrure de son nouvel ami. Il lança un coup d'œil à Trinity qui balançait son fauteuil d'avant en arrière, le bébé dans les bras, comme si elle vivait là un moment ordinaire de sa vie. Pourtant, à ses lèvres pincées, il devinait que quelque chose la tourmentait. La discussion qu'elle avait eue avec sa directrice s'était peut-être mal passée. Peut-être même avait-elle été remerciée.

Il se pencha vers le chien et — Dieu merci, il ne sentait pas mauvais — commença à le frictionner.

— Tu as réussi à avoir New York ? demanda-t-il d'un air qui se voulait dégagé.

— Oui, oui, répondit-elle vaguement.

— Ta directrice t'a passé un savon ?

— Pas du tout. Elle s'est même montrée très compréhensive.

— Alors, où est le problème ? insista-t-il sans cesser de frotter le dos de l'animal.

— Il n'y a pas de problème.

— Tu en es sûre ?

— Certaine.

En croisant son regard glacial, il comprit qu'elle avait quelque chose sur le cœur que, instinctivement, il ne souhaitait pas entendre.

Inconscient de la tension presque palpable qui s'était installée entre ses hôtes, le chien se roula sur le dos, pattes en l'air, dans une posture d'abandon total.

— Ne prends pas trop tes aises, toi, lui signifia Zack qui n'entendait pas l'adopter. Tu as déjà eu un chien ? demanda-t-il à l'adresse de Trinity.

— Non, mais j'ai toujours rêvé d'en avoir un.

— Nous, nous en avions un.

— Tu l'emmenais faire de grandes balades avec toi ?

— Non, j'étais trop occupé entre mes études et mes compétitions de basket.

— Tu as toujours été mû par l'esprit de compétition, n'est-ce pas ?

— Disons que j'étais motivé.

— Et tu n'as jamais songé à te reposer sur tes lauriers plutôt que de toujours vouloir repousser tes limites ?

De nouveau ce ton glacial et lourd de reproches et cet éclair de colère dans ses yeux violets. Elle semblait bouleversée, contrariée. Était-ce à cause de lui ?

— Pour moi cela signifierait jouer un second rôle. Il n'en est pas question. À un moment donné, il faut bien que quelqu'un prenne la relève.

— La relève des Hôtels Harrison, bien sûr, dit-elle d'un ton sarcastique. Et évidemment, ce sera toi, « Monsieur-l'Implacable ».

Il se raidit sous cette attaque directe, prêt à se défendre.

— Je n'aime pas les étiquettes.

— C'est ce que j'ai cru comprendre, en effet. Et que pensent tes frères et sœurs de la situation ?

— Sienna a choisi de parcourir l'Europe, sac au dos, éluda-t-il.

— Vraiment ? Avec l'argent et les relations que vous possédez, pourquoi ne séjourne-t-elle pas dans des palaces ?

— Parce qu'elle est la rebelle de la famille. Depuis toujours, elle n'en fait qu'à sa tête.

Elle esquissa un petit sourire attendri pour cette femme qu'elle ne connaissait pas mais dont l'indépendance lui plaisait.

— Je crois qu'elle me plairait bien.

— Tout le monde l'aime. Quant à mes frères, ils font passer leur famille en priorité.

— Ainsi que leur chien, j'imagine.

— J'ai raté un épisode ? demanda-t-il avec humeur. Je te sens sur les nerfs et ce n'est certainement pas parce que j'ai réfléchi à deux fois avant de faire entrer King Kong chez moi.

— Il est parfaitement inoffensif, esquiva-t-elle dans un haussement d'épaules désinvolte.

— Ne cherche pas à te défiler.

— Il n'y a rien, mentit-elle.

Le ton exaspéré sur lequel elle avait parlé ne suffirait pas à le décourager. Il laissa tomber la serviette par terre et s'approcha d'elle, bien résolu à connaître le fin mot de l'histoire.

— Que s'est-il passé au cours de ton appel à New York ? s'enquit-il sans détour.

— Je t'ai déjà dit que…

— Non, la coupa-t-il. Tu me caches quelque chose.

— J'ai raconté toute l'histoire à Kate. Elle s'est montrée

surprise mais compréhensive. Nous avons parlé du temps, de toi...

— Qu'avez-vous dit sur moi ?

— Eh bien, nous avons parlé de ta... réputation.

— Quoi d'autre ? insista-t-il.

Ses narines frémirent tandis qu'elle laissait échapper un léger soupir.

— Elle m'a demandé de la rappeler plus tard dans la journée.

— Elle a menacé de te licencier ?

— Pas vraiment.

Il scruta son visage, cherchant à comprendre ce qu'elle lui cachait. Il s'approchait un peu plus d'elle lorsque le chien bondit de l'endroit où il se trouvait pour s'interposer entre eux. Il fixa sur lui un regard qui, sans perdre de sa bienveillance, le mettait clairement en garde.

Tandis qu'il ramenait l'animal vers la cheminée, il se rappela que, en temps normal, lorsqu'une femme commençait à lui taper sur les nerfs, il ne mettait pas longtemps à s'en débarrasser.

Non seulement les choses étaient rendues difficiles par les circonstances mais, en outre, il avait Trinity Matthews dans la peau.

- 6 -

L'annonce d'un SMS parvint à Zack cinq minutes après que l'électricité fut rétablie. Trinity, le bébé somnolent sur les genoux, l'observa à la dérobée alors qu'il en prenait connaissance.

— C'est Cressida Cassidy, des services sociaux, annonça-t-il d'un air pensif. Les routes sont toujours bloquées et ils ne pensent pas pouvoir venir avant demain. Ils n'ont toujours aucune nouvelle des parents.

Trinity posa sur le front de Bonnie un baiser infiniment tendre. D'où venait donc ce petit amour ? Il était tout de même impensable que personne n'ait signalé sa disparition ! Lorsqu'elle était jeune, elle avait toujours trouvé du réconfort dans l'idée que, tant qu'elle en avait été capable, sa mère avait cherché à la retrouver.

Pour l'heure, Bonnie, elle, était en sécurité et peu importait si le prix à payer consistait à supporter un homme arrogant et dominateur tel que Zack.

Elle était déterminée à ne pas lui confier ce que Kate lui avait révélé à son sujet ; cela ne ferait qu'accentuer une colère qu'elle avait déjà bien du mal à contenir. Elle ne pouvait même pas lui accorder le bénéfice du doute tant elle savait que les sources de Kate étaient fiables. Rendre Dirkin responsable de la mort de son fils juste pour parvenir à ses fins… Cette idée lui donnait la nausée.

— Dis à Mlle Cassidy que le bébé se porte à merveille,

réussit-elle à énoncer d'un ton égal. Dis-lui que je prends bien soin d'elle.

Les sourcils froncés et les yeux rivés sur l'écran de son Smartphone, il approuva d'un hochement de tête.

Il ne s'était jamais plaint de sa présence ni de celle du bébé chez lui. Il avait même fini par accepter que Cruiser — il avait découvert son nom tatoué dans une oreille — se joigne à eux.

Pourtant, en dépit de ses efforts, il ne lui avait pas échappé qu'il consultait sans cesse sa montre, qu'il était nerveux et qu'il allait régulièrement se poster devant les baies vitrées en espérant probablement une amélioration rapide des conditions climatiques. Il devait être ennuyé de se sentir coincé sur place.

Quant à elle…

Si elle se sentait tout à fait à l'aise avec Bonnie, il en allait tout autrement lorsqu'elle se trouvait en présence de Zack. Elle perdait alors de son assurance même s'il était évident que les baisers qu'ils avaient échangés, de même que la proposition de vacances aux Bahamas n'étaient pour lui qu'une façon de tenter sa chance. Elle ne pouvait pas lui en vouloir, il était programmé ainsi.

Et dire qu'ils devaient passer encore une nuit ensemble…

Que ferait-elle si, tout comme la veille, il usait de son charme sur elle ? Comment réagirait-elle s'il l'embrassait de nouveau ? Une nouvelle fois, elle ne put retenir les images érotiques qui se mirent à affluer. Quel effet cela lui ferait-il de nouer ses jambes autour de sa taille, de le sentir s'enfoncer profondément en elle ?

Bien loin de se douter des pensées qui l'agitaient, Zack caressait doucement du bout d'un doigt la petite joue veloutée de Bonnie.

— On dirait qu'elle va se rendormir.

Revenue péniblement sur terre, elle reprit contenance.

— Heu… je ne pense pas, non.

— Pourquoi ne pas t'asseoir un moment alors ?

— Parce qu'elle adore quand je la berce. Tu veux essayer ? lui proposa-t-elle pour le mettre à l'épreuve.

Il hésita un instant avant de décliner l'offre.

— C'est toi l'experte.

— Pas dans tous les domaines, en tout cas.

— Peux-tu m'expliquer ce que tu veux dire ?

— Non, trancha-t-elle. En revanche, je tiens à préciser que si nous devons passer encore une nuit ensemble, je dormirai dans une chambre et toi dans une autre.

Il la considéra quelques secondes en silence, un sourire moqueur aux lèvres.

— Pourtant, je pensais que tu avais aimé notre petite séance de camping improvisé.

— Ce qui s'est passé la nuit dernière ne se reproduira pas, affirma-t-elle fermement.

— Vraiment ?

Elle lui tourna le dos et alla installer le bébé dans son fauteuil inclinable.

— Vraiment.

— Et si j'essayais de te convaincre ?

Sa voix basse et rauque l'électrisa tout entière. Mais cette fois, elle décida de se ressaisir et elle pivota pour lui faire face. Malheureusement, il se tenait trop près d'elle et elle se retrouva le nez contre son torse puissant.

Forte de ses bonnes résolutions, elle se raidit et parvint à éviter le regard de braise qu'il dardait sur elle.

— Je suis ton ennemie, tu te rappelles ? Ne crains-tu pas que je ne mette au jour tous tes secrets, que je te perce à jour ?

De brûlant, son regard devint glacial. Il s'éloigna d'elle sans un mot.

Priant le ciel que les autorités retrouvent très vite la mère de Bonnie et que cesse cette situation inconfortable, elle alla redresser légèrement Bonnie qui se mit à pleurer.

Elle se rappela alors le mot d'ordre de sa mère d'accueil : « il faut les laisser pleurer ».

Les laisser pleurer. Pleurer. Pleurer.

La courte période durant laquelle on avait confié le bébé à Norah Earnshaw fut la période la plus noire de son enfance. Pourtant très jeune elle-même, elle aidait comme elle pouvait, se hâtant d'aller chercher une couche propre ou un hochet lorsque l'enfant s'était lassé des histoires de licornes qu'elle lui racontait. Norah était si intraitable sur les heures du coucher qu'elle se retrouvait dans sa chambre à 19 heures pile, avec pour consigne stricte de ne pas en sortir.

C'est ainsi que, le cœur serré, elle entendait le bébé pleurer puis s'égosiller sans que Nora n'esquisse le moindre geste. Plusieurs fois, elle avait été à deux doigts d'enfreindre la règle mais la peur que lui inspirait Nora l'emportait toujours. Elle restait donc allongée sur son matelas, dans le noir, impuissante, les joues ruisselant de larmes.

Mais aujourd'hui, elle était fermement ancrée dans le présent et il n'était pas question de laisser Bonnie pleurer toutes les larmes de son corps. Et si elle la couvait trop, tant pis ! Mieux valait en faire trop que pas assez.

Du coin de l'œil elle vit Zack qui l'observait en silence. Tandis qu'elle se remettait à bercer Bonnie, il tisonna le feu avant d'aller s'asseoir à la table où il était installé un peu plus tôt.

Vingt minutes plus tard, tout doucement, elle alla déposer Bonnie dans son lit mais aussitôt allongée, celle-ci ouvrit ses grands yeux et se remit à pleurer. Qu'est-ce qui n'allait pas ? se demanda-t-elle, inquiète.

Elle posa la main sur son front. La température était normale. Cherchant à comprendre, elle la reprit dans ses bras et regarda autour d'elle. Le blanc immaculé du manteau neigeux répandait à flot sa clarté lumineuse dans toute la pièce.

— Pourrais-tu baisser les stores ? demanda-t-elle à Zack.

— Il n'y en a pas.

— Et cela ne te dérange pas de n'avoir aucune intimité ?

— Nous sommes au milieu de nulle part, ici. Alors, à l'exception d'ours affamés, je ne vois pas qui pourrait bien venir m'espionner.

— Je vais essayer de l'endormir dans ma chambre. Il y aura moins de bruit. Pourrais-tu m'apporter des oreillers ?

— Tout de suite.

Lorsqu'elle arriva dans la chambre, il était déjà là et avait sorti d'un placard une pile de coussins moelleux. Sans attendre ses directives, il les disposa sur le lit en un rectangle qu'il sécurisa encore par une couverture épaisse.

Après s'être assuré qu'elle n'était pas mouillée, Trinity déposa Bonnie dans son nouveau lit. Était-ce la pénombre ou le fait qu'elle était épuisée, le pauvre petit chou s'endormit presque instantanément. Soulagée, elle la regarda dormir, écartelée entre l'envie de rire et celle de s'écrouler de fatigue.

— Il semble que nous ayons réussi, commenta Zack.

— Je croise les doigts.

— Combien dure une sieste ?

— Nous allons bien voir ; mais je dirais environ deux heures.

Elle lança à Bonnie un dernier regard débordant de tendresse avant d'emboîter le pas à Zack. Lorsqu'il fit le geste de refermer la porte derrière eux, elle l'en empêcha d'une main posée sur son bras.

— Laisse entrouvert, chuchota-t-elle. Je veux l'entendre si elle pleure.

Zack esquissa un sourire moqueur de sa bouche si désirable.

— De toute façon, porte fermée ou pas, je suis prêt à parier que tu vas venir vérifier toutes les deux minutes.

— Tu as raison, convint-elle dans un soupir. Nous aurions dû acheter un Interphone.

— Nous en avons déjà un, assura-t-il en baissant les yeux sur Cruiser ; et celui-ci marche sans pile, en plus.

En effet, l'animal, en parfait gardien, s'était couché devant la porte, le museau entre les pattes, parfaitement immobile.

— Manifestement, il a décidé d'assurer le premier quart.

— Ce chien ne manque pas d'expérience, dit Zack en se penchant pour lui ébouriffer l'oreille. Mais nous devrions le prévenir que ce poste n'est que temporaire.

Le fait d'entendre cette vérité qu'elle connaissait déjà lui serra le cœur. Aussitôt que Bonnie et Cruiser auraient retrouvé leur foyer respectif, elle et Zack n'auraient plus aucune raison de se revoir. Comme elle et ce bébé qu'elle avait tant aimé plusieurs années auparavant.

— Une fois qu'il aura avalé ces restes de viande, il sera rassasié pour un moment, affirma Zack après avoir inventorié le frigidaire. Tu as faim ?

Elle inspira profondément puis se laissa tomber dans un fauteuil.

— J'ai plutôt envie de me reposer un peu.

— Va t'allonger dans une des chambres de l'étage. Tu seras plus tranquille.

— Inutile, décida-t-elle en dépliant la couverture. C'est

parfait ici et, en outre, Cruiser n'aura que quelques mètres à faire s'il doit me prévenir que la petite est réveillée.

— Elle peut se passer de toi quelques minutes, tout de même.

— Je préfère la savoir près de moi, insista-t-elle.

Elle ferma les yeux, relâcha tous ses muscles et laissa son corps flotter, comme en apesanteur. Parfaitement détendue, elle parvint même à faire le vide total dans son esprit.

Elle s'était assoupie lorsqu'une étrange sensation la fit brutalement sortir de la torpeur dans laquelle elle était plongée. Une odeur reconnaissable entre toutes, son épaule qu'on effleurait.

Elle ouvrit grand les yeux et vit Zack qui se penchait sur elle.

— Ta couverture avait glissé, murmura-t-il. Je croyais que tu dormais.

En guise de réponse, elle exhala un soupir excédé et étira ses bras devant elle.

— J'essayais, grogna-t-elle.

Lorsqu'il tourna les talons, sans un mot et probablement vexé, elle regretta sa grossièreté. Car si elle connaissait le personnage, il n'en restait pas moins qu'il faisait preuve d'une grande bienveillance à l'égard de Bonnie et d'elle-même.

— C'est si bon de se reposer un peu, dit-elle d'une voix radoucie. Cependant…

— Cependant ?

— C'est étrange mais après avoir passé autant de temps avec Bonnie, lorsque je me retrouve sans elle, j'ai l'impression qu'il me manque quelque chose.

— Ça doit être inhérent à toute femme, professa-t-il d'un ton docte.

— Comment le sais-tu ? demanda-t-elle en réprimant un petit sourire devant tant d'assurance affichée.

— Ma belle-sœur a dit la même chose la première fois que son aîné a passé la nuit chez un copain. Elle a même ajouté que c'était comme si on lui avait arraché un membre.

Elle opina d'un hochement de tête. Cela paraissait sensé dans la mesure où un enfant faisait partie intégrante de sa mère. Ou du moins, devrait-il en être ainsi.

Il lança un regard vers la chambre où dormait toujours Bonnie.

— En tout cas, tu devrais être rassurée. Cruiser est toujours fidèle au poste.

Elle regarda à son tour et vit le chien dans la même position que lorsqu'ils l'avaient quitté.

Recroquevillée sous sa couverture, Zack à présent assis sur un siège à côté d'elle, elle se força à accepter cette intimité imposée. Écouter le feu crépiter dans la cheminée, respirer l'arôme puissant du café fraîchement préparé, songer que la neige commençait à se tasser doucement…

Elle chassa prestement de son esprit cette dernière pensée négative pour se concentrer sur la parfaite plénitude de cet instant.

— Trinity, qu'est-il arrivé à tes parents ? s'enquit Zack à brûle-pourpoint.

Elle sentit une chape de glace l'envelopper. Cette question la prenait tellement de court ! Et puis, elle avait tellement travaillé sur elle pour tenter d'oublier ses années de misère. Mais après réflexion, elle songea que Zack et elle ne se reverraient jamais et que ce dernier ne mettrait pas longtemps à oublier chacune des conversations qu'ils avaient eues.

— J'aimerais croire que ma mère m'a aimée, même si je n'ai pas été une enfant de l'amour, commença-t-elle.

Ma mère d'accueil m'a raconté, alors que j'étais bien trop jeune pour apprendre une telle vérité, que j'étais le fruit d'un viol.

Visiblement choqué, il se retourna vers elle et jura entre ses dents.

— Rassure-moi. Cette mégère qui te servait de mère d'accueil n'a plus le droit d'exercer un tel métier j'espère ?

— D'après le couple avec qui je suis resté en contact, elle est à la retraite depuis bien longtemps.

— Tu n'avais vraiment aucune autre famille ?

— D'après ce que j'ai su par la suite, ce sont mes grands-parents qui ont exigé que ma mère m'abandonne. Elle s'est battue pour me garder, mais une nuit, peu de temps après ma naissance, on m'a arrachée à elle. À ce jour, je ne sais pas encore comment ils se sont débrouillés pour obtenir des documents légaux mais j'imagine que ce sont des faux. Ils pensaient qu'en agissant contre son gré, ma mère renouerait avec une vie normale ou plutôt, avec la vie qu'ils lui avaient choisie. Mais elle n'a pas pu, ou n'a pas voulu. Elle s'est enfuie pour se mettre à ma recherche.

Elle sourit, attendrie, en évoquant ce souvenir mais se rembrunit aussitôt.

— Sans argent ni soutien, poursuivit-elle, elle a fini à la rue pour mourir la veille de son vingtième anniversaire.

Elle marqua une pause, visiblement bouleversée.

— Je tiens tous ces renseignements d'un détective privé que j'avais chargé d'enquêter il y a deux ans, précisa-t-elle lorsqu'elle put parler de nouveau.

À la faveur des flammes qui léchaient l'âtre, elle vit la mâchoire de Zack se contracter et ses yeux brûler d'une colère contenue.

— Et tes grands-parents ? Que sont-ils devenus ?

— Ils sont morts tous les deux. Toujours d'après ce même

détective privé, ils n'ont jamais cherché à me retrouver. Ma mère ayant été fille unique, je n'ai ni oncle ni tante.

Touché par tant de misère morale, il se prit la tête entre les mains dans un geste d'incompréhension totale.

— Je suis vraiment désolé, murmura-t-il. Je comprends mieux ta décision maintenant.

— Quelle décision ?

— De ne pas vouloir fonder ta propre famille. Tout cela est trop lourd pour toi ; trop lourd pour pardonner.

Elle médita quelques secondes cette remarque pour décider qu'elle n'avait pas éprouvé le besoin de pardonner. Depuis bien longtemps, elle avait appris à refouler ses larmes, à planifier son avenir. D'ailleurs, c'est pour cette dernière raison qu'elle avait fermement décidé de ne pas avoir d'enfants.

Jusqu'à aujourd'hui.

Prendre soin de Bonnie était si gratifiant ! Pour la première fois, elle comprenait véritablement pourquoi, dans ces temps incertains, les gens prenaient le risque de donner la vie à de petits êtres sans défense.

Pourquoi les gens prenaient le risque de tomber amoureux.

Trinity dormait depuis une heure lorsque Cruiser vint rejoindre Zack qui, les mains dans les poches de son jean, contemplait le vaste panorama qui s'offrait à sa vue. L'animal attira son attention en frottant son museau contre sa jambe tout en émettant un petit grognement. C'était le signal que Bonnie était réveillée.

Il se demanda pourquoi il n'était pas allé prévenir Trinity. Sans doute parce qu'elle dormait profondément tandis que lui rêvait au moment où, les routes redevenues praticables, tout le monde reprendrait le chemin de sa vie.

Il repensa à l'enfance misérable de Trinity. Dire qu'il

croyait avoir souffert alors qu'il avait vécu dans une famille somme toute unie, même si son père n'était pas aussi présent qu'il l'aurait souhaité.

Lorsque Trinity lui avait confié que sa mère avait été victime d'un viol puis que ses propres parents lui avaient enlevé son enfant…

Il interrompit le fils de ces tristes pensées, incapable de poursuivre. Comment pouvait-on être assez dur pour désirer se débarrasser d'un bébé issu de son propre sang ? Lui jugeait qu'un enfant conçu dans un acte aussi violent méritait au contraire considération et protection.

Il n'arrivait pas à croire que ce même enfant était cette femme endormie sur l'un des fauteuils de son salon.

Il n'osait même pas imaginer ce qu'elle pouvait ressentir. Comment elle pouvait oublier une seconde un passé aussi traumatisant. Y parvenait-elle en refoulant ces souvenirs douloureux au plus profond d'elle-même ?

C'était probablement une bonne chose que ses grands-parents soient décédés car, sachant ce qu'il savait, il aurait probablement remué ciel et terre pour les retrouver et exiger d'eux une réunion familiale. Les grands-parents Harrison, en revanche, étaient les piliers du clan. Aucun sacrifice n'était trop important à leurs yeux. Il se demanda ce que ressentirait Trinity au sein d'une une telle famille, elle qui n'avait jamais connu ce genre de liens.

Cruiser, qui commençait à s'impatienter, le fit revenir sur terre en émettant un nouveau grognement. Le bébé était réveillé ; il fallait prendre les choses en main. Il inspira profondément pour se donner le courage qui lui manquait encore. Allons, il *pouvait* le faire. C'était même le moins qu'il puisse faire pour Trinity.

Désireux de ne pas la réveiller, il passa devant elle sur la pointe des pieds. Il s'attarda à détailler sa respiration régulière, ses paupières closes, ses traits détendus. Brûlant de désir, il se retint pourtant de plonger ses mains dans sa foison de boucles blondes. Mieux valait pour sa tranquillité d'esprit qu'il aille rejoindre Cruiser qui l'attendait déjà dans la chambre.

Lorsqu'elle le vit se pencher sur elle, Bonnie ouvrit grand les yeux et agita frénétiquement ses petites jambes sous la couverture. C'était sans doute sa façon à elle de lui dire bonjour.

Pris d'une panique soudaine, il se rappela la réaction qu'il avait eue le matin même mais se reprit illico. N'était-il pas un homme de caractère qui menait ses troupes avec fermeté et ne reculait jamais devant un défi à relever ? Bon sang, l'épreuve ne devait pas être si difficile que cela !

D'un geste fluide, il prit le bébé et, le maintenant fermement contre lui, tâta d'une main ses fesses rebondies par la couche. Aucune fuite. Soulagé, il haussa les épaules, regrettant d'avoir perdu de sa belle assurance pour rien.

Il cala Bonnie contre lui, s'attendant à ce qu'elle manifeste bruyamment sa faim mais elle ne fit que le fixer de ses grands yeux bleus et recroqueviller ses petits orteils dans son pyjama.

Devant tant d'innocence et de pureté, il sentit sa gorge se nouer tandis qu'une nouvelle fois Cruiser manifestait son impatience.

— Arrête un peu de me bousculer ! Je suis là, non ?

Chargé de son précieux fardeau, il gagna sa chambre tout en se demandant quelle serait la prochaine étape. Bonnie avait déjà pris un biberon avant de faire sa sieste, elle ne devait donc pas avoir faim.

Il se tortura les méninges, cherchant des réponses à ses interrogations mais son expérience se limitait à ses neveux et nièces, des enfants plus âgés dont il était plus facile de s'occuper.

Mais un bébé de trois mois ?

Qu'était-on censé en faire ?

Trinity s'éveilla lentement, fraîche et dispose. D'après les ombres qui s'étiraient sur le parquet, elle devina qu'il devait être le milieu d'après-midi. Elle supposa que Bonnie devait toujours dormir puisque Cruiser ne s'était pas manifesté.

Elle s'assit en se frottant les yeux lorsqu'elle s'immobilisa brutalement au son de la voix de Zack que ponctuaient de petits gloussements de joie. Dans un sursaut d'énergie, elle se retourna et lança un coup d'œil par-dessus le dossier de son fauteuil.

Elle devait rêver !

Appuyé sur les avant-bras, Zack était allongé sur une couverture posée sur le sol. Devant lui se trouvait Bonnie qu'il avait installée sur une pile d'oreillers et qui, hilare, suivait des yeux le hochet qu'il agitait devant ses yeux éblouis. Il souriait d'une manière qui toucha Trinity au plus profond d'elle-même.

Il était tout simplement transformé. À ce moment précis, il n'était plus un play-boy irrésistible mais un homme simple qui, visiblement, prenait du plaisir à faire rire une petite fille de trois mois. Au comble de l'émotion, elle refoula les larmes qui lui montaient aux yeux.

— Hé ! Regarde un peu qui est là, dit-il en lui adressant un sourire rayonnant qu'elle ne lui connaissait pas.

— Que se passe-t-il ? demanda-t-elle en reprenant un visage neutre. Depuis quand est-elle réveillée ?

— Environ un quart d'heure.

— Veux-tu que j'aille la changer ?

— Inutile, je l'ai déjà fait.

Elle plaqua une main sur sa poitrine, dans un geste qui se voulait mi-théâtral, mi-moqueur.

— Toi ? Tu as *changé* Bonnie ?

— Oui, répondit-il en se rengorgeant. Et ce n'est pas tout. Je lui ai aussi donné son biberon.

Elle se rapprocha d'eux, attendrie par le spectacle que lui offraient l'homme, l'enfant et le chien réunis.

— Si je comprends bien, tu me dépossèdes de mes fonctions.

— N'exagérons rien, répliqua-t-il en riant.

Pourtant, son ton démentait ses paroles. Il ne semblait plus aussi réticent qu'il avait pu l'être et affichait une aisance dont elle ne l'aurait jamais cru capable. Se joignant à eux, elle s'assit en tailleur sur la couverture et c'est alors qu'elle aperçut la pile de trésors en partie dissimulés derrière Zack.

— Ils appartenaient à mes neveux lorsqu'ils étaient petits, expliqua-t-il. Nous avons là toutes sortes d'animaux, ajouta-t-il en agitant une girafe en raphia. On peut dire que leurs maîtresses savent les occuper.

— Et ça, c'est quoi ? s'enquit-elle en désignant une sphère bigarrée.

— C'est Tom-Tom, la tortue.

Lorsque Bonnie tendit les bras pour s'emparer de la chose, Trinity prit ses petites mains entre les siennes pour l'en empêcher.

— Tu ne peux pas jouer avec ça, mon cœur.

— Elle ne risque rien. Il n'y a rien qui pourrait la blesser ou qu'elle pourrait avaler.

— Non, c'est juste qu'elle va vouloir la porter à la bouche.

Ayant compris le message, Zack bondit sur ses pieds et alla rincer puis essuyer l'objet avant de le rapporter.

— Voilà, elle est toute propre, dit-il en la tendant à Bonnie. Je suis sûr que Nicky serait ravi de te la prêter.

— Qui est Nicky ?

— Un de mes neveux. Il m'a offert cette tortue l'année dernière pour mon anniversaire.

— Et ça ? demanda-t-elle en pointant du menton une boule de poils duveteux.

— C'est le lion Roger ou, plus exactement, ce qu'il en reste. Un cadeau de ma nièce, Ava, qui a quatre ans.

— Pourquoi tous ces jouets sont-ils ici ?

— Oh ! mais c'est qu'il n'y en a pas qu'ici ! Il y en a aussi chez moi, dans mon appartement, et aussi à mon bureau. En tout, j'ai huit neveux et nièces alors, crois-moi, je ne manque pas de cadres en perles ni de chefs-d'œuvre peints.

Ses yeux brillaient d'une fierté et d'un amour mal contenus. Ce côté humain était une facette de lui que le public ne connaissait pas et elle était troublée d'en être témoin.

— Gigi la girafe et Roger le lion sont sur le point de se battre en duel, annonça-t-il en faisant s'affronter les deux animaux.

— Et pourquoi ne danseraient-ils pas plutôt ?

Cette idée, qu'il jugeait saugrenue, lui fit froncer les sourcils.

— Parce que ce sont des garçons, bien sûr.

— Les garçons aussi peuvent danser entre eux.

— Je ne suis pas d'accord ; les garçons ne dansent qu'avec les jolies femmes.

Une flamme s'était mise à briller dans ses yeux tandis qu'il esquissait un sourire malicieux. Troublée, elle résista à l'envie impérieuse de se pencher vers lui et de l'embrasser, pour se concentrer sur le spectacle à venir.

— Les garçons ont bien le droit de danser entre eux, répéta-t-elle. Surtout s'il s'agit d'un lion maladroit qui a pris des cours et veut montrer à son meilleur ami les progrès qu'il a faits.

— Comment n'y ai-je pas pensé plus tôt ? dit-il, séduit par sa proposition pleine d'imagination. Viens t'asseoir à côté de moi, il y a de la place.

Le cœur battant, elle alla s'allonger à côté de lui et s'empara du lion Roger. Face à eux, Bonnie attendait patiemment le début de la représentation.

— Mon cher Roger…, commença Zack d'une voix pointue.

— Après tout, le coupa Trinity, ce lion pourrait être une lionne.

— Ma chère mademoiselle Roger, reprit Zack conciliant, votre crinière est vraiment magnifique aujourd'hui.

— C'est parce que je l'ai lavée et brossée très soigneusement, répliqua Trinity.

Elle leva les yeux et vit qu'il la regardait, un sourire amusé aux lèvres.

— M'accorderez-vous cette danse ? demanda-t-il.

— Mais, il n'y a pas de musique, objecta-t-elle.

— Non, mais je peux chanter.

Tandis que Bonnie gloussait, captivé par ce qu'elle voyait, Trinity perçut une note plus profonde et plus grave dans la voix de Zack. Son corps s'enflamma aussitôt en même temps qu'elle fantasmait sur des images érotiques qu'elle s'empressa de refouler.

— Je ne pense pas que ce soit une bonne idée, répliqua-t-elle d'un ton qu'elle voulait léger.

Feignant de ne pas avoir entendu ce qu'elle venait de dire, il l'attira à lui et se fit plus insistant.

— Une ode en hommage à ta beauté, lui susurra-t-il à l'oreille.

Elle se sentit frémir de la tête aux pieds et dut faire un réel effort pour reprendre ses esprits.

— Essayons plutôt de trouver une chanson que nous connaissons tous les deux.

— Une ode en hommage aux baisers que nous avons échangés la nuit dernière, poursuivit-il, sourd à ses protestations.

Si la raison lui dictait de s'écarter de lui, d'exiger qu'il arrête ce petit jeu, ses sens, eux, le réclamaient corps et âme. Affolée par l'intensité de son désir, elle se figea, immobile, incapable d'esquisser le moindre geste. Le sentir si proche d'elle, dévorée par son regard ardent, annihilait toute volonté en elle.

Aussi, lorsqu'il effleura sa tempe de sa bouche, se sentit-elle faiblir un peu plus.

— Danse avec moi, Trinity, murmura-t-il. Danse avec moi ce soir.

Un sursaut de lucidité lui fit lâcher la peluche et s'éloigner de lui. Le cœur et les sens en émoi, les joues en feu, elle repoussa ses cheveux en arrière d'un geste nerveux.

— Je ferais mieux d'aller préparer un biberon pour Bonnie.

Il fixa sur elle un regard intense et déterminé qui ne cilla pas.

— Bonnie n'a pas besoin d'un biberon, Trin. Regarde comme elle a l'air heureuse.

— Dans ce cas, je vais aller faire du café.

— Je ne veux pas de café. C'est toi que je veux.

Il tendit la main vers elle mais, dans un élan de panique, elle se précipita vers la cuisine. Tremblante, elle sentait son regard rivé sur elle tandis qu'elle s'affairait à brancher la cafetière.

Allait-il la suivre ? Promener ses mains fébriles sur ses épaules puis, plus bas, dans le creux de ses reins ? Elle se sentait perdue, à la dérive tandis que le désir l'embrasait de nouveau.

Elle ne pouvait pas céder, ne *devait* pas. Elle n'était pour lui qu'un moyen pratique de passer le temps.

Lorsqu'elle l'entendit babiller de nouveau avec le bébé, elle exhala un profond soupir de soulagement mais le désir était toujours là, tapi dans son ventre, prêt à resurgir au moindre contact, à la moindre allusion.

Elle ferma les yeux et s'imagina en train de l'embrasser, consciente de l'absurdité de tout cela ainsi que des émotions contradictoires qui l'agitaient.

- 7 -

— Cruiser, sors de là, gronda Zack.

— On dirait qu'il a trouvé quelque chose, dit Trinity. Probablement un écureuil.

Après le court intermède offert à Bonnie, la tension était devenue si palpable entre eux qu'il avait proposé d'aller prendre l'air.

Chaussée de bottes trois fois trop grandes et couverte d'un manteau dans lequel elle flottait, Trinity tenait contre elle la petite Bonnie emmitouflée dans des couvertures.

Il s'en voulait de s'être laissé guider par le désir intense qu'elle éveillait en lui, d'avoir gâché le moment de sérénité qu'ils étaient en train de partager. Mais il n'avait pas pu s'en empêcher. Cette femme le conduisait au bord de la folie et la voir le repousser n'avait fait qu'exacerber l'envie qu'il avait d'elle.

L'arrivée des services sociaux verrait s'enfuir ses chances de la séduire et il ne pouvait s'y résoudre. Il rêvait, avant qu'ils ne se quittent définitivement, de lui faire l'amour toute une nuit, de l'entendre murmurer son nom, de lui faire connaître un plaisir qu'elle n'aurait jamais connu. Pour cela, il lui restait une soirée.

Ragaillardi par cette perspective, il façonna une boule de neige qu'il lança sur Cruiser. Se prêtant au jeu, le chien bondit avant de se tapir par terre puis de fondre sur son assaillant qui l'esquiva d'un mouvement leste.

Le spectacle était si drôle que Trinity éclata d'un rire communicatif. Encouragé par cette manifestation de bonne humeur, il bombarda de nouveau Cruiser qui, cette fois, se rua sur lui. Pris par surprise, Zack perdit l'équilibre et se retrouva face contre terre, la bouche pleine de neige.

Cruiser annonça sa victoire en aboyant et en agitant frénétiquement la queue tandis que Bonnie manifestait son excitation en poussant de petits cris aigus. Au moment où Trinity se baissait pour épousseter la neige qui collait au dos et aux jambes de Zack, Cruiser sauta sur lui et se mit à le piétiner sans ménagement.

Jugeant sa fierté malmenée, Zack se leva d'un bond, hilare, et rejoignit Trinity qui, le chien sur ses talons, avait pris la direction de la maison.

— La partie est terminée, déclara-t-elle en riant.

— Ne crois pas ça.

— Je te rappelle que je tiens le bébé.

Il se tourna vers Cruiser qui aboyait après lui et plissa les yeux.

— Quant à toi… tu ne perds rien pour attendre.

Il prit alors Bonnie des bras de Trinity. Après l'avoir fait tournoyer dans les airs, il alla l'installer dans son porte-bébé, qu'ils avaient placé sous le porche, et courut après Trinity qu'il n'eut aucun mal à rattraper. Ils roulèrent ensemble dans la neige, heureux comme des enfants.

Puis il n'y eut plus qu'une paire d'yeux violets dans lesquels il se perdit et une bouche aux lèvres sensuelles qu'il brûlait d'effleurer des siennes. Il approcha son visage du sien et lui donna un baiser brûlant auquel elle ne tarda pas à répondre. Enhardi par ce consentement tacite, il la pressa contre lui, ne lui laissant plus aucun doute sur l'intensité de son désir. Maintenant qu'il la sentait sur le point de s'abandonner, rien ne l'empêcherait d'obtenir ce qu'il voulait.

Rien, à l'exception d'un bébé de trois mois qui se demandait probablement pourquoi on ne jouait plus.

À regret, il s'écarta d'elle.

— C'était quand même un bon moment, marmonna-t-il sans chercher à dissimuler sa contrariété.

— De toute façon, il faut rentrer, c'est l'heure de son bain, ajouta Trinity, à la fois dépitée et soulagée.

— Elle a *déjà* pris son bain, nota-t-il.

— La nuit va tomber.

— Je sais, murmura-t-il en lui souriant.

— Le bébé…

— … dormira ce soir dans la chambre. Avoir un enfant dans une maison n'a jamais empêché qui que ce soit de faire l'amour.

Elle retint son souffle, ne sachant plus quoi dire.

— Ce n'est pas une bonne idée, Zack, tenta-t-elle encore.

— Et moi, je trouve que c'est la meilleure que j'ai eue jusque-là.

— Je ne t'aime pas.

— C'est normal, tu ne me connais pas.

— Raison de plus…

— … pour accepter.

Une heure plus tard, Trinity rejoignait Zack dans la cuisine où il s'affairait à préparer le repas.

— Elle n'a pas demandé son reste, annonça-t-elle.

— Cela n'a rien d'étonnant. Cruiser a repris son poste ?

— Oui. Et il y a fort à parier qu'il ne l'abandonnerait pour rien au monde.

— Tu as faim ? J'ai préparé une omelette au fromage et aux champignons.

— Mmm. Ça sent délicieusement bon.

Elle mit le couvert pendant qu'il coupait l'omelette en deux parties égales. L'esprit en ébullition, elle se demanda comment allait se dérouler ce tête-à-tête maintenant qu'elle ne pouvait plus se servir de Bonnie comme excuse et que, comme il le lui avait clairement fait entendre, Zack allait terminer ce qu'ils avaient commencé la nuit dernière et cet après-midi même dans la neige.

Lorsqu'ils furent à table, il remplit généreusement leurs verres de vin blanc puis il commença à manger de bon cœur tandis qu'elle chipotait dans son assiette.

— Tu n'aimes pas ?

— C'est délicieux mais je voudrais d'abord mettre les choses au clair.

— Vas-y, je t'écoute.

— C'est à propos de ce baiser que nous avons échangé cet après-midi, commença-t-elle.

— Pourtant, les choses étaient on ne peut plus claires. Tu devrais vraiment manger avant qu'elle ne soit froide, ajouta-t-il en pointant son assiette du bout de sa fourchette.

— Mais je n'ai pas terminé, protesta-t-elle.

Il fit comme s'il n'avait rien entendu et poursuivit sur le même ton désinvolte :

— Il faut que tu prennes des forces au cas où le bébé réclamerait un biberon cette nuit. Je te promets d'écouter ce que tu as à dire lorsque tu auras fini de manger.

Elle se mordit la lèvre, contrariée. Compte tenu du désir qu'elle lisait au fond de ses prunelles, il y avait peu de chances pour qu'il tienne sa promesse. Elle l'imaginait même très bien sceller sa bouche d'un de ces baisers ravageurs pour la faire taire. Comment pourrait-elle lutter contre cela ?

En tout cas, il avait raison sur un point : elle devait manger, son estomac la rappelait à l'ordre.

— C'est vraiment très bon, affirma-t-elle après avoir avalé de bon cœur une première bouchée.

— Pourtant, je n'ai pas souvent l'occasion de cuisiner. Comme je quitte le bureau assez tard, je me fais livrer quelque chose ou je vais dîner dans un des restaurants qui sont près de chez moi.

— J'aurais juré que tu ne manquais pas de cuisinières prêtes à se dévouer pour toi, dit-elle d'un ton malicieux.

Il lui lança un regard entendu avant de prendre une gorgée de vin.

— Ce sont mes frères qui sont casés, tu te rappelles ?

— Comment ai-je pu oublier ? ironisa-t-elle en se frappant le front. Pourtant, à te voir t'amuser avec Bonnie comme tu l'as fait cet après-midi, n'importe qui aurait pu te prendre pour un père de famille tranquille.

Un père de famille qui aurait une épouse, bien sûr, songea-t-elle rêveuse.

Mais qu'allait-elle donc s'imaginer ? Zack resterait à jamais le célibataire endurci qu'il était.

Quoique…

Elle-même n'avait-elle pas changé d'avis depuis qu'elle s'occupait de l'adorable Bonnie ? Une graine avait germé en elle et elle ne pouvait plus nier le fait qu'elle rêvait désormais d'avoir un enfant bien à elle. Un enfant… un mari… bref, une famille.

Bien loin d'imaginer les pensées qui lui traversaient l'esprit, Zack fit claquer sa langue avec satisfaction.

— Cette année a vraiment produit des vins exceptionnels.

Elle ne put qu'approuver même si elle entendait bien limiter cette dégustation à un seul verre. Après ce que lui avait avoué Zack dans la neige cet après-midi, il n'était pas question qu'elle baisse la garde, sans quoi, elle serait bien capable de mettre un terme à ce délicieux dîner pour l'entraîner elle-même dans son lit.

Les mots de Kate la ramenèrent brutalement à la raison. Si elle s'était à peu près habituée à l'idée qu'il aimait les femmes et qu'il était un homme d'affaires impitoyable, savoir jusqu'où il était prêt à aller pour décrocher un contrat lui pesait sur la conscience.

Lorsque son téléphone portable se mit à bourdonner sur le comptoir, Zack se leva pour aller vérifier le message. Il revint s'asseoir sans avoir envoyé de réponse.

— C'était Dirkin. Il veut me voir demain.

Mal à l'aise, elle se redressa contre son dossier, se demandant s'il avait réussi à faire plier le vieil homme.

— Tu crois qu'il est prêt à accepter ta proposition ?

— Oui, je pense qu'il s'est enfin décidé à signer.

— Ainsi, tu as fini par l'avoir.

Sa remarque sembla le surprendre.

— Excuse-moi mais je ne te suis pas.

Elle hésita un instant. Devrait-elle lui dire qu'elle savait ou bien accepter le fait qu'elle ne changerait jamais la façon dont il appréhendait la vie et le monde des affaires ? Pour lui, il n'existait qu'une règle : « aucune règle ».

Même lorsqu'il s'agissait d'un pauvre homme que la vie avait malmené.

Résolue à avoir cette discussion avec lui, elle poussa son assiette devant elle et le regarda droit dans les yeux.

— Comment est mort le fils de James Dirkin ?

Zack prit le temps de s'essuyer la bouche avec sa serviette et de la reposer sur ses genoux avant de répondre d'un ton neutre.

— Dans un accident de voiture. On a évoqué un suicide

car il semblait avoir pas mal de soucis les jours précédant sa disparition.

— Comment le sais-tu ? Tu as mené ta petite enquête ? demanda-t-elle d'un ton sarcastique.

Le regard de Zack se fit plus dur.

— Où veux-tu en venir avec tes questions, Trinity ?

Il fallait qu'elle se jette à l'eau, qu'elle sache. Et tant pis si Zack ne voulait pas admettre qu'il avait joué avec les sentiments d'un homme à terre pour remporter une victoire !

Pourtant, elle ne pouvait s'empêcher de penser que l'homme qu'elle côtoyait de près depuis deux jours était bien plus complexe que cela et même capable de compassion.

— Quand j'ai parlé à Kate ce matin, se lança-t-elle, elle m'a dit que tu avais accusé Dirkin d'être responsable de la mort de son fils.

Le regard de Zack s'assombrit un peu plus jusqu'à devenir noir. Sa voix se fit sourde et grinçante.

— Elle a dit *quoi* ?

Les joues en feu, elle repoussa sa chaise, prête à se lever.

— J'aurais mieux fait de me taire.

— J'ai affaire à Trinity Matthews ou à la journaliste en quête d'un scoop ?

Il reposa bruyamment sa fourchette dans son assiette et la fusilla du regard.

— D'habitude, ce genre de comportement ne me dérange pas, poursuivit-il d'un ton glacial. C'est la règle du jeu. Trois quarts d'illusion, un quart de foutaises.

Elle sentit son cœur se mettre à battre plus fort. Elle ne s'était pas attendue à une telle réaction. Devait-elle y voir une de ses manigances pour la rallier à sa cause ? Une manœuvre pour susciter sa compassion ? Ou était-il véritablement différent de l'homme que décrivait la presse ?

— Es-tu en train de nier les faits ?

— Quelle importance ? De toute façon, les gens de votre espèce n'impriment que ce qui se vend, non ? Dire que tu oses prétendre que c'est moi qui devrais avoir honte !

Son expression, le ton de sa voix, la conviction avec laquelle il avait parlé…

— Je n'ai jamais dit que c'était vrai, se défendit-elle, un brin piteuse.

En guise de réponse, il lui lança un regard noir tout en exhalant un profond soupir. Toujours sans un mot, il débarrassa son couvert et se rendit dans la cuisine.

Mal à l'aise, elle fixa un point sur la table, cherchant une solution qui conviendrait à tout le monde.

— Même si Dirkin n'est plus capable de gérer son hôtel lui-même, commença-t-elle prudemment, je comprends que ce soit un crève-cœur de s'en séparer, compte tenu de ce que cela représente pour lui. C'est un peu comme s'il perdait son fils une deuxième fois. Pourquoi ne pas lui proposer une association ?

— Parce que je ne veux pas d'associés.

Bien sûr, comment avait-elle pu oublier ? Même dans son travail, il refusait toute alliance ou partenariat.

— Je ne suis pas une ordure, poursuivit-il. Et j'essaie, autant que faire se peut, de me montrer juste aussi bien en affaires que dans ma vie privée.

Revenu à table, il chercha sa main et l'aida à se lever.

— Je suis aussi un homme normal, avec des désirs et des besoins normaux.

Elle retint son souffle mais le défia du regard.

— J'avais remarqué.

— Demain, les autorités viendront récupérer le bébé, ce qui signifiera la fin de notre investissement dans cette affaire. Mais cela ne signifie pas pour autant que nous deux, nous devrons cesser de nous voir.

Elle eut l'impression que le sol se dérobait sous ses pieds et qu'elle allait être engloutie dans des profondeurs abyssales.

— Tu veux dire que tu veux me revoir ?

Il l'attira à elle, l'enveloppa de ses bras.

— Qu'en penses-tu ?

Mais il ne lui laissa pas le temps de répondre. Il s'empara de ses lèvres dans un baiser si passionné qu'elle en perdit toute volonté. Il était sur le point de réaliser la promesse qu'il avait faite, la promesse de lui faire l'amour, mais elle ne se sentait pas la force de résister.

Lorsqu'il lui prit son visage entre ses mains et qu'il approfondit son baiser, elle eut l'impression de flotter dans les airs. Ce qu'elle ressentait était si fort qu'elle en oublia tous ses beaux discours et qu'elle se ficha bien d'avoir raison ou tort, d'être sensée ou pathétique. Dans ses bras, elle était tout simplement un être humain, une femme aux prises avec ses émotions et ses envies. Pourquoi refuserait-elle de lui appartenir cette nuit ? Rien ne pourrait l'en empêcher si ce n'était sa fierté, et pour l'heure, sa fierté ne comptait plus.

Vaincue, elle s'abandonna à cette étreinte et se laissa emporter dans le tourbillon de volupté que lui procuraient leurs corps si étroitement imbriqués l'un dans l'autre qu'ils ne faisaient plus qu'un.

Leurs bouches toujours scellées, elle le laissa la porter jusque dans sa chambre. Après s'être juré qu'elle ne succomberait jamais à son charme, elle brûlait de se donner à lui corps et âme.

Il l'allongea délicatement sur le matelas avant de dévorer

de sa bouche fébrile la peau satinée de ses épaules puis la naissance de sa gorge.

Soudain, une image de Bonnie, seule dans sa chambre du rez-de-chaussée, s'imposa à elle avec tant de force qu'elle se déroba aux caresses de Zack pour s'asseoir, toute raide.

— Et si Bonnie se réveille et que nous ne l'entendons pas ? demanda-t-elle sincèrement anxieuse.

— Tu n'as pas à t'inquiéter une seconde. Tu sais bien qu'au moindre de ses pleurs, Cruiser sera ici pour nous prévenir.

Rassurée, elle s'abandonna totalement à ses mains expertes qui avaient commencé à la déshabiller. Lorsqu'il eut dégrafé son soutien-gorge et que sa bouche avide suça un de ses seins, elle crut perdre la raison. Sa tête roula sur le côté et, ivre de désir, elle enroula ses jambes autour de ses hanches, exigeant plus.

Elle imagina sa bouche descendre plus bas tandis que ses doigts agaceraient la pointe de ses seins tendus. Perdue dans ses fantasmes, elle sentit à peine qu'il s'écartait d'elle, le temps de se déshabiller à son tour.

— Je pense à cet instant depuis la seconde ou tu t'es glissée dans ce taxi, lui confessa-t-il à l'oreille.

— Vraiment ? feignit-elle de s'étonner avec une pointe de coquetterie. Dans ce cas, ne perdons pas une minute.

Un peu plus excité par ses paroles d'encouragement, il s'enhardit et glissa deux doigts dans son intimité moite de désir.

Elle n'eut plus alors conscience que de ce feu délicieux qui la dévorait et qu'elle aurait aimé ne jamais voir s'éteindre. La torture était si douce et si enivrante qu'elle se mordit la lèvre pour ne pas crier. La seule chose dont elle avait conscience était son sexe en érection qui la pénétrait profondément et ses lèvres plaquées sur les siennes.

Elle était au bord de l'orgasme lorsque sur un dernier coup de reins de Zack, elle éprouva une explosion de spasmes successifs qui l'entraînèrent loin, bien loin des rivages de la réalité.

Ivre de volupté, elle murmura son nom et s'agrippa à lui comme une naufragée.

- 8 -

— Je suis heureuse que tu aies réussi à me convaincre.

Approuvant de tout son cœur, Zack installa Trinity sur lui et promena ses mains sur la peau douce de ses épaules puis, plus bas, au creux de ses reins.

— À vrai dire, tu t'es facilement laissé convaincre.

— Ce doit être l'isolement.

— Une espèce de fièvre due à l'altitude, peut-être ? Mais je connais un bon moyen de la faire passer.

Comme pour preuve de ce qu'il avançait, il s'empara de sa bouche et la dévora de baisers passionnés. Il ne se lassait pas de l'embrasser, de la caresser ni de prendre son corps enfiévré. Pourtant, malgré toute son ardeur, il sentit l'enthousiasme de Trinity perdre de son intensité pour disparaître tout à fait. Il releva la tête et vit un éclair de culpabilité passer dans ses beaux yeux violets.

— Tu es fatiguée ?

— Fatiguée, non ; mais je ne me sens pas tranquille, répondit-elle en roulant sur le côté. C'est peut-être stupide mais j'aimerais que nous redescendions au rez-de-chaussée.

— C'est à cause du bébé ? Tu veux être près de lui, n'est-ce pas ?

— Je sais bien que nous pouvons compter sur Cruiser et qu'il est probable que Bonnie ne se réveillera pas avant demain matin, poursuivit-elle. Mais en effet, je me sentirais mieux.

— En fait, moi aussi.

Surprise par une telle confession, son visage s'éclaira d'un sourire heureux.

— Vraiment ?

— À une condition, ajouta-t-il. Aussi sexy sois-tu en pyjama de soie, je te veux nue contre moi. La chaleur de nos corps et celle du feu devraient suffire à nous réchauffer.

Reconnaissante, elle fit claquer un baiser sonore sur sa joue.

— Marché conclu.

Tandis qu'elle se rendait dans la salle de bains, il sortit de sa penderie deux peignoirs et glissa dans la poche de l'un d'eux une boîte de préservatifs. Un moment plus tard, ils enjambaient Cruiser et passaient la tête par la porte de la chambre où dormait paisiblement Bonnie.

Rassurés, ils se rendirent dans le salon et tandis que Trinity se pelotonnait sous les couvertures, il alla ranimer le feu. En voyant sa silhouette parfaite se détacher à la faveur des flammes, la passion se ralluma instantanément en lui. Pourtant, elle était si attendrissante, un bras replié sous sa joue et un sourire paisible aux lèvres, qu'il renonça à la déranger. Il se glissa contre elle et l'enveloppa de ses bras rassurants avant de poser sur ses cheveux un baiser d'une infinie tendresse.

La journée n'aurait pu mieux se terminer, songea-t-il en souriant aux anges.

Ses sens assouvis, Trinity jouissait simplement du bonheur de rester là, blottie tout contre Zack. Pourtant, lorsqu'elle sentit l'expression de son désir contre ses fesses, elle se retourna et prit son sexe entre ses doigts.

— Je pensais que tu voulais faire une pause mais si tu préfères jouer…, murmura-t-il d'une voix rauque.

— Nous pouvons discuter en même temps, proposa-t-elle d'un ton taquin.

— Tout ce que tu veux, pourvu que tu continues, implora-t-il d'une voix hachée.

— Comme ça ? lui susurra-t-elle en effectuant un mouvement de va-et-vient sur son membre tendu.

Il répondit par un grognement de plaisir.

— Parle-moi de cette maison. De *ta* maison.

Paupières closes, tout à ses fantasmes, il parvint néanmoins à demander :

— Que veux-tu savoir ?

— Qu'est-ce qui t'a attiré ici en premier ?

— Une sensation de calme… de tranquillité, répondit-il de bonne grâce mais le souffle court. S'il te plaît, ne t'arrête pas.

— Si je continue, je crains bien que tu ne sois pas capable de soutenir une conversation.

— Dans ce cas, je dirais que cette discussion est superflue.

Souple comme une chatte, elle se plaqua un peu plus étroitement contre lui.

— Une sensation de tranquillité, disais-tu. Mais quoi encore ?

— L'ambiance des fêtes de Noël, parvint-il à dire d'une voix rauque. Le sapin énorme dressé au beau milieu de Main Street. Les chants de Noël à chaque coin de rue et les enfants au comble de l'excitation.

— L'endroit idéal pour bâtir une famille, dit-elle comme pour elle-même.

— Le couple à qui j'ai acheté cette maison avait des jumeaux. Le père les emmenait pêcher à la mouche et faire des randonnées. C'est vrai que je les ai imaginés quelquefois encore là, à savourer les brownies confectionnés par la maman. J'adore les brownies.

— Tu n'as jamais essayé d'en faire toi-même ?

— Non, c'est tellement plus facile d'aller les acheter à la pâtisserie du coin ! Et toi, tu sais cuisiner ? demanda-t-il avec un réel intérêt.

— J'ai tellement cuisiné lorsque j'étais plus jeune que maintenant, je m'en dispense dès que j'en ai l'occasion.

— Tu as déjà fait des randonnées ?

— Jamais dans le Colorado.

Un sourire songeur aux lèvres, il passa un bras sous sa tête et fixa longuement un point imaginaire au plafond.

— Les paysages sont vraiment époustouflants de beauté ici, dit-il. L'air y est d'une pureté rare.

— Tu ne sembles pas pressé de regagner New York, remarqua-t-elle.

— New York est juste l'endroit où je vis.

— Mais tu pourrais très bien vivre ailleurs, objecta-t-elle. Ne connais-tu pas ce proverbe qui dit : « Où le cœur aime, là se trouve le foyer » ?

Il s'écarta légèrement d'elle et repoussa tendrement une mèche de cheveux qui lui chatouillait la joue.

— Et toi, Trinity, qu'attends-tu de la vie ?

La question la prit de court et lui demanda quelques secondes de réflexion.

— Je crois que je ne le sais pas encore, finit-elle par dire.

— Écrire pour les magazines n'est donc pas ta raison de vivre ?

— Ça, c'est mon métier mais cela ne reflète pas ma véritable personnalité ni ce que j'attends de la vie.

— C'est bizarre, mais je t'aurais bien vue travailler avec les enfants.

— J'y ai songé, figure-toi. Crois-le ou non, j'avais même envisagé de travailler pour les services sociaux. Finalement, j'ai renoncé car je ne me trouvais pas assez forte.

L'espace d'une seconde la noirceur de son passé la rattrapa.

— J'imagine que j'étais trop concernée par le problème ; que je n'avais pas assez de distance.

— Justement, je pense que tu aurais fait des merveilles avec tous ces enfants en perdition, avides d'amour et d'affection.

Sa gentillesse, de même que sa compréhension, lui allèrent droit au cœur.

— Je crois que j'aurais eu le sentiment de ne jamais en faire assez.

Il lui adressa un sourire encourageant, plein de douceur.

— Tu as tellement à donner, Trinity.

Lorsque sa bouche se posa sur la sienne, elle fut submergée par un flot d'émotions nouvelles. Des émotions qui la remplissaient d'une énergie débordante mais également de quelque chose qui ressemblait à de la sérénité.

Zack Harrison la comprenait à peine mais à cet instant précis, il la comprenait mieux que quiconque.

- 9 -

Des coups frappés contre la baie vitrée réveillèrent Zack en sursaut. Il bondit sur ses pieds, tout à fait conscient de ce qui les attendait.

Il s'empara à la hâte d'un plaid qui se trouvait dans un fauteuil tout proche et le drapa autour de ses hanches. Réveillée par cette agitation soudaine, Trinity s'étira en bâillant.

— Que se passe-t-il ? demanda-t-elle en fronçant les sourcils. Il y a quelqu'un dehors ?

— Probablement les services sociaux.

Il vit clairement son regard changer d'expression. D'interrogateur, il était devenu anxieux. Il put lire sur son visage la même question qu'il se posait lui-même : pourquoi cette femme n'était-elle pas allée frapper à la porte d'entrée ?

Tandis qu'elle s'enveloppait de son peignoir, il alla ouvrir à leur visiteuse et la fit entrer sans se soucier de ses bottes boueuses qui allaient souiller son parquet luisant.

— Monsieur Harrison, je suis Cressida Cassidy. Désolée de vous surprendre à une heure aussi indue. Vous n'avez pas mentionné le fait que vous êtes marié, ajouta-t-elle en coulant un regard perfide à Trinity.

— C'est parce que je ne le suis pas.

Les lèvres de Cressida se pincèrent tandis qu'elle reniflait un peu.

— Je vois…

De plus en plus amusé par la situation, il continua d'un ton désinvolte.

— Je vous présente Trinity. Trinity… heu…

— Matthews, ajouta Trinity en tendant une main cordiale à la nouvelle venue.

Il passa une main dans ses cheveux ébouriffés.

— Excusez cette amnésie momentanée mais, le matin, mon cerveau a besoin d'un peu de temps pour se remettre à fonctionner normalement.

— Il est plus de 9 heures, souligna Cressida d'un ton réprobateur. Ah, je voulais vous dire… vous l'ignorez peut-être mais si je suis venue frapper ici c'est que votre porte d'entrée est bloquée par un tronc d'arbre.

Mlle Cassidy fut interrompue par un cri perçant de Bonnie, et elle se mit à blêmir. Tandis que Zack se figeait sur place, Trinity entrait en action.

Il avait beau sentir le sang battre à ses tempes, il s'exhorta au calme pour ne pas inquiéter un peu plus l'agent des services sociaux.

Pourtant, l'inquiétude de cette dernière céda vite le pas à la plus grande des méfiances. Son visage se durcit et son double menton se mit à trembler comme un pot de gelée.

— Monsieur Harrison, où est le bébé ?

Zack leva les deux mains devant lui en signe d'apaisement.

— Elle est en bonne santé et sous la bonne garde de Cruiser.

— Qui est Cruiser ?

En guise de réponse, le chien déboula dans la pièce et posa ses grosses pattes sur les cuisses de Zack.

— Cruiser, je te présente Mlle Cassidy.

— Ne me dites pas que ce chien vous sert de baby-sitter ? s'enquit Mlle Cassidy de plus en plus méfiante.

— Seulement une nuit et, de plus, la plupart du temps nous étions tout près.

Cressida fouilla la pièce du regard, sans doute à la recherche de nouvelles preuves d'inconduite, et lorsque son regard tomba sur la bouteille de vin vide, elle pinça les lèvres un peu plus.

— Je voudrais voir le bébé, exigea-t-elle.

— Voilà ! Voilà ! Nous arrivons ! cria Trinity depuis la chambre.

Tandis que Cressida Cassidy frappait l'une contre l'autre ses bottes pleines de boue, il en profita pour filer dans la buanderie enfiler un jean et un T-shirt.

— Trinity doit être en train de la changer, expliqua-t-il lorsqu'il regagna le salon où attendait une Mlle Cassidy de plus en plus impatiente.

Elle s'apprêtait à forcer le passage lorsque, enfin, Trinity fit son apparition. Elle avait enfilé de travers la jupe de son tailleur et quelques boutons de son chemisier avaient été oubliés mais malgré l'image peu flatteuse qu'elle donnait d'elle, le bébé entre ses bras irradiait le bonheur et la vitalité.

— Vous avez trouvé quelque chose sur son identité ? demanda-t-elle à leur visiteuse.

— Nous avons retrouvé la mère, répondit Mlle Cassidy. Elle attend dehors, dans une voiture de police.

Le sang de Zack ne fit qu'un tour.

— La police ? Mais pourquoi ?

— Je n'ai pas le droit d'en dire plus, répondit Cressida en tendant les bras vers Bonnie. Je vais me charger d'elle, maintenant.

Trinity eut un mouvement de recul, réaction qu'il estima naturelle car lui aussi ressentait un pincement au cœur à l'idée de se séparer du bébé, et de façon aussi brutale de surcroît.

— C'est l'heure de son biberon, dit Trinity.

— Ce sera inutile, répliqua Mlle Cassidy. La mère affirme que son enfant prend le sein.

Voyant que Trinity ne faisait pas mine de bouger, à court d'arguments, il s'approcha d'elle. Ils avaient bien le droit de savoir tout de même !

— Je suppose que vous pouvez imaginer à quel point nous nous sommes inquiétés pour cet enfant, avança-t-il. Vous pourriez au moins nous dire comment un bébé de trois mois a pu se retrouver tout seul dans ce taxi ?

— Monsieur Harrison, ceci relève de la vie privée aussi je ne peux rien vous dire, répondit-elle dans un sourire compréhensif. Mais je peux vous assurer que la mère est folle de joie à l'idée d'avoir retrouvé son bébé et que tout ceci n'était qu'un malencontreux concours de circonstance.

— Excusez-moi mais j'ai du mal à le croire.

— Je communiquerai vos coordonnées à cette maman, dit fermement Mlle Cassidy, et elle ne manquera pas de se mettre en contact avec vous si elle le souhaite.

Il serra les dents alors qu'il brûlait d'en dire plus. Certes, Bonnie n'était pas leur enfant et personne n'était mieux placé que lui pour comprendre le respect de la vie privée des gens. Mais il estimait que Trinity et lui méritaient au moins une explication et des réponses aux questions qu'ils se posaient.

Cette mère avait-elle fait preuve de négligence ? Avait-elle les moyens d'élever cet enfant ? Qu'est-ce qui prouvait que Bonnie ne finirait pas rapidement dans une situation pire que celle qu'elle avait déjà connue ?

Résignée, Trinity prit une profonde inspiration et, les yeux brillants de larmes, tendit le bébé à l'employée des services sociaux. Lorsque cette dernière découvrit son petit visage, elle esquissa pour la première fois un véritable sourire.

— Monsieur Harrison, mademoiselle Matthews, je vous remercie sincèrement d'avoir pris soin d'elle comme vous l'avez fait.

Sans répondre, il prit le siège auto dans une main et glissa son bras libre autour de la taille de Trinity.

— Nous vous raccompagnons.

Ainsi enlacés, Cruiser sur les talons, ils lui emboîtèrent le pas. C'est au détour de l'allée qui menait au chalet qu'ils purent voir la voiture de police dans laquelle se trouvait la mère de Bonnie.

Même de loin, ils pouvaient voir que celle-ci avait le teint blême de quelqu'un de malade ou peut-être même, drogué. Les services sociaux devaient savoir ce qu'ils faisaient et ne confieraient certainement pas un bébé de trois mois à une mère irresponsable, se dit-il. Il put voir par la portière ouverte qu'elle était très jeune mais aussitôt qu'on lui tendit son enfant, elle le serra contre elle à l'étouffer.

Au lieu de ressentir le soulagement attendu, il frissonna. Cette image le hanterait probablement toute la nuit, peut-être même toute sa vie. À son côté, Trinity tremblait de tous ses membres mais certainement pas à cause du froid.

— Elle a l'air d'avoir seize ans, murmura-t-elle. Tout au plus dix-sept.

Comprenant sa détresse, il la serra étroitement contre lui.

— En effet, elle n'est pas bien âgée.

— Elle doit avoir des parents qui peuvent l'aider, supposa Trinity en le souhaitant de tout son cœur.

— Dans ce cas, où étaient-ils lorsque le bébé a été abandonné dans ce taxi ?

Ils ne le sauraient probablement jamais.

Il sentit Trinity se recroqueviller contre lui lorsqu'elle vit la jeune mère glisser Bonnie dans son siège auto et boucler sa ceinture de sécurité.

La gorge serrée, il l'entendit murmurer : « Au revoir, Bonnie. » Lui-même n'était pas loin des larmes. Lorsqu'il vit Mlle Cassidy se glisser au volant de sa voiture, il éprouva un sentiment d'impuissance si profond qu'il eut envie de se précipiter vers la voiture de police et de leur arracher le bébé.

« Elle n'est pas à nous, elle n'est pas à nous, elle n'est pas à nous », se répéta-t-il pour s'en convaincre.

Mais il n'était pas arrivé au bout de ses surprises. En effet, le petit cortège n'avait pas atteint le bout de l'allée que la jeune mère sortit du véhicule de police et s'avança vers eux d'un pas décidé. Tandis qu'elle s'approchait, elle repoussa sa capuche en arrière, laissant voir une cascade de boucles blondes. Elle était un peu plus petite que Trinity et si menue qu'elle en était presque maigre.

— Vous êtes le couple qui vous êtes occupés de Belinda, n'est-ce pas ? dit-elle.

— Belinda, murmura Trinity. Quel joli nom.

— Nous l'avions surnommée Bonnie, dit Zack.

— Je voulais que vous sachiez que je n'ai jamais eu l'intention de l'abandonner. C'était un accident.

— Un accident de taille, tout de même, ne put-il s'empêcher de proférer.

— Si vous voulez le savoir, je n'ai jamais voulu être enceinte mais… — elle baissa alors le menton et le ton de sa voix — je n'ai jamais regretté d'avoir mis Belinda au monde.

— Et son père ? s'enquit Trinity avec douceur.

— C'est chez lui que je voulais me rendre cet après-midi-là. Ryan n'a rien su de ma grossesse jusqu'à la naissance de Belinda. Il n'a pas de mère et son père… — son regard se perdit au loin, mélancolique. Son père, il n'est jamais là.

— Et vos parents ? Vous avez bien des parents ?

— Mon père nous a quittées, ma mère et moi, il y a bien longtemps. Ma mère aurait bien aimé que j'abandonne mon bébé. Elle disait que ce serait plus facile.

Renvoyée à son propre passé, Trinity émit une petite plainte presque inaudible.

— Ce jour-là, reprit la fille, ma mère me harcelait encore. Elle me disait que je ne pouvais plus rester chez elle, que Belinda et moi lui coûtions trop cher. J'ai donc emballé quelques affaires et Belinda et moi avons attrapé un bus pour aller en ville et prendre une correspondance pour le Wyoming où s'est installé Ryan. Mais lorsque nous sommes arrivées à l'arrêt de bus, il a commencé à neiger. Comme je voulais mettre Belinda à l'abri, j'ai laissé ma valise pour aller demander au chauffeur de taxi qui se trouvait tout près combien ça coûtait pour qu'il me dépose à la gare routière. Comme il n'était pas là, qu'il commençait à faire froid et que la neige tombait sérieusement, j'ai placé Belinda dans le taxi et je suis retournée à l'arrêt de bus pour récupérer ma valise. J'étais en train de traverser la rue lorsque j'ai vu le taxi démarrer. J'ai couru derrière lui en criant mais il ne m'a pas vue, ni entendue. J'ai couru, couru jusqu'à ce que je n'en puisse plus.

— Mais vous n'en avez parlé à personne ? demanda Trinity.

— J'ai essayé de joindre Ryan mais il ne répondait pas. Et comme je n'avais pas le choix, je suis retournée chez ma mère. Je pleurais, je tremblais, j'étais traumatisée d'avoir perdu mon bébé alors elle m'a mise au lit en me promettant d'appeler la police, mais comme nous n'avions aucune nouvelle le lendemain, j'ai compris qu'elle n'avait pas tenu sa promesse. Alors, c'est moi qui les ai appelés.

Une larme coula sur sa joue. Submergée d'émotion, Trinity baissa la tête et courba les épaules. La situation était si semblable à celle qu'elle-même avait jadis vécue !

— Je voulais aussi que vous sachiez que j'adore ma fille et que je n'ai toujours voulu que le meilleur pour elle. Quelquefois, les choses sont si difficiles à comprendre.

Bien qu'ému lui aussi, il n'en gardait pas moins les pieds sur terre.

— Où habitez-vous actuellement ? demanda-t-il.

— Mlle Cassidy m'a trouvé une place dans un foyer de jeunes mères célibataires, répondit-elle. Nous nous soutenons les unes les autres.

— Si vous avez besoin de quoi que ce soit…

Il lui répéta plusieurs fois son nom et l'endroit où elle pourrait le trouver.

— Vous n'oublierez pas, n'est-ce pas ?

La jeune fille le regarda, les yeux pleins de larmes et débordants de reconnaissance.

— Je suis heureuse que ce soit vous qui l'ayez trouvée. Vous semblez être un couple tellement gentil !

Trinity resta figée sur place, sous le choc, tandis que la jeune fille courait rejoindre la voiture de police qui allait l'éloigner à jamais de sa petite Bonnie. Elle suivit le véhicule des yeux jusqu'à ce qu'il ne soit plus qu'une tache lointaine. Lui non plus n'esquissa pas le moindre geste. Ils avaient l'impression d'avoir été vidés de toute leur énergie.

Trinity se plaisait à penser qu'il devait y avoir de jeunes mères adolescentes, merveilleuses et dévouées, bénéficiant du soutien sans faille de leurs parents. Mais celle-ci était si démunie !

Le seul mot qui lui venait à l'esprit pour définir la grand-mère de Belinda était *sans-cœur*. Non, il y en avait deux autres. Egoïste et négligente. Comment expliquer que, elle qui ne connaissait pas cette enfant s'en était si bien occupée, et de façon toute naturelle, quand une femme qui aurait dû donner sa vie pour elle, pour la protéger, avait failli si misérablement ? Même Zack s'en était sorti avec les honneurs.

Où donc étaient la compassion et l'amour dans tout cela ? songea-t-elle, navrée.

La douleur était si vive à ce moment-là qu'elle se vit à la place du bébé dans cette voiture de police. Que se passerait-il s'il arrivait quelque chose à cette jeune femme ?

Si ce petit être se retrouvait un jour sans personne pour le protéger, elle n'en saurait rien. Il fallait qu'elle se résigne à ne rien savoir pour le restant de sa vie et elle ignorait si elle en serait capable.

Perdue dans ses pensées douloureuses, elle vit à peine un 4x4 remonter l'allée et une dame très chic en sortir. Tout en s'approchant, la visiteuse se claqua les cuisses en même temps que Cruiser la rejoignait, tout penaud, la queue entre les pattes.

— Tu es ici, vilain garçon ! dit la femme en lui ébouriffant la tête. Il ne vous a pas trop embêté, j'espère, ajouta-t-elle à l'adresse de Zack.

Alors qu'il sentait un énorme vide en lui, Zack parvint à accueillir sa visiteuse comme si de rien n'était. La veille au soir, il avait pensé à laisser un message sur le répondeur téléphonique des Dale, leur faisant savoir que leur chien se trouvait chez lui.

S'il avait sincèrement pensé qu'il serait soulagé une fois réglé le problème du bébé et du chien égarés, il n'en fut rien. Il ne ressentait aucun soulagement mais, au contraire, un profond désarroi.

— Madame Dale, voici Trinity Matthews.

Un large sourire fendit le visage cordial de la voisine.

— Je suis ravie de vous rencontrer.

— Nous avons trouvé Cruiser dans le jardin hier après-midi, expliqua-t-il.

— Avant de partir l'autre après-midi, expliqua à son tour Mme Dale, Jim et moi avons attaché Cruiser à une longue laisse. Nous pensions être de retour assez tôt mais cette tempête de neige nous a retardés et lorsque nous sommes rentrés nous avons découvert que Cruiser avait coupé sa laisse et s'était échappé. Nous avons cherché partout, nous avons appelé tous les gens des environs qui ont des enfants — vous vous souvenez, je vous avais dit qu'il les adore — mais j'avoue que je n'ai pas pensé à téléphoner ici.

Zack sentit que Trinity lui coulait un regard en biais, comme si elle s'attendait à ce qu'il mentionne Bonnie ; mais il n'en fit rien. Au lieu de cela, il s'accroupit et prit la bonne grosse tête du chien entre ses mains.

Heureux, l'animal émit de petits jappements joyeux et agita frénétiquement la queue.

— Mon cher Zack, il semble que vous vous soyez fait un nouvel ami.

— Lui aussi, répliqua Zack en se relevant.

— Vous comptez rester quelques jours ? demanda-t-elle à Trinity. Le temps commence à se lever, il ne devrait pas tarder à faire beau, ajouta-t-elle en observant le ciel.

— En fait, non. Je suis sur le point de regagner la côte Est.

— New York, je parie. Une ville beaucoup trop agitée pour moi, mais a-t-on vraiment le choix ?

Après avoir chaleureusement remercié Zack, elle serra Trinity sur son cœur, dans une accolade non moins chaleureuse et s'en alla, son chien sur les talons.

Trinity se remit à frissonner, semblant ne plus pouvoir s'arrêter.

— Viens, rentrons nous mettre au chaud, dit-il en l'entourant tendrement de ses bras.

— Je n'ai pas froid.

— Rentrons quand même boire un café. Moi, j'en ai besoin.

Elle serait bien restée là un peu plus longtemps, même s'il n'y avait aucune chance qu'elle revoie Bonnie. Elle avait beau savoir que la petite fille n'était pas la sienne — la leur —, elle avait l'impression qu'on lui avait arraché une partie du cœur.

Une fois à l'intérieur, elle s'assit sur un tabouret de la cuisine et resta là, immobile, silencieuse, pendant qu'il préparait du café chaud.

— Elle me semble être une gentille jeune fille, dit-il pour détendre l'atmosphère.

— *Jeune* est le terme approprié, en effet, répliqua-t-elle avec un brin d'amertume. Comment veux-tu qu'elle s'en sorte toute seule ?

— Faisons-lui confiance. Je suis certain qu'elle se débrouillera très bien.

Quant à elle, elle savait que la route serait longue et pavée d'embûches. Mais qu'en savait Zack, lui qui était issu d'un milieu bourgeois ?

— Et si elle n'y parvient pas ? insista-t-elle.

Il reposa la brique de lait qu'il avait sortie du réfrigérateur et lui adressa un sourire qui se voulait réconfortant.

— Je lui ai donné toutes mes coordonnées. Nous ne pouvons pas mieux faire.

— Vraiment ?

Il fronça les sourcils, cherchant à comprendre ce qu'elle avait derrière la tête.

— Que veux-tu dire ?

— Que ce ne devrait pas être très difficile de trouver son nom et son adresse.

— Ce n'est pas ainsi que les choses sont censées se dérouler, objecta-t-il. La mère et la fille sont réunies, n'est-ce pas ce que tu souhaitais ?

— Si, bien sûr. Mais je pourrais continuer à garder un œil sur elles, voire m'occuper de Bonnie de temps en temps.

— Et comment comptes-tu t'y prendre alors que tu vis à New York ?

Elle préféra se murer dans le silence. Elle refusait d'entendre les arguments rationnels de Zack. Elle voulait juste continuer à faire partie de leurs vies, à les aider du mieux qu'elle pourrait.

Elle alla se poster près d'une baie vitrée et le paysage qu'elle avait jusque-là trouvé enchanteur lui parut triste et désolé. Elle resserra les bras autour d'elle mais sans parvenir à se réchauffer. Toute chaleur semblait avoir déserté son corps.

— Tu ne peux pas comprendre, dit-elle comme pour elle-même.

Elle entendit le bruit d'une tasse qu'il reposait puis celui de ses pas sur le parquet. Lorsqu'il fut près d'elle, il posa ses mains sur ses épaules et la fit pivoter vers lui.

— Tu es bouleversée, dit-il d'une voix infiniment douce. Il nous faudra un peu de temps mais c'est bien que les choses se terminent ainsi, non ? Bonnie a retrouvé sa maman, n'est-ce pas le plus important ?

— Je ne peux pas m'empêcher de penser que nous pourrions faire plus pour elles, dit-elle, la gorge nouée.

— Trinity, ce n'est pas notre rôle. Tu verras, d'ici à quelques jours, tu auras pris un peu de distance et tu te sentiras mieux.

Une partie d'elle-même savait qu'il avait raison ; il fallait qu'ils reprennent le cours tranquille de leurs vies, qu'ils aillent de l'avant. Mais une autre partie savait qu'elle aurait toujours devant les yeux le sourire de Bonnie, qu'elle entendrait toujours son petit rire cristallin.

Tandis que Zack lui caressait tendrement le dos pour la réconforter, elle chercha à se convaincre qu'il avait raison.

Ce bébé n'était pas le leur et ne le serait jamais.

- 10 -

Trinity avait décliné son invitation à déjeuner. Inutile de se voiler la face, à présent il devait lui tarder de quitter les lieux, point.

Aussi, après qu'ils eurent pris une douche et se furent habillés, Zack appela-t-il un taxi. Il avait néanmoins insisté pour l'accompagner et lorsqu'ils furent dans l'aérogare, il attendit qu'une place lui soit réservée sur le prochain vol en partance avant de se résoudre à la quitter.

Il l'embrassa pour lui dire au revoir mais leur baiser avait un goût amer. Elle esquissa un sourire contrit et alors qu'elle s'éloignait il dut se faire violence pour ne pas courir après elle et l'implorer de rester.

Il la regarda se fondre dans la foule dense puis lorsqu'elle eut disparu, resta un long moment immobile et silencieux.

— Où allons-nous, monsieur ? demanda le chauffeur lorsqu'il eut regagné son taxi.

Oui, où aller, maintenant ? se demanda-t-il, perdu.

D'une voix mécanique, il lui indiqua une adresse dans Denver.

L'après-midi était bien avancé lorsque Trinity franchit les portes coulissantes du bâtiment familier qui abritait son appartement. Son appartement à elle. Elle n'oublierait jamais l'euphorie ressentie lorsqu'elle avait décroché son premier poste, ce qui lui avait permis de s'offrir cet appartement minuscule à Brooklyn qu'elle avait meublé de bric et de broc mais qui présentait l'avantage de lui appartenir.

Pourtant, en y pénétrant ce jour-là, elle comprit que son foyer ne se trouvait pas là. Zack n'en saurait jamais rien mais c'était dans son chalet dans les bois, véritable havre de paix, qu'elle s'était sentie chez elle.

Mais la page semblait définitivement tournée. Zack avait eu beau lui soutenir qu'ils se reverraient, quelque chose lui disait qu'il n'appellerait pas. Comment pourrait-elle lui en vouloir ? Il menait une vie si remplie, si brillante ! Que lui apporterait une femme comme elle, au passé si lourd ? Et, honnêtement, elle non plus n'avait pas besoin de lui car elle avait désormais un projet à mener à bien.

— Je sais très bien ce que j'ai dit, affirma Zack. Et je n'ai pas renoncé à faire signer Dirkin.

Perché sur un des angles de l'immense table de conférence qui occupait presque toute la pièce, Thomas regardait son frère faire les cent pas. Zack se fichait bien de ressembler à un lion en cage puisque c'était exactement ce qu'il ressentait.

Depuis son retour du Colorado, deux jours plus tôt, il ne parvenait pas à se concentrer sur quoi que ce soit, et encore moins sur cette fichue vente.

Pourtant il fallait bien qu'il se ressaisisse car entre son père qui ne faisait qu'aller et venir d'un bureau à l'autre et ses frères qui se contentaient de quelques heures de présence par jour, c'était à lui qu'incombait la lourde tâche d'assurer la pérennité de la société familiale.

— Nous devrions peut-être accepter le prix qu'il nous demande. Compte tenu de l'ambiance qui règne entre papa et maman, mieux vaut que cette transaction soit réglée le plus rapidement possible. Ceci dit, leur séparation n'est pas définitive.

— Notre famille n'a rien d'idyllique, Thomas. Mais nous faisons tous comme si elle l'était.

— D'où te vient cette idée stupide ? Tu es d'une humeur de chien depuis ton retour. Il s'est passé quelque chose pendant que tu étais là-bas ?

— Rien d'important.

— Chaque fois que je t'interroge sur ces femmes que tu as logées chez toi pendant ces deux jours, tu cherches à éluder le sujet. Mais je te préviens, tu ne t'en sortiras pas aussi facilement. Est-ce que tu serais victime d'un chantage ?

— Ne sois donc pas aussi mélodramatique, dit Zack en s'approchant des baies vitrées.

— Pourtant, d'après ce que tu m'as dit, cette actrice que tu as fréquentée un temps semblait vouloir s'engouffrer dans la brèche.

— Et je lui ai bien fait comprendre qu'elle n'avait aucune chance. Libre à elle de répandre toutes les rumeurs qu'elle veut sur notre famille, en ce qui me concerne, rien ne peut m'atteindre.

— C'est ce que je pensais jusque-là mais, visiblement, quelque chose ou peut-être *quelqu'un* a entamé ta belle assurance.

Il se leva pour aller poser sur l'épaule de son frère une main qui se voulait réconfortante.

— Nous sommes plus que des frères, Zack. Nous sommes amis ; alors, parle-moi. Laisse-moi t'aider.

Zack essaya d'oublier le vide qui se faisait en lui au souvenir des deux jours hors du temps qu'il avait vécus dans son chalet.

— De toute façon, tu ne me croiras pas, murmura-t-il.

— Essaie toujours, l'encouragea son frère.

Zack hésita quelques secondes avant d'aller s'asseoir dans un fauteuil et de passer le quart d'heure suivant à révéler à Thomas son incroyable aventure. Il n'omit aucun détail mais mit l'accent sur sa rencontre avec Trinity. Il confia même à son frère à quel point ils étaient devenus proches et combien elle lui manquait.

— Je ne me suis jamais senti aussi nerveux, aussi mal dans ma peau, confessa-t-il en se levant pour arpenter de nouveau la pièce.

— Zack, mon vieux, on dirait bien que tu es amoureux.

Zack riva sur son frère un regard effaré avant d'éclater d'un rire sonore mais qui sonnait faux même à ses propres oreilles.

— Je te rappelle que Trinity et moi n'avons passé que deux jours ensemble, pointa-t-il.

— Parfois, il n'en faut pas plus. Lorsque j'ai rencontré Willa, j'ai su au premier rendez-vous qu'elle deviendrait ma femme. Quant à Dylan, il ne lui a fallu qu'une semaine pour faire sa demande à Rhyan.

— Je suis différent de vous, s'obstina Zack. J'ai toujours été différent.

Thomas alla reprendre sa place et se mit à pianoter du bout des doigts sur le bureau.

— De quoi donc as-tu si peur ? finit-il par demander.

— Je n'ai pas peur, assura Zack. C'est simplement que l'amour ne figure pas à mon programme.

— Et quel est-il, ce programme ?

— Reprendre les rênes des hôtels Harrison. Je te rappelle que papa est sur le point de prendre sa retraite.

— Et que le reste de la famille ne s'implique pas autant que toi, termina Thomas à sa place.

— Soyons honnêtes. Disons que vos priorités sont différentes.

— Cela ne nous empêche pas de faire notre part du boulot.

— Si papa avait passé plus de temps avec maman, ils ne seraient pas aujourd'hui au bord d'une rupture définitive. Il aurait dû lever le pied il y a une dizaine d'années, lorsque les premiers signes sont apparus.

— Zack, c'est leur histoire, pas la tienne.

Ces mots résonnèrent étrangement en lui. C'était à peu près le discours qu'il avait tenu à Trinity lorsqu'elle lui avait confessé vouloir continuer à s'occuper de Bonnie après son départ. Il avait essayé de lui faire entendre raison mais la vérité était qu'elle s'était plus impliquée dans cette situation que lui, tout comme il se sentait plus à même de comprendre les problèmes de ses parents que ses jeunes frères.

— Je suis là pour te dire qu'un homme peut à la fois s'épanouir dans sa vie privée et dans sa vie professionnelle.

— Sans doute. Mais cela demande des sacrifices.

— Mais la vie elle-même n'est faite que de sacrifices ! Et crois-moi, cela vaut la peine.

— Je n'ai pas envie de devoir me justifier à tout bout de champ.

— Tout cela n'est qu'une question d'organisation. Mais qu'essaies-tu de prouver à la fin ? Qu'il te faut vendre ton âme au diable et accumuler les millions pour être heureux ?

L'insistance de son frère sembla porter ses fruits car après cette conversation, il lui apparut évident qu'il ne pourrait jamais trouver le repos tant qu'il n'aurait pas revu Trinity.

- 11 -

Trinity s'apprêtait à quitter les bureaux du magazine lorsqu'un livreur lui apporta une boîte emballée d'un papier glacé argenté.

Il était mentionné dessus ces quelques mots :

« Trinity Matthews. Attention. Fragile. »

Après lui avoir signifié qu'il avait pour instruction d'attendre une réponse, le livreur s'éloigna discrètement pour lui laisser le temps de découvrir ce que contenait ce mystérieux paquet.
Elle avait l'habitude de recevoir des présents des gens qu'elle avait interviewés — cela allait des produits de beauté à toutes sortes de créations artistiques — mais lorsqu'elle retourna la boîte, elle put lire :

« de la part du fantôme du poulailler. »

Elle se mit à trembler comme une feuille et sentit ses jambes se dérober sous elle.

— Tout va bien ? s'enquit Narelle, la jolie réceptionniste. Veux-tu que j'aille te chercher un verre d'eau ? Tu es si pâle ! On dirait que tu as vu un fantôme.

— Tu ne crois pas si bien dire, admit-elle dans un sourire.

Sous l'œil à la fois vigilant et curieux de la jeune femme, elle défit le ruban rouge qui ornait le paquet et arracha le papier d'une main fébrile.

— Oh ! C'est ravissant ! s'exclama Narelle la première.

— Une boule à neige, murmura Trinity, émue aux larmes.

Ses yeux se mouillèrent un peu plus lorsqu'elle découvrit à l'intérieur de la délicate sphère de verre un chalet de bois devant lequel posaient un bon gros chien semblable à Cruiser et un couple au visage radieux. La femme tenait dans ses bras un bébé enveloppé d'une couverture blanche.

Elle ferma les yeux, trop bouleversée pour pouvoir parler. Cette scène suscitait en elle un mélange d'émotions qu'elle s'était appliquée à enfouir au plus profond d'elle-même depuis son départ de Denver, bien décidée qu'elle était à suivre le conseil de Zack et aller de l'avant.

— Je ne vois pas de qui ça peut provenir, insista Narelle, piquée par une curiosité croissante.

— C'est personnel, dit Trinity.

— Dans ce cas, cette note t'est destinée.

Trinity prit la feuille de papier qu'elle lui tendait et la parcourut rapidement du regard. Chaque mot lui gonflait le cœur de joie et la confortait dans l'idée qu'elle avait pris la bonne décision.

— Tu comptes y aller ? demanda Narelle.

Trinity lui lança un regard noir.

— Je n'ai presque rien lu, se défendit la jeune femme. Juste : *besoin de te revoir* et : *samedi soir.*

— Lorsque j'ai été bloquée dans le Colorado, crut bon d'expliquer Trinity, j'ai séjourné dans un endroit semblable à celui-ci.

— Dans un chalet ? Avec un chien ?

Trinity acquiesça d'un hochement de tête.

— Et là, dans les bras de la femme, c'est bien un bébé ? s'enquit Narelle après avoir étudié la scène de plus près.

— Oui.

— Pendant une minute, poursuivit-elle après être retournée derrière son comptoir, j'ai cru que ce type l'avait fait faire spécialement pour toi.

— Je pense que c'est le cas.

— Vraiment ? Mais pourquoi un bébé ?

— C'est une longue histoire, se contenta de répondre Trinity.

Une histoire qu'elle ne confierait qu'à Kate.

— La question est : vas-tu accepter ce rendez-vous ? interrogea Narelle. J'ai cru comprendre qu'il s'agissait de célébrer des fiançailles à Oyster Bay Cove. Tout cela me semble extrêmement romantique !

Trinity se mordit la lèvre tout en faisant basculer la sphère de verre. Lorsque la neige se mit à tomber, elle crut entendre Cruiser aboyer, Bonnie-Belinda rire aux éclats et Zack…

Elle exhala un soupir nostalgique.

Zack était intelligent, et fort, et drôle, et maintenant qu'elle le connaissait tel qu'il était vraiment, et non comme la presse se plaisait à le dépeindre, elle admettait volontiers qu'il lui manquait terriblement.

Lorsqu'il avait proposé qu'ils se revoient, elle n'y avait cru qu'à moitié mais il venait de lui prouver qu'il était un homme de parole. Aussi allait-elle accepter son invitation, ne serait-ce que pour lui dire à quel point son séjour dans le Colorado avait changé le cours de sa vie. Et aussi parce qu'elle se devait de lui expliquer pour quelle raison elle ne pourrait pas donner suite à leur relation.

Elle précisa qu'elle se rendrait dans la demeure familiale des Harrison par ses propres moyens.

Zack était sur le point d'appeler Trinity lorsqu'il avait reçu sa réponse. Vingt-quatre heures plus tard, alors qu'il se trouvait chez ses parents, il se félicitait de ne pas l'avoir fait ; cela aurait été montrer trop d'empressement.

Il sentit une main sur son épaule et se retourna. Sa mère, élégamment vêtue d'un tailleur-pantalon crème, avait momentanément délaissé ses invités pour rejoindre son fils aîné.

— Cela fait bien une heure que tu es posté à cette fenêtre. Tu es sûr que cette fille va venir ?

— Certain, répondit-il sans l'ombre d'une hésitation.

— Il y a tant de jolies femmes intéressantes qui t'attendent, soupira-t-elle. Ta sœur a invité tout un tas d'amies aussi ravissantes les unes que les autres.

— Justement, il y en a trop. Elles me font fuir.

Les yeux verts de sa mère glissèrent sur lui, aussi brillants que les émeraudes qu'elle portait aux oreilles.

— Cela ne te ressemble pas, Zack. Toi d'habitude si sociable, si amène !

Il se pencha sur sa joue et l'embrassa tendrement, comme pour la rassurer.

— Je vais bien. Va rejoindre tes invités et amuse-toi.

Un mélange de déception et d'interrogation se peignit sur ses traits encore fins mais elle obtempéra.

Par la porte laissée entrouverte, il vit son père la rejoindre au passage, deux coupes de champagne à la main. Il semblait vouloir se rapprocher d'elle, lui parler. Zack imaginait très bien ce que sa mère pouvait penser à ce moment précis.

« Où étais-tu toutes ces nuits où, *moi*, je souhaitais te parler ? »

Devenu adulte, il avait compris la profonde solitude dans laquelle avait vécu sa mère. Toutes ces nuits, ces week-ends passés seule à attendre un mari qui ne rentrait jamais.

Ils ne se disputaient pas devant leurs enfants mais dans

l'intimité de leur chambre. Malgré cela, il avait souvent perçu des éclats de voix où il reconnaissait des mots affreux comme « adultère », « divorce ». Il se mettait alors la tête sous les couvertures pour ne plus entendre leurs cris et priait pour que ses parents restent ensemble.

Pourtant, il restait persuadé que la seule maîtresse qu'ait jamais eue son père, c'était son travail.

Tandis que le couple regagnait la salle de réception, il se perdit de nouveau dans la contemplation du paysage. Les phares d'une voiture qui s'engageait dans l'allée principale lui firent redresser les épaules. Lorsqu'il eut la confirmation qu'il s'agissait bien d'un taxi, il se rendit dans l'entrée et, après s'être éclairci la gorge, informa Keats, leur fidèle gouvernante, qu'il allait accueillir lui-même la nouvelle venue.

Depuis le perron, il la regarda sortir du véhicule. Elle portait une robe fluide sexy d'un rouge éclatant qui seyait à merveille à sa blondeur naturelle.

Lorsqu'elle le vit, elle couvrit ses épaules de l'étole qu'elle tenait à la main et serra sa pochette contre sa poitrine.

Tandis qu'il allait à sa rencontre, elle poussa un profond soupir et s'avança vers lui. Lorsqu'ils s'arrêtèrent face à face, il prit ses mains gelées entre les siennes. Il aurait aimé la prendre dans ses bras pour la réchauffer mais au lieu de cela, il lui sourit et la conduisit dans la demeure familiale.

Trinity s'était attendue à pénétrer dans un endroit luxueux, mais ce qu'elle découvrit dépassait l'imagination. Il se dégageait de cette vénérable demeure une atmosphère un peu désuète que rééquilibrait un mobilier contemporain soigneusement choisi chez les plus grands designers.

— En comparaison, mon appartement ressemble à

une boîte à chaussures, dit-elle, à la fois impressionnée et amusée. De quelle époque est cette maison ?

— Du XVIIIe siècle. Sa construction date de 1736, exactement. Avec son parc, ses sept chambres et autant de salles de bains, elle est bien trop grande pour mes parents aujourd'hui.

— Ils songent à vendre ?

— Ils n'ont pas encore pris leur décision.

Sans doute pressé de mettre un terme à cette discussion, il lui adressa un de ces sourires renversants dont il avait le secret et l'entraîna à sa suite.

— Viens. Je vais te présenter ma famille.

Ma famille.

Ces deux petits mots l'angoissèrent mais elle restait bien déterminée à répondre de façon vague aux éventuelles questions qu'on lui poserait sur son passé. Car, forcément, elle allait attiser la curiosité de certains. Malgré son appréhension, elle était tout de même impatiente de voir de près à quoi ressemblait une famille heureuse.

— Tous tes neveux et nièces sont-ils là ? s'enquit-elle tandis que, passé un couloir en ogive, la musique se faisait plus forte.

— Nous ne pouvons envisager une fête de famille sans les enfants, même s'ils vont au lit à une heure raisonnable.

— Dans l'une des sept chambres, pointa-t-elle.

Il prit son étole et la tendit à une domestique en uniforme avant de préciser :

— Il y a deux appartements privés au cas où l'un de nous déciderait de dormir sur place tout en conservant son propre espace.

— Comme toi ce soir ?

— Tout à fait. Et comme toi, ajouta-t-il avec un sourire en coin.

Puis, sans lui laisser le temps de riposter, il l'entraîna au milieu de la foule d'invités et prit au passage une coupe de champagne qu'il lui tendit.

La première personne à qui il la présenta était un homme qui, bien que plus jeune, lui ressemblait de façon étonnante.

— Thomas, je te présente Trinity Matthews.

Thomas inclina légèrement la tête sur le côté et lui prit la main.

— Je suis ravi que vous ayez pu venir, assura-t-il avec le même sourire charmeur que son frère. Ce n'est pas tous les jours que notre petite sœur accepte une demande en mariage.

Il s'interrompit pour interpeller une jolie rousse aux courbes affolantes.

— Willa, chérie, viens que je te présente Trinity, une amie de Zack.

— Nous avons tellement entendu parler de vous ! affirma celle-ci d'une voix suave. Zack nous a raconté comment vous vous êtes retrouvés dans son chalet, coupés de tout.

Trinity s'attendait à ce qu'elle lui parle de Bonnie mais elle n'en fit rien. Manifestement, Zack avait volontairement fait l'impasse sur cette partie du récit. Thomas, en revanche, la considérait en silence, l'air d'en savoir beaucoup. Elle savait que les deux frères étaient très proches. Cela supposait-il que Zack avait mentionné la nuit qu'ils avaient passée ensemble ?

Après cinq minutes de bavardage, Zack attira l'attention d'une brunette qui portait une magnifique robe du soir couleur pêche.

— Trinity, voici Sienna, ma petite sœur et reine de la soirée.

— Félicitations, dit Trinity en lui adressant un sourire chaleureux. Vous devez être très heureuse.

— Je suis bien plus que cela, répondit Sienna en lui rendant son sourire. Et un peu sous le choc, je dois vous l'avouer. Maman a tenu à ce que nous fêtions nos fiançailles, mais également la demande en mariage de David, qui remonte à une semaine à peine. Mais vous savez comment sont les mères.

Voyant Trinity blêmir, Zack s'empressa de faire diversion :

— Ils ne se connaissent que depuis un mois.

— Trois, rectifia Sienna. Nous nous sommes rencontrés à Bruxelles et nous ne nous sommes plus quittés depuis. David est de New York, lui aussi. Quand je pense que nous nous sommes connus à l'autre bout du monde ! ajouta-t-elle en riant.

— Et vous avez su, au premier regard, que vous alliez l'épouser ? demanda Trinity, sincèrement intéressée.

— Non, c'était quelque chose de plus diffus ; mais en tout cas, j'ai compris que c'était l'homme de ma vie. C'est insensé, n'est-ce pas ? Pas vraiment la tasse de thé de mon grand frère, quoique… je suis prête à parier qu'il n'est pas resté insensible à votre charme, ajouta-t-elle avec une pointe de malice.

Une de ses amies, venue la chercher, ne lui laissa pas le temps de poursuivre sur sa lancée. À peine était-elle hors de vue qu'un autre frère de Zack les rejoignait, accompagné de son épouse et de ses enfants.

Tandis qu'ils bavardaient gentiment de tout et de rien, Trinity se sentit infiniment détendue. Elle était parfaitement à l'aise au milieu de ces gens qu'elle ne connaissait pas mais qui, par leur bienveillance et leur spontanéité, lui donnaient l'impression d'être une des leurs. Ce devait être merveilleux d'appartenir véritablement à cette famille, songea-t-elle un brin mélancolique.

Elle fut présentée aux parents de Zack puis à d'autres

invités, si nombreux qu'elle désespérait de jamais pouvoir retenir leurs noms. Zack était un hôte parfait, doux et attentionné. Le temps fila si vite qu'elle ne consulta sa montre que lorsqu'elle vit les premiers invités prendre congé.

— Il est déjà plus de minuit.

— Et alors ? À moins que tu ne t'appelles Cendrillon, je ne vois pas où est le problème. Et puis, ajouta-t-il en lui caressant le bras, il y a quelqu'un que tu ne connais pas encore.

Il appela un homme qui lui ressemblait également trait pour trait. Probablement un autre de ses frères.

— Dylan, voici Trinity Matthews.

Elle vit avec surprise qu'il lui tendait la main gauche. Tandis que les deux frères entamaient une discussion passionnée, elle remarqua que le poignet flasque de la manche droite de sa veste avait été coincé dans sa poche.

L'homme était-il amputé d'un bras ? se demanda-t-elle, pleine de compassion.

Une femme les rejoignit en agitant une main ornée de diamants étincelants.

— Bonjour, je m'appelle Rhyan, se présenta-t-elle en lui souriant chaleureusement. Je viens à votre secours parce que lorsque ces deux-là commencent à parler, on ne peut plus les arrêter.

Dylan mit une main sur sa bouche et se pencha à l'oreille de Trinity pour lui dire sur le mode de la confidence :

— Il faut toujours qu'elle soit sur mon dos.

— Mais tu adores ça, mon chéri.

— C'est vrai, je l'avoue. Vous passez la nuit ici ? Vous devriez. Vous pourriez ainsi goûter aux crêpes de Nana. Les enfants en raffolent.

— Toi aussi, mon chéri, lui rappela Rhyan. Mais allons

nous coucher à présent, sans quoi tu ne pourras jamais être debout à l'aube.

— Vous faites du jogging ensemble ? s'enquit Trinity qui ne voyait aucune autre raison de se lever si tôt un dimanche matin.

— Notre plus jeune fils se lève aux aurores, expliqua Dylan. Rhyan s'en occupe en semaine et je prends le relais le week-end.

Une fois qu'ils furent seuls, Zack prit Trinity par la main et l'entraîna vers une porte dérobée.

— Où allons-nous ? demanda-t-elle, intriguée.

— À la maison.

— Que veux-tu dire ?

Lorsqu'il s'arrêta brutalement pour se tourner vers elle, elle vit son regard brûlant de désir l'envelopper tout entière.

— Je te l'ai dit lorsque tu es arrivée, murmura-t-il d'une voix dangereusement sourde. Ce soir, tu restes avec moi.

Il ne lui laissa pas le temps de protester. Il l'attira à lui, enlaça sa taille et lui donna un baiser passionné.

- 12 -

Ils gagnèrent la voiture de Zack, garée à l'arrière de la maison. Quelques minutes plus tard, ils se hâtaient comme deux adolescents vers la magnifique villa en bordure de mer qu'il possédait.

À peine furent-ils à l'intérieur qu'il la prit dans ses bras et promena ses mains fébriles sur ses épaules dénudées. Ses baisers avides reflétaient à la fois l'impatience et le feu qui le consumait.

— J'ai eu du mal à jouer mon rôle jusqu'au bout et à ne pas t'enlever plus tôt, lui susurra-t-il à l'oreille.

— Prétentieux, le taquina-t-elle. Comment pouvais-tu être aussi sûr que je viendrais ?

De ses mains expertes, il dénoua le lien qui lui enserrait le cou et retenait sa robe.

— Je savais que je pourrais te convaincre.

Lorsque sa robe tomba à ses pieds, elle le regarda droit dans les yeux avant de s'approcher de lui, ondulant comme un félin.

Il sentit tout son corps se tendre de désir tandis qu'il l'emportait à moitié nue dans sa chambre. Il la déposa délicatement sur le matelas mais, contrairement à la première fois, elle refusa de rester allongée. Elle s'agenouilla sur le bord du lit devant lui et, le défiant toujours du regard, défit sa chemise, bouton par bouton. Toujours sans ciller elle le débarrassa ensuite de son pantalon.

Il s'abandonnait à ses mains expertes, trop impatient de prendre possession de son corps. À chacun de ses gestes, il se grisait un peu plus du parfum subtil dont elle l'avait enivré tout au long de la soirée.

Lorsqu'il fut nu devant elle sans rien d'autre que ses chaussettes, elle prit son sexe en érection dans sa bouche, sans fausse pudeur. Il avait beau être un homme à femmes, il ne s'était jamais senti aussi transporté qu'à ce moment-là et tandis qu'elle imprimait à son sexe un mouvement de va-et-vient régulier il n'était pas certain de pouvoir tenir bien longtemps.

Il ferma les yeux et plongea ses doigts dans sa chevelure soyeuse, se livrant sans réticence à cette douce torture jusqu'à se sentir au bord de l'orgasme. Il s'écarta alors d'elle, juste le temps de lui retirer ses sous-vêtements et de l'étendre sur le dos. Il se positionna alors entre ses jambes et la pénétra tout doucement avant d'accélérer le rythme.

— Tu m'as tellement manqué, lui murmura-t-il à l'oreille.

— Toi aussi mais j'étais sûre que tu ne m'appellerais pas.

— J'ai été stupide d'attendre aussi longtemps pour le faire.

Il la sentit sourire contre sa bouche.

— Pourtant, j'ai reçu ton invitation seulement deux jours après mon départ.

— C'est bien ce que je disais, chuchota-t-il en lui mordillant la lèvre. J'ai attendu trop longtemps.

Lorsqu'elle enroula ses jambes autour de ses hanches, l'incitant à la pénétrer plus profondément, il sut qu'elle était prête elle aussi. C'est au moment précis où ils basculèrent ensemble dans un plaisir infini qu'il sut.

Si jamais il tombait amoureux ce serait d'une femme comme Trinity avec qui il serait en parfaite osmose.

— Tu ne te sens pas exténuée ? demanda-t-il tandis qu'ils reposaient côte à côte, délicieusement repus.

— Un peu mais d'une façon agréable. Est-ce que je peux te demander... Comment Dylan a-t-il perdu son bras ?

— Il avait douze ans lorsqu'une voiture l'a renversé. Il est tombé de son vélo et son bras s'est retrouvé coincé sous une des roues. Les nerfs ont tellement été endommagés que depuis ce jour fatal, ce membre n'a plus jamais répondu.

— Rhyan l'a connu comme cela, alors, commenta-t-elle, songeuse.

— Le fait qu'il ait perdu l'usage d'un bras ne fait pas de lui un monstre. En fait, il est même le plus humain de nous tous. Il met un point d'honneur à vivre normalement, à jouer au foot avec ses garçons, à s'en occuper comme si de rien n'était.

— Ta mère s'est montrée très chaleureuse avec moi, poursuivit-elle. Et j'ai trouvé ton père très drôle. Je sais de qui tu tiens tes talents de conteur maintenant. Ils sont si bien assortis et ils ont l'air de bien s'entendre.

— Pourtant, ils sont en pleine crise.

— À quel sujet ?

— Au sujet d'une éventuelle séparation.

— Quoi ? Je ne peux pas le croire !

— Nous nous y attendions depuis un moment. Mon père passait beaucoup trop de temps hors de la maison. Un soir, maman nous a tous réunis pour nous expliquer qu'elle avait besoin de vivre une vie de couple avec son mari avant qu'ils ne soient trop vieux ; s'il refusait, cela signifiait qu'il était grand temps que chacun vive sa vie de son côté. Papa ne pensait pas qu'elle parlait sérieusement jusqu'à ce qu'elle emménage dans un appartement qu'ils ont en ville.

— Tu crois qu'il est trop tard pour qu'ils se réconcilient ?

— Je sais seulement que cette rupture planait entre eux depuis un bon moment.

— D'après toi, vie privée et vie professionnelle ne font pas bon ménage ?

— En tout cas, pas lorsqu'il y a des enfants et que leur éducation n'incombe qu'à un seul des deux parents. Non plus lorsqu'il y a des milliards en jeu. Mais cela ne nous concerne pas puisque nous avons tous deux une carrière à mener et qu'aucun de nous n'a d'enfants.

Quelques secondes d'un silence pesant flotta au-dessus de leurs têtes durant lesquelles ils songèrent à Bonnie. Trinity sentit que le moment était venu. Elle prit une profonde inspiration et se lança :

— Zack, c'est la dernière fois que nous nous voyons.

L'annonce était si brutale qu'il eut l'impression que son cœur s'arrêtait de battre et que l'air lui manquait.

— Tu veux que je te prouve à quel point je tiens à toi ? C'est ça ?

— Tu sais bien que je m'en fiche. En revanche, je n'oublierai jamais les deux jours que nous avons passés ensemble car ils m'ont profondément changée. Ils m'ont changée moi, mais également ma façon de voir les choses et mon avenir.

La gravité avec laquelle elle venait de s'exprimer l'inquiéta. Il la fit rouler sur lui, ne désirant pas en entendre plus.

— Cette discussion commence à devenir trop sérieuse.

Puis, lorsqu'il la vit s'éloigner de lui et s'asseoir en tailleur, il comprit qu'il devait entendre ce qu'elle avait à lui dire.

— O.K. Tu veux parler ? Alors, parlons.

Elle s'installa plus confortablement et ramena la couverture sur elle.

— Jusqu'à l'adolescence, commença-t-elle, la vie

ne m'a pas fait de cadeau mais j'ai décidé de me battre. Contrairement à ce que je pensais jusqu'à ces deux jours passés dans ton chalet avec Bonnie, je souhaite désormais fonder un foyer, avoir ma propre famille.

— Est-ce un ultimatum ? s'enquit-il en baissant la voix.

— Non. Oh non ! Il faut que tu fasses ce que tu veux, Zack. En ce qui me concerne, j'ai donné ma démission à Kate. J'ai décidé de me consacrer aux enfants abandonnés. Je vais essayer de trouver un emploi d'aide psychosociale dans un foyer d'accueil ou…

— C'est parce que tu veux revoir Bonnie, la coupa-t-il sèchement.

— Elle s'appelle Belinda, corrigea-t-elle. Et tu as tort, si je choisis de changer de vie c'est parce que je pense que c'est bien pour moi. Je veux plus, Zack, ajouta-t-elle en plongeant dans son regard. Je veux un mari, des enfants ; ce n'est pas un crime que je sache. Demande un peu à tes frères et sœur ce qu'ils en pensent.

Elle vit à son visage fermé qu'il ne comprenait pas mais pour une fois, la décision ne lui appartenait pas. Elle se garda bien de lui dire que durant ce bref séjour chez lui, elle était tombée amoureuse. Jamais encore elle n'avait éprouvé pour un homme ce qu'elle éprouvait pour lui et c'est pour cela qu'elle préférait s'effacer.

— Je partirai au lever du jour, précisa-t-elle. Je ne souhaite pas rencontrer ta famille avant de partir et leur donner ainsi l'occasion de se faire des illusions sur mon compte. De toute façon, je ne pense pas que ma robe du soir soit la tenue parfaite pour un petit déjeuner avec des crêpes.

— J'ai des pulls, si tu veux.

Elle secoua la tête, fermement résolue à ne pas se trahir, lorsque le téléphone de Zack se mit à sonner.

— Tu devrais répondre, lui conseilla-t-elle alors qu'il n'esquissait pas le moindre geste. C'est peut-être un de tes frères ou tes parents.

— Ils n'appelleraient pas à une heure aussi tardive. À moins que…

— À moins qu'il ne soit arrivé quelque chose, termina-t-elle pour lui.

Il s'avéra que l'appel ne provenait pas de l'un des membres de sa famille mais de la dernière personne à laquelle il s'attendait.

- 13 -

À l'autre bout de la ligne, l'interlocutrice de Zack prit sa respiration pour continuer à expliquer la situation malheureuse dans laquelle elle se trouvait.

— Y a-t-il un motel dans les environs où vous pourriez passer la nuit ? demanda-t-il.

Elle lui donna le nom d'un établissement tout proche dont le néon clignotait. Il lui enjoignit de prendre une chambre en lui assurant qu'il arriverait aussi rapidement que possible.

Une fois qu'il eut raccroché, il enfila à la hâte un jean et un T-shirt sous l'œil anxieux de Trinity.

— Zack, tu me fais peur. Qui était-ce ?

— Cette fille. La mère de Bonnie. Elle s'appelle Maggie. Maggie Lambert. Elle est sur le parking d'un relais routier à la sortie de Denver avec le bébé.

Affolée, Trinity sauta hors du lit.

— Mais pourquoi ? Que s'est-il passé ?

— Je t'expliquerai en chemin. Tiens, ajouta-t-il en lui tendant une chemise. En attendant, enfile ça et dépêchons-nous.

Après être passés chez Trinity pour qu'elle puisse se changer, ils filèrent à l'aéroport prendre le premier avion en partance pour Denver.

Le jour se levait à peine lorsqu'ils se garèrent devant

le motel, un bâtiment décrépit dont l'enseigne sinistre clignotait de façon intermittente.

— Tu es sûr que c'est bien là ? demanda-t-elle.

— Oui. Ce n'est pas un palace mais c'est mieux que d'errer en pleine nuit sur un parking avec un bébé de trois mois.

Mais lorsqu'il sonna à la porte que le gardien lui avait indiquée, personne ne répondit. Belinda et sa mère s'étaient envolées.

— Que faisons-nous maintenant ? demanda Trinity au comble de l'anxiété.

— Nous allons prévenir la police. Ne t'inquiète pas, nous les retrouverons, ajouta-t-il en lui prenant la main. Il n'est pas question que nous partions d'ici tant que nous ne les aurons pas retrouvées.

Incapable de parler tant l'émotion lui nouait la gorge, elle acquiesça d'un hochement de tête, reconnaissante.

Zack s'apprêtait à appeler la police lorsque son téléphone sonna.

— Allô ? Bon sang ! Mais ou êtes-vous ?

Quelques secondes plus tard il raccrochait, visiblement soulagé.

— C'était Maggie. Belinda s'est réveillée en pleurant et comme elle ne parvenait pas à la calmer, elle est allée la promener et elles ont fini là.

Du doigt, il désigna la cafétéria qui se trouvait de l'autre côté de la rue. Main dans la main, ils franchirent la porte de l'établissement et cherchèrent du regard Maggie et son bébé. Lorsqu'ils les virent, la mère installée sur une mauvaise banquette en skaï rouge et le bébé dans son siège auto par terre, ils se précipitèrent, le cœur battant d'émotion.

— Nous avons fait aussi vite que possible, dit Zack le premier.

— Je suis désolée, s'excusa Maggie, les traits tirés et les yeux bouffis comme si elle avait beaucoup pleuré. Je ne voulais pas vous déranger mais je ne savais pas quoi faire.

— Racontez-nous ce qui s'est passé, l'encouragea Zack d'une voix douce.

Elle renifla un peu avant de commencer son récit d'une voix hachée.

— La semaine dernière, j'ai enfin pu parler au père de Belinda. Il m'a dit que si je venais le rejoindre, je n'aurais pas de mal à trouver du travail. J'ai vraiment cru qu'il voulait m'aider et prendre soin de nous.

Elle s'interrompit, trop bouleversée pour continuer. Lorsque les larmes se mirent à ruisseler sur ses joues, Trinity alla s'asseoir à côté d'elle et lui prit gentiment la main.

— J'ai rassemblé toutes mes économies, reprit-elle lorsqu'elle fut de nouveau en mesure de parler, et j'ai quitté le foyer après avoir prévenu ma mère que je partais. Mais lorsque j'ai rappelé Ryan, je l'ai senti… différent. J'ai eu un horrible pressentiment mais je suis partie quand même. Je voulais tellement que ça marche ! Lorsque je lui ai passé un dernier coup de fil pour lui annoncer l'heure de notre arrivée, il m'a quasiment raccroché au nez mais avant j'ai eu le temps d'entendre une fille qui riait derrière lui.

Les larmes ruisselaient à présent sans retenue, coulant sur son menton tremblant.

— C'est là que je me suis souvenue de votre offre, monsieur Harrison.

— Appelez-moi Zack, vous voulez bien ? proposa-t-il d'une voix rauque d'émotion.

Elle opina d'un hochement de tête timide.

— J'espère que j'ai bien fait de vous appeler.

Trinity pressa sa petite main froide et osseuse.

— Bien sûr que tu as bien fait. Ne t'inquiète pas, nous allons nous occuper de toi et de Belinda.

— Il y a autre chose, dit la jeune fille dans un souffle.

Trinity, qui s'attendait au pire, prit une profonde inspiration et attendit.

— Vous aviez l'air si fatigués le jour où je suis venue chercher Bel… et puis là, je vous passe un coup de fil de trente secondes et vous voilà. Alors j'ai pensé… C'est la chose la plus difficile que j'aie jamais eue à dire, mais au fond de moi je sais que c'est ce qu'il y a de mieux à faire.

— Quoi, Maggie ? l'encouragea Zack.

— Voulez-vous adopter mon bébé ? demanda-t-elle d'une voix étonnamment calme.

La surprise était telle qu'il en resta sans voix et n'entendit pas la serveuse venue prendre la commande.

Trinity dit quelque chose qu'il n'entendit pas. Le sang bourdonnait à ses tempes tandis qu'il fixait son regard sur ce bébé minuscule qui attendait qu'on le sauve d'un avenir plus qu'improbable.

— Zack, tu vas bien ? Tu as entendu ce qu'a dit Maggie ?

Revenu sur terre, il se cala contre le dossier de la banquette et offrit aux deux femmes un visage recomposé.

— Bien sûr que j'ai entendu, assura-t-il d'une voix qu'il voulait égale. Maggie, sais-tu que Trinity et moi ne sommes pas mariés ?

— Mlle Cassidy me l'a dit. En tout cas, vous avez l'air très unis. La preuve, c'est que vous êtes venus tous les deux, non ?

Emu par l'espoir qu'il voyait s'amenuiser dans ses yeux mais incapable de prendre une décision, il se leva et avança une excuse qui pouvait paraître bien dérisoire en un moment aussi grave :

— Excusez-moi mais j'ai oublié mon téléphone dans la voiture.

Il traversa la pièce en zigzaguant entre les tables, les jambes tremblantes et l'estomac si noué qu'il fut pris de vertige.

Il ne pouvait pas adopter d'enfant. Même pas Bonnie. Quelle tournure prendrait sa vie s'il acceptait la proposition de Maggie ? Finie, sa vie de célibataire endurci ! Terminées les journées entières passées à travailler comme il l'entendait ! Il devrait se plier à des règles qui n'étaient pas les siennes, épouser Trinity, qu'il connaissait à peine.

Non. Il ne *pouvait* pas.

La porte s'ouvrit à la volée sur Trinity, venue le rejoindre.

— Sacré choc, n'est-ce pas ?

— En effet, approuva-t-il après s'être éclairci la gorge.

— Maggie veut prendre le temps de mieux nous connaître afin d'être sûre de ne pas se tromper.

Il rejeta la tête en arrière surpris que, pour elle, la chose soit entendue.

— Tu en parles comme si tu avais déjà accepté, dit-il sur un ton de reproche.

— Si je peux leur venir en aide, je le ferai. Et puis, cela corrobore ce que je t'ai dit dans la soirée.

— Tu as dit aussi que nous ne voulions pas la même chose, lui rappela-t-il.

— La seule chose que je sais, c'est que je ne peux pas les abandonner à leur triste sort. Et je pensais que tu étais sur la même longueur d'onde que moi. J'ai cru que tu aimais vraiment ce bébé, conclut-elle dans un sourire triste.

— C'est justement parce que je l'aime que je ne peux

pas me lancer dans une telle aventure. Je n'ai pas l'étoffe d'un père.

— Tu te trompes. Tu ferais un excellent père mais tu es trop têtu pour l'admettre. En tout cas, en ce qui me concerne, ma décision est prise.

— Je te rappelle que tu n'as plus de travail.

— J'ai quelques économies mais l'argent, ce n'est pas ce qui compte le plus.

— Cela peut aider. En fait…

La solution venait de lui apparaître, miraculeuse. Comment n'y avait-il pas pensé plus tôt ? S'il ne pouvait pas adopter, en revanche il pouvait aider matériellement.

— Je pourrais faire transférer de l'argent sur le compte de Maggie. Autant qu'il lui en faut.

— Bien sûr, dit-elle d'un ton sardonique. Et donner l'occasion à sa mère et à ce bon à rien de Ryan de faire main basse dessus.

— Je trouverai une solution pour qu'ils ne puissent pas avoir accès à son compte. Tu imagines ! Elle pourrait avoir son propre appartement, reprendre des études…

— Et qui garderait Bonnie, pendant ce temps ?

— Des baby-sitters. Même mes frères font appel à elles.

— Et moi, je crois que Maggie rêve d'une vie stable pour sa fille ; avec des gens fiables, toujours les mêmes, qui ne manqueront jamais à l'appel, plutôt qu'avec un défilé de jeunes filles motivées par quelques dollars de plus.

Elle lui lança un regard si lourd de reproches qu'il eut l'impression d'être un sale garnement pris la main dans le sac.

— Je vais dire à Maggie que je vais les aider. Et si je peux adopter Bonnie toute seule, je n'hésiterai pas une seconde.

— Trinity, ton cas est perdu d'avance.

Il vit son visage changer d'expression. Si elle avait semblé déçue, à présent elle exprimait le plus profond mépris à son égard.

— Tout compte fait, tu as raison. Ce bébé sera mieux sans toi.

- 14 -

— Je peux entrer ?

Un sourire penaud aux lèvres, les bras ballants, Zack attendait la réponse tandis que Trinity hésitait à lui claquer la porte au nez. Deux semaines s'étaient écoulées depuis qu'il avait refusé son aide à Maggie et Bonnie. Elle les avait ramenées chez elle et à présent, elle estimait qu'elle avait mieux à faire que de perdre son temps en discussions stériles.

— En fait, non, se fit-elle un plaisir de lui dire. Je suis occupée.

— Je vois que tu emballes tes affaires, dit-il après avoir aperçu des piles de cartons par la porte entrouverte. Tu quittes New York ?

— Oui. Je vais m'installer dans le Colorado.

— Avec Maggie et Belinda ?

— Exact. Il y a de très bonnes universités là-bas et elle y a gardé quelques amies.

— Elle sait ce qu'elle veut faire ?

— Des études de droit.

— Elle y arrivera, c'est sûr. Elle est là ? Parce que j'imagine qu'elles doivent vivre ici avec toi.

— Elle est sortie promener Bonnie.

— Je ne peux vraiment pas entrer quelques minutes ? insista-t-il.

— Tu me l'as déjà demandé et je t'ai déjà répondu.

— Je pourrais t'aider à faire tes cartons.

— Je n'ai pas besoin de ton aide.

— Pourtant, certaines de ces boîtes me paraissent très lourdes.

Il accompagna ses paroles d'un sourire ravageur auquel elle fut insensible. Cette fois, elle ne se laisserait pas prendre au piège. Pourtant, l'idée de le voir s'excuser tandis qu'elle refuserait ses excuses lui plaisait assez.

Aussi afficha-t-elle un air dégagé et lui fit-elle signe d'entrer.

— Comment va Maggie ? s'enquit-il alors qu'elle démontait une étagère.

— Mieux. Nous avons appris à nous connaître et j'ai découvert une jeune femme fine et intelligente. Elle a certes commis une erreur mais lorsque je vois Bonnie, que je l'entends rire aux éclats, je suis heureuse qu'elle l'ait faite.

Sans faire le moindre commentaire, il alla chercher l'unique tournevis qui se trouvait par terre et entreprit de dévisser une applique murale.

— Aucune nouvelle de son petit ami ? finit-il par demander.

— Il ne veut plus entendre parler d'elles. Il a sa propre vie, tu comprends.

Il fit mine de ne pas avoir remarqué tout le sarcasme contenu dans sa remarque mais une fois sa tâche accomplie, il reposa son tournevis et se frotta le bas de la nuque, embarrassé.

— J'ai mal réagi, l'autre nuit, admit-il. À ma décharge, il faut dire que j'étais un peu sonné.

— Si cela peut te rassurer, Maggie n'a jamais prononcé la moindre remarque désobligeante à ton égard. C'est sans doute parce qu'elle a l'habitude d'être rejetée par les hommes. Son père, son ex, toi…

— Aussi jeune soit-elle, elle a peut-être compris que j'avais besoin de temps.

Lorsqu'il s'approcha d'elle, elle fit un pas en arrière et tendit ses deux mains entre eux dans un geste défensif.

— Excuse-moi, mais je ne suis pas aussi tolérante, ni compréhensive que Maggie.

— Cela n'a pas été facile pour moi de me mettre cette idée dans la tête, tu sais.

— Certes, mais quelquefois, il faut savoir agir dans l'urgence.

— C'est la raison pour laquelle je suis ici aujourd'hui.

Visiblement insensible à son discours, elle lui tourna le dos et alla décrocher un tableau d'un des murs du salon.

— Tu parleras toi-même à Maggie de la charité que tu veux lui faire, lui asséna-t-elle sèchement.

— Je ne parle pas de soutien financier. Enfin, pas exclusivement.

Elle fit un effort surhumain pour rester indifférente à la chaleur qui se dégageait de lui ; au son de sa voix qui murmurait à son oreille.

— Je suis venu pour te demander quelque chose.

Enfin ressaisie, elle prit soin de le contourner, se servant du tableau comme d'un bouclier.

— Je t'écoute.

— Si Belinda a besoin d'un père… Eh bien, je suis là.

Elle reçut ces mots comme une flèche en plein cœur. Comment pouvait-il ainsi jouer ainsi avec ses émotions, se montrer aussi cruel ?

— S'il te plaît, Zack, ne plaisante pas avec un sujet aussi grave.

— Je n'ai jamais été aussi sérieux de ma vie.

Elle secoua la tête, refusant de croire qu'il était sincère.

— Tu es venu me proposer une sorte d'arrangement ? demanda-t-elle avec cynisme.

Il s'approcha d'elle, qui le fuyait, et lui annonça avec gravité :

— Je suis venu te proposer de m'épouser.

— *T'épouser ?*

— Rassure-toi. Sur le papier seulement.

Elle crut que son cœur allait se briser en mille morceaux. L'espace de quelques secondes elle avait retenu sa respiration, n'osant croire à ce qu'elle entendait. En fait, elle avait pensé…

— Tu veux aider Bel, dit-il. Moi aussi. De cette façon, nous pourrions lui offrir une vie normale entre une mère et un père et elle ne connaîtrait aucun problème financier.

— Et tu pourrais poursuivre ta vie comme si de rien n'était.

— Tout le monde serait gagnant, non ?

— Dans ce mariage, as-tu prévu une clause concernant les devoirs conjugaux ?

— J'espérais bien que tu soulèverais le problème, dit-il en se méprenant sur le sens de sa question. Alors, qu'en penses-tu ?

Au prix d'un effort surhumain, elle lui offrit un visage impassible destiné à lui dissimuler la souffrance qui la submergeait.

— Je crains bien de ne pouvoir accepter ta proposition, répondit-elle dans un petit soupir.

— Pourquoi pas ? C'est bien ce que tu voulais, un mari des enfants, bref, une famille.

— Je ne pense pas que tu puisses comprendre et, par ailleurs, tu risques de ne pas aimer ce que j'ai à te dire.

— Essaie quand même.

— Tu te voiles la face si tu penses que tes petits

arrangements pourront marcher. Combien de temps te faudra-t-il avant de t'afficher de nouveau au bras d'une autre starlette et de voir ta vie privée étalée dans tous les journaux ? Finalement, tu avais raison. Tu ne changeras pas et Belinda mérite mieux…

Elle releva fièrement la tête avant d'ajouter :

— Et moi aussi.

Alors qu'il pensait lui avoir offert la solution suprême, il n'avait fait que l'offenser. Elle et Belinda méritaient d'être respectées et aimées comme elles le devaient mais visiblement, ce genre de détails lui avait échappé.

Les yeux pleins de larmes, elle traversa la pièce à grandes enjambées et alla ouvrir la porte.

— S'il te plaît, Zack, sors d'ici et fais-moi une faveur : ne reviens plus jamais.

- 15 -

En arrivant chez lui, Zack eut la surprise de trouver son père qui l'attendait devant la porte d'entrée.

— J'ai été surpris d'apprendre que tu n'étais pas allé au bureau aujourd'hui, dit-il, un brin soucieux. Quelque chose ne va pas ?

— Je me sentais un peu fiévreux, expliqua-t-il en précédant son père à l'intérieur.

— Cela fait des lustres que tu n'as pas pris ne serait-ce qu'un jour de congé, souligna son père. Je devrais peut-être appeler un médecin.

— Inutile. J'avais juste besoin d'un peu de temps pour… réfléchir.

Il traversa le salon pour se rendre sur le balcon, suivi de près par son père.

— Cela a quelque chose à voir avec cette jeune femme que tu as invitée aux fiançailles de ta sœur et dont tu semblais follement épris ?

— J'avais l'air follement épris de Trinity ? Moi ?

— À tel point que j'ai bien cru devoir annoncer de nouvelles fiançailles chez les Harrison.

Lorsqu'il avait revu Trinity, Zack avait fait un réel effort pour cacher le mélange de frustration, de culpabilité, de désir et de souffrance qu'il ressentait. Elle avait raison. Il était borné et égoïste. Et avec elle, il avait vraiment le sentiment d'être passé à côté de quelque chose d'important.

Elle était si différente de toutes les femmes qu'il avait fréquentées jusque-là ! D'ailleurs, s'il n'en avait pas eu conscience il ne l'aurait pas demandée en mariage.

— Nous avons rompu, marmonna-t-il à contrecœur.

— Cela n'a pas l'air de te ravir.

Il ne prit pas la peine de répondre. Il se perdit dans la contemplation de Central Park, imaginant des familles s'y promenant par une belle journée de printemps, ce qui l'amena à se demander où se trouvaient Trinity et le bébé, et s'il leur manquait autant qu'elles deux lui manquaient.

Mais que voulait-elle à la fin ? Il avait pourtant fait de son mieux.

— Le cœur est insondable, reprit son père, mais il l'emporte toujours.

— Essaies-tu de me dire que tu aimes toujours maman ? demanda Zack.

— Même si elle décide de mettre un terme définitif à notre union, je ne regretterai jamais de l'avoir épousée et d'avoir fondé une famille avec elle. Je ne suis plus si jeune et à l'approche de la soixantaine, on voit les choses sous un jour différent. Je me demande souvent quel homme je serais aujourd'hui si je n'étais pas tombé amoureux d'elle. Bien que souvent absent, j'ai toujours adoré ces vacances que nous passions tous ensemble. Tu te souviens de cette vieille ferme que nous avions louée dans le Colorado et de la nuit affreuse que nous y avions passée ?

— Je ne suis pas près de l'oublier, affirma Zack un sourire aux lèvres. Papa, est-ce que tu avais peur de devenir père ? demanda-t-il tout à trac. Enfin… des responsabilités que cela implique.

— Je ne connais pas un homme que cela n'ait effrayé. Ce n'est pas un rôle à jouer à la légère car nous devons à chaque enfant tout l'amour et la considération qu'il mérite. Et si un homme est assez chanceux pour trouver la femme de sa vie, alors il faudrait être fou pour ne pas saisir la chance d'être heureux.

— Trinity ne veut plus me voir, confia-t-il à son père.

Lorsque ce dernier alla s'installer confortablement dans un fauteuil, prêt à recueillir ses confidences, Zack se surprit à s'épancher.

— Les choses peuvent peut-être s'arranger, commenta-t-il lorsque Zack eut terminé son récit.

— Je ne vois pas bien comment.

— Tu as fait preuve de maladresse, dit son père en se levant. Pour une fois, laisse-toi aller et ouvre-lui ton cœur, conclut-il en lui pressant affectueusement l'épaule. Il y va peut-être du bonheur de toute une vie.

- 16 -

Trinity venait de déposer Maggie en ville et s'apprêtait à pénétrer dans la maison lorsque quelque chose dans le jardin attira vaguement son attention.

Maggie, Belinda et elle avaient pris possession de cette maison quinze jours auparavant et il restait pas mal de travaux de décoration à terminer afin de la rendre vraiment chaleureuse.

Un pied sur une marche, elle hésita à aller reprendre ses pinceaux. Il faisait si beau ! Une journée bien différente de celle où Zack Harrison avait fait irruption dans sa vie.

Si elle n'avait pas été aussi amoureuse, peut-être aurait-elle accepté sa proposition, pour le bien de l'enfant. Au cours de ces deux semaines, elle s'était souvent demandé si, en refusant, elle ne s'était pas montrée égoïste. Si elle n'aurait pas dû penser à Belinda en priorité.

Mais ses moments de doute ne duraient jamais bien longtemps car elle savait ce dont un enfant avait le plus besoin et ce n'était certes pas de la présence en pointillés d'un homme qui n'aurait de père que le nom.

Une fois près de l'objet insolite, elle s'agenouilla dans l'herbe et écarta les feuilles sèches qui le dissimulaient à demi. Une boule à neige. Le cœur battant la chamade, elle découvrit une réplique de celle que Zack lui avait déjà offerte. À l'intérieur se trouvait un couple de mariés posant devant une chapelle. Le socle portait une plaque dorée sur laquelle étaient gravés ces mots :

veux-tu m'épouser ?

Submergée par un flot d'émotions contradictoires, elle se laissa tomber sur le côté, son trésor précieusement serré contre elle. Zack était venu jusqu'ici, il avait laissé ce présent pour elle.

Et maintenant, qu'était-elle censée penser, dire, faire ?

— Tu l'as trouvée.

La voix si familière la fit se retourner brusquement. Elle essaya de parler mais aucun son ne sortit de sa bouche.

— Je peux t'expliquer, dit-il.

— Si c'est encore un moyen de vouloir me faire accepter cette espèce d'arrangement, la réponse est toujours non.

— Je vois que tu es toujours en colère contre moi.

— Zack, je t'avais demandé de nous laisser tranquilles.

Il fit comme s'il n'avait pas entendu et s'approcha un plus près d'elle.

— Mme Dale m'a annoncé qu'elle et son mari allaient partir vivre dans une maison de retraite. Elle voulait savoir si je connaissais quelqu'un qui voudrait bien recueillir Cruiser. J'ai répondu que oui.

L'image de ce bon gros chien fidèle la fit sourire.

— Vraiment ? Qui est-ce ?

— Moi.

— Tu comptes vraiment prendre Cruiser avec toi à New York ? demanda-t-elle, sceptique.

— En fait, non. J'ai aussi parlé avec James Dirkin récemment et j'ai suivi ton conseil. Je lui ai proposé de devenir mon associé dans cette affaire. Il ne lui a fallu que deux secondes pour accepter. Tu l'aurais vu, il était si heureux !

— Je suis vraiment contente pour lui, dit-elle avec un accent de sincérité qui ne trompait pas. Mais je ne vois pas le rapport entre Cruiser et M. Dirkin. Il veut un chien ?

— Non, Cruiser restera avec moi. Je compte m'installer ici de façon permanente.

Puis, sous le regard stupéfait de Trinity, il lui prit la boule des boules des mains et la secoua pour faire tomber la neige.

— Ce qui nous amène à ceci.

— J'ai dit non, Zack, répondit-elle fermement.

— Je n'ai pas terminé.

— C'est inutile. Je n'ai pas l'intention de t'épouser pour servir tes intérêts ou t'aider à te donner bonne conscience. Maggie, Bel et moi nous en sortons très bien toutes seules. D'ailleurs, à ce sujet, je travaille en free-lance pour Kate ainsi que pour deux autres publications. Tu vois, je n'ai plus à me déplacer, je rédige mes articles d'ici.

Mais Zack n'écoutait qu'à demi, trop occupé à dévisser la base du globe. Il en sortit une bague sertie d'une pierre de la couleur de ses yeux et de diamants brillant de mille feux.

Prise de vertiges, elle secoua la tête.

— C'est déloyal, Zack.

— Je veux que tu saches que cette fois, je te propose un mariage d'amour, Trinity ; une véritable union.

Il riva sur elle son regard de braise avant d'ajouter :

— Accepte de devenir ma femme, Trinity. C'est ce que je souhaiterais le plus au monde, même si Belinda n'était pas là.

Durant quelques secondes les mots chantèrent dans sa tête, envoûtants. Zack l'aimait, il voulait l'épouser. *Vraiment.* Pourtant ce moment d'euphorie passé, la réalité la rattrapa.

— Tu l'as dit toi-même, Zack, dit-elle d'une voix qu'elle s'appliqua à garder égale. Lorsqu'un homme passe le plus clair de son temps à travailler, c'est forcément au détriment de son couple. Tes parents n'en sont-ils pas l'exemple le plus flagrant ? Si tu veux le meilleur pour Belinda, si tu m'aimes vraiment…

— Je t'aime vraiment, Trinity, la coupa-t-il avec véhémence. La preuve, je ne souhaite plus devenir président à la place de mon père et j'ai démissionné du conseil d'administration.

À mesure qu'elle assimilait la signification de ces mots, elle entrevoyait un avenir radieux.

— Mais les hôtels Harrison, c'est toi, Zack, protesta-t-elle encore.

— C'était, corrigea-t-il. Tu as devant toi le futur père de Belinda et ton futur époux. Il te suffit d'accepter.

— Zack, cette décision est trop importante pour que tu la prennes à la légère. Il faut que tu prennes le temps de réfléchir.

— Je n'ai fait que ça pendant ces quinze derniers jours. Maintenant, il est temps de passer à l'acte.

Il l'enlaça tendrement et l'attira tout contre lui.

— Je t'aime, c'est ce qui est le plus important, ajouta-t-il. Désormais, je ne rêve plus que d'avoir une famille à moi, tout comme mes frères. Et c'est avec toi et seulement avec toi que je veux fonder cette famille.

Elle se sentit transportée d'un bonheur si intense que ses yeux s'embuèrent de larmes.

— Tu es certain que c'est bien ce que tu veux ? demanda-t-elle d'une voix enrouée par l'émotion.

— Certain.

— Tu m'aimes vraiment ? demanda-t-elle encore, n'osant croire à ce qu'elle était en train de vivre.

— Je t'aime et je t'aimerai jusqu'à mon dernier souffle.

Les larmes qu'elle retenait depuis trop longtemps se mirent à couler librement sur ses joues. Des larmes de bonheur.

— Je t'aime tant, Zack, moi aussi, admit-elle à travers ses larmes.

En signe de son engagement total, il prit sa main dans la sienne et glissa à son doigt la bague qu'il avait choisie pour elle.

— J'espère que tu ne regretteras pas ton choix, dit-elle.

— Il n'y a aucun risque, dit-il en effleurant ses lèvres d'un baiser infiniment tendre.

Épilogue

Neuf mois plus tard.

Entourée de la foule nombreuse des invités, Trinity avait l'impression de vivre le plus beau des contes de fées.

Tandis que, aidée de son mari, elle finissait de couper le gâteau traditionnel, des applaudissements enthousiastes s'élevèrent de la salle de réception de l'hôtel Dirkin-Harrison où se déroulait la soirée.

Cette cérémonie avait beau avoir été prévue depuis des mois, elle n'arrivait pas encore à croire que son rêve s'était réalisé. Car, ce jour-là, elle avait non seulement dit oui à l'homme le plus séduisant au monde, l'homme qu'elle aimait, mais elle avait été également admise solennellement au sein de sa famille.

Comble du bonheur, Bonnie Bell — comme ses parents l'appelaient désormais — était devenue légalement leur fille et ils vivaient heureux tous les trois dans le chalet de Zack.

Quant à Maggie, elle était la bienvenue aussi souvent qu'elle le souhaitait. Elle prenait de jour en jour un peu plus d'assurance et poursuivait avec brio les études de droit qu'elle avait entreprises.

Trinity la chercha en vain du regard.

— Elle est là-bas, dit Zack qui avait deviné son inquiétude. Quant à Bonnie, elle doit se trouver sous la haute surveillance d'un des invités qu'elle doit chercher à épater en trottinant dans ses nouvelles chaussures qu'elle aime tant. Chérie, nous sommes entre amis ici, il ne peut rien lui arriver.

Trinity acquiesça d'un hochement de tête, à demi rassurée.

— C'est vrai, je suis anxieuse. Et puis, je culpabilise aussi un peu de la laisser toute une semaine pendant que nous serons en voyage de noces.

— Tu n'as aucun souci à te faire. Elle sera non seulement avec sa mère biologique mais avec la mienne, dit Zack en portant sa main à sa bouche. Autant dire qu'elle sera sous bonne garde.

Elle adressa à son mari un sourire reconnaissant derrière lequel il devina une angoisse latente.

— Tu es une maman formidable et Bonnie t'adore. Il n'y a qu'à voir comment son petit visage s'éclaire dès que tu t'approches d'elle.

— Toi aussi, elle t'adore.

Lorsque vint le moment d'ouvrir le bal, elle se laissa entraîner avec ravissement dans la plus romantique des valses. Zack attendit qu'on baissât les lumières pour lui murmurer à l'oreille :

— Je remercie ma bonne étoile de t'avoir mise sur ma route, ce jour-là. Je ne peux plus imaginer ma vie sans toi et notre fille. Tiens, regarde, elle est là.

Trinity regarda dans la direction qu'il lui indiquait du menton et la vit qui, perchée sur les genoux de son grand-père, s'amusait à lui tirer la moustache. Lorsque la mère de Zack vint les chercher, riante, pour les entraîner sur la piste de danse, le cœur de Trinity se gonfla d'émotion. Elle n'aurait rêvé meilleurs grands-parents pour sa fille.

— Je suis heureuse que tes parents aient enfin surmonté les obstacles, dit-elle en regardant le trio évoluer.

— J'ai toujours entendu mon père dire qu'il n'y a pas de réussite possible sans essuyer d'orages. Aujourd'hui une nouvelle vie s'ouvre à eux.

— Zack, tu ne regrettes vraiment pas d'avoir cédé ta place de président au sein du groupe ?

— Pas une seconde. La seule chose qui m'importe aujourd'hui, c'est de vous rendre heureuses et de rendre heureux les nombreux arrière-petits-enfants que nous ne manquerons pas d'avoir un jour, lorsque nous serons très vieux.

Il plongea dans son regard et traça du bout du doigt le contour de son visage dans un geste d'une infinie douceur.

— Car nous aurons d'autres enfants, n'est-ce pas, Trinity ?

— J'espérais tant que tu le voudrais ! s'exclama-t-elle au comble de l'émotion. Oui, Zack, nous donnerons des frères et sœurs à notre petite Bonnie.

Elle s'abandonna alors totalement à ce moment de pure félicité. Les jours sombres qu'elle avait connus étaient désormais résolument derrière elle. Seuls comptaient le présent et cet avenir qu'elle pressentait radieux avec cet homme et cet enfant qu'elle aimait plus que tout au monde.

Retrouvez prochainement,
dans votre collection

PASSIONS

Danse avec un inconnu, de Charlene Sands - N°965

Gracie ne trouve plus le repos : le bel inconnu rencontré à un bal masqué trois mois plus tôt n'est autre que Sebastian Wingate, son amour secret d'adolescence ! Grisée par leur soirée mystérieuse puis leur étreinte fougueuse, elle ne l'a pas reconnu alors… et se retrouve enceinte aujourd'hui ! Mais le pire reste à venir. Quand Gracie révèle à Sebastian qu'il sera bientôt père, ce dernier lui impose un terrible chantage…

Une séduisante proposition, de Brenda Jackson

Brianna est sous le choc : elle vient d'hériter la moitié d'un ranch, l'autre partie revenant à Cash Outlaw. Si elle adore ces terres où elle travaille depuis des années, elle se résout, la mort dans l'âme, à vendre ses parts au riche homme d'affaires – à la seule condition qu'il réalise son rêve et lui donne un enfant !

Enivrante liaison, de Karen Booth - N°966

Déçue par l'amour, Lexi est de retour à Royal, résolue à garder les hommes à distance. Mais sa rencontre avec Jack Bowden bouleverse son univers. Bien que tout les oppose – elle, la riche héritière, et lui, le chef d'entreprise qui a construit sa fortune à partir de rien –, Jack est l'homme parfait. Du moins, pour partager une liaison passionnée, car Lexi se promet de ne surtout pas mêler sentiments et plaisir…

Un espoir de bonheur, de Jules Bennett

Lucy a perdu son mari deux ans plus tôt, et la perspective de fonder une famille est partie avec lui. Mais quand arrive à Stonerock le séduisant Noah Spencer, veuf lui aussi et père d'une petite fille de quatre ans, la vie bien réglée de Lucy bascule. Elle ne peut nier les sentiments et l'espoir que cet homme éveille en elle, mais ont-ils un avenir ensemble, après les épreuves qu'ils ont traversées ?

Scandaleuse intimité, de Nadine Gonzalez - N°967

SÉRIE : PLAY-BOYS À MIAMI TOME 1

Nina est furieuse : la suite qu'elle avait réservée au luxueux hôtel Sand Castle de Miami a été attribuée à l'acteur Julian Knight ! Ils arrivent toutefois à un compromis : ils partageront la suite, dotée de plusieurs chambres. Dans cette nouvelle intimité, tous deux se rapprochent dangereusement, et la presse ne tarde pas à s'en mêler. Inquiète, Nina redoute alors de devoir renoncer à cette relation, aussi fabuleuse que teintée de scandale...

Pour une nuit de plaisir, de Nadine Gonzalez

SÉRIE : PLAY-BOYS À MIAMI TOME 2

Angel n'en revient pas : la voilà chez Alessandro Cardenas, le célèbre acteur ! S'il l'a invitée, c'est pour lui acheter une toile de sa galerie d'art, or l'attraction entre eux est si forte qu'Angel s'abandonne à une nuit de plaisir entre ses bras. Mais dès le lendemain elle est assaillie par le doute : Alessandro lui a-t-il dit la vérité au sujet de la peinture et des raisons de son acquisition ? Peut-elle lui faire confiance ?

Le secret de Gray, de Kira Sinclair - N°968

SÉRIE : MILLIARDAIRES À CHARLESTON TOME 3

Lorsque Blakely est embauchée en tant que comptable au sein de Stone Surveillance, elle n'imagine pas une seconde devoir travailler pour Gray Lockwood ! Gray, l'homme qu'elle a conduit en prison huit ans plus tôt pour détournement de fonds, exige aujourd'hui qu'elle l'aide à prouver son innocence ! Une mission bien difficile, surtout quand son désir pour lui menace de la submerger...

Un ranch en Arizona, de Charlene Sands

Même dans ses rêves les plus fous, jamais Tessa n'aurait pensé hériter d'un ranch en Arizona. Lorsqu'elle s'y rend, elle se sent immédiatement chez elle – en paix. Or, l'apparition de Joseph Hollister, son nouveau voisin, vient bousculer sa toute nouvelle quiétude. Déjà, Tessa redoute de baisser sa garde et de tomber sous le charme de cet homme aux yeux dorés...

Des jumelles à aimer, d'Olivia Gates - N°969

Leonid Voronov se tient sur le pas de sa porte ! En croisant le regard de l'homme qui l'a brutalement quittée deux ans plus tôt, Kassandra a le souffle coupé. Au moment de leur séparation, celui-ci s'était pourtant montré bien clair : entre eux, pas d'avenir envisageable. Et ce malgré les jumelles nées de leur liaison. Aujourd'hui, la situation semble pourtant avoir changé : désormais souverain de Zorya, Leonid s'est mis en tête de renouer avec ses filles afin d'asseoir sa légitimité…

Bien plus qu'un mariage, de Silver James

Chase n'est qu'un mufle ! Bien sûr, Savannah le sait, son mariage avec ce puissant homme d'affaires n'est qu'une union de convenance, qui doit permettre à Chase de conserver son empire familial. Pour autant, comment ose-t-il flirter ouvertement avec deux superbes mannequins, juste sous son nez ? La nuit de noces torride qu'ils viennent de partager ne signifie-t-elle rien pour lui ? Résolue à laver cet affront, Savannah prend une décision irrémédiable : elle demandera le divorce, dès ce soir…

Dans les bras de son patron, d'Elizabeth Lane - N°970

Terri est inquiète. Buck Morgan, son patron, ne s'est pas présenté au bureau et ne répond pas à ses appels. Déterminée à le retrouver, Terri se rend alors au domicile de Buck. À sa grande surprise, celui-ci est toujours dans son lit et se comporte de façon très étrange. Lorsqu'il l'attire brusquement à lui et l'embrasse passionnément, Terri, confuse, songe d'abord à s'enfuir. Mais, au lieu de cela, elle se surprend à s'abandonner dans les bras de son séduisant patron…

L'enfant de Nate Rafferty, de Kathie DeNosky

En se rendant au ranch de Nate Rafferty, avec qui elle a eu une liaison passionnée et orageuse quelques mois plus tôt, Jessie est consciente du bouleversement qu'elle s'apprête à provoquer. Car elle a une nouvelle sidérante à lui annoncer : elle est enceinte ! À sa grande surprise, Nate lui fait une proposition inattendue : il l'épousera pour que leur enfant naisse à l'abri du besoin. Mais Jessie hésite. À quoi bon se marier avec un homme qui semble agir uniquement par devoir ?